孟二冬 著

中唐诗歌之开拓与新变

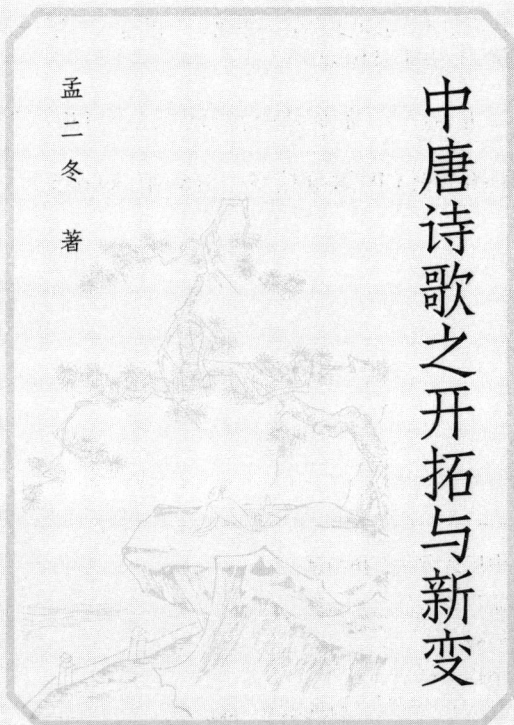

中华書局

图书在版编目(CIP)数据

中唐诗歌之开拓与新变/孟二冬著. —北京:中华书局,2019.7
ISBN 978-7-101-11652-6

Ⅰ.中… Ⅱ.孟… Ⅲ.唐诗-诗歌研究 Ⅳ.I207.22

中国版本图书馆 CIP 数据核字(2016)第 060615 号

书 名	中唐诗歌之开拓与新变	
著 者	孟二冬	
责任编辑	周毅泽	
出版发行	中华书局	
	(北京市丰台区太平桥西里 38 号 100073)	
	http://www.zhbc.com.cn	
	E-mail:zhbc@ zhbc.com.cn	
印 刷	北京瑞古冠中印刷厂	
版 次	2019 年 7 月北京第 1 版	
	2019 年 7 月北京第 1 次印刷	
规 格	开本/920×1250 毫米 1/32	
	印张 12¼ 插页 2 字数 300 千字	
印 数	1-2000 册	
国际书号	ISBN 978-7-101-11652-6	
定 价	38.00 元	

目　录

序

　　孟二冬博士是和我交往最久、关系最密切的一位青年学者。1981年，他从安徽负笈北上，以进修教师的身份踏入北京大学的校门，跟我研修唐诗。当时我并不了解他，只觉得他沉默寡言，笃实好学。寒假前，他交来一份关于韩愈古文的读书报告，我很赞赏他能拈出"文气"二字作为一个文学理论的范畴进行探讨。当时我正有兴趣将文学史研究和文学批评史研究结合起来，文气论作为创作论中的一个重要问题，也正是我所关心的，便约请他和我一起进行这方面的系统研究。具体地说就是以韩愈为中心，溯本追源，从"气"的本义开始考察，对历代有关"文气"的原始资料，一一加以搜集整理，以期找到文气论的发展脉络。他当时并没有对我的想法表现出十分的兴趣。想不到两个月之后，他送来一份数百页的资料长编，不仅包括了文学，而且涉及哲学、音乐、书法、绘画、医学等领域。一个人在承诺一件事情的时候，话是如此之轻，以至不敢确定他是否真的想做；而在做的时候却肯于花如此多的气力，以至深怕他过于劳累，这样的人太值得信任了。我们在这份资料长编的基础上，拟定了文章的框架，由他写出六万余字的初稿，经过我两次增删修改，提炼出几个重要的结论，终于完成了一篇将近四万字的论文。在写作的过程中，美国斯坦福大学的刘若愚教授来北大访问，恰好和我讨论文气论的问题。我告诉他，我们有一篇长文快要完成，以后会寄给他，向他请教。他对我们的论点和论文的写法很感兴趣。遗憾的是，当这篇文章在《中国古典文学论丛》第三辑（人民文学出版社1985年12月版）发表的时候，刘若愚先生已经溘然长逝。我之所以在这里不惜笔墨重提此事，是想重申：古代文学史和文学批评史虽然是两个不同的学科，但是如果能把二者结合起来，将会打开一个新的天地。也许正是这篇文章，奠定了孟二冬博士的研究基础。此后，我一再告诉他，一个学者至少要有两块园地，研究文学史的人如果能够兼治中国文学批评史，出入于两者之间，所做出来的学问将会达到一个新的境地。

　　1985年，二冬第二次跨进北大的校门，考取了我的硕士研究生。当第三年确定论文题目的时候，很自然地就选定了韩孟诗派。他的硕士论文——《论韩孟诗派的创新意识及其与中唐文化趋向的关系》，得到答辩委员会的高度评价；他的答辩胸有成竹，十分流利，和平时的沉默寡言判若两人。这篇论文很快在《中国社会科学》杂志发表（1986年第6期），我至今仍然认为这是一篇具有开拓性的、占据了学术前沿的优秀论文。特别应当提出来的是，这篇论文运用综合研究的方法，将文学与哲学、艺术学、心理学互相打通，是我在1979年提倡过的那种研究方法的成功实践。

　　二冬取得硕士学位后，到由北大支援的烟台大学工作了三年。1991年，他以博士研究生的资格三进北大，那年他已经三十四岁，和十年以前初进北大相比，已经成熟多了。他仍然以韩愈为中心，进而将研究的范围扩展为整个中唐，对中唐七八十年间诗坛的面貌、诗人的心态以及社会的风貌做了多方面的考察，终于完成他的博士论文——《中唐诗歌之开拓与新变》，在前人研究成果的基础上，对中唐诗歌的成就及其历史地位提出了许多富有开拓性的论点。论文几经修改，定稿之后，我又从头到尾读了一遍，掩卷沉思，感到这位青年学者在十几年内跨出的步伐从一个侧面反映了我国唐诗研究所取得的进展。关于这篇论文的具体论点和精彩之处，已见于此书的提要和结论，无需我再赘述。我想说的有两点：一是将文学与其它邻近学科互相打通，进行综合研究，这种方法是富有生命力的，甚至可以说是无往而不利的。运用这种方法，研究者需要有广泛的文化素养，既站在文学的本位，又要有哲学的思维、艺术的感受以及社会学、心理学等等学科的知识，实在是不容易驾驭的。第二，注意文学发展的阶段性，并且将文学发展的阶段性作为研究对象，这是近年来古典文学研究的新动向。这也是一种综合的研究，将生活在同一时期的文学家们放在一起进行综合的考察，既注意他们的时代共性，也注意他们的个性差异，在比较中加以鉴别，得出新颖的结论。孟二冬博士的这篇论文，可以说反映了目前学术研究的两个新的趋向。任何一篇论文所提出的论点，都不一定能得到学术界所有人的赞同，但是二冬在以上两方面的开拓，是无论谁也不能忽视的。

二冬对中国文学批评史抱有浓厚的兴趣，我也一直鼓励他将文学史与文学批评史结合起来，在这两个学科的交叉点上做出新的更大的成绩。21 世纪的学术之路将更加艰难，任何一点进展都要付出更加艰辛的劳动。二冬是一个能坐得住的人，他的心能沉得下来，大千世界的种种诱惑，都动摇不了他对学术的执著追求。我自己有太多想做而一时还做不完的事，能够寄希望于他，感到很大的欣慰。

袁行霈

1997 年 8 月 16 日

于密云水库之畔

提　要

　　开拓与新变是中唐诗歌的主要创作趋向。本文即以此为题，试图在中唐文化的广阔背景上，对中唐诗歌的总体特征及其形成的原因，作一深入系统的研究。

　　本文绪论部分，强调中唐诗歌在中国诗史中的重要地位；并通过对盛唐诗歌的简单回顾，指出中唐诗人所面临的"极盛难继"的困境，以及诗歌创作开拓新路的必要性。

　　第一章阐述中唐诗歌创作的社会文化背景。首先考察了中唐的社会风气及其成因。政治之险恶、世风之谬戾、人情之淡薄，促成一种反常的社会心理。其次说明广泛传播的宗教思想与宗教文化在冲击儒学传统地位的同时，也为传统文化的发展注入了新的活力。最后指出，古文的复兴，传奇、变文的兴起，词由民间创作到文人创作的过渡，书画艺术的发展等，对中唐诗歌的发展趋势所起的作用。

　　第二章重点论述中唐诗人的创新精神，以及中唐诗歌众多的流派与风格。尽管创新求变的方法、途径不同，但诗人们主观上的追求是一致的。中唐的社会背景（如藩镇割据、朋党之争、科举考试的弊端以及用人制度诸因素），为诗人群体的产生提供了客观条件；也促使不同群体形成风格各异的诗歌流派。

　　第三章对盛唐与中唐诗人的审美趣味，诗歌的情感基调、气

象境界、艺术风貌做了广泛的比较，并由此说明中唐诗歌新变的
主要特征。

中唐诗歌以徘徊苦闷、哀怨惆怅、凄凉感伤为基调；气象内
敛，意境狭窄。中唐诗人或雕琢炼饰，追求丽藻与远韵的统一；或
崇俗尚质，追求浅切尽露的平易之风；或崇奇尚怪，追求"笔补造
化"的人工之美。这都与盛唐诗歌形成鲜明的对照。

齐梁诗风在中唐的复兴，是一个值得注意的现象。皎然在理
论上的明确倡导，强化了向齐梁回归的趋势。刻意追求诗歌艺术
的新变，是齐梁与中唐这两个时期诗人们的共同之处。然而中唐
诗人模仿齐梁却不为齐梁所囿，如王建的《宫词》、李贺的乐府，都
能创变出独具中唐特色的风格。

第四章集中论述宗教对中唐诗歌新变的影响。中唐时期流
行的宗教，尤其是佛教和道教，曾广泛而深刻地影响着人们的生
活与思想。许多文人，包括以道统自居的儒者，都受到宗教思想
的影响与宗教文化的熏染。本章从宇宙与人生，心性与神思，禅
玄与意境，直观与幻象四个方面，说明宗教不仅直接影响了诗人
们的世界观、人生观、认识论和方法论，使他们有机会从一个新的
视角来认识宇宙、人生和自我，而且也为他们的诗歌创作注入了
新的活力。他们的诗歌在艺术想象、艺术构思、意境的构成、艺术
形象的创造等方面，都具有新颖奇异的特点，从而有别于盛唐。

总之，中唐诗人在时代氛围的孕育中，以异乎寻常的胆识与
魄力，打破了"极盛难继"的困境，在盛唐诗歌之后，开创了新的途
径，展示了新的美学风范，为诗坛带来了"再盛"的局面，对后世产
生了深远的影响。

绪　论

清代同光体的代表人物陈衍和沈曾植，曾指出我国诗歌发展中的三次巨变，即所谓"三元"说。陈衍《石遗室诗话》卷一云："盖余谓诗莫盛于三元：上元开元，中元元和，下元元祐。"沈曾植则易开元为刘宋之元嘉。① 二人识见不尽相同，但对"中元元和"都十分重视。"三元"说的提出，固然与同光体诗人"不专宗盛唐"②并在艺术上模仿江西诗派的作风有关；但以创新求变为突出特征的中唐诗歌，特别是元和诗歌，不甘落盛唐之窠臼，另辟蹊径，体现出"中唐之再盛"③的繁荣局面。

宋代赵孟坚《凌愚谷诗集序》云："文章至唐而体备，其情态宛委，肌理丰泽，腴而密，婉而丽，斯亦世代至此而盛乎！故自贞元、元和而上，李、杜、韩、柳以至乎长庆元白，皆唐文之懿也。大中以降，琐涩滋过，固一病也，而又浸淫于以俗为雅之流，代号作者或不免是，况浸淫于末流者乎！"④显然，在赵氏看来，贞元、元和以至

---

①见《海日楼札丛·前言》，中华书局1962年7月第1版。

②《石遗室诗话》，1929年商务印书馆铅印本。

③高棅《唐诗品汇·总叙》，上海古籍出版社1982年8月第1版。

④《彝斋文编》卷3，引自华文轩编《古典文学研究资料汇编·杜甫卷》（上编·唐宋之部），中华书局1964年8月第1版。

长庆,均处于繁盛之中。宋代的理学家杨时,更加推尊以元和为主的中唐诗:"诗自河梁以后,诗之变,至唐而止,元和之诗极盛。诗有盛唐、中唐、晚唐,五代陋矣。"①明代胡应麟还从另一个角度说明了中唐诗人之盛的局面:"元和而后,诗道浸晚,而人才故自横绝一时。若昌黎之鸿伟,柳州之精工,梦得之雄奇,乐天之浩博,皆大家材具也。今人概以中、晚束之高阁。若根脚坚牢,眼目精利,泛取读之,亦足充扩襟灵,赞助笔力。"又:"东野之古,浪仙之律,长吉乐府,玉川歌行,其才具工力,故皆过人。如危峰绝壑,深涧流泉,并自成趣,不相沿袭。"②清人叶燮对中唐诗的价值和意义作了更高的提炼,他在《唐百家诗序》中说:"贞元、元和时,韩、柳、刘、钱、元、白凿险出奇,为古今诗运关键,后人称诗,胸无成识,谓为中唐,不知此中也者,乃古今百代之中,而非有唐之所独,后此千百年,无不从是以断。"从这些论述中,不难看出中唐诗人及诗歌在后人心目中的重要地位。中唐诗人的新创造,不仅直接开启晚唐,而且从北宋的江西诗派直到清末近代的同光体诗歌,都多少受到过他们的影响。因此,对中唐诗歌作深入细致的研究,其意义不仅在于能为我们进一步把握唐诗发展的内在规律提供一些具体可靠的依据,而且能进一步发掘和丰富中国古典诗歌美学,为当今和今后的诗歌创作提供有益的启迪和借鉴。

　　在这里,有必要首先回顾一下盛唐诗歌的成就,以见中唐诗人所面临的"极盛难继"③的困境。唐代社会经过了近百年的和平安定与休养生息,经济得到了很大的发展,到开元、天宝年间,达

---

① 《龟山先生语录》,见《四部丛刊续编·子部》。
② 《诗薮·外编》卷4,上海古籍出版社1979年11月新1版。
③ 《诗薮·内编》卷5。

到了全盛时期，诗歌也达到全面繁荣的地步。好像是一个奇迹，在短短的五十余年间，涌现出大批杰出的诗人，他们以各不相同的风格，投入了诗歌创作的高潮。正如李白所说："群才属休明，乘运共跃鳞，文质相炳焕，众星罗秋旻。"①昌盛的经济文化，强大的国力，不仅开拓了他们的视野，陶冶了他们积极向上、乐观豪爽的性情，而且也滋长了冲破传统追求解放的精神。可以说盛唐一代诗人，怀着宏伟的理想，以蓬勃热烈的情感、激昂慷慨的声音去讴歌那个时代种种激动人心的生活。盛唐诗人很少有低沉、纤弱和颓废的情绪，尽管他们也写离愁别绪，也写失意悲慨，也写山水田园，也写纵酒狎妓，但总有一种壮大的气魄。林庚先生曾指出，他们"无论是快乐或是痛苦，都是爽朗的、健康的，永远给人以无穷的想象、光明的展望"，"这些就是所谓真正的盛唐之音了"②。那种追求进步政治的理想、为祖国建功立业的英雄气概，以及傲视王侯、反抗权贵的精神，乃是盛唐诗歌的主流。"海日生残夜，江春入旧年"③，"欲穷千里目，更上一层楼"④之积极乐观；"大鹏一日同风起，扶摇直上九万里"⑤，"会当凌绝顶，一览众山小"⑥之昂扬奋发；"回看射雕处，千里暮云平"⑦，"黄沙百战穿金甲，不破

---

①《古风》其一，见王琦注《李太白全集》卷2，中华书局1977年9月第1版。
②林庚《中国文学简史》，北京大学出版社1988年9月第1版，第210页。
③王湾《次北固山下》，见《全唐诗》卷115，中华书局1960年4月第1版。
④王之涣《登鹳雀楼》，见同上卷253。
⑤李白《上李邕》，见《李太白全集》卷9。
⑥杜甫《望岳》，见仇兆鳌《杜诗详注》卷1，中华书局1979年10月第1版。
⑦王维《观猎》，见赵殿成《王右丞集笺注》卷8，上海古籍出版社1984年6月新1版。

楼兰终不还"①,"常怀感激心,愿效纵横谟"②,"功名只向马上取,真是英雄一丈夫"③之壮怀激烈,均代表了盛唐的时代精神。即使像孟浩然也有"气蒸云梦泽,波撼岳阳城"④这类气势磅礴之作。严羽在《答吴景仙书》中说:"盛唐诸公之诗,如颜鲁公书,既笔力雄壮,又气象浑厚。"正说明了这一点。严羽在《沧浪诗话·诗辨》中又说:"盛唐诸人惟在兴趣,羚羊挂角,无迹可求。故其妙处,透彻玲珑,不可凑泊,如空中之音、相中之色、水中之月、镜中之象,言有尽而意无穷也。"这段话准确地指出盛唐诗歌阔大、明朗、玲珑、自然之美。

　　盛唐诗人既有统一的昂扬的基调,又有各自不同的艺术风格。若王湾、贺知章、张旭、张说、张九龄之洒脱自然,孟浩然、王维、储光羲、崔国辅、常建、丘为、裴迪之宁静明秀,崔颢、王昌龄、李颀、薛据、崔曙之清刚峻爽,王翰、王之涣、高适、岑参、祖咏之壮大雄浑等,皆情思浓烈,韵味深厚,境界壮阔,骨气峻爽。李白诗的飘逸之气,凝聚了盛唐诗歌的精神风貌,兼有豪壮雄浑与清新明秀二者之美。杜甫之诗,"盖所谓上薄风骚,下该沈宋,言夺苏李,气吞曹刘,掩颜谢之孤高,杂徐庾之流丽,尽得古今之体势,而兼人人之所独专矣"⑤。

　　盛唐之诗诸体悉备,皆臻妙境。王维众体兼长,孟浩然五言最美,储光羲工于五古,高适、岑参尤以七言歌行为佳,王之涣擅

---

①王昌龄《从军行》七首其四,见《全唐诗》卷143。
②高适《塞上》,见同上卷211。
③岑参《送李副使赴碛西官军》,见同上卷199。
④《望洞庭湖赠张丞相》,见同上卷160。
⑤元稹《唐故工部员外郎杜君墓系铭并序》,见《四部丛刊》影明嘉靖本《元氏长庆集》卷56。

长绝句,李颀长于七古,王昌龄有七绝圣手之称,李白长于乐府、绝句,妙绝古今,杜甫众体兼长,五七言古体律诗绝句,无不运用自如,而于七律贡献尤为卓著。杜甫还开创了"即事名篇"的新乐府诗,为诗歌反映现实开辟了一条方便的途径。

短短的五十年间的盛唐诗坛,名家辈出,各展风采,杰作如林,光华闪烁;题材丰富,内容充实,风骨峻爽,情思浓烈,气象雄浑,境界壮阔,韵味悠远;诸种诗体臻于完善,艺术技巧达于圆熟,尤其是诗歌意境的创造,已经达到了炉火纯青的地步,充分展示出盛唐诗歌所特有的美学风貌。盛唐诗歌取得如此巨大的成就,可以说已经达到诗国辉煌的巅峰。然而这一切,毕竟是盛唐人的骄傲。这对于继踵其后的诗人们来说,却是极大的不幸,"极盛难继"的局面,使中唐诗人面临一个难以逾越的困境。

刘勰《文心雕龙·通变》云:"文律运周,日新其业。变则堪久,通则不乏。"通变,是文学艺术发展的一个关键问题,既要对前人有所继承,又要有新的创造与发展,这才能保持文学艺术健旺的生命力。如果"通"而不"变",则是纯粹的复古,势必窒息艺术的生命。因此,皎然《诗式》卷五"复古通变体"谓:

> 作者须知复、变之道,反古曰复,不滞曰变。若惟复不变,则陷于相似之格,其状如鸳骥同厩,非造父不能辨。能知复、变之手,亦诗人之造父也。以此相似一类,置于古集之中,能使弱手视之眩目,何异宋人以燕石为玉璞,岂知周客哰嗣而笑哉?又,复变二门,复忌太过,诗人呼为膏肓之疾,安可治也?……夫变若造微,不忌太过,苟不失正,亦何咎哉?……后辈若乏天机,强效复古,反令思忧神沮,何则?夫不工剑术,而欲弹抚干将太阿之铗,必有伤手之患,宜其戒之哉。

皎然所反复强调的,关键就在一个"变"字。盛唐过后的大历诗人中,就不乏效盛唐诗人之声吻、情性乃至字句者,然其结果却是"诗道初丧"①,"气骨顿衰"②。皎然在当时提出"复忌太过"和"变若造微,不忌太过"的主张,正是看到了当时不得不变的诗歌发展的必然趋势。但是,对于开、天以后的诗人来说,言"变"谈何容易!他们不得不披荆斩棘,另辟蹊径,寻找一条适于自己时代的诗歌发展的新途径。叶燮《原诗·内篇》曾总结诗歌发展的规律说:"乃知诗之为道,未有一日不相续相禅而或息者也。但就一时而论,有盛必有衰;综千古而论,则盛而必至于衰,又必自衰而复盛;非在前者之必居于盛,后者之必居于衰也。"诗歌发展的盛衰更替,也是符合于一般规律的。历开、天巅峰之后,诗歌创作势必会出现一个相对而"衰"的趋势。而如何走出低谷,由衰而转盛,攀登另一个新的高峰,达到唐诗之"再盛",这正是摆在中唐诗人面前的一项艰巨的任务。欲另辟蹊径,转衰为盛,就势必要付出巨大的努力。叶燮《原诗·内篇》亦云:"唐诗为八代以来一大变,韩愈为唐诗之一大变,其力大,其思雄,崛起特为鼻祖。宋之苏、梅、欧、苏、王、黄,皆愈为之发其端,可谓极盛;而俗儒且谓愈诗大变汉魏,大变盛唐,格格而不许,何异居蚯蚓之穴,习闻其长鸣,听洪钟之响而怪之,窃窃然议之也!且愈岂不能拥其鼻,肖其吻,而效俗儒为建安、开、宝之诗乎哉?开、宝之诗,一时非不盛,递至大历、贞元、元和之间,沿其影响字句者且百年,此百余年之诗,其传者已少殊尤出类之作,不传者更可知矣。必待有人焉起而拨正之,则不得不改弦而更张之。愈尝自谓'陈言之务去',想其时陈

①皎然《诗式》卷4,见李壮鹰《诗式校注》,齐鲁书社1986年3月第1版。
②胡应麟《诗薮·内编》卷4。

言之为祸,必有出于目不忍见,耳不堪闻者,使天下人之心思智慧,日腐烂埋没于陈言中,排之者比于救焚拯溺,可不力乎?"不付出艰辛巨大的努力,就难以改弦更张,转衰为盛。

　　面对困境,中唐诗人付出了巨大的努力。尽管他们的诗歌带有奇变的色彩,但毕竟在盛唐诗歌之后开辟出新的途径,创造出新的美学风貌,呈现出"中唐之再盛"的繁荣局面。

第一章　一个多变的时代

第一节　政治局势和社会心理的变化

安史之乱，是李唐王朝盛衰转变的枢纽。长达八年之久的战乱，不仅给中原广大地区带来深重灾难，而且李唐王朝的中央集权统治也由此一蹶不振。郑棨在《开天传信记》中描写开元盛世的情形：

> 开元初，上励精理道，铲革讹弊，不六七年，天下大治，河清海晏，物殷俗阜。安西诸国，悉平为郡县。自开远门西行，亘地万余里。入河隍之赋税，左右藏库，财物山积，不可胜校。四方丰稔，百姓殷富，管户一千余万，米一斗三、四文。

安史乱后，地处黄河中下游的河北、河南以及关内等几个素称农桑富庶的地区，由于久罹兵祸，在叛军与唐军彼此攻防进退的反复践踏之下，变得满目疮痍。对此，唐朝平叛名将郭子仪在上书朝廷时指出：

> 夫以东周之地，久陷贼中，宫室焚烧，十不存一，百曹荒废，曾无尺椽。中间畿内，不满千户，井邑榛棘，豺狼所号。既乏军储，又鲜人力。东至郑、汴，达于徐方，北自覃怀，经于

相土，人烟断绝，千里萧条。①
安史乱后的一段时期，历史上曾有过"中兴"的美誉，其实那不过是战火连年、民不聊生的大乱之后，得到暂时苟安的一种满足。尽管社会表面承平，但早已是败絮其中了。不可否认，代宗、德宗、顺宗等人即位之初，也有过重振朝纲、中兴王室的抱负和一些相应的措施，如削藩、平边、抑制宦官等；一些进步的改革家也曾励精图治，希望拯民于水火。但这一切很快就都随着宦官专权、藩镇跋扈、朋党倾轧、边患四起而偃旗息鼓了。

中唐时期朝政腐败的状况，我们只需看一下当时人的言论就十分清楚了。宪宗元和初年，皇甫湜在《制策》②中，分别从帝王、士大夫、宦官、将领，以及刑法、理财、选举等重要方面历数时弊：宦官们"掌王命、握兵权，内膺腹心之寄，外当耳目之任"；将帅"知兵者亦寡"，而"怙众以固权位，行贿以结恩泽"；至于"朝廷之号令，有朝出而夕改者；主司之法式，有昨破而今行者"；更有甚者，贪官污吏，巧取豪夺，致使"疆畛相接，半为豪家；流庸无依，悉是编户"；朝政之黑暗腐败，乃至"谏诤之臣备员，不闻直声；弹察之臣塞路，未尝直指。公卿大夫，则偷合苟容，持禄交养，为亲戚计迁除领簿而已"；总而言之，是"法未修明"，"政未光大"。文宗太和二年(828)，刘蕡在贤良方正科考试对策③中，指陈朝政，尤为痛切。撮其大要，第一，指斥宦官专权：宦官"总天下大政，外专陛下之命，内窃陛下之权，威慑朝廷，势倾海内"，致使"忠贤无腹心之寄，阉寺持废立之权"；第二，指斥方镇跋扈："政刑不由乎天子，攻

――――――――――

①《旧唐书》卷120《郭子仪传》。
②见《皇甫持正文集》卷3。
③见《全唐文》卷746。

伐必自于诸侯,此海内之所以将乱也";第三,揭露当时"居官非其
能,左右非其贤",执政者"任人唯亲",这是"自取其灭亡也";第
四,揭露当时剥削残酷,人民生活极端困苦,"今海内困穷,处处流
散,饥者不得食,寒者不得衣",国家有"土崩之势,忧在旦夕"。

中唐社会政治和经济发生了如此巨大的变化,那么相应地,
文化领域就势必随之出现新的特点。研究这些新的特点,将有助
于我们更深入、准确地把握中唐诗变的原因、性质和方向。

由于政治环境的急剧变化,人们的生活、思想以及整个社会
风尚,与盛唐时代相比,也都发生了巨大的变化。盛唐人那种积
极、浪漫、热情、进取的豪情,早已随着安史之乱的战火而烟消云
散了。人们由于安史之乱带来的心灵创伤尚未愈合,却又呼吸着
令人窒息的污浊而又沉闷的政治空气;加之由于生产经济的衰落
而带来的物质生活的贫乏,使这一时期的人们在心灵与肉体上同
样遭受摧残与折磨。在这种局面下,那些传统的道德、纯朴的风
尚、高尚的人格,也同样发生了变化。"大历之风尚浮,贞元之风
尚荡,元和之风尚怪"[1],形成一种反常变态的社会心理。钱起"浮
俗渐浇淳,斯人谁继妙"[2]的诗句,便初步透露出社会心态转变的
信息。元结《寄源休》诗云:"时多尚矫诈,进退多欺贰。纵有一直
方,则上似奸智。谁为明信者,能辨此劳畏。"上文引皇甫湜在元
和初年写的《制策》中,曾对腐败的政治统治作了全面的揭露,并
认为由于这种沉闷的政治空气,进而造成了"谬戾"、"浇薄"的社
会风气:

　　　自中代以还,求理者继作,皆意甚砥砺,而效难彰明;莫

---

[1] 李肇《唐国史补》,上海古籍出版社 1979 年 1 月新 1 版。
[2]《过温逸人旧居》,见《全唐诗》卷 236。

不欲还朴厚,而浇风常扇;莫不欲遵俭约,而侈物常贵;莫不
欲远小人,而巧诳常近;莫不欲近庄士,而忠直常疏;莫不欲
勉人于义,而廉隅常不修;莫不欲禁人为非,而抵冒常不息。
大乱之后,"百遭荒废","人烟断绝","千里萧条","既乏军储,又
鲜人力",大批的以自耕农为主的课户与课口,纷纷逃散四方,摆
脱了户籍的控制。① 两税法的推行,曾一度保证了朝廷的财政收
入,但广大人民的负担却越来越重了。"州县多为藩镇所据,贡赋
不入,朝廷府库耗竭。"②宪宗元和二年(807),李吉甫撰《元和国计
簿》,总计当时天下方镇四十八,州府二百九十五,然而其中申户
口、纳赋税者,仅"八道四十九州,一百四十四万户,比天宝税户四
分减三。③ 天下兵仰给者,八十三万余人,比天宝三分增一,大率
二户资一兵"④。元和六年(811)六月,李吉甫又奏称:"自秦至隋

───────────

①《通典》卷七《历代盛衰户口》记载:从天宝十四载(755)至乾元三年(760),
　　唐朝控制的课户大约减少了三百六十万,课口大约减少了五百二十二万。
　　课的减损,除死于战乱之外,更多的是逃散四方,摆脱了户籍的控制。及
　　至建中元年(780),唐朝检括户口时发现,客户有百三十余万户,主户只有
　　一百八十余万户,客户占总户数的百分之四十二。这说明此前有几近一
　　半的编户逃逸出以户籍为征收依据的租庸调制的效力范围。
②《资治通鉴》卷236 德宗建中元年。
③《资治通鉴》注:"宋白曰:《国计簿》比较数:天宝州郡三百一十五,元和见管
　　总二百九十五,比较天宝应供税州郡计少九十七;天宝户总八百三十八万
　　五千二百二十三,元和见在户总二百四十四万二百五十四,比较天宝数税
　　户通计少五百九十四万四千六百九十九;天宝租税、庸、调每年计钱、粟、绢、
　　布、丝、绵约五千二百三十余万端、匹、屯、贯、石,元和两税、榷酒、斛斗、盐
　　利、茶利总三千五百一十五万一千二百二十八贯、石,比较天宝所收入赋
　　税计少一千七百一十四万八千七百七十贯、石。"
④《资治通鉴》卷237 宪宗元和二年。

十有三代,设官之多,无如国家者。天宝以后,中原宿兵,见在可计者八十余万,其余为商贾、僧、道,不服田亩者计有五六,是常以三分劳筋苦骨之人,奉七分待衣坐食之辈也。"①可以想见当时劳动人民的负担何等沉重!然而,以帝王为首的封建统治者,却并不能"遵俭约",而是搜括民脂民膏,大肆聚敛私财。《资治通鉴》卷二三五德宗贞元十二年(796)载:"初,上以奉天窘乏,故还宫以来,尤专意聚敛。"以眼前的私利弥补昔日的缺憾,完全是一种反常的补偿心理。于是广收"日进"、"月进"、"进奉"、"羡余",且开"宫市"夺民财物。从奸佞小人,到藩镇节度使,乃至幕僚,为了邀上宠幸,无不刻剥下民或坐盗国库以事进奉,从而造成一种恶劣的社会风气。代宗李豫,已肇其端:"代宗之世,每元日、冬至、端午、生日,州府于常赋之外竞为贡献,贡献多者则悦之。武将、奸吏,缘此侵渔下民。"②德宗朝,变本加厉,风气日炽,如:"(裴)延龄取常赋支用未尽者充羡余以为己功"③;"李兼在江西有月进,韦皋在西川有日进。其后常州刺史济源裴肃,以进奉迁浙东观察使,刺史进奉自肃始。及刘赞卒,判官严绶掌留务,竭府库以进奉,征为刑部员外郎,幕僚进奉自绶始"④;"(李)锜刻剥以事进奉,上由是悦之"⑤。至宪宗朝,进奉之弊已泛滥成风,如:"自淮西用兵以来,度支、盐铁及四方争进奉,谓之'助军';贼平又进奉,谓之'贺礼';后又进奉,谓之'助赏';上加尊号又进奉,亦谓之'贺礼'。"⑥

---

①《资治通鉴》卷 238 宪宗元和六年。
②同上卷 236 德宗建中元年。
③同上卷 234 德宗贞元九年引权德舆上奏语。
④同上卷 235 德宗贞元十二年。
⑤同上贞元十五年。
⑥《资治通鉴》卷 241 宪宗元和十四年。

进奉之风的大盛,不仅进一步加深了朝政的腐败,而且也造成了"侈物常贵"的不良社会风气。尤其是那些通过科举考试进入社会上层的文人们,"自贞元侈于游宴,其后或侈于书法、图画,或侈于博奕,或侈于卜祝,或侈于服食"①;"进士自此尤盛,旷古无俦。仆马豪华,宴游崇侈"②;"至于贞元末,风流恣绮靡"③。车马宴游取代了兵车弓刀的征战,浅斟低唱代替了致君尧舜的深切呼唤。这种与时代的社会政治及经济极不相称的宴游豪侈,也正反映出当时人们那种反常的自我补偿的心态和得到暂时苟安的自我满足。

党争不断,朋党林立,是中唐社会政治的重要特征,同时也是这个时期社会心理因素发生巨大变化的重要根源之一。

关于唐代的党争,史学家言之甚详。但有两点值得注意:第一,在时间问题上,规模较大,斗争激烈、影响深远的党争,是从安史乱后开始出现的。安史乱前,也存在党争,如玄宗朝就曾发生过张说、张九龄与宇文融、崔隐甫之间的争权夺利的派系斗争,但这种党争并没有超越玄宗的控制势力范围。《资治通鉴》卷二一三玄宗开元十五年:"御史大夫崔隐甫、中丞宇文融,恐右丞相张说复用,数奏毁之,各为朋党。上恶之,二月,乙巳,制说致仕,隐甫免官侍母,融出为魏州刺史。"很快就被平息,影响并不大。④ 第二,在性质问题上,唐代的党争,基本上是由科举出身的庶族官僚

①李肇《唐国史补》,上海古籍出版社1979年1月新1版。
②孙棨《北里志》,古典文学出版社1957年2月版。
③杜牧《感怀诗一首》,见《全唐诗》卷520。
④此次党争的详情,请参见《资治通鉴》卷213开元十四年至十五年,及《旧唐书》卷185下《崔隐甫传》。

集团与依凭门第的士族集团之间的斗争,即归根结蒂是由科举制度本身带来的后果。

自安史乱后,随着社会政治的变迁,统治阶级内部的矛盾也日益尖锐、突出,因而出现了朋党林立、党争不断的局面。肃宗朝朋党已自大树,且往往直接威胁皇权,所以肃宗对朋党的打击还是较果断而严厉的。如《全唐文》卷四十二所载肃宗的制、诏文:

《贬第五琦忠州长史制》:"……凡所进拔,悉收瑕衅,又与贺兰进明并居权要,潜结往来,尝夜会于私第,归必淹于永漏,殊乖宪典,足表异端,颇招党比之嫌,甚失弼谐之望……。"

《流第五琦夷州制》:"……率情每违于直道,交惟党比,用匪忠良,颇乖秉钧之体……。"

《贬房琯刘秩严武诏》:"(房琯)……又与前国学祭酒刘秩、前京兆尹严武等,潜为交结,轻肆言谈,有朋党不公之言,违臣子奉上之体……。"

大历以后,党争日渐加剧,其中规模较大、斗争激烈的如有:

1. 代宗、德宗时元载、杨炎与刘晏、卢杞这两个统治阶级内部的集团斗争。《旧唐书》卷一五九《韦处厚传》谓:"建中之初,山东向化,只缘宰相朋党,上负朝廷,杨炎为元载复仇,卢杞为刘晏报怨,兵连祸结,天下不平。"党争竟能波及甚至策动藩镇"兵连祸结,天下不平",足见其影响及危害之大。简言之,这次党争是以等级制度和赋税制度为焦点而出现的政治斗争。

2. 顺宗时"永贞革新"中的党争,则是更为直接的政治斗争。尽管革新派在短期内就告失败,但它所波及的范围及对世道人心与封建统治政权的震撼和影响却极为深远。

3. 从宪宗元和初年开始,直到宣宗即位后方告结束的牛李党争,是围绕着对待科举制度和藩镇割据的态度问题为中心而展开的。关于这次党争对当时一般士大夫的影响,陈寅恪先生在《唐代政治史述论稿》中指出:"夫两派既势不并立,自然各就其气类所近招求同党,于是两种不同社会阶级争取政治地位之竞争,遂因此表面形式化矣。及其后斗争之程度随时期之久长逐渐增剧,当日士大夫纵欲置身于局外之中立,亦几不可能。……此点为研究唐代中晚际士大夫身世之最要关键,甚不可忽略者也。"①这次党争触及面之广,是十分惊人的。中唐著名的诗人白居易、元稹、李绅等人,都与牛李党争有关,正如傅璇琮先生所指出的,"如果脱离牛李党争的现实,元、白政治态度的变化也就得不到合理的解释"②。可见它对世道人心的影响何等深刻。

除了这些规模较大、斗争激烈的党争之外,以各种形式、各种面目出现的朋党,更是林立朝野,为各自的利益而倾轧斗争。其矛盾之错综复杂,甚至皇帝也叹息:"去河北贼非难,去此朋党实难。"③党争对当时的社会风气及社会心理因素影响甚深。唐文宗在《除朋党禁诏》中,就曾指出:

> 朕承天之序,烛理未明,劳虚襟以求贤,励宽德以容众。顷者,或台辅乖弼亮之道,而具僚扇朋付之风,翕然相从,实戢彝宪。致使薰莸共器,贤不肖并驰。退迹者成后时之夫,登门者有迎吠之客,缪盩之气,埋郁和平。……今既再申朝典,一变浇风,扫清朋比之徒,整饬贞廉之俗。凡百卿士,惟

①上海古籍出版社 1982 年第 1 版,第 100 页。
②《李德裕年谱·序》,齐鲁书社 1984 年 10 月第 1 版。
③唐文宗语,见《旧唐书》卷 176《李宗闵传》。

新令猷。①

整个社会风俗,都因之而变得浇薄缪戾。

从另一个角度分析,朋比党附之风还造成了人与人之间的相互猜忌、隔膜与疏远。《资治通鉴》卷二三九宪宗元和十年(815)载:"初,德宗多猜忌,朝士有相从者,金吾皆伺察以闻,宰相不敢私第见客。"德宗所小心防范的,就是党附朋比之奸,不过这种心态也过分敏感了些。到后来以致忠奸不辨,贤不肖并驰。且看宪宗与大臣的两次对话:

> 上问宰相:"人言外间朋党大盛,何也?"李绛对曰:"自古人君所甚恶者,莫若人臣为朋党,故小人谮君子必曰朋党。何则? 朋党言之则可恶,寻之则无迹故也。东汉之末,凡天下贤人君子,宦官皆谓之党人而禁锢之,遂以亡国。此皆群小欲害善人之言,愿陛下深察之! 夫君子固与君子合,岂可必使之与小人合,然后谓之非党邪?"②

> 上常语宰相:"人臣当力为善,何乃好立朋党! 朕甚恶之。"裴度对曰:"方以类聚,物以群分,君子、小人志趣同者,势必相合。君子为徒,谓之同德;小人为徒,谓之朋党;外虽相似,内实悬殊,在圣主辨其所为邪正耳。"③

李绛、裴度之言,并非虚论,乃有实指。奸佞之徒朋比为奸,反诬忠直之士为朋党,以谗毁陷害,这在当时亦司空贝惯。如《资治通鉴》所载:元和十一年(816),"中书侍郎韦贯之,性高简,好甄别流品,又数请罢用兵;左补阙张宿毁之于上,云其朋党,八月,壬寅,

---

① 见《全唐文》卷 72。
②《资治通鉴》卷 239 宪宗元和八年。
③ 同上卷 240 宪宗元和十三年。

贯之罢为吏部侍郎”；“丙子，以韦贯之为湖南观察使，犹坐前事也。辛巳，以吏部侍郎韦颢，考功员外郎韦处厚等皆为远州刺史，张宿谗之，以为贯之之党也”。张宿，本布衣，以口辩得幸，宪宗欲用为谏议大夫。时李逢吉、崔群、王涯等以张宿小人而固谏，结果，不仅罢门下侍郎、同平章事李逢吉为东川节度使，而且“宿由是怨执政及端方之士，与皇甫镈相表里，潜去之”①。至元和十三年（818），皇甫镈与程异数进羡余，由是得宠，又以厚赂勾结宦官吐突承璀，因此二人并同平章事。裴度、崔群极陈其不可，言镈、异皆“佞巧小人”，然而“上以度为朋党，不之省”②，后又借故贬中书侍郎、同平章事崔群为湖南观察使③。是非不分，曲直不辨，完全颠倒了人与人之间的正常关系。

人际关系如何，很能反映出一个时代的社会风气与社会心理因素。在盛唐时代，人际关系可以说是比较宽松和谐的。人们萍水相逢，亦可携手同游，饮酒赋诗，情同手足。贺知章“金龟换酒”的那片厚意，汪伦对待朋友的那份深情，李白、杜甫、高适等人“醉眠秋共被，携手日同行”④的那种惬意，处处使人感到温暖、和谐；王维“惟有相思似春色，江南江北送君归”⑤，心胸何等开阔！高适“莫愁前路无知己，天下谁人不识君”⑥，又是何等的乐观豪爽；而杜甫《忆昔》诗中所说“天下朋友皆胶漆”，正是对盛唐时代人际关系的总体印象。而到了中唐时期，由于社会风气的“浇薄”、“谬

①《资治通鉴》卷 240 宪宗元和十二年。
②同上卷 240 宪宗元和十三年。
③同上卷 241 宪宗元和十四年。
④杜甫《与李十二白同寻范十隐居》，见《杜诗详注》卷 1。
⑤《送沈子福归江东》，见《王右丞集笺注》卷 14。
⑥《别董大》，见《全唐诗》卷 214。

戾"使得世道险恶,人情淡薄,人际关系显得紧张,且虚伪、虞诈。因而交友之事,便成了人们社会生活中的大事,迫使人们不断地去苦苦思索。如孟郊诗中,就有《审交》、《劝友》、《伤时》、《求友》、《结交》、《择友》、《答友人》等数十首诗,反复表达他的交友观:"种树须择地,恶土变木根。结交若失人,中道生谤言。君子芳桂性,春荣冬更繁,小人槿花心,朝在夕不存。莫蹋冬冰坚,中有潜浪翻。唯当金石交,可以贤达论"①;"求友须在良,得良终相善。求友若非良,非良中道变。欲知求友心,先把黄金炼"②;"结交远小人,小人难姑息。铸镜图鉴微,结交图相依。凡铜不可照,小人多是非"③。孟郊还以辛辣的笔调对当时种种浇薄、险恶的世俗之态进行讽刺与批判,如《择友》一诗:

> 兽中有人性,形异遭人隔;人中有兽心,几人能真识?古人形似兽,皆有大圣德;今人表似人,兽心安可测?虽笑未必和,虽哭未必戚。面结口头交,肚里生荆棘。好人常直道,不顺世间逆;恶人巧谄多,非义苟且得。

其《伤时》诗亦云:"古人结交而重义,今人结交而重利。"传统的美德已不复存在。甚至亲邻之好,也因他应试落第,即以白眼相加,使他发出了"三年失意归,四向相识疏"④的慨叹。中唐时期反映这方面内容的诗歌很多,如顾况《行路难》三首其一:"一生肝胆向人尽,相识不如不相识。"就是如此。而刘禹锡的"长恨人心不如

---

① 《审交》,见《全唐诗》卷 373。
② 《求友》,同上卷 374。
③ 《结交》,同上卷 374。
④ 《北郭贫居》,同上卷 376。

水,等闲平地起波澜"①,最具有代表性。至于卢仝与马异那种怪诞式的结交,则正是一种扭曲、变态的心理表现。

确实,中唐时期由于政治的黑暗,社会的险恶、世风的谬戾和人情的淡薄,因而完全形成了一种反常的社会心理。很多人不仅对现实生活感到失望,甚至对前途、理想也丧失了信心。在这种现实环境与心理状态下,许多人就不得不在另一个天地里寻求心灵的安慰与精神的寄托了。

第二节　道教、佛教对传统儒学的冲击

隋唐时期,由于中外经济文化的发达,许多西方的宗教纷纷传入中国,如景教、摩尼教、祆教、伊斯兰教等。然而在唐代,势力最强、影响最大的,还是从印度传入中国的佛教和在中国土生土长的道教。佛教和道教不仅与当时的政治、经济有直接的关系,而且对哲学思想、文学、艺术等方面,都有着深刻的影响。

汉武帝罢黜百家,独尊儒术,第一次确立了儒家思想的统治地位。然而,东汉末年佛教的传入及黄老之术的盛行,遂演为魏晋时期的三教合流。士人所崇尚的,是玄言清谈、服食养生,《世说新语》就反映了这种社会风尚。在《弘明集》和《广弘明集》中,我们可以看到当时儒释道三教公开论战的实况。这些对于所谓占据统治地位的儒家思想,不能不说是严重的打击和根本性的动摇。在文学创作上,这一动摇也是显而易见的:"自中朝贵玄,江左称盛,因谈余气,流成文体。是以世极迍邅而辞意夷泰,诗必柱

---

① 《竹枝词九首》其七,见《全唐诗》卷365。

下之旨归,赋乃漆园之义疏"①;"正始中,王弼、何晏好庄老玄胜之谈,而俗遂贵焉。至过江,佛理尤盛,故郭璞五言,始会合道家之言而韵之。询及太原孙绰,转相祖尚,又加以三世之辞,而《诗》、《骚》之体尽矣。询、绰并为一时文宗,自此学者皆体之"②。传统的《诗》、《骚》精神,已威风扫地,而老庄哲学和佛学思想却笼罩了整个文化领域。到了隋唐时期,道教又进一步发展壮大,并达到了各自辉煌的时期,从而对当时哲学、思想以及文化艺术的各个方面,有了更为深刻的影响。

关于唐代儒学的衰微,高观如先生在《唐代儒家与佛学》③一文中,指出了三个方面的原因:第一,"唐太宗以好学之君,于崇尚佛教外,尤益奖励儒学。置弘文馆,招天下名儒为学官,选文学之士为学士。鉴于南北朝来经义纷争,久而莫决,为欲学说之统一,使颜师古校正五经之脱误,令孔颖达撰定五经正义……自五经正义厘定后,南北学说之纷争乃绝,由是学者皆伏案而遵正义,不复更有进究新说者。南北学派之争端虽泯,而儒学思想,亦坐是而不进焉"。第二,"当时佛学思想之盛,亦为儒致衰之一因。佛教在当时发达之势,已如旭日丽天,百花竞放。思想界之豪哲,多去儒而归佛,故佛教之人才鼎盛,而儒门人物亦因是空虚也"。第三,"唐代重文学,以此为科举之要目,由是天下人士,多萃其才力诗文方面。于是文有韩柳,诗有李杜王白之伦,文学界之光辉灿烂,其质其量,均非后世之所能及。诗文之努力者多,儒术之研求

---

①刘勰《文心雕龙·时序》,王利器校证本。
②檀道鸾《续晋阳秋》,见《说郛》。
③载张曼涛主编《佛教与中国文化》,上海书店影印出版,1987年10月第1版。

者寡,此亦儒学衰微之一因也"。这个论断大致是不错的。唐代儒学的衰微,与道教及佛教的兴盛有着直接关系。而道教与佛教的兴盛,与统治阶级的大力提倡密不可分。

李唐宗室,系出胡族,[①]故其入主中原,需显宗耀族,光大门楣。高宗乾封元年(666),追封老子李耳为"太上玄元皇帝"[②];上元二年(674),令王公以下皆习《老子》;玄宗开元二十四年(736),诏令道士女冠隶正宗寺,次年置玄学博士,士人习《老子》、《庄子》、《文子》、《列子》者可以应科举,作为明经科的一项,亦曰"道

[①] 钱仲联《李贺年谱会笺》:"唐室自以系出李暠,故贺亦自云陇西成纪人。实则李唐系出胡族,当时人已言之,近人考订亦言之。沈曾植《海日楼札丛》卷二《唐为北魏达阇之裔》条:'《法琳别传》云:"琳闻拓拔达阇,唐言为李。陛下之李,斯即其苗,非柱下陇西之裔也……"按《魏书·官氏志》无达阇氏,琳言不知所据。'冯承钧《唐代华化蕃胡考》:'唐高祖李渊来历,亦甚不明。《新唐书·宗室世系表》,列举李氏人名甚夥,余以为多出伪造依托。渊祖李虎,兄名起头,弟名乞豆,起头之子名达磨,达磨即梵文 Dhama 之对音,此言法也。当时人名梵化者甚多,起头、乞豆,与印度似无关系,与鲜卑必大有渊源。可疑一也。唐室自以系出凉王李暠。按历代君主依托古代帝王神明,几成通例。……"其先陇西成纪人"之李渊,欲求氏族较显之所谓同姓,当然近宗李暠,远祖李广,而托始于颛顼。可疑二也。考《史记》《汉书·李广传》,广有子三人:曰当户、曰椒,皆先广死;曰敢,为霍去病射杀;未闻有弟有子。《宗室世系表》谓广有子二人,长曰当户,次曰敢;而无椒。敢生禹,禹生丞公云云,凭空杜撰。可疑三也。……则虎之为李虎,为大野虎,大野为本姓,为赐姓,尚属疑问也'。"(见《梦苕庵专著二种》,中国社会科学出版社 1984 年 4 月第 1 版,第 4 至 5 页。)

[②] 见《资治通鉴》卷 201。按:后于天宝二年(743),又追尊玄元皇帝父周上御大夫为"先天太皇",见同上卷 215。

举"①。

　　至中唐时期,道教的地位更加牢固,其影响亦更深入人心。即以帝王言之:"肃宗、代宗,皆喜阴阳鬼神,事无大小,必谋之卜祝,故王屿、黎干皆以左道得进。"②常游嵩、华、终南,隐居颍阳、衡山,慕神仙不死之术的李泌,不但深得肃宗、代宗、德宗三朝皇帝的宠幸,而且实行宰相之权,参预决策国政军机大事,以致"朝野皆属目附之"。③ 唐宪宗"晚节好神仙,诏求天下方士。宗正卿李道古先为鄂岳观察使,以贪暴闻,恐终获罪,思所以自媚于上,乃因皇甫镈荐山人柳泌,云能合长生药。甲戌,诏泌居兴唐观炼药。……柳泌言于上曰:'天台山神仙所聚,多灵草,臣虽知之,力不能致,诚得为彼长吏,庶几可求。'上信之。丁亥,以泌权知台州刺史,仍赐服金紫。谏官争论奏,以为:'人主喜方士,未有使之临民赋政者。'上曰:'烦一州之力而能为人主致长生,臣子亦何爱焉!'由是群臣莫敢言。"④至元和十五年(820),四十三岁的宪宗因"服金丹,多躁怒,左右宦官往往获罪,有死者,人人自危;庚子,暴崩于中和殿"⑤之后的穆宗,同样也有"饵金石之药"⑥的历史。

　　道教对于一般士大夫及士子的影响,这里略举数例:

　　【例一】柳冕《与权侍郎书》:

　　　　唐承隋法,不改其理,此天所以待圣主正之,何则? 进士

①见《资治通鉴》卷214。
②见同上卷226代宗大历十四年。
③参见同上卷224、231。
④见同上卷240宪宗元和十三年。
⑤同上卷241宪宗元和十五年。
⑥同上卷243穆宗长庆四年。

以诗赋取人，不先理道；明经以墨义考试，不本儒意。

【例二】白居易《策林》十一"黄老术，在尚宽简，务清静，则人俭朴，俗和平"：

> 夫欲使人情检朴，时俗清和，莫先于体黄老之道也。盖其道在乎尚宽简，务俭素，不眩聪察，不役智能而已。盖善用之者，虽一邑一郡一国至于天下，皆可以致清净之理焉。

【例三】韩愈《太学博士李君墓志铭》：

> 初，（李）于以进士为鄂岳从事，遇方士柳泌，从授药法，服之，往往下血。比四年，病益急，乃死。……余不知服食说自何世起，杀人不可计。而世慕尚之益至，此其惑也。在文书所记，及耳闻相传者不说，今直取目见，亲与之游，而以药败者六、七公，以为世诫。工部尚书归登、殿中御史李虚中、刑部尚书李逊、逊弟刑部侍郎建、襄阳节度使工部尚书孟简、东川节度御史大夫卢坦、金吾将军李道古，此其人皆有名位，世所共识。

从科举考试，到有名位的士大夫，对道家之术都如此重视与崇拜，这种现象足以说明道教在当时的影响之大与流行之广。

但是，唐代道教的兴盛，却又远不及佛教的兴盛。据唐末道士杜光庭《历代崇道记》载，唐以来共有宫观一千九百余，道士一万五千余。这个数字同佛教相比，差距就太大了。仅会昌五年（845）毁佛，"其天下所拆寺四千六百余所，还俗僧尼二十六万余人，收充两税户，拆招提兰若四万余所，收膏腴上田数千万顷，收奴婢为两税户，十五万人，隶僧尼属主客"①。一次性的毁佛数字如此之巨，足见唐代此前佛教繁盛的一般水平。《资治通鉴》卷二

---

①《唐会要》卷47。

四三载:穆宗长庆四年(824)十二月,"徐泗观察使王智兴以上生日,请于泗州置戒坛,度僧尼以资福,许之。……于是四方辐凑,江淮尤甚,智兴家资由此累钜万。浙西观察使李德裕上言:'若不钤制,至降诞日方停,计两浙、福建当失六十万丁。'"按文宗降诞之日为六月九日,依李德裕的估计推算,平均每月将至少度僧尼十万之众,这个数字已是十分惊人了。又文宗太和四年(830),祠部奏请:天下僧尼非正度者,允许申请给牒。于是申请者达七十万人!① 可见当时"私度"僧尼人数之多。

　　毫无疑问,唐代佛教的兴盛,与统治阶级的倡导密不可分。因此这里有必要强调一下从武后时期开始确立的佛教的统治地位。武后时期,佛教与统治阶级的政治利益是密切结合的。

　　首先,《大云经》被用来作为女主受命的符谶。如《旧唐书》所载:

　　　　载初元年……有沙门十人伪撰《大云经》,表上之,盛言神皇受命之事。制颁于天下,令诸州各置大云寺。②

　　　　(薛)怀义与法明等造《大云经》,陈符命,言则天是弥勒下生,作阎浮提主,唐氏合微。③

　　其次,武则天出于打击李姓、抬高自身地位的政治目的,改变初唐时期抬高道教、裁抑佛教的做法,重新调整了二者之间的地位。据《唐大诏令集》卷一一三和《全唐文》卷九五载,天授二年(691)《释教在道法之上制》云:

　　　　朕先蒙金口之记,又承宝偈之文,历教表于当今,本愿标

---

①见郭朋《隋唐佛教》,齐鲁书社1980年3月第1版,第361页。
②《旧唐书》卷6《则天皇后本纪》。
③同上卷183《薛怀义传》。

于曩劫。《大云》阐奥,明王国之祯符;《方等》发扬,显自在之
丕业。驭一境而敦化,宏五戒以训人。爰开革命之阶,方启
惟新之运,宜叶随时之义,以申自我之规。……自今以后,释
教宜在道法之上,缁服处黄冠之前。

武则天所大力提倡的,主要是华严宗。但禅宗也创立于此际,之
后又有天台宗的复兴。尤其到了中唐时期,佛教对当时社会、政
治、思想及文化等方面的影响,就更加深刻。

中唐时期的皇帝,无一不佞佛,而且比此前更甚。如代宗李
豫,"常于禁中饭僧百余人,有寇至则令僧讲《仁王经》以禳之,寇
去则厚加赏赐"[1],可谓荒唐! 且元载等人"每侍上从容,多谈佛
事,由是中外臣民承流相化,皆废人事而奉佛,政刑日紊矣"[2],这
就是"上以风化下"的实际效应。德宗李适,每生日"命沙门、道士
讲论麟德殿"[3],并于贞元六年(790)春,"诏出岐山无忧王寺佛指
骨迎置禁中,又送诸寺以示众,倾都瞻礼,施财巨万"[4]。至于宪宗
李纯迎佛骨一事,就更是轰动朝野的大事了。时凤翔法门寺护国
真身塔内,奉有释迦牟尼佛指骨一节。元和十四年(819)正月,宪
宗命宦官杜英奇率领三十名宫人,持香花至法门寺把佛骨迎至京
师,"上留禁中三日,乃历送诸寺,王公士民瞻奉舍施,惟恐弗及,
有竭产充施者,有然香臂顶供养者"[5]。当时韩愈出于卫道之心,
认为佛是夷人,佛教是夷教,皇帝如此崇奉,甚不利于推行孔孟之

---

① 《资治通鉴》卷 224 代宗大历二年。
② 同上。
③ 同上卷 235 德宗贞元十二年。
④ 同上卷 233 德宗贞元六年。
⑤ 同上卷 240 宪宗元和十四年。

道。而对当时这种局面,"群臣不言其非,御史不举其失"①,因此,韩愈上《论佛骨表》,极力反对。在《表》中,韩愈历述前朝帝王凡不信佛者,皆长命百岁,且"天下太平,百姓安乐寿考";至东汉奉佛之后,不仅运祚不长,而且一个个崇佛的皇帝也都成了短命鬼了。文中还说:

> 苟见陛下如此,将谓真心事佛,皆云天子大圣,犹一心敬信,百姓何人,岂合更惜身命! 焚顶烧指,百十为群,解衣散钱,自朝至暮;转相仿效,惟恐后时,老少奔波,弃其业次。若不即加禁遏,更历诸寺,必有断臂脔身以为供养者,伤风败俗,传笑四方,非细事也。

韩愈反对奉佛,从根本上说是正确的,然而"上得表,大怒,出示宰相,将加愈极刑。裴度、崔群为言:'愈虽狂,发于忠恳,宜宽容以开言路。'癸巳,贬愈为潮州刺史"②。由此可以看出,当时从皇帝到王公士庶,对佛的崇信已经达到了迷狂的程度。因此,当时社会风气亦随之而发生了巨大的变化。武宗李炎于会昌五年(845)制即强调:"今天下僧尼,不可胜数,皆待农而食,待蚕而衣。寺宇招提,莫知纪极,皆云构藻饰,僭拟宫殿……风俗浇诈,莫不由是而致也。"并表示毁佛之后,"自此清净训人,慕无为之理;简易为政,成一俗之功;将使六合黔黎,同归皇化。"③可见道教和佛教给传统儒家思想带来了怎样的冲击。也正是在这样的局面下,韩愈力倡孔孟之"道统",白居易竭力恢复儒家之"诗教"。

　　事实上,在中唐时期,代表知识阶层、出身于儒生的文人士大

---

① 《论佛骨表》,见《韩昌黎全集》卷39"表状二"。
② 《资治通鉴》卷240宪宗元和十四年。
③ 《唐会要》卷47。

夫,投身佛门或兼习释学的现象相当普遍。罗香林先生在《唐代文化史研究·唐释大颠考》中曾指出:当时"聪明之士,多转而投身佛门,或以儒生而兼习释学。其以儒家立场而排斥佛教者,虽代有其人,然大率皆仅能有政治上社会上之作用,非能以学说折之也,而斗争之结果,则不特儒者不能举释门而'人其人,火其书,庐其居,明先王之道以道之',甚且反为释门学者所乘,而使之竟以心性问题为中坚思想。虽其外表不能不维持儒家之传统局面,然其内容之盛搀释门理解,已为不容或掩之事实,其后遂演为两宋至明之理学。"高观如先生在《唐代儒家与佛学》一文中亦指出:"至贞元之后,禅宗特盛。五家七派,相继兴起。次则净土、天台、华严亦呈相当隆况。其他各宗,则渐次微替,不存旧观。而唐时佛教与儒者及文士间发生之影响,亦以禅、净、华、天诸学为多。其轶事则如《居士传》、《分灯录》、《金汤篇》、《法喜志》、《先觉宗乘》及《传灯录》等并详载之";"然当时人士,多受佛学思想之熏陶;而儒林文苑中,乃与佛教多有关系,至若因佛学之影响,而使儒学于义理上有所发扬,如韩愈、李翱辈,又足为宋明理学之先导焉"①。

在中唐著名的思想家中,最激烈地反对佛教的,无过于韩愈。但在客观事实上,韩愈也同样深受佛学思想的影响。韩愈的老师,著名古文家梁肃,应说是一名正统的儒士,但他却又是当时天台宗住持湛然的门人,并写过《天台法门议》、《止观统例议》、《维摩经略疏序》、《涅槃经疏释文》等近二十篇文章,来大肆宣扬和推广佛教教义。其于佛学理解的程度和造诣,并不亚于一般高僧。

---

① 载张曼涛主编《佛教与中国文化》,上海书店影印出版,1987年10月第1版。

这对韩愈不能说毫无影响。宋代马永卿《懒真子》卷二云:

> 　　仆友王彦法善谈名理,尝谓世人但知韩退之不好佛,反
> 不知此老深明此意。观其《送高闲上人序》云:'今闲师浮屠
> 氏一死生解外胶,是其为心,心泊然无所起;其于世,心淡然
> 无所嗜。泊与淡相遭,颓堕委靡溃败不可收拾。'观此言语,
> 乃深得历代祖师向上休歇一路。其所见处,大胜裴休。且休
> 尝为《圆觉经序》,考其造诣,不及退之远甚。唐士大夫中,裴
> 休最号为奉佛,退之最号为毁佛,两人所得之浅深乃相反如
> 此。始知循名失实,世间如此者多矣。

佛教思想对韩愈的深刻影响,近代学者罗香林、陈寅恪等人亦详
为指出。罗香林《唐代文化史研究・唐释大颠考》云:"惟当时昌
黎所排斥者,大抵皆属与儒家伦理观念及人生态度相抵触之佛教
仪式或行为,所谓'教迹'是也。……至于佛教所根据之哲学思想
或方法,昌黎实未尝反对";恰恰相反,韩愈"虽外表仍示排斥佛教
不少贷,然既明为大颠'外形骸以理自胜,不为事物侵乱','要自
胸中无滞碍,以为难得'之佛理所折服也。此则大颠所予昌黎之
影响也。"陈寅恪《金明馆丛稿初编・论韩愈》更云:"退之以其兄
会谪居韶州,虽年颇幼小,又历时不甚久,然其所居之处,为新禅
宗之发祥地,复值此新学说宣传极盛之时,以退之之幼年颖悟,断
不能于此新禅宗学说浓厚之环境气氛中无所接受感发,然则退之
道统之说,表面上虽由《孟子・卒章》之言所启发,实际上乃因禅
宗教外别传之说所造成,禅学与退之之影响亦大矣哉!"一代积极
倡导孔孟之"道"、力辟佛老的韩愈,也同样与佛教徒往来密切(今
存韩愈诗文中,就有大量的与佛徒往来、唱和之作),并且佛教在
哲学思想上对韩愈有着潜移默化的深刻影响。后来其弟子李翱
作《复性书》等文,师法大颠同门惟严禅师,吸收并阐发其学说思

想,不但没有受到韩愈的指责,反而称赞说:"习之可谓究极圣人之奥矣。"韩愈尚且如此,其时一般文人士大夫所受佛教思想的影响,就更可想而知了。

在这种佛教昌盛的社会,几乎找不出一个对佛教一无所知的士大夫。中唐时期著名的诗人、文士中,崇尚佛教者大有人在。如司空曙《闲园即事寄陈公》诗表示:"欲就东林寄一身,尚怜儿女未成人。深山兰若何时到? 羡与闲云作四邻。"①李端《病后游青龙寺》诗说:"境静闻神远,身羸向道深。"②耿湋也感叹"浮世今何事,空门此谛真"③,"更悟真如性,尘心稍自宽"④。独孤及《诣开悟禅师问心法次第寄韩郎中》诗说:"障深闻道晚,根钝山尘难。浊劫相从惯,迷途自谓安。得知身垢妄,始喜额珠完。"⑤吕温夜宿山寺,闻幽磬之声,顿起皈依之念:"月峰禅室掩,幽磬静昏氛。思入空门妙,声从觉路闻。泠泠满虚壑,杳杳出寒云。天籁疑难辨,霜钟谁可分? 偶来访法界,便欲谢人群。竟夕听真响,尘心自解纷。"⑥韦应物《答崔主簿问兼简温上人》诗说:"缘情生众累,晚悟依道流。诸境一已寂,了将身世浮。"⑦孟郊在《夏日谒智远禅师》诗中尚感叹"不得为弟子,名姓挂儒宫"⑧,后来干脆表示"始惊儒

---

① 见《全唐诗》卷 316。
② 见同上卷 284。
③《春日游慈恩寺寄畅当》,见同上卷 268。
④《题惟干上人房》,见同上。
⑤ 见同上卷 247。
⑥《终南精舍月中闻磬声诗》,见同上卷 370。
⑦ 见同上卷 190。
⑧ 见同上卷 380。

教误，渐与佛乘亲"①，鲜明地表示了其倾向性。柳宗元自谓"吾自幼好佛，求其道积三十年"②，他在《晨诣超师院读禅经》诗中自言其读经的活动与感受说："汲井漱寒齿，清心拂尘服。闲持贝叶书，步出东斋读。真源了无取，妄迹世所逐。遗言冀可冥，缮性何由熟。道人庭宇静，苔色连深竹。日出雾露余，青松如膏沐。澹然离言说，悟悦心自足。"③刘禹锡《送僧元暠东游》诗序云："予策名二十年，百虑而无一得，然后知世所谓道，无非畏途，唯出世间法可尽心耳。"④他在《谒柱山会禅师》诗中叙述了自身的遭遇，思想上向佛教的转变，以及奉佛的坚定信心："我本山东人，平生多感慨。弱冠游咸京，上书金马外。结交当世贤，驰声溢四塞。勉修贵及早，纽捷不知退。锱铢扬芬馨，寻尺招瑕纇。淹留郢南都，摧颓羽翰碎。安能昝往事，且欲去沈痗。吾师得真如，寄在人寰内。哀我堕名网，有如翾飞辈。曈曈揭智烛，照使出昏昧。静见玄关启，歆然初心会。夙尚一何微，今得信可大。觉路明证入，便门通忏悔。悟理言自忘，处屯道犹泰。色身岂吾宝，慧性非形碍。思此灵山期，未卜何年载。"⑤元稹《悟禅三首寄胡果》诗之二说："百年都几日，何事苦嚣然。晚岁倦为学，闲心易到禅。"之三说："莫惊头欲白，禅观老弥深。"⑥白居易则更是在家出家的典型，他多次表白自己的佛教信仰："每夜坐禅观水月，……身不出家心出

---

①《自惜》，见《全唐诗》卷 374。

②《送巽上人赴中丞叔父召序》，见《柳河东全集》卷 25。

③见《全唐诗》卷 351。

④见同上卷 359。

⑤见同上卷 335。

⑥见同上卷 335。

家"①;"朝餐唯药菜,夜伴只纱灯。除却青衫在,其余便是僧"②;
"名宦老慵求,退身安草野。家园病懒归,寄居在兰若。……人间
千万事,无有关心者"③;"只有解脱门,能度衰苦厄"④;"唯有不二
门,其间无夭寿"⑤;"不堪匡圣主,只合事空王"⑥。他在《画弥勒
上生帧记》中自言:"归三宝,持十斋,受八戒者有年岁矣。常日日
焚香佛前,稽首发愿,愿当来世,与一切众生,同弥勒上生,随慈氏
下降,生生劫劫,与慈氏俱,永离生死流,终成无上道。"⑦崇尚佛教
已成为普遍的社会风气,也成为文人士大夫精神生活中不可或缺
的重要内容。⑧

儒释合流和以儒奉佛的现象亦十分突出。如湛然之以儒入
释,贾岛之以释还儒,都是十分正常的现象。对于佛徒来说,学通
释儒,可以扩大影响,光大其教。钱起《同王锸起居程浩郎中韩翃
舍人题安国寺用上人院》诗云:"慧眼沙门真远公,经行宴坐有儒
风。"⑨卢纶《斅颜鲁公送挺赟归翠微寺》诗说:"挺赟惠学该儒释,
袖有颜徐真草迹。"⑩卢仝《寄赠含曦上人》诗说:"楞伽大师兄,夸

---

①《早服云母散》,见《全唐诗》卷454。
②《山居》,见同上卷439。
③《兰若寓居》,见同上卷429。
④《因沐感发寄朗上人二首》其二,见同上卷433。
⑤《不二门》,见同上卷434。
⑥《郡斋暇日忆庐山草常兼寄二林僧社三十韵多叙贬官以来出处之意》,见
　同上卷441。
⑦见《白居易集》卷71。
⑧参见郭绍林《唐代士大夫与佛教》,河南大学出版社1987年8月第1版。
⑨见《全唐诗》卷239。
⑩见同上卷276。

曦识道理。破锁推玄关,高辩果难揣。《论语》《老》《庄》《易》,
搜索通神鬼。起信百中门,敲骨得佛髓。"①显然得到文人士大夫
的欣羡赞赏。据佛说儒,在李翱《复性书》中已运用自如,其目的
在于恢张孔教,但恰恰说明了传统儒学衰微之后的新的发展方
向,遂足开宋明理学之先河。② 在一般文人士大夫中,以儒奉
佛、合二为一的见解亦相当普遍。如卢纶《送契玄法师赴内道
场》诗说:"昏昏醉老夫,灌顶遇醍醐。……深契何相秘,儒宗本
不殊。"③柳宗元《送文畅上人登五台遂游河朔序》说:"今燕魏赵
代之间,天子分命重臣,典司方岳,辟用文儒之士,以缘饰政令,
服勤圣人之教,尊礼浮屠之事者,比比有焉。上人之往也,将统
合儒释,宣涤疑滞。"④以儒奉佛,合二为一之风甚盛。柳宗元在
《送巽上人赴中丞叔父召序》中还透露了包括自己在内的士大夫
以儒学佛的风气:"其由儒而通者,郑中书洎孟常州。中书见上
人,执经而师受,且曰:'于中道吾得以益达。'常州之言曰:'从佛
法生,得佛法分。'皆以师友命之。今连帅中丞公,具舟来迎,饰馆
而俟,欲其道之行于远也,夫岂徒然哉! 以中丞公之直清严重,中
书之辩博,常州之敏达,且犹崇重其道,况若吾之昧昧者乎?"⑤在
《送僧浩初序》中,柳宗元一方面批评了韩愈式的辟佛,同时还进
一步表达了其儒释合流的思想倾向:"儒者韩退之与余善,尝病余
嗜浮图言,訾余与浮图游。近陇西李生础自东都来,退之又寓书

①见《全唐诗》卷389。
②参见侯外庐主编《中国思想通史》第四卷第六章之第四节;罗香林《唐代文
　化史研究》;高观如《唐代儒家与佛学》等。
③见《全唐诗》卷276。
④见《柳河东全集》卷25。
⑤同上。

罪余,且曰见送元生序,不斥浮图。浮图诚有不可斥者,往往与《易》、《论语》合,诚乐之;其于性情奭然,不与孔子异道。退之好儒,未能过扬子;扬子之书,于庄、墨、申、韩皆有取焉;浮图者反不及庄、墨、申、韩之怪僻险贼耶? 曰:以其夷也,果不信道而斥焉以夷,则将友恶来、盗跖,而贼季札、由余乎! 非所谓去名求实者矣。吾之所取者,与《易》、《论语》合,虽圣人复生,不可得而斥也。退之所罪者其迹也,曰髡而缁,无夫妇父子,不为耕农蚕桑而活乎人。若是,虽吾亦不乐也。退之忿其外而遗其中,是知玉而不知韫玉也,吾之所以嗜浮图之言以此。"①刘禹锡也同样具有以佛解儒、合二为一的思想,其《赠别君素上人诗》序云:"曩予习《礼》之《中庸》,至'不勉而中,不思而得',悚然知圣人之德,学以至于无学。然而斯言也,犹示行者以室庐之奥耳,求其径术而布武,未易得也。晚读佛书,见大雄念佛之普,级宝山而梯之,高揭慧火,巧熔恶见,广疏便门,旁束邪径。其所证入,如舟沿川,未始念于前而日远矣。夫何勉而思之邪? 是余知交奥于《中庸》,启键关于内典,会而归之,犹初心也。不知余者,诮予困而后援佛,谓道有二焉。夫悟不因人,在心而已。"②姚合《赠卢沙弥小师》诗更明白地说:"我师文宣王,立教垂书诗。但全仁义心,自然便慈悲。两教大体同,无处辨是非。"③可以看出,在这个时代的文人士大夫的心目中,儒学与佛学并无高下是非之分,甚至二者可以互为沟通,合而为一。

随着社会政治、社会心理因素的变化,加之崇道佞佛的骤增,

---

① 见《柳河东全集》卷 25。

② 见《全唐诗》卷 357。

③ 见同上卷 497。

传统的儒学已经大大地衰微了。宗教文化冲击着固有的传统文化,但同时也为传统文化的更新,注入了新的生命力。

第三节　新的文艺形式

盛唐时代的文艺,已经发展到了一个黄金时代,从中我们可以感受到盛唐人浪漫豪爽的气质与博大宽阔的胸襟,可以感触到盛唐人那积极的、浪潮般的政治热情与生活热情。可以说,随着盛唐帝国的发展壮大,盛唐的文学艺术也逐步走向高潮。但是,随着安史之乱的爆发,大唐帝国已经一蹶不振。人们面临的是战后的萧条、政治的腐败与社会的黑暗,大概再也不会出现像李白所形容的"群才属休明,乘运共跃鳞。文质相炳焕,众星罗秋旻"[1]那样繁盛的局面了。但是,从历史的、发展的眼光来看,我们还不得不赞同刘勰所说的"文变染乎世情,兴废系于时序"[2]。文学艺术所反映的,本来就是丰富多彩的社会生活。那么,随着社会政治、社会心理因素的变化,以及道教、佛教对于传统儒学的冲击,文学和艺术的创造也必然随之发生新的变化。

如果说,盛唐文化是中国古代文化发展中的高峰期,那么,中唐文化则是继盛唐之后的又一个高峰。发展、变化与创新,是这一高峰的主要标志。

1.古文的复兴

自六朝以来流行已久的绮靡华丽的骈文,从宫廷到市林,从

---

[1]《古风》其一,见《李太白全集》卷2。
[2]《文心雕龙·时序》。

应用文字到案头文字，都十分盛行。这种偏重于形式美的华丽文风，主要是讲究辞藻、对偶与用典。不可否认，骈文中也有一些情文并茂的佳作，然其末流，却已发展为僵化甚至堕落，内容空虚，不见性情，只剩下一个华丽的外壳。这种形式主义文风的泛滥，必然是文学发展的障碍。裴子野、宇文泰以及颜之推等人，在当时就批评这种风气，但无人响应。到了隋朝，尽管隋文帝杨坚及李谔等人通过行政命令的手段进行"革文华"、去骈丽，但积重难返，收效甚微，"时俗词藻，犹多淫丽，故宪台执法，屡飞霜简"①。到了唐代，反对骈丽文风的呼声越来越高，初唐有四杰、陈子昂，盛唐有萧颖士、李华、贾至，安史乱后有独孤及、梁肃、柳冕、元结等人，都在理论与创作实践上提倡古文，反对骈丽文风。但是由于社会时代及个人才力等方面的原因，他们也并未取得成功。正如柳冕所说："虽知之不能文之，纵文之不能至之。"②在韩愈年轻的时代，社会上骈丽的文风犹盛，如韩愈在《答崔立之书》中回忆说："凡二试于吏部，一既得之，而又黜于中书。虽不得仕，人或谓之能焉。退自取所试读之，乃类于俳优者之辞，颜忸怩而心不宁者数月。"足见"时文"风气之一斑。到了贞元、元和之际，韩愈与柳宗元一方面强调文道合一：道是目的，文是手段；道是内容，文是形式。文应当为道服务。韩愈说："通其辞者，本志乎道者也。"③柳宗元也说："文者以明道。"④所谓"道"，就是指以孔孟为正宗的儒家思想体系。另一方面，进行文体改革，建立新的文学

①《隋书·文学传序》。
②《与滑州卢大夫论文书》，见《全唐文》卷527。
③《题欧阳生哀辞后》，见《韩昌黎全集》卷22。
④《答韦中立论师道书》，见《柳河东全集》卷34。

语言:"惟陈言之务去"①,"惟古于词必己出"②;"文从字顺各识职"③。尤其是韩、柳丰富的创作实践,用韩愈的话说,可谓"沈浸浓郁,含英咀华"④;用柳宗元的话说,可谓"漱涤万物,牢笼百态"⑤;把古代散文提高到了一个新的阶段。加之韩、柳对后进之士的大力培养,终于清除了骈丽的文风,确立了奇句单行、自由灵活的古体散文在文坛中的统治地位。苏轼所说"文起八代之衰,道济天下之溺"⑥可以说是对韩柳古文运动的定评。中唐古文运动之后,中国古代的散文大体上也就定型了,虽然还有奇峰突起的时代,如北宋之诗文革新运动、明之前后七子、清之桐城派等,但发展的道路已经比较平坦了。

从中唐古文运动的成功这一事实来看,中唐文人的确是极富创造力与创新精神的。

2.传奇的盛行

关于传奇,鲁迅先生说:"小说亦如诗,至唐代而一变,虽尚不离于搜奇记逸,然叙述宛转,文辞华艳,与六朝之粗陈梗概者较,演进之迹甚明,而尤显者乃在是时则始有意为小说。"⑦唐传奇的出现,乃是中国小说史上的一次飞跃,它标志着中国小说进入了成熟的阶段。

---

①韩愈《答李翊书》,见《韩昌黎全集》卷16。
②韩愈《南阳樊绍述墓志铭》,见同上卷34。
③同上。
④《进学解》,见同上卷12。
⑤《愚溪诗序》,见《柳河东全集》卷24。
⑥《韩文公庙碑》,见《经进东坡文集事略》卷55。
⑦《中国小说史略》,见《鲁迅全集》第9册。

　　初、盛唐时期，是传奇这种新文体的孕育时期，作品数量很少，思想和艺术尚未成熟，可以说是由六朝志怪到成熟了的唐传奇之间的桥梁。到了中唐时期，由于社会、政治、经济、文化等等方面的原因，尤其是诗歌创作的繁荣与古文运动的兴起，都进一步助长了传奇的成熟，并达到了传奇小说的鼎盛时期。这时期传奇作者蔚起，作品数量多，质量高，名篇佳作几乎都产生在这个时代。其中著名的如：陈玄祐的《离魂记》、沈既济的《枕中记》、李公佐的《南柯太守传》、李朝威的《柳毅传》、陈鸿的《长恨歌传》、白行简的《李娃传》、元稹的《莺莺传》、蒋防的《霍小玉传》、沈亚之的《异梦录》等等，传奇创作呈现出繁荣的局面。而到了晚唐，则是传奇小说逐渐衰微的时期，尽管作品数量有增无减，但思想内容与艺术成就都远逊于前一个时期。从这一现象中，也可以看到中唐人所具有的创新精神。

　　3.变文的崛起

　　变文的产生跟佛教的繁荣有密切的关系。佛教传入中国，虽非始自唐代，但到了唐代随着社会经济的繁荣和与印度在商业、宗教方面往来的日益密切，佛教也就更加盛行了。尤其是安史乱后，连年的战争给人们的心灵带来了沉重的创伤，加之经济的萧条、政治的腐败与社会的黑暗，许多人对理想、前途感到茫然，甚至对生活也失去了勇气。在这种状态下，具有精神麻醉作用的佛教，便进一步占据了人们的心灵。柳宗元所谓"佛之道，大而多容，凡有志乎物外而耻制于世者，则思入焉"①，在当时很有代表性。佛教把人们的心迹由泥滞引向玄远，把人们的希望由现世引

————————
①《送玄举归幽泉寺序》，见《柳河东全集》卷26。

向来世，使人们摆脱现世的烦恼，获得恬适和满足，达到思想的解脱。尤其是新兴的禅宗与复兴的天台宗，更带着时代的色彩，抓住了社会时代的特定心理，因而在当时得以广泛流行。上自帝王将相，下至文人学士、黎民百姓，对佛教的崇信似乎达到了如痴如狂的地步。而佛教徒为了扩大佛教的影响，使佛教深入人心，便广泛地进行宗教宣传。但是，如果把干巴巴的、抽象玄奥的佛经教条拿来向人们宣传，显然是行不通的。于是产生了“俗讲”。俗讲是为了宣传佛教教义而运用的一种通俗化的形式。进行俗讲的佛僧叫俗讲僧，俗讲僧为了劝诱听众信从佛教，便把佛经经义通俗化，取佛经中富有文学趣味的故事，以寺院为表演场所，有说有唱有表演地加以演绎。就这样，随着城市的发达和市民文学的发展，“变文”这种新兴的讲唱文艺形式便在佛寺中产生了。“俗讲”一词，最早见于中唐元和时期。当然，俗讲的形式在元和之前就已经产生，但它的大量产生却是在元和以后。[1] 这种通俗易懂的新兴的文艺样式，在当时深受文人士大夫及一般市民百姓的欢迎。刘禹锡《送僧仲剬东游兼寄呈灵澈上人》诗说，仲剬“前时学得经纶成，奔驰象马开禅扃，高筵谈柄一麈拂，讲下门徒如醉醒。”[2]又《海门潮别浩初师》诗说：“前日过萧寺，看师上讲筵。都人礼白足，施者散金钱。”[3]又《送慧则法师归上都因呈广宣上人》诗序说，慧则“自京师涉汉沔，历鄢郢，登衡湘，听徒百千，耳感心化。”诗云：“昨日东林看讲时，都人象马蹋琉璃。雪山童子应前

①近代以来的学者考据，已证明了这一点。参见上海古籍出版社《敦煌变文论文录》所收《俗讲新考》、《谈变文》、《试谈变文的产生和影响》等论文。

②见《全唐诗》卷356。

③见同上卷357。

世,金粟如来是本师。一锡言归九城路,三衣曾拂万年枝。"①张籍
《送律师归婺州》诗说:"京中开讲已多时,曾作坛头证戒师。归到
双溪桥北寺,乡僧争就学威仪。"②姚合《听僧云端讲经》诗说:"无
生深旨诚难解,唯是师言得正真。远近持斋来谛听,酒坊鱼市尽
无人。"③雍陶《安国寺赠广宣上人》诗亦云:"马急人忙尘路喧,几
从朝出到黄昏。今来合掌听师语,一似敲冰清耳根。"④能够吸引
如此多的民众,正是佛教界善巧诱化的结果,而不是那种直接宣
读玄远深奥、枯燥乏味的佛理所能达到的。唐代赵璘《因话录》卷
四记载:"有文溆僧者,公为聚众谭说,假托经论,所言无非淫秽鄙
亵之事,不逞之徒,转相鼓扇扶树;愚夫冶妇,乐闻其说,听者填咽
寺舍,瞻礼崇拜,呼为和尚。教坊效其声调,以为歌曲。"段安节
《乐府杂录》也说:"长庆中,俗讲僧文溆,善吟经,其声宛畅,感动
里人。"可见文溆僧之讲经,有说有唱,十分精彩,故此有特殊的吸
引力。《因话录》所记,显然带有鄙视的眼光,故多贬抑之辞。其
实文溆"所言",未必皆"淫秽鄙亵之事"。《资治通鉴》卷二四三敬
宗宝历二年(826)载,敬宗皇帝就曾亲"幸兴福寺,观沙门文溆俗
讲"。这些都足以说明俗讲、变文所富有的感染力及其受到欢迎
的程度。

变文开始的时候,尽管是为宗教宣传服务的,但它一经与民
众接触后,人们就按照自己的好尚和要求,把它掌握在自己手里,
并逐渐舍弃了宗教的内容,创造出人们自己所喜闻乐见的、以历

---

① 见《全唐诗》卷 359。
② 见同上卷 386。
③ 见同上卷 502。
④ 见同上卷 518。

史故事和现实生活为题材的变文。唐代韦縠《才调集》卷八所载吉师老《看蜀女转昭君变》诗，就明显地反映了这种转变的结果，其诗曰：

> 妖姬未着石榴裙，自道家连锦水渍。檀口解知千载事，清词堪叹九秋文。翠眉颦处楚边月，画卷开时塞外云。说尽绮罗当日恨，昭君传意向文君。

从这首诗中可以看出，非宗教题材的变文的演唱，已经广泛流行；而演唱者也由僧人转成了民间艺人；同时在说唱之外，还又配以"画卷"，从而使故事更加生动形象。这表明变文已经由宗教的宣传品转化成真正的民间文学了。

　　从敦煌石室发现的变文，一大部分是讲佛经故事的，如《目连变文》、《维摩诘经变文》、《降魔变文》等，就是其中较好的作品。《伍子胥变文》、《王昭君变文》、《孟姜女变文》、《秋胡变文》、《董永变文》、《汉将李陵变文》等，则属于历史故事和民间传说一类。至于《张义潮变文》、《张淮深变文》，则是反映当代社会生活的题材，这两篇变文的"画卷"，在今存敦煌壁画上，仍可见其面貌。

　　变文这种新兴的文学样式，给予当时作家以新鲜的感受和强烈的影响。他们从中吸取了新鲜的血液，使文学创作获得了新的生命。在白居易、白行简等作家的作品里，往往可以明显地看到这种影响的痕迹。① 而且唐代传奇的繁荣，也与变文的影响是分不开的。在此以后的民间文学，如宝卷、弹词、鼓词、话本等艺术形式，都是与变文一脉相承的。至于长篇小说中夹杂诗词的叙述和戏曲中的唱白兼用，也跟俗讲、变文有很大关系。

---

① 参见陈允吉《白居易〈长恨歌〉故事与敦煌变文〈欢喜国王缘〉》，载《唐音佛教辨思录》，上海古籍出版社 1988 年 9 月第 1 版。

那么,我们从变文这一新的文学样式的产生、发展及其繁荣的状况来看,也可以明显见出中唐文学艺术的创新局面。

4.词的渐兴

关于词的起源,学术界有着不同的见解,其中较有代表性的看法包括以下三种:一,源于六朝,梁武帝的《江南弄》已初具雏形;二,产生于初盛唐,至中晚唐渐兴;三,源于隋代,隋炀帝的《纪辽东》已较成熟。宋王灼《碧鸡漫志》卷一说:"盖隋以来,今之所谓曲子者渐兴。"又卷四引《脞论》:"水调《河传》,炀帝将幸江都时所制。"宋张炎《词源》卷上也说:"粤自隋唐以来,声诗间为长短句。"后蜀何光远《鉴戒录》卷七说:"《柳枝》者亡隋之曲,炀帝将幸江都,开汴河,种柳,至今号隋堤,有是曲也。"都认为词最早产生于隋代,而《河传》、《柳枝》也都是后来常见的词牌。今人夏承焘、唐圭璋等,亦皆持第三种说法,认为词最早应是隋代兴起的民间词广泛流传之后,才逐渐在中晚唐文人间兴盛起来。

在敦煌发现的一百六十多首曲子词,绝大多数是民间的作品,这是现存最早的唐代民间词,它们大都作于唐玄宗之世至五代。至于文人词,今传最早的是署名为李白的词二首:《忆秦娥》、《菩萨蛮》。但这两首词的真伪早已受到后人的怀疑。如明代胡应麟《少室山房笔丛》说:"太白在当时,直以风雅自任,即近体盛行,七言律鄙不肯为,宁屑事此?且二词虽工丽,而气亦衰飒,于太白超然之致,不啻穷壤。借令真出青莲,必不作如是语。详其意调,绝类温方城辈,盖晚唐人词,嫁名太白。"此说不无道理。文人摹仿和创作的词,大量地产生于中唐。如张志和、刘长卿、韦应物、戴叔伦、王建、刘禹锡、白居易等,都有一些比较优秀的词作。他们的词,除了具有浓厚的民歌风味外,感情细腻,生活气息浓郁,艺术上也更加成熟,为词的进一步发展与繁荣,奠定了坚实的基础。

那么,从词的由民间到文人创作的过渡及渐兴这一文学现象来看,我们也不得不承认中唐诗人是极富探索与创新精神的。

5.书画艺术的发展

唐代的书法绘画艺术,也同样是中国美术史中的黄金时期。在初盛唐时期,由于唐太宗的爱好与大力提倡,从宫廷到社会,书法大都摹仿二王(羲之、献之)。著名的唐初四大书家欧阳询、虞世南、褚遂良、薛稷,以及之后的孙过庭、李邕等人,就都是二王书体的继承人。范文澜在《中国通史》(四)中认为,颜真卿才是唐朝新书体的创造者。苏轼《书唐氏六家书后》云:"颜鲁公书雄秀独出,一变古法。"姜夔《续书谱·真书·用笔》云:"颜、柳结体既异古人,用笔复溺于一偏,予评二家为书法之一变。"刘熙载《艺概·书概》亦云:"颜鲁公书,自魏、晋及唐初诸家皆归隐括。东坡诗有'颜公变法出新意'之句,其实变法得古意也。"都指出了颜真卿对书法艺术的创变。颜真卿虽历开、天盛世,其间亦自扬名,且有大量的书法作品传世,但他的书法创变,却是在大历以后,即其六十岁以后才开始的。《宣和书谱》卷三说颜真卿"盖自有早年书《千佛寺碑》,已与欧、虞、徐、沈暮年之笔相上下,及《中兴》以后,笔力迥与前异,亦其所得者愈老也。"宋代朱长文《续书断》卷上说:"今所传《千福寺碑》,公少为武部员外时也,遒劲婉熟,已与欧、虞、徐、沈晚笔相上下,而鲁公《中兴》以后,笔迹迥与前异者,岂非年弥高而学愈精耶?"都指出了颜真卿晚年书法创变的事实。康有为《广艺舟双楫·余论第十九》称颜真卿"《麻姑坛》握拳透爪,乃是鲁公得意之笔,所谓'字外出力中藏棱',鲁公诸碑,当以为第一也"。的确，颜真卿自六十三岁时书（大字）《麻姑仙坛记》、《大唐中兴颂》等作品以后，他的书法艺术便进入了完全成熟的后期，他对书法艺术的创变，也即由此开始。之后他六十四岁所书《右丞相宋璟碑》、《八关斋会报望记》，七十二岁所书《颜惟贞家庙碑》等等，都体现出"颜体"独特的艺术风格。① 中唐时期的书法家，除颜真卿外，还有怀素、李阳冰、沈传师、柳公权、韩择木等人，均能别开蹊径，开创新的风格。他们对后世的影响很大，尤其是颜柳二体，至今仍是书学爱好者的必学之帖。

关于中唐绘画艺术的发展，滕固在《唐宋绘画史》②中指出："凡一种风格，获得了不拔之基以后，此风格本身存有薄弱、缺陷、未尽的各个细部，统由后继者在较长时期中为之增益、弥补、充实；使这风格逐渐走向圆满的境域。盛唐以后的绘画，最显著地呈现到我们的眼前的就是山水画上技巧的进步。毕宏的纵奇险怪，张璪的秃笔和以手摹绢，王洽的泼墨，荆浩的笔墨兼顾，这都是予盛唐时代成立之山水画的增益、弥补、充实的实例。山水画上如此，其他部门如佛画、人物、畜兽，花鸟等上面，亦逃不了这个例子。"又说："以前绘画史的作者中，没一人肯说，唐代后期的绘画较胜于前期的事。这是源于过于崇拜创造者，而忽略了'风格发展'。"从这种风格发展的状况中，我们也可以看出中唐艺术的发展与创新。

如前所论，由于佛教的盛行，同时也促成了宗教文化艺术的

---

① 参见宋代留元刚编《颜鲁公年谱》，见王云五主编《新编中国名人年谱集成》第16辑，台湾商务印书馆1982年出版发行。金开诚《颜真卿的书法》，载《文物》1977年第10期。
② 见中国古典艺术出版社1958年3月第1版。

高度繁荣,如"俗讲"、"变文"的产生,就是在佛教传播过程中伴随出现的一种新的艺术产品。同样,在其他文化艺术领域内,如寺庙壁画,就更加显示出宗教艺术那光华闪烁的巨大成就。宗教壁画,也是宗教传播过程中伴随出现的产品,其基本内容,无非是宣传宗教思想。但是,作为塑造具体形象的艺术,唐代寺庙壁画把宗教的想象和传统的绘画技法上的进一步结合,凝聚着无数画师与画工的智慧与创造精神,并因此而成为反映一个时代社会审美意识的重要标志,给当时整个文化艺术领域带来了一股新的气息。据朱景玄《唐朝名画录》、段成式《酉阳杂俎》续集《寺塔记》,以及张彦远《历代名画记》载述,唐代画壁之风趋于极盛,自两京至于外州的佛刹道观,几乎都有通壁大幅的图画供人瞻观。俞剑华《中国绘画史》就说:"唐朝佛教道教既极兴盛,故佛寺道观,亦风起云涌,而壁画亦随而发达,所画寺壁之多,为历代之冠。"

在中唐时代,由于社会政治与社会心理因素的变化,不仅佛道二教十分兴盛,同时也促成了宗教艺术的高度繁荣。可以说,中唐时期的宗教艺术直接继承了盛唐,并有了新的发展。如以我们今天所能看到的敦煌壁画为例,虽然在数量上,中唐时期(吐蕃时代,建中二年——大中元年)的石窟远不及盛唐(神龙元年——建中元年)的多(按:今存盛唐80窟,中唐44窟,不包括后代重修)但在艺术上它却超越了盛唐。敦煌文物研究所整理的《敦煌莫高窟内容总录》中,史苇湘先生就指出:"莫高窟吐蕃时代艺术与盛唐艺术有着不可分割的联系,但窟形、龛形和壁画内容都有显著变化,其中最为突出的是每窟经变数量增多。初、盛唐的个别洞窟虽也偶有一壁上画多铺经变,却是经不同时期陆续增补而成的(如第205窟)。吐蕃时代洞窟在制作上十分考究,覆斗形窟顶,方整的四壁、盝顶帐形龛以及佛床、壶门,无不严整、精巧;一壁之上,不仅画二至四铺经变,而且在壁画下部还画了十二至十四扇屏风。屏风内所画各品比喻故事细节,与上方经变中盛大的法会场相配合,收到了精致细腻的艺术效果。……这些石窟给予后来晚唐、五代、宋、西夏的继续修造以深远的影响。"并说:"仅从石窟修建的多少来判断敦煌佛教的兴衰仍是片面的。"[1]

中唐时期高度发展的宗教艺术,尤其是寺庙壁画,以其焕然的艺术魅力和诡怪的造型特点,广泛而纵深地影响着当时人们的精神生活,并通过内在的审美意识的感染,一方面冲击着传统的文化,同时也为整个文艺领域带来了新的变化。这种影响不仅直接影响着文人画,而且作为"诗画同源"的诗歌来说,也同样受到深刻的影响。加上变文这种令人耳目一新的宗教艺术,以及大量的诗僧与僧诗的涌现,宗教艺术就更为直接地影响到诗歌艺术。中唐许多具有敏锐的艺术感受力的诗人,一方面从宗教思想中吸取一些有益于诗歌艺术发展的合理成份,另一方面从寺庙壁画中吸取丰富的艺术养料,打破诗与画的界限,大胆地借鉴和运用它的创作经验,在诗歌艺术构思和开拓诗歌艺术形象方面,作了许多有益的探索和尝试,从而也为中唐诗歌的创新发展,开辟了一条崭新的途径。

研究中唐诗歌,我以为不应脱离它的大的文化背景。我们既要作纵向的历史考察,也要作横向的客观分析;既要考虑到诗歌自身发展变化的因素,也要考虑到其社会政治与文化艺术(如哲学、宗教、书法、绘画等方面)的因素。丹纳在《艺术哲学》一书中曾说:"艺术家本身,连同他所产生的全部作品,也不是孤立的。有一个包括艺术家在内的总体,比艺术家更广大,就是他所隶属

---

[1] 上引均见《敦煌莫高窟内容总录》,文物出版社 1982 年 11 月第 1 版。

的同时同地的艺术家宗派或艺术家家族。"又说:"这种艺术不是偶然的产物,而是一个社会全面发展的结果,以后我们考察作品,发现作家与环境一致的时候,这一点可以完全肯定。"这一论断对于我们研究中唐诗歌,不无启发与指导的意义。文学的发展变化,是一种抽象而又十分复杂的现象,除了社会政治、民族特点、个人因素、传统文化及外来影响等因素外,在文学、艺术与哲学等文化思想领域内,往往会有一张无形的网络,使它们互相沟通,并在许多方面呈现出共同的特点与一致的倾向,而在相同的时代内,这种迹象尤为明显。中唐诗歌的发展变化,同样也逃不脱这张网络。可以说,中唐时期特殊的文化氛围,既促成了中唐诗变,也左右着中唐诗变的方向。

第二章　诗人的创新与分化

第一节　诗人的创新精神

中唐诗歌的创新,突出地表现在诗人主观的积极追求上。

安史之乱爆发后的第六年,即肃宗乾元三年(760),元结编《箧中集》,欲矫"流俗"之弊,他在《序》中述其宗旨曰:

> 风雅不兴,几及千岁,溺于时者,世无人哉? ……近世作者,更相沿袭,拘限声病,喜尚形似;且以流易为辞,不知丧于雅正,然哉! 彼则指咏时物,会谐丝竹,与歌儿舞女,生污惑之声于私室可矣。若令方直之士,大雅君子,听而诵之,则未见其可矣。吴兴沈千运,独挺于流俗之中,强攘于已溺之后,穷老不惑,五十余年。凡所为文,皆与时异。故朋友后生,稍见师效,能似类者,有五六人。①

在此之前,即天宝十二载(753),殷璠编《河岳英灵集》,其序云:"自萧氏以还,尤增矫饰。武德初,微波尚在;贞观末,标格渐高;景云中,颇通远调;开元十五年后,声律风骨始备矣。实由主上恶

---

① 见《唐人选唐诗》,上海古籍出版社1978年9月新1版。

华好朴，去伪从真，使海内词场，翕然尊古，南风周雅，称阐今日。"①比较中可见，元结与殷璠的批评标准大体一致，即均崇尚"风雅"之道，然而其态度却完全相反。元结不仅对此前的诗歌创作持批判的态度，而且其所谓"独挺于流俗之中，强攘于已溺之后，穷老不惑，五十余年。凡所为文，皆与时异"云云，无疑就在颂扬沈千运的同时，而彻底否定了整个盛唐诗坛，其见解显然是极端偏激的。五年之后的永泰元年（765），元结在《刘侍御月夜宴会序》中又说：

　　　　于戏！文章道丧盖久矣。时之作者，烦杂过多，歌儿舞女，且相喜爱，系之风雅，谁道是邪？诸公尝欲变时俗之淫靡，为后生之规范，今夕岂不能道达情性，成一时之美乎？②

同样是以"道丧"、"淫靡"评价当代诗坛，无疑也是片面的。然而，元结的这种观点、态度和方法对中唐诗人却产生了十分深刻的影响。究其原委，大要有二：首先，元结的《舂陵行》和《贼退示官吏》二诗，得到了当时诗坛巨匠杜甫的高度赞扬。杜甫于大历二年（767）所作《同元使君舂陵行》③诗序说："览道州元使君结《舂陵行》兼《贼退后示官吏作》二首，志之曰：当天子分忧之地，效汉官良吏之目。今盗贼未息，知民疾苦，得结辈十数公，落落然参错天下为邦伯，万物吐气，天下少安可待矣！不意复见比兴体制、微婉顿挫之词。感而有诗……"诗中又说："道州忧黎庶，词气浩纵横。两章对秋月，一字偕华星……感彼危苦词，庶几知者听。"元结能于"盗贼未息"之时，"知民疾苦"："凄恻念诛求，薄敛近休明"，欲

---

①见《唐人选唐诗》，上海古籍出版社1978年9月新1版。
②中华书局排印本孙望校《元次山集》卷3。
③《杜诗详注》卷19，中华书局1979年11月第1版。

拯民于水火,"以达下情"①,这与杜甫的一贯精神完全一致。元结的这两首诗也的确无愧于杜甫对它的高度评价。但必须看到,元结的这两首诗,正如杜甫的《三吏》、《三别》等作品一样,乃是特殊时代的产物,如果仅执此为唯一标准,去衡量整个盛唐,甚至整个诗史,显然是片面的,而元结恰恰就是这样!但既然得到了伟大诗人杜甫的高度赞扬,故元结那种片面、偏激的观点,能对步武其后的中唐诗人产生直接的影响。其次,元结的这种观点、态度和方法,又恰恰迎合了中唐诗人追求创变的心理,故能被接受、发展,以至达到一个新的高潮。而中唐诗人的创新意识,也恰恰就是从这里开始起步的。

皎然《答苏州韦应物郎中》诗云:

> 诗教殆沦缺,庸音互相倾。忽观风骚韵,会我夙昔情。荡漾学海资,郁为诗人英。格将寒松高,气与秋江清。何必邺中作,可为千载程。②

皎然在这里除了赞扬韦应物诗"格高"、"气清"而外,主要就是从"诗教"的角度肯定了韦诗。认为韦诗能于"诗教""沦缺"之后,忽见"风骚"之韵,故能超建安而为诗人之英。皎然在《诗式序》中自言其著《诗式》的目的是:"洎西汉以来,文体四变,将恐风雅寖泯,辄欲商较以正其源。今从两汉以降,至于我唐,名篇丽句,凡若干人,命曰《诗式》,使无天机者坐致天机,若君子见之,庶几有益于诗教矣。"考其《诗式》及其诗歌创作,皎然实在并没有以恢复"诗教"、振兴"风雅"为己任,在理论上,他更强调诗歌艺术的创新;在创作中,他更多的是谈禅证性之作。那么他在这里所强调的"诗

---

①元结《舂陵行》诗序,见《杜诗详注》附录,中华书局1979年11月第1版。
②见《全唐诗》卷815。

教"、"风雅"或"风骚",也仅仅是一面旗帜而已。但这面旗帜却与元结所谓"风雅不兴"、"丧于雅正"及"文章道丧盖久矣"的理论一脉相承。孟郊在《春日同韦郎中使君送邹儒立少府扶侍赴云阳》诗中说:"太守不韵俗,弟子皆变风。"①对韦应物等人不趋俗流的"变风"给以高度评价。又其《赠苏州韦郎中使君》诗亦云:"谢客吟一声,霜落群听清。文含元气柔,鼓动万物轻。嘉木依性植,曲枝亦不生。尘埃徐庾词,金玉曹刘名。章句作雅正,江山益鲜明。"②也是在赞美韦诗格高气清的同时,含有风雅正变之意。尽管孟郊也说过:"前古文可数,今人文亦灵。高名称谪仙,升降曾莫停。"③但那正表现出其超越盛唐、追求创变的积极态度和精神。此外,王建在《寄李益少监兼送张实游幽州》诗中也表现出一致的倾向:

> 大雅废已久,人伦失其常。天若不生君,谁复为文纲?
> 迷者得道路,溺者遇舟航。国风人已变,山泽增辉光。④

显然也是以恢复"大雅"为号召,对李益指迷、拯溺的"变风"之作,给予高度的颂扬。

但在中唐时期,真正继承了元结的衣钵,并将其理论推向了一个新的高潮的,则是元稹和白居易。白居易在《余思未尽加为六韵重寄微之》诗中曾不无自豪地说:"诗到元和体变新"⑤。的确,他们无论在理论上还是在创作实践中,都十分明确地表现出

---

① 见《全唐诗》卷 379。
② 见同上卷 377。
③《吊卢殷》十首其十,见同上卷 381。
④ 见同上卷 297。
⑤ 见同上卷 446。

了求新创变的积极态度。白居易《与元九书》①云：

> 仆尝痛诗道崩坏，忽忽愤发，或食辍哺、夜辍寝，不量才力，欲扶起之。

所谓"诗道"，就是传统儒家的"诗教"，即"美刺兴比"的"风雅"、"六义"之道。然而值得注意的是，元稹和白居易以恢复"诗道"为己任，却是建立在对前人否定的基础之上的。在元稹那里，"风雅"的精神与"教化"的目的，合而为一。② 所以他在《唐故工部员外郎杜君墓系铭并序》③中，就以"风雅"与"教化"为标准，评述了历代诗歌。他说孔子删诗，是"取其干预教化之尤者三百，其余无闻焉"。说屈原的作品"怨愤之态繁，然犹去风雅日近，尚相比拟"；说苏、李之徒"虽句读文律各异，雅郑之音亦杂"；这些作品以及建安、晋世之作，多少还算符合"风雅"的精神。至于"宋、齐之间，教失根本，士以简慢歙习舒徐相尚，文章以风容色泽放旷精清为高，盖吟写性灵、流连光景之文也，意气格力无取焉。陵迟至于梁、陈，淫艳刻饰、佻巧小碎之词剧，又宋、齐之所不取也"，就完全是以"风雅"为标准，以"教化"为目的。元稹对于初盛唐诗歌的评价是："唐兴，官学大振，历世之文，能者互出。而又沈、宋之流，研练精切，稳顺声势，谓之为律诗。由是而后，文变之体极焉。"但是，其中除杜甫一人而外，"莫不好古者遗近，务华者去实。效齐、梁则不逮于魏、晋，工乐府则力屈于五言，律切则骨格不存，闲暇则秾纤莫备"，至于以"奇文取称"的李白，尚不能历杜甫之"藩翰"，"况堂奥乎？"说到底，就是认为初、盛唐的诗歌，除杜甫而外，

---

①文学古籍刊行社影宋本《白氏长庆集》卷45。
②参见元稹《叙诗寄乐天书》及《乐府古题序》。
③《四部丛刊》影明嘉靖本《元氏长庆集》卷56。

皆缺乏"风雅"与"教化"的内容。他说杜甫"上薄风骚,下该沈、宋……尽得古今之体势,而兼人人之所独专",又谓"诗人以来,未有如子美者"!虽然没有更明确地说明其推尊杜甫的根本原因所在,但其意已涵盖其间。更何况元稹在其它文章中,还有更明确的说明。其《叙诗寄乐天书》云:"得杜甫诗数百首,爱其浩荡津涯,处处臻到,始病沈、宋之不存寄兴,而讶子昂之未暇旁备矣。"①又其《乐府古题序》云:"自风雅至于乐流,莫非讽兴当时之事,以贻后代之人,沿袭古题,唱和重复。于文或有短长,于义咸为赘剩,尚不如寓意古题,刺美见事,犹有诗人引古以讽之义焉。曹、刘、沈、鲍之徒,时得如此,亦复稀少。近代唯诗人杜甫《悲陈陶》、《哀江头》、《兵车》、《丽人》等,凡所歌行,率皆即事名篇,无复倚旁。予少时与友人乐天、李公垂辈谓是为当,遂不复拟赋古题。"推崇杜甫的原因很明了,就在于其诗"存寄兴",能"刺美见事",具有强烈的现实性。

白居易的观点,与元稹一致,但更偏激一些。在《与元九书》中,也比较系统地评价了历代诗歌。他说,"洎周衰秦兴,采诗官废,上不以诗补察时政,下不以歌泄导人情。乃至于谄成之风动,救失之道缺。于时六义始刓矣";苏、李"河梁之句,止于伤别",骚人"泽畔之吟,归于怨思。彷徨抑郁,不暇及他耳。然去《诗》未远,梗概尚存。……虽义类不具,犹得风人十之二三。于时六义始缺矣";"晋、宋以还,得者盖寡","于时六义浸微矣,陵夷矣";"至于梁、陈间,率不过嘲风雪、弄花草而已","于时六义尽去矣"。无不以"六义"为唯一准则,几乎否定了除《诗经》以外的所有诗歌。至于唐代的诗歌,白居易评论说:

①《四部丛刊》影明嘉靖本《元氏长庆集》卷30。

唐兴二百年，其间诗人不可胜数。所可举者，陈子昂有《感遇诗》二十首①，鲍防有《感兴诗》十五首。又诗之豪者，世称李、杜。李之作，才矣奇矣，人不逮矣，索其风雅比兴，十无一焉。杜诗最多，可传者千余首，至于贯串今古，觇缕格律，尽工尽善，又过于李。然撮其《新安吏》、《石壕吏》、《潼关吏》、《塞芦子》、《留花门》之章，"朱门酒肉臭，路有冻死骨"之句，亦不过三四十首。杜尚如此，况不逮杜者乎！

在白居易看来，唐诗人中唯杜甫最可称，然而杜诗中真正符合其"风雅比兴"、"六义"之标准的，亦不过三四十首，其他诗人就更不必说了。这就是白居易所说的"诗道崩坏"，所以这才要"忽忽愤发，欲扶起之"。元、白对前人，尤其是对盛唐诗人的评价，无疑是片面的、偏激的，他们同元结一样，几乎彻底否定了盛唐之诗。但如果以历史的眼光来看，元、白倡导"风雅比兴"、"美刺见事"，要"救济人病，裨补时阙"，这在贞元、元和那种黑暗腐朽的社会政治之中，的确具有积极的现实意义；同时，他们对于包括李白在内的盛唐诗人的否定，认为"诗道崩坏"，并要力扶起之，正代表了中唐诗人要求突破盛唐，创新求变的普遍心理。可以说，在白居易之前，还没有一位诗人能像他那样不遗余力地以恢复并发扬光大"诗道"为己任，这也正是其积极追求创新的精神所在，没有足够的胆识与魄力，就做不到这一点。

在中唐时期，努力追求诗歌的创新，乃是十分普遍的现象，只不过元、白的呼声更高，显得更为突出罢了。

皎然在《答苏州韦应物郎中》诗中尝叹"诗教殆沦缺"；在《诗式序》中又强调"恐风雅寖泯，辄欲商较以正其源"，"庶几有益于

---

① 按：今存陈子昂《感遇诗》38首，较白居易所说多18首。

诗教"。其实他不过是以此为旗帜,换言之是其作为创新的口实而已。皎然在《诗式》中所强调的诗歌创新,乃在于诗歌艺术的创变,而不在于"诗教"的内容方面。《诗式》卷五《复古通变体》云:

> 评曰:作者须知复、变之道,反古曰复,不滞曰变。若惟复不变,则陷于相似之格,其状如驽骥同厩,非造父不能辨。能知复变之手,亦诗人之造父也。……又,复变二门,复忌太过,诗人呼为膏肓之疾,安可治也?……夫变若造微,不忌太过,苟不失正,亦何咎哉?如陈子昂复多而变少,沈、宋复少而变多,今代作者不能尽举。吾始知复、变之道岂唯文章乎?在儒为权,在文为变,在道为方便。

"复",是对前人的继承;"变",是创变革新。显然皎然更重视后者。他认为"惟复不变"或"复多变少",就不免因袭雷同,毫无新意;相反,"变若造微,不忌太过,苟不失正,亦何咎哉"。艺术创作中的继承应当立足于创新,继承也是为了创新。皎然对"变"的强调,在理论倾向上是积极的,在实践上也有批判因袭模拟、循规蹈矩之风的作用。他主张"诗人立意变化,无有倚傍";"前无古人,独生我思"①;即使对古人的作品有所借鉴,他所推重的也是经过作者自己构思熔铸而表现出新意的"偷势",而反对直接"偷语"和"偷意"②。他说"陈子昂复多而变少,沈、宋复少而变多",褒贬之意甚为明显。他极力反对卢藏用在《陈子昂集序》中所说"道丧五百年而有陈君"的说法,认为"子昂《感遇》三十首,出自阮公《咏怀》,《咏怀》之作,难以为继。子昂诗曰:'荒哉穆天子,好与白云

----

①《诗式》卷5《立意总评》,见李壮鹰《诗式校注》,齐鲁书社 1986 年 3 月第 1
　版。
②《诗式》卷1《三不同:语、意、势》。

期。宫女多怨旷,层城蔽蛾眉。'曷若阮公'三楚多秀士,朝云进荒淫。朱华振芬芳,高蔡相追寻。一为黄雀哀,涕下谁能禁?'"陈子昂倡导风雅比兴与汉魏风骨,在当时自有其积极的意义,但缺少艺术的创新,也是其不足之处。与此相反,"沈、宋复少而变多",在艺术上更多地表现出求新创变的特色,所以得到了皎然的肯定。皎然在《诗式》卷二论"律诗"说:"洎有唐以来,宋员外之问,沈给事佺期,盖有律诗之龟鉴也。但在矢不虚发,情多、兴远、语丽为上,不问用事格之高下。宋诗曰:'象溟看落景,烧劫辨沉灰。'沈诗曰:'咏歌《麟趾》合,箫管凤雏来。'凡此之流,尽是诗家射雕之手。假使曹、刘降格来作律诗,二子并驱,未知孰胜。"元稹在《唐故工部员外郎杜君墓系铭并序》中说:"沈、宋之流,研练精切,稳顺声势,谓之为律诗。由是而后,文变之体极焉。"但元稹是采取批判、否定的态度,与皎然的赞赏、肯定的态度大不相同。即使像南朝齐梁之诗,尽管风骨不足,但在艺术上有所创变,所以皎然谓之"格虽弱,气犹正,远比建安,可言体变不可言道丧"[1]。这些都足以说明皎然对于诗歌艺术创新的积极态度。

　　此外,如严维所说"文变骚人体,官移汉帝朝"[2];武元衡所说"风景轻吴会,文章变越谣"[3];刘禹锡所说"兴掩寻安道,词胜命仲宣。从今纸贵后,不复咏陈篇"[4],又谓鸿举法师为诗"繇是名稍闻而艺愈变"[5]等等,都表明对诗歌新变的赞赏。权德舆对此也十分

---

[1]《诗式》卷 4《齐梁诗》。
[2] 严维《赠别刘长卿时赴河南严中丞幕府》,见《全唐诗》卷 263。
[3]《送吴侍御司马赴台州》,见同上卷 316。
[4]《奉和中书崔舍人八月十五日夜玩月二十韵》,见同上卷 362。
[5]《秋日过鸿举法师寺院便送归江陵》诗序,见同上卷 375。

注意：

　　　独奉新恩来谒帝，感深更见新诗丽。①

　　　魂随逝水归何处，名在新诗众不如。②

并常有"起予"之叹：

　　　少年才藻新，金鼎世业崇。凤文已彪炳，琼树何青
　　葱。……疲病多内愧，切磋常见同。起予览新诗，逸韵凌
　　秋空。③

　　　新诗来起予，璀璨六义全。能尽含写意，转令山水鲜。
　　若闻笙鹤声，宛在耳目前。④

甚至看了马秀才书法艺术的创变，也大为赞赏：

　　　三春并向指下生，万象争分笔端势。……变化纵横出新
　　意，眼看一字千金贵。⑤

中唐诗人对于艺术的创新变化十分敏感，如果缺少这份敏感，没
有一定的胆识与魄力也就无法突破盛唐而自创新意。韩孟派诗
人之所以能戛戛独造，带有奇变的色彩，也正是因为有了这种积
极求新创变的可贵精神。

　　韩孟诗派中最早表现出创新倾向的，是孟郊。他在《吊卢殷》
（其七）诗中回忆说："初识漆鬓发，争为新文章。……吟哦无淬
韵，言语多古肠。"⑥可见他年轻时已开始探索新的表现方法。孟
郊认为，不同时代具有不同的审美观，不同的人又有不同的趣味

---

①《送张仆射朝见毕归镇》，见《全唐诗》卷 323。

②《哭张十八校书》，见同上卷 326。

③《酬崔千牛四郎早秋见寄》，见同上卷 321。

④《酬李二十二兄主薄马迹山见寄》，见同上卷 322。

⑤《马秀才草书歌》，见同上卷 327。

⑥见同上卷 381。

与好尚,盲目地崇拜古人,将会束缚自己的创造力,所以他反复强调:

> 今文与古文,各各称可怜。亦如婴儿食,饧桃口旋旋。唯有一点味,岂见逃景延。①

> 古耳有未通,新词有潜韶。……选音不易言,裁正逢今朝。今朝前古文,律异同一调。愿于尧琯中,奏尽郁抑谣。②

> 江调乐之远,溪谣生徒新。众蕴有余采,寒泉空哀呻。南谢竟莫至,北宋当时珍。颐灵各自异,酌酒谁能均?昔咏多写讽,今词讵无因?③

> 前古文可数,今人文亦灵。高名称谪仙,升降曾莫停。④

为了创新词、新调,孟郊的确付出了巨大的努力:"倾尽眼中力,抄诗过于人。自悲风雅老,恐被巴竹嗔。零落雪文字,分明镜精神。坐甘冰抱晚,永谢酒怀春。徒有旧旧言,惭无默默新。"⑤他在《纳凉联句》中也说:"感衰悲旧改,工异逞新貌。谁言摈朋老,犹自将心学。"⑥孟郊的一生,几乎就是在探索与创新中度过的。他的创新精神与创作实践,对诗派其他成员产生了深刻的影响。

韩愈诗歌创新的思想,大多表现在对周围诗人的评论与引导中。如他的《荐士》、《调张籍》、《送无本师归范阳》、《赠崔立之评事》等诗,就十分鲜明地表白了其诗歌美学思想,其中无不充满对变革与创新的追求。孟郊是一位积极的创新者,韩愈就称赞他

---

① 《偷诗》,见《全唐诗》卷374。
② 《晚雪吟》,见同上。
③ 《奉报翰林张舍人见遗之诗》,见同上卷378。
④ 《吊卢殷》十首其十,见同上卷381。
⑤ 《自惜》,见同上卷374。
⑥ 见钱仲联《韩昌黎诗系年集释》卷4,上海古籍出版社1984年3月第1版。

"规模背时利，文字觑天巧"①，并愿与孟郊一道驰骋于新的天地：
"昔年因读李白、杜甫诗，长恨二人不相从。吾与东野生并世，如
何复蹑二子踪？……低头拜东野，愿得终始如驵蛩。东野不回
头，有如寸莛撞钜钟。吾愿身为云，东野变为龙，四方上下逐东
野"②。张籍在结识孟郊、韩愈之前，虽"学诗为众体"，但"略无相
知人，黯如雾中行"③。而当他初识孟郊后，就深感"君生衰俗间，
立身如礼经。纯诚发新文，独有金石声"④，对孟郊的创新给予高
度评价。张籍的诗歌创作，正是在孟郊、韩愈的直接影响与引导
下，从"雾中"走上了创新的道路。韩愈《病中赠张十八》诗云："籍
也处闾里，抱能未施邦。文章自娱戏，金石日击撞。龙文百斛鼎，
笔力可独扛。谈舌久不掉，非君亮谁双？扶几导之言，曲节初钑
钑。半途喜开凿，派别失大江。吾欲盈其气，不令见廱幢……幸
愿终赠之（一作'愿终赐之教'），斩拔枿与椿。从此识归处，东流
水淙淙"。⑤受孟郊、韩愈的影响，张籍也每每对"新诗"加以称颂：
"十八年来恨别离，唯同一宿咏新诗。更相借问诗中语，共说如今
胜旧时"⑥；"才多不肯浪容身，老大诗章转更新"⑦。

　　贾岛、卢仝等人，也是在同韩、孟的交往中，自觉地走上了创
新的道路。贾岛初识孟郊后，有《寄孟协律》诗云："不惊猛虎啸，

---

① 《答孟郊》，见钱仲联《韩昌黎诗系年集释》卷1。
② 《醉留东野》，见同上。
③ 张籍《祭退之》，见《全唐诗》卷383。
④ 《赠别孟郊》，见同上。
⑤ 见《韩昌黎诗系年集释》卷1。
⑥ 《喜王六同宿》，见《全唐诗》卷386。
⑦ 《送辛少府任安乐》，见同上。

难辱君子词。欲酬空觉老，无以堪还持。"①贾岛以"老"自谦，正谓
己诗欠新而难同孟郊相酬唱。其《投孟郊》诗云："叙诘（一作
'诗'）谁君师，讵言无吾宗？余求履其道，君曰可但攻。啜波肠易
饱，揖险神难从。"②初涉"险"途，未免有些"神难从"，但他还是勇
敢地走了过去。韩愈就说："无本于为文，身大不及胆。吾尝示之
难，勇往无不敢"③；孟郊也说贾岛"诗骨耸东野，诗涛涌退之"④，
给贾岛以肯定与鼓励，并对他作了进一步引导。卢仝《寄赠含曦
上人》谓含曦上人"近来爱作诗，新奇颇烦委，忽忽造古格，削尽
俗绮靡。假如慵裹头，但勤读书史，切磋并工夫，休远不可
比"⑤，也基本上反映出了韩孟诗派在主观上对诗歌创新的主观
追求。刘叉《自问》诗有言："酒肠宽似海，诗胆大于天。"⑥这"大
于天"的"诗胆"，正是韩孟诗派创新精神的集中体现。他们光大
自屈原以来"发愤以抒情"⑦的精神，并以"不平则鸣"的理论与创
作，突破"温柔敦厚"的诗教传统，乃是韩孟诗派创新精神的实质
所在。

　　韩愈在《送孟东野序》中说："大凡物不得其平则鸣"，"人之于
言也亦然，有不得已而后言，其歌也有思，其哭也有怀"。认为在
"不平"的逆境中，才能写出有真情实感的作品。换言之，只有那

---

①见《全唐诗》卷571。
②见同上卷571。
③《送无本师归范阳》，见《韩昌黎诗系年集释》卷7。
④《戏赠无本》，见《全唐诗》卷377。
⑤见同上卷389。
⑥见同上卷395。
⑦《楚辞·九章·惜诵》，见洪兴祖《楚辞补注》，中华书局1983年3月第
　1版。

些"穷饿其身,思愁其肠",遭受排斥和压抑的人们,才能通过切身感受,"郁于中而泄于外","自鸣其不平"①。其《荆潭唱和诗序》云:"夫和平之音淡薄,而愁思之声要妙;欢愉之辞难工,而穷苦之言易好也。是故文章之作,恒发于羁旅草野。至若王公贵人,气满志得,非性能而好之,则不暇以为。"②这些概括,不仅从理论上引申了自屈原以来"发愤以抒情"的精神,也恰恰反映了韩孟诗派诗歌创新的主要倾向。事实上,他们以大量的诗歌自鸣其不平,抒写穷愁苦闷与愤慨抑郁,已经说明了这一点。显然,这种倾向与儒家诗教所提倡的"发乎情,止乎礼义"、"怨而不怒"、"哀而不伤",即"温柔敦厚"的要求,是相抵牾的。关于这一点,可以从中唐文艺思潮入手,并就以下两个方面加以论证。

首先,人们已经注意到,韩孟诗派"不平则鸣"的主张与屈原之间的继承关系。③ 但需要强调的是,这种继承是大有阻力的。认识这种阻力有益于进一步了解韩孟诗派的创新精神与努力方向。

古文运动的先驱萧颖士、李华、柳冕、梁肃等人,积极主张"宗经明道",强调政治教化,而对带有怨愤抑郁等个人伤感成分的作品,尤其是屈原、宋玉等人的作品,则极力否定。萧颖士认为:"屈原、宋玉,文甚雄壮,而不能经。"④李华也同样认为:"屈平、宋玉,

---

① 《韩昌黎全集》卷 19,世界书局 1935 年版。
② 同上卷 20。
③ 见罗宗强《隋唐五代文学思想史》,上海古籍出版社 1986 年 8 月第 1 版,第 341 页。
④ 引自李华《萧颖士文集序》,见《全唐文》卷 315。

其文宏而靡。"①又说:"屈平、宋玉,哀而伤,靡而不返,六经之道遁
矣。"②柳冕承袭了萧、李的思想,且有更系统的认识。他在《谢杜
相公论房杜二相书》中说:

> 古之作者,因治乱而感哀乐,因哀乐而为咏歌,因咏歌而
> 成比兴,故大雅作则王道盛矣,小雅作则王道缺矣,雅变风则
> 王道衰矣,诗不作则王泽竭矣。至于屈、宋,哀而以思,流而
> 不反,皆亡国之音也。至于西汉,扬、马以降,置其盛明之代,
> 而习亡国之音,所失岂不大哉?……于是风雅之文,变为形
> 似;比兴之体,变为飞动;礼义之情,变为物色,诗之六义尽
> 矣。何则? 屈、宋唱之,两汉扇之,魏晋江左,随波而不
> 反矣。③

其《答荆南裴尚书论文书》说得更明了:

> 王泽竭而诗不作,骚人起而淫丽兴,文与教分而为二。④

这种论述在柳冕那里屡见不鲜。⑤ 直到梁肃,仍认为"屈、宋华而
无根"⑥。总之,他们实质上是用"文经一体"论否定了文学自身的
觉醒,而把屈、宋"发愤以抒情"的优秀传统视为旁门左道,极力

---

① 《登头陀寺东楼诗序》,见《全唐文》卷 315。
② 《崔沔集序》,见同上。
③ 《崔沔集序》,见同上。
④ 见同上卷 527。
⑤ 如:《与滑州卢大夫论文书》云:"屈宋以降,则感哀乐而亡雅正;魏晋以还,
则感声色而亡风教;宋齐以下,则感物色而亡兴教。教化兴亡,则君子之
风尽。故淫丽形似之文,皆亡国哀思之音也。"又《与徐给事论文书》云:"自
屈宋以降,为文者本于哀艳,务于恢诞,亡于比兴,失古义矣。虽扬、马形
似,曹、刘骨气,潘、陆藻丽,文多用寡,则是一技,君子不为也。"均见同上。
⑥ 《常州刺史独孤及集后序》,见同上卷 518。

诋毁。

与古文先驱相比，韩孟派诗人就大不相同了。韩愈对屈骚是一往情深："屈原《离骚》二十五，不肯饴啜糟与醨"①；"静思屈原沉，远忆贾谊贬"②；"主人看史范，客子读《离骚》"③。任何一个优秀的诗人，都离不开传统文化的孕育和熏陶。韩愈对《诗经》以来的优秀遗产，自然是要继承的；但他并没有像古文先驱那样，墨守儒家诗教的信条，而否定屈、宋的"发愤以抒情"。韩愈的诗歌，无论语言、思想，还是神气、风格，对屈骚以至司马相如、扬雄等人继承的痕迹，都相当明显。李重华《贞一斋诗说》云："诗家奥衍一派，开自昌黎。然昌黎全本经学，次则屈、宋、扬、马，亦雅意取裁，故得字字典雅。"陈沆《诗比兴笺》亦云："当知昌黎不特约六经以成文，亦直约《风》、《骚》以成诗。"韩愈许多著名的诗歌，都是抒发怀才不遇或遭到打击后的抑郁愤懑之情。他的这一类诗，往往涂有一层感伤的、灰暗的色彩，可以说是怨而怒、哀而伤的。韩孟诗派的另一中坚人物李贺，称赞及模仿屈、宋的作品屡见不鲜，所以杜牧称他的诗为"骚之苗裔"④。胡仔《苕溪渔隐丛话·前集》卷二引《雪浪斋日记》云："李长吉、玉川子诗，皆出于《离骚》，未可以立谈判也。"袁枚《随园诗话》卷五亦云："李贺、卢仝之险怪，得力于《离骚》、《天问》、《大招》者也。"内心的苦闷、彷徨、忧愁和抑郁，几乎涵盖了李贺的全部诗歌。孟郊对屈骚的亲切态度，也不亚于韩

---

①《寒食日出游夜归张十一院长见示病中忆花九篇因此投赠》，见《韩昌黎诗系年集释》卷 4。

②《陪杜侍御游湘西两寺独宿有题一首因献杨常侍》，见同上卷 3。

③《潭州泊船呈诸公》，见同上。

④《李长吉歌诗集叙》，见《全唐文》卷 753。

愈、李贺等人。他常以屈、宋自比："泪流潇湘弦,调苦屈宋弹"①；
"楚屈入水死,诗孟踏雪僵"②。他赞美《楚辞》说："欲识楚章句,袖
中兰茝薰"③；"楚泪滴章句,京尘染衣裳"④。韩孟诗派之所以如
此赞美屈骚,一方面是由于共同的身世之感,引起了他们对屈骚
的共鸣；另一方面,屈原作品中那怨愤抑郁之情的抒发,也为他们
的创新提供了借鉴,正如孟郊所说："骚文炫贞亮,体物情崎岖。"⑤
这正是韩孟诗派"不平则鸣"说产生的重要动因之一。

　　其次,与韩孟诗派同时活跃在元和诗坛的元白诗派,也是以
创新求变的面目而出现的,但他们从功利主义的观点出发,以
《诗》之"六义"为最高标准,来衡量诗歌发展的历史,对自屈原以
来"发愤以抒情"的诗歌,进行了全面的否定。元、白的"新乐府",
就完全是"为君为臣为民为物为事而作"⑥,希望起到"补察时政"、
移风易俗的政治教化作用。在这种"正统"诗论与创作发扬光大
的同时,韩孟诗派却走着完全相反的道路。两相比较:一派面对
现实,干预政治,揭露社会弊端,以期达到教化的目的；一派则"自
鸣其不平",抒发内心苦闷,从而宣泄郁愤,流露不满。在元白那
里,发乎情,则必止乎礼义；而在韩孟那里,发乎情,则不必止乎礼
义。这一点,构成了元白与韩孟两大诗派的根本区别。

　　可见,"不平则鸣"不仅是韩孟诗派在创新道路上的自觉追
求,而且是他们主要的创作倾向之一。他们在创作理论和创作实

①《商州客舍》,见《全唐诗》卷374。
②《答卢仝》,见同上卷378。
③《桐庐山中赠李明府》,见同上卷377。
④《张徐州席送岑秀才》,见同上卷379。
⑤《旅次湘沅有怀灵均》,见同上卷377。
⑥白居易《新乐府序》,见《白氏长庆集》卷3。

践中,摆脱了"温柔敦厚"的诗教束缚,丰富并发展了自屈原以来"发愤以抒情"的传统。这一切,为他们进一步从事诗歌艺术的创变,奠定了坚实的思想基础。

总之,创新求变,是中唐诗人所普遍具有的一种积极的态度。尽管他们的方法不同,途径各异,但主观上的追求创新,却是一致的。由于诗人之间与流派之间所处的社会政治地位、他们的世界观和文艺观的不同,则又决定了这些诗人、流派各自创新、发展的不同方向。

第二节　众多的流派与风格

中唐诗人与诗歌数量,远远超过盛唐。据清代康熙年间所编《全唐诗》统计,唐代诗人共有两万二千多人,诗四万八千九百余首。而其中中唐诗人就有五千七百多人,诗一万九千余首。但这个数字并不包括全部。唐人高仲武《中兴间气集序》说:"起自至德元首(757),终于大历暮年(779),作者数千。"短短的二十多年间就有数千名诗人涌现,足见中唐诗坛的盛况。洪迈《容斋续笔》卷一"唐人诗不传"条云:"韩文公《送李础序》云:李生温然为君子,有诗八百篇,传咏于时。又《卢尉墓志》云:君能为诗,自少至老,诗可录传者,在纸凡千余篇。无书不读,然止用以资为诗。任登封尉,尽写所为诗,投留守郑余庆,郑以书荐于宰相。观此,则李、卢二子之诗,多而可传。……白乐天作《元宗简集序》云:著格诗一百八十五,律诗五百九。至悼其死,曰:'遗文三十轴,轴轴金玉声。'谓其古常而不鄙,新奇而不怪。今世知其名者寡矣,而况于诗乎?乃知前贤遗稿,湮没非一,真可惜也。"当然,诗人和诗歌数量的增多,固然代表了"中唐之再盛"的一个侧面;而众多的流

派,各异的风格,不仅是中唐诗坛的一大特征,而且也更能体现
"再盛"的内涵。

　　盛唐时代,诗人辈出,可谓"众星罗秋旻"。其间虽有"高岑"、
"王孟"、"李杜"之称,但也只是一般意义上的并称,并非诗派概念
上的诗人群体。尽管今人著作中常常有"王孟山水田园诗派"、
"高岑边塞诗派"等名号,其实只是近代学者在特定历史条件下所
提出来的,其名号的本身,就缺乏科学的依据。① 如贺昌群先生在
《论唐代的边塞诗》一文中,就曾极力反对"边塞派"这样的名称。
他说:"清廷所辑《全唐诗》共四万八千余首,作者二千二百余人,
上而帝王后妃,下至名媛僧道,几乎都有几首边塞诗的写作。唐
代以诗取士,而'出塞'诗,便曾经充做试题之一,沈佺期有《被试
出塞》,是为此而作。如今有人给这些边塞诗的作者戴上一个'边
塞派'的帽子,是不对的,唐代诗人恐怕从根儿就没有这'派'的观
念,这原是元、明选家的玩艺。假如边塞诗是有派的话,那么,有
名的宫词作者王建,也有苍凉的《饮马长城窟》、《凉州行》;宋人称
为西昆体的宗师温庭筠,也有《边笳曲》、《蕃箫歌》,那'雕边认箭
寒云重,马上闻笳塞草寒'(《赠蜀府将》)之句,又将怎样安排
呢?"②而中唐诗坛的情形就不同了,流派众多,异彩分呈,诗人群
体之间,不仅表现出大体一致的创作倾向与艺术风格,而且往往
还有一套完整的理论认识。由此可见,中唐时期诗歌流派的大量
出现,并非偶然,除了个人因素之外,它与社会政治及文化背景,
有着极为密切的关系。这种关系主要表现为:藩镇割据、朋党林
立以及科举考试中的种种弊病,为中唐诗文派别的产生,提供了

_____

①参见拙作《"盛唐边塞诗派"质疑》,载《烟台大学学报》1988年第3期。
②见 1934年《文学》2卷6号。

客观条件。

如前所述,安史乱后,藩镇割据的局面愈演愈烈,他们不仅拥有重兵,擅有财赋,而且广延文人谋士,结一党之私,图天下之利;他们在政治、军事、经济、法律诸方面,都保持着相对独立的状态而与李唐王室抗衡。这种新的具有政治、经济和军事力量的社会集团的大量产生,无疑在客观上为中唐文学集团的产生提供了条件。

符载《送崔副使归洪州幕府序》云:"今四方诸侯裂王土、荷天爵,开莲花之府者凡五十余镇焉。以礼义相推,以宾佐相高,长城巨防,悬在一士。苟人非髦彦,延纳失所,虽地方千里,财赋百倍,有识君子,咸举手而指之。"①文人士子竞趋于藩镇使府的原因是多方面的,首先一个实现的原因,就是幕职的俸禄相当丰厚。据《唐会要》卷九十一《内外官俸禄上》的统计,贞元以前,一个带检校官的幕职,与中央同级正官的俸料相比,一般要高出一倍以上。②陈寅恪先生在《元白诗中俸料钱问题》中说外官包括幕职,"在唐代中晚以后,除法定俸禄之外,其他不载于法令而可以认为正当收入者,为数远在中央官吏之上"③。幕职的收入有时是难以用确数计的。所以白居易说:"职多于郡县之吏,俸优于台省之官。"④其次,出任幕职比在中央要容易升迁得多,白居易说:"今之俊义,先辟于征镇,次升于朝廷,故幕府之选,下台阁一等,异日入

---

① 见《全唐文》卷 690。
② 如大历时一个都团练副使月料 80 贯,杂给 30 贯;观察判官月料 50 贯,杂给 20 贯;这些人一般带郎中、员外郎的检校官,而郎中在中央的月俸仅 25 贯,员外郎 18 贯而已。(见《唐会要》卷 91《内外官俸禄上》)
③ 见《金明馆丛稿二编》,上海古籍出版社 1980 年版。
④《策林三·省官并俸减使职条》,见《白居易集》卷 64。

而为大夫公卿者十八九焉。"①当时实际情形大抵如是。如元和时，西川幕府中裴度、柳公绰、杨嗣复等人，"皆相继为本朝名将相"②。后来柳公绰在襄阳所辟幕职郑朗、卢简能、崔屿、夏侯孜、韦长、李绩、李拭等人，亦"皆至公卿"③。而唐后期宰相竟有三分之二是曾从辟过藩镇使府的。可以说使府辟署实际上已经成了培养达官显贵的摇篮，文人士子致身通显的捷径。德宗朝宰相赵憬就说："大凡才能之士，名位未达，多在方镇，日月在上，谁不知之?"④再次，科举制度弊病严重，大批士子被拒之于仕门之外，从而在客观上也为士子进入幕府制造了条件。科场作弊严重，"势门子弟，交相酬酢，寒门俊造，十弃七六"⑤。然而即使进士及第，也只算有了个"出身"，具有了做官的资格，只有再参加吏部试或制举才能释褐，更何况释褐试通过后，也只能获得一个八、九品的参军、县尉、助教之类的卑官⑥，这显然不是文人入仕的方便之门。如贞元八年登第的欧阳詹，"五试于礼部，方售乡贡进士，四试于吏部，始授四门助教"；韩愈"四举于礼部才一得，三选于吏部卒无成"，不得已而"去京师东归，图幕僚一席"⑦；李益进士及第后，"久之不调，而流辈皆居显位"，遂北依幽州为幕职⑧。此类例子甚多，不胜枚举。值得注意的是，使府辟署也为朋党的形成提供了某些

①《授温尧卿等赐绯充沧景、江陵判官制》，见《文苑英华》卷412。
②见《欧阳永叔集》卷16《集古录跋尾》8《唐武侯碑阴记》。
③见《旧唐书》卷156《柳公绰传》。
④见同上卷138《赵憬传》。
⑤见同上卷164《王起传》。
⑥参见《册府元龟》卷632《条制》4。
⑦王鸣盛《十七史商榷》卷81。
⑧《旧唐书》卷137《李益传》。

条件。士人既由使主辟署入幕,他们便自称出于某某门下,①将来的出路,往往也要府主荐举。这样相互之间难免抱成一团,形成一个个势力圈。

在这种情况下,聚集一方的文人士子,在相互酬唱、切磋之间,不仅密切了关系,而且形成了一个人数众多的文人群体。这里,我们以韩愈文学集团为例:孟郊中进士后,并无官职,只好在陆长源幕府任职多年,韩愈释褐试屡不中后,不得不先后投身到董晋和张建封(得李翱之荐)幕下;而且李翱也曾推荐孟郊、张籍、李景俭等人,韩愈亦曾推荐孟郊等人于张建封处。② 许多文人佳士聚集一方,诚如孟郊给陆长源的诗中所说的那样:“大贤为此郡,佳士来如积。”③这种机会,为他们之间文学思想和创作经验的交流,带来了方便。加之府主与幕僚间的燕饮唱和,④则又进一步鼓励和支持了幕僚们的文学创作活动。贞元十二至十五年间,孟郊、韩愈、李翱、张籍等人,云集汴州,他们或在董晋、陆长源幕下任职,或客游于此。他们之间诗文往来十分频繁,如韩愈《答张籍书》、《重答张籍书》等文,《答孟郊》、《醉留东野》、《知音者诚希》、《病中赠张十八》等诗;孟郊《汴州别韩愈》、《汴州离乱后忆韩愈、李翱》等诗,以及韩愈、孟郊、李翱合作的《远游联句》,便都是在此间写下的。而这对于韩愈文学集团的酝酿和形成,恰恰起到了关键性的促进作用。类似于这样而形成的文学团体或“诗社”,在中

---

① 如符载《上襄阳楚大夫书》,见《全唐文》卷688。
② 李翱事见《李文公文集》卷8《荐所知于徐州张仆射书》;韩愈事见《韩昌黎诗系年集释》卷1《孟生诗》)。
③《汝州陆中丞席喜张从事至同赋十韵》,见《全唐诗》卷376。
④ 如陆长源有《乐府答孟东野戏赠》、《答东野夷门雪》诗;张建封有《酬韩校书愈打球歌》诗。均见《全唐诗》卷275。

唐时期恐怕也很难以确数计。当时大大小小有那么多方镇,每个
方镇都聚集了一批文士,这些作家群也就很自然地形成了一个个
创作团体。可以说那种以宫廷为中心、以长安和洛阳都市为中心
的文人创作活动,几乎被活跃在方镇使府的文人唱和所代替。①
这既是诗歌创作由盛唐到中唐在地域性上所发生的显著变化,也
是"中唐之再盛"的重要原因之一。傅璇琮先生曾指出:肃、代时
期的诗歌创作,"大致可以分为两大群,一群以长安和洛阳为中
心","一是以江东吴越为中心"②。就正是这种以作家群为单位的
由一元向多元发展的痕迹。

　　此外,安史乱后朋党林立和科举考试作弊严重的现象,也是
中唐时期文学团体大量出现的重要原因。

　　在唐代的科举考试中,尤其是初唐以后,已是弊端百出。文
人学士之间,利用亲朋好友、门生故吏之弊,交朋结党,互相援助,
以扩大影响的现象屡见不鲜。李肇《国史补》卷下云:

　　　　进士为时所尚久矣,……故争名常切,而为俗亦
　　弊。……将试,各相保任,谓之合保;群居而赋,谓之私赋;造
　　请权要,谓之关节;激扬声价,谓之还往。
洪迈《容斋四笔》卷五"韩文公荐士"条亦云:

　　　　唐世科举之柄,专付有司,仍不糊名。③ 又有交朋厚者为
　　之助,谓之通榜。故其取人也,畏于讥议,多公而审。亦有胁
　　于权势,或挠于亲故,或累于子弟,皆常情所不能免者。

---

①参见戴伟华《唐代幕府与文学》,现代出版社 1990 年 2 月第 1 版,第 115 页。
②《李嘉祐考》,见《唐代诗人丛考》,中华书局 1980 年 1 月第 1 版,第 232 页。
③关于唐代科举考试中糊名与不糊名的情况,程千帆先生在《唐代进士行卷
　与文学》(上海古籍出版社 1980 年版)第 3 页注(2)所论甚详。

弊端如此之多，难怪当时士子竞奔名门，行卷、温卷、投诗献赋而
"延誉"之风大盛了。举子们不仅多务朋游，驰逐声名，而且结为
朋党，互相攻击。胡震亨《唐音癸签》卷二十六云："进士科初采名
望，后滋请托，至标榜与请托争途，朋甲共要津分柄。"下注云："按
朋甲，唐人有画图，画举子七十八人，列二队，指乎纷纭，如相嘲竞
者，意诸甲必各有脉路与朝贵通，成就人，故气力足以奔走同辈，
令入队耳。"可见举子中的朋党几乎成为行帮组织了。

　　这样，围绕着科场内外和科考前后，就很容易产生许多以亲
朋好友或门生、同门为主体的文士集团。如元白诗派，在贞元十
九年(803)之前，元稹、白居易二人未曾相识，就在这年的春天，二
人同以书判拔萃登第，二人始相识。① 贞元二十年(804)，李绅来
到长安，准备应进士试。其年九月，曾宿于元稹靖安里第，②并因
元稹的关系而结识了白居易。白居易"靖安客舍花枝下，共脱青
衫典浊醪"③诗句，就是对当时情景的回忆。到了元和元年(806)，
白居易和元稹一起罢去官职，居住在华阳观，闭户累月，揣摩时
事。白居易写成《策林》七十五道，其中不仅有诸多治国方略，而
且也有其文艺思想和诗歌观念的论述。这年四月，白居易和元稹
同登才识兼茂明于体用科，同时，李绅亦登进士第。之后，他们之
间的关系日益密切，自然形成一个诗歌派别。"新乐府运动"，即
始于元和四年(809)。

――――――――――

① 参见白居易《养竹记》(见《全唐文》卷 676)、《代书诗一百韵寄微之》自注
　(见《全唐诗》卷 436)。
②《太平广记》卷 488 元稹《莺莺传》云："贞元岁九月，执事李公垂宿于予靖安
　里第，语及于是，公垂卓然称是，遂为《莺莺歌》以传之。"
③《醉送李二十常侍赴镇浙东》，见《全唐诗》卷 454。

中唐的党争问题,已如前述,其影响之大,诚如陈寅恪先生所指出的"当日士大夫纵欲置身于局外之中立,亦几不可能",这种风气对社会的影响甚大。那么它对一般文人学士,在心态与观念上,也同样有着深刻的影响与刺激,从而对文学流派的形成,也很有促进作用。

我们再以韩愈文学集团为例:韩愈在当时推奖延誉后进颇有名声。李肇《国史补》卷下"韩愈引后进"条云:"韩愈引致后进,为求科第,多有投书请益者,时人谓之'韩门弟子'。"《旧唐书·韩愈传》亦云:"少时与洛阳人孟郊、东郡人张籍友善。二人名位未振,愈不避寒暑,称荐于公卿间,而籍终成科第,荣于禄仕。……而颇能诱厉后进,馆之者十六七,虽晨炊不给,怡然不介意。大抵以兴起名教、弘奖仁义为事。"这些记载是可信的,我们从今存韩愈诗文中,便可找到大量证据,而仅从韩愈为李贺作《讳辩》①一事,就可见其奖掖后进的积极态度了。学术界已普遍认识到,中唐古文运动是一次有组织、有领导、有理论纲领的文学运动。然而他们的成功,就与韩、柳等人积极培养新生力量的行为是分不开的。陈寅恪先生在《论韩愈》一文中即指出:"退之所以得致此者,盖亦由其平生奖掖后进,开启来学,为其他诸古文运动家所不为,或偶为之而不甚专意者,故'韩门'遂因此而建立,韩学亦更缘此而流行也。"②这一论断极有道理。韩愈奖掖后进,确是带有一定条件的。这一点不仅在韩愈诗文中已言之昭昭,甚至李翱在《答韩侍郎书》中也说:"还示云,于贤者汲汲,惟公与不材耳。……如兄者,颇亦好贤,必须甚有文辞,兼能附己,顺我之欲,则汲汲孜孜,

①见《韩昌黎全集》卷12。
②见《金明馆丛稿初编》,上海古籍出版社1980年8月第1版,第296页。

无所忧惜,引拔之矣。"①所谓"兼能附己,顺我之欲,"不过是指韩愈要求门生发扬光大其"道统"、"文统"而已。由此可见,中唐诗文派别的产生,不仅与科举制度的弊端大有关系,而且与朋党之风的兴盛也同样大有关系。李观《上梁补阙荐孟郊崔宏礼书》云:"……执事导之辈流,于观日深矣,故得言。今辄以二子之文布之下风,执事岂以为党乎?"②韩愈诗中,就常以"吾党"指代诗派成员:"吾党侯生字叔迟"③;"嗟哉吾党二三子"④;"夫子固吾党"⑤。孟郊早年曾参加过皎然等人的"诗会"⑥、"醉会"⑦一类的诗歌团体,因而他在同韩愈等人的交往中,在主观上也就不会不产生"诗会"一类的概念。他在《寄张籍》诗中说:"旧爱忽已远,新愁坐相凌。君其隐壮怀,我亦逃名称。古人贵从晦,君子忌朋党。"⑧所谓"忌朋党",不过是对离别的自慰语。张籍《祭退之》诗亦云:"公领试士司,首荐到上京。一来遂登科,不见苦贡场。观我性朴直,乃言及平生。由兹类朋党,骨肉无以当。"⑨可见此时诗文派别的产

---

① 见《李文公文集》卷 6。

② 见《全唐文》卷 534。

③《赠侯喜》,见《韩昌黎诗系年集释》卷 2。

④《山石》,见同上。

⑤《寄崔二十六立之》,见同上卷 8。

⑥ 如孟郊《送陆畅归湖州因凭题故皎然塔陆羽坟》诗云:"昔游诗会满,今游诗会空。……追吟当时说,来者实不穷。"(见《全唐诗》卷 379)又《逢江南故昼上人会中郑方回》(自注:"上人往年手札五十篇相赠,云以为他日之念。")诗云:"相逢失意中,万感因语至。追思东林日,掩抑北邙泪。筐箧有遗文,江山旧清气。……永谢平生言,知音岂容易。"(见同上卷 381)

⑦《劝善吟》,见同上卷 373。

⑧ 见同上卷 378。

⑨ 见《全唐诗》卷 383。

生与朋党兴盛之关系了。

王世贞《艺苑卮言》卷四云：

> 唐自贞元以后，藩镇富强，兼所辟召，能致通显。一时游客词人，往往挟其所能，或行卷赘通、或上章陈颂，大者以希拔用，小者以冀濡沫。而干旄之吏，多不能分别黑白，随意支应。故剽窃云扰，诌谀泉涌，取办俄顷以为捷，使事饾饤以为工。至于贡举，本号词场，而牵压俗格，阿趋时好。上第巍峨，多是将相私人、座主密旧。甚乃津私禁脔，自比优伶，关节幸珰，身为军吏，下第之后，尚尔乞怜主司，冀其复进。是以性情之真境，为名利之钩途，诗道日卑，宁非其故？①

王世贞把贞元以后"诗道日卑"的根源，归结到藩镇与朋党的日盛和科举弊端的社会风气上，的确具有眼光；但在这同时，其风气对当时文学流派的形成，以至使诗歌创作再度繁荣，恰恰有直接的促进与推动作用。

在中唐诗坛上，比较重要的诗歌流派主要有：

1.大历十才子：包括钱起、韩翃、卢纶、李端、耿沣、司空曙、崔峒、吉中孚、苗发、夏侯审等十位诗人。②"追摹盛唐，却终是有心无力"③，是对这一批诗人的极好概括。他们的诗歌较少反映社会现实，仅能以律诗的骈丽来点缀升平，缺乏思想深度，艺术上也不及盛唐之诗。对于盛唐之诗来说，十才子的诗可谓通多变少，但毕竟是在"变"。胡震亨《唐音癸签》卷七即云："详大历诸家风尚，大抵厌开、天旧藻，矫入省净一途。……命旨贵沈宛有含，写致取

①丁福保辑《历代诗话续编》本，中华书局1983年8月第1版。
②此取姚合《极玄集》及《新唐书》之说。
③林庚《中国文学简史》，北京大学出版社1988年9月第1版，第258页。

淡冷自送,玄水一歃,群酸覆杯,是其调之同。而工于浣濯,自艰于振举,风干衰,边幅狭,专诣五言,擅场饯送,外此无他大篇伟什峃望集中,则其所短耳。"就具体指出了这种变化。清人吴乔《围炉诗话》卷三亦云:"初、盛大雅之音,固为可贵,如康庄大道,无奈被沈、宋、李、杜诸公塞满,无下足处,大历人不得不凿山开道。"①也指出了大历诗人不得不变的大趋势。概括地说,大历十才子诗歌的艺术特征,主要表现为细腻淡远,工整精炼。

2.大历江南诗人:皎然《诗式》卷四云:"大历中,词人多在江外,皇甫冉、严维、张继、刘长卿、李嘉祐、朱放,窃占青山白云、春风芳草以为己有。吾知诗道初衰,正在于此,何得推过齐梁作者。迄今余波尚浸,后生相效,没溺者多。大历末年,诸公改辙,盖知前非也。"皎然的批评未免有偏激之处,但他不仅指出了大历时期在江南地区以刘长卿、李嘉祐为代表的一群诗人诗歌新变的趋势,而且还具体指出了其"窃占青山白云、春风芳草以为己有"的共同特点。他们之间,不仅有密切的酬唱交往,而且生活经历、思想倾向、文艺观等方面,都有相同之处,实际上形成了一个流派②。他们的基本风格,可以用清婉柔秀四字概括,一方面,写景清丽,抒情深婉,在气韵上显示出清婉的风姿;另一方面,情调感伤,格律工秀,在格调上具有柔秀的特点。当然,他们的风格也是同中见异,成就高低不一。

3.吴中诗派:在大历到贞元之际,江南吴中地区,还活跃着另一群颇有生气的诗人,这就是以皎然、顾况为首,包括秦系、灵澈、

---

① 郭绍虞《清诗话续编》本,上海古籍出版社1983年12月第1版。

② 参见贾晋华《皎然论大历江南诗人辨析》,载《文学评论丛刊》总第28辑,中国社会科学出版社1984年11月出版。

陆羽等人在内的"吴中诗派"①。他们的创作倾向是：在皎然提出
的"体变未必道丧"、"复古通变"和"精思结撰"、"状飞动之趣，写
真奥之思"②的系统理论指导下，开始了诗歌变新的探索。他们在
继承与变革南朝鲍、谢等人诗歌艺术经验的基础上，又汲取了吴
楚民歌的营养，创造出了"清而狂"的艺术风格，即带有"化俗为
奇"与"由险得奇"的两种创新趋势，从而在盛唐诗歌之后创造出
了他们独特的艺术风格，并由此进而启迪了元白与韩孟两大
诗派。

　　4. 韦柳清澹一派诗风：韦应物、柳宗元是中唐时期清澹诗风
的杰出代表。苏轼《书黄子思诗集后》说："李、杜之后，诗人继作，
虽间有远韵，而才不逮意。独韦应物、柳宗元发纤秾于简古，寄至
味于澹泊，非余子所及也。"③传统上以王孟韦柳并称，然而韦柳与
王孟相比，在风格上毕竟是有变化的。王孟多偏重于意境的创
造，诗风淡泊秀朗；韦柳则多着意于意绪的抒发，诗风高雅清远。
读韦柳诗，常常感到比王孟诗多了一份寂寞幽独，这是因为，韦柳
对山水田园已不仅仅是采取欣赏和适意的态度，而更多的是把它
们当成寄托性情的对象了。从诗歌的创作上来看，王孟注重兴象
玲珑，气象浑成，追求"诗中有画"；韦柳则着意于"寄至味于澹
泊"，把高度凝炼的情绪，以平和的口吻道出，追求"诗中有人"。
王孟诗固然不乏诗人意绪的抒发，但那种恬淡悠然的情绪，往往
被诗人巧妙地化入优美的意境之中，与自然景物形成了浑融的一
体；韦柳诗无论是直抒胸臆还是借景抒情，诗人的意绪总是被置

①见赵昌平《"吴中诗派"与中唐诗歌》，载《中国社会科学》1984年第4期。
②上引均见皎然《诗式》。
③见世界书局1936年版《苏东坡全集》后集卷9。

于突出的地位,因而其恬淡冲和与寂寞幽独的意绪,往往烘托出诗人古雅高洁的自我形象。清人乔亿《剑溪说诗又编》云:"诗中有画,不若诗中有人。左司高于右丞以此。"①以诗中"有人"与否论高下,固然褊狭,但他却准确地指出了王孟与韦柳诗风的主要区别。就韦柳二人而论,也同样存在"清而润"与"清而峭"的区别,这是中唐清澹诗风发展的重要标志。

5. 韩孟诗派:贞元、元和之际,韩愈、孟郊周围,聚集了一批有才华、又积极进行诗歌创新的诗人,有张籍、卢仝、李贺、贾岛、马异、刘叉,以及李翱、张彻、崔立之、侯喜等。他们顺应时代的潮流,反映时代的风尚,以"不平则鸣"的理论与创作,光大了自屈原以来"发愤以抒情"的诗歌传统,并有意识地突破了儒家诗教的束缚,积极追求诗歌内部艺术的创变。他们根据诗歌艺术的内在特质,汲取佛教思想与佛教艺术中的合理成分,在重"心性"的基础上,充分发挥艺术想象的功能,以期达到"笔补造化"的艺术效果,从而创造出了与众不同的艺术风格——奇险巉刻。尽管他们的创新不可避免地带有一定的缺陷,但他们的一致努力,的确在盛唐诗歌之后,开辟了一条新的途径,从而揭开了中国诗史新的一页。

6. 元白诗派:

以尚俗、崇实、务尽为特色的元白诗派,则表现出了元和诗变的另一种发展趋势。他们在功利思想的指导下,发扬光大了儒家传统的诗教说,与韩孟诗派走上了相反的道路。他们的"新乐府"诗,敢于直面人生,揭露社会,然而过分注意于道德、伦理的说教,而相对忽略了诗歌艺术的特性。不可否认,他们在"诗变"过程中

---

①郭绍虞《清诗话续编》本,上海古籍出版社 1983 年 12 月第 1 版。

的理论主张与创作实践,的确具有其现实的和积极的意义,然而却在一定程度上违背了诗歌艺术的法则。可以说元白尚俗、崇实、务尽的理论主张和创作倾向,其所得在此,其所失亦在此。白居易后来在写给元稹的《和答诗十首·序》中就说:"顷者在科试间,常与足下同笔砚,下笔时,辄相顾。共患其意太切而理太周,故理太周则辞繁,意太切则言激。然与足下为文,所长在此,所病亦在于此。足下来序,果有词犯文繁之说。今仆所和者犹前病也。待与足下相见日,各引所作,稍删其烦而晦其义焉。"①到了后期尤其是晚年,元、白等人的诗歌也发生了巨大的变化,他们已不再去写"救急人病"的"干预诗",而倾心于"安以乐"、"泰以适"②的"闲适诗"之中去了。

可以看出,在短短的几十年间,涌现出如此众多的诗歌流派,这是此前所不曾有过的。更为可贵的是,他们一变盛唐之风,在积极探索之中,创造出了各不相同的艺术风格,可谓交相辉映,各放异彩。即便在同一诗派之内,在总体风格的基础上,不同的诗人又都带有鲜明个性的风格特征。如以奇险巉刻为突出特征的韩孟诗派之中,就有韩愈之奇险狠重、孟郊之孤峭直鲠、卢仝之狷狂奇险、李贺之冷艳瑰怪、贾岛之幽邃冷僻、张籍之峭窄清幽等种种不同。如此众多的流派与各异的风格,为唐诗这个百花园增添了奇葩异彩,也具体展示了"中唐之再盛"的繁荣局面。

①见《全唐诗》卷425。
②白居易《序洛诗序》,见《全唐文》卷675。

第三章　审美趣味与诗风的变化

第一节　由外拓到内敛

王国维《人间词话》云："有造境，有写境，此理想与写实二派之所由分。然二者颇难分别。因大诗人所造之境，必合乎自然，所写之境，亦必邻于理想故也。"诗歌意境的构成，既离不开诗人的主观情思与审美趣味，也离不开社会及自然的客观环境。中唐时期因社会政治及文化氛围的变化，已将中唐诗人带入了新的环境之中，人们的主观情思、审美心态和艺术趣味，与盛唐时代相比都发生了显著的变化，因而他们诗歌意境的创造，也出现了与盛唐不同的特征。

盛唐诗歌意境及其艺术风貌，最为突出的特点就是：阔大、外展，具有雄浑与明朗之美。严羽《答吴景仙书》云："盛唐诸公之诗，如颜鲁公书，既笔力雄壮，又气象浑厚。"谢榛《四溟诗话》卷一亦云："格高气畅，自是盛唐家数。"合"笔力雄壮"、"气象浑厚"、"格高气畅"而观之，这就是盛唐气象的风骨所在了。其中所蕴含的，乃是盛唐人昂扬奋发、健康向上的风采，具有恢宏豪宕的气质和雄浑外拓的境界。对于这种境界，我们不妨取署名为司空图的

《诗品》中的描绘,作一个形象的注脚:

> 大用外腓,真体内充。反虚入浑,积健为雄。具备万物,横绝太空。荒荒油云,寥寥长风。超以象外,得其环中。持之非强,来之无穷。(《雄浑》)

> 行神如空,行气如虹。巫峡千寻,走云连风。饮真茹强,蓄素守中。喻彼行健,是谓存雄。天地与立,神化攸同。期之以实,御之以终。(《劲健》)

> 观花匪禁,吞吐大荒。由道返气,处得以狂。天风浪浪,海山苍苍。真力弥满,万象在旁。前招三辰,后引凤凰。晓策六鳌,濯足扶桑。(《豪放》)

可以说,雄浑、劲健、豪放,代表了盛唐诗歌气象的基本特征。而最能体现盛唐气象,最能表现盛唐诗歌阔大、外展境界的,则无过于盛唐的边塞诗。王之涣的《凉州词》:"黄河远上白云间,一片孤城万仞山。羌笛何须怨杨柳,春风不度玉门关。"雄浑壮阔的境界,大有倚天拔地之势,"何须"二字轻轻点染,已将思乡的"怨"变得悲壮浓烈起来。高大雄浑,气势壮阔,意境混茫,是盛唐边塞诗最为突出的特征。试想这样的境界:"征蓬出汉塞,归雁入胡天。大漠孤烟直,长河落日圆"[①];"明月出天山,苍茫云海间。长风几万里,吹度玉门关"[②];"碣石辽西地,渔阳蓟北天。关山唯一道,雨雪尽三边"[③];"黄沙碛里送客迷,四望云天直下低。为言地尽天还尽,行到安西更向西"[④];"玉门山障几千重,山南山北总是烽。人

---

①王维《使至塞上》,见《王右丞集笺注》卷9。
②李白《关山月》,见《李太白全集》卷4。
③高适《别冯判官》,见《全唐诗》卷214。
④岑参《过碛》,见同上卷201。

依远戍须看火,马踏深山不见踪"①,大漠孤烟,长河落日,巍峨的
天山,苍茫的云海,万里的长风,雄伟的玉门关,有险峻挺拔,有
浩瀚无垠,恢宏、豪宕、壮阔的境界,充分展示了诗人宽阔的胸
襟。杜甫《寄彭州高三十五使君适虢州岑二十七长史参三十韵》
诗云:"高岑殊缓步,沈鲍得同行。意惬关飞动,篇终接混茫。"
"混茫",就是雄浑壮阔,呈现出阔大、外展的境界。试看高适的
《燕歌行》:

> 汉家烟尘在东北,汉将辞家破残贼。男儿本自重横行,
> 天子非常赐颜色。摐金伐鼓下榆关,旌旆逶迤碣石间。校尉
> 羽书飞瀚海,单于猎火照狼山。山川萧条极边土,胡骑凭陵
> 杂风雨。战士军前半死生,美人帐下犹歌舞。大漠穷秋塞草
> 腓,孤城落日斗兵稀。身当恩遇恒轻敌,力尽关山未解围。
> 铁衣远戍辛勤久,玉箸应啼别离后。少妇城南欲断肠,征人
> 蓟北空回首。边庭飘飖那可度,绝域苍茫更何有! 杀气三时
> 作阵云,寒声一夜传刁斗。相看白刃血纷纷,死节从来岂顾
> 勋? 君不见沙场征战苦,至今犹忆李将军!

诗中为我们展示的境界,超越了时空的界限,纵横驰骋,大开大
阖:榆关,碣石,瀚海,狼山,萧条边土,大漠穷秋,孤城落日,又勾
连以腥风血雨的厮杀和令人回肠荡气的情思,已自"天地与立"、
"吞吐大荒",诗末又以李广终篇,从而进一步深化了主题,拓展了
境界,使意境更加雄浑、深远,正所谓"意惬关飞动,篇终接混茫"
者也。

　　盛唐诗歌意境外拓、壮阔,不仅仅反映在边塞诗中,其他题材
的诗歌也同样如此。如贺知章《咏柳》:

---

① 王昌龄《从军行七首》其七,见《全唐诗》卷143。

碧玉妆成一树高，万条垂下绿丝绦。

不知细叶谁裁出，二月春风似剪刀。

"碧玉妆成"般的柳树，婷婷袅袅，风姿绰约，在春风中婀娜款摆，迷人意态。诗人由"妆成"引出"绿丝绦"，而后自然引发出"谁裁出"的妙想，最后，那视之无形的"春风"，也被用"似剪刀"形象化地描绘了出来。诗人咏柳，妙在不专意咏柳，而以潇洒的诗笔赞美了大好的春风，表现出诗人对美好前景充满无限希望与向往的情趣。从"碧玉妆成"到"似剪刀"一系列的艺术形象自然浑成；从咏柳到颂春，境界陡然扩展，使人心胸开阔，美不胜收，显示出盛唐诗笔的丰富情韵。

送别，是诗中常见的主题，而盛唐人的送别之诗，其胸襟、其境界，亦自有其时代的特征，那便是豪爽、明朗、高远、壮阔。王昌龄的《芙蓉楼送辛渐》，是一首脍炙人口的名作：

寒雨连江夜入吴，平明送客楚山孤。

洛阳亲友如相问，一片冰心在玉壶。

迷蒙的烟雨笼罩着吴地江天，浩大的气魄烘托出"平明送客楚山孤"的高远开阔的境界，一个"孤"字，更展现了诗人开朗的胸襟和坚毅的性格。而屹立在江天之中的孤山与冰心置于玉壶的比象之间，又形成一种鲜明的照应，令人自然联想到诗人孤介傲岸的个性和冰清玉洁的品格，使精巧的构思和深婉的用意融化在一片清空明澈的意境之中，因而天然浑成，令人回味无穷。王昌龄的《送魏二》也是如此：

醉别江楼橘柚香，江风引雨入舟凉。

忆君遥在潇湘月，愁听清猿梦里长。

前半实境，后半虚拟，借助于想象拓展意境、深化主题，"代为之思,其情更远"①,就是一个开放、外展的境界。王维的《送元二使安西》,更加明快、爽朗,"西出阳关"一句,更将读者引向了遥远的西域边塞。又其《送沈子福归江东》:

> 杨柳渡头行客稀,罟师荡桨向临圻。
>
> 惟有相思似春色,江南江北送君归。

清新明快之中,洋溢着浓烈的情思,展示着开阔的襟怀。诗人那对朋友的相思之情,像是无边的春色,遍布于江南江北,拥护着友人爽朗而去。这种阔大、外展的境界,在盛唐诗歌中是不胜枚举的,至于李、杜之诗,就更无须赘言了。

　　而中唐诗歌的意境,就与此不同了。陆时雍《诗镜总论》云:"中唐诗近收敛,境敛而实,语敛而精。势大将收,物华反素。盛唐铺张已极,无复可加,中唐所以一反而之敛也。"②贺裳《载酒园诗话又编》亦云:"中唐人故多佳诗,不及盛唐者,气力减耳。雅澹则不能高深,雄奇则不能平静,清新则不能深厚。至贞元以后,苦寒、放诞、纤缛之音作矣。"③"境敛而实",就是意境狭窄、内敛,缺乏"高深"、"平静"与"深厚";"实",就是质实,缺乏空灵之态,无"透彻玲珑,不可凑泊"之妙。这当然是对中唐诗歌主流的总体性把握,应当说这个把握是比较准确的。概括地说,中唐诗歌意境及其艺术风貌,主要表现为:情感基调郁闷低沉,意境狭窄内敛。

　　大历诗人已豪情顿减,在严酷的现实面前,他们中的多数人往往以生疏、冷漠的眼光与心态对待社会,且已遁入自我封闭的内心世界。豪情顿减,气骨随之顿衰,"十才子如司空附元载之

---

①陆时雍《诗镜总论》,见《历代诗话续编》本。

②同上。

③见《清诗话续编》本。

门,卢纶受韦渠牟之荐,钱起、李端入郭氏贵主之幕,皆不能自远
权势"①,盛唐人那种傲岸的英风豪气和博大的胸襟已不复存在
了。他们通过内心的自我观照,往往能细致地把握心曲深处的波
动,能精确地描绘出切身所感所历,但诗歌意境已不是那么阔大、
外展,而是显得狭窄、内敛了。刘长卿《岳阳馆中望洞庭湖》诗:

> 万古巴丘戍,平湖此(一作北)望长。问人何淼淼,愁暮
> 更苍苍。叠浪浮元气,中流没太阳。孤舟有归客,早晚达
> 潇湘。

这首诗在刘长卿诗集中已是比较壮阔的了。的确,诗中"万古"、
"平湖"、"淼淼"、"苍苍"等词语的运用,亦颇见气势;尤其是"叠浪
浮元气,中流没太阳"一联,亦可谓气象不凡。然而,比之于盛唐
人对洞庭的描写,却是不可同日而语的。仇兆鳌注杜甫《登岳阳
楼》诗引《金玉诗话》云:"洞庭天下壮观,自昔骚人墨客,斗丽搜奇
者尤众。……然莫若(孟浩然)'气蒸云梦泽,波撼岳阳城'(《望洞
庭湖赠张丞相》),则洞庭空旷无际,雄壮如在目前。至读杜子美
诗,则又不然。'吴楚东南坼,乾坤日夜浮',不知少陵胸中,吞几
云梦也。"②孟诗之澎湃动荡、大气磅礴,杜诗之吞吐宇宙、笼盖古
今,都是刘诗所难以企及的。尽管刘诗此联有袭孟、杜诗句之痕,
然其气象、境界远逊于孟、杜,却十分明显,蒋寅说得好:"刘长卿
诗虽起首就用了表示时间悠远的'万古'一词,但因诗表现的重心
是落在第二句'平湖北望长'上,所以它并无多少实际意义。三四
两句将时间具体到'暮',五六两句则将景色具体限定到当下的夕
阳,这瞬间性的景象与杜诗'日夜浮'的永恒相比,就显出了大小、

----

①胡震亨《唐音癸签》卷 25《谈丛一》。
②见《杜诗详注》卷 22。

远近的差别。结句的孤舟归客、对前程的思量只切于一己的行事,同样没有超出眼前的实境。一首诗如果只围绕着个体的瞬间经验,而那瞬间经验又不能超出个人生活的范围,那么它必然就会局限在一个较狭窄的时空内。"①这个分析很能说明问题。中唐诗人章八元有《游慈恩寺塔》诗,王士禛在《居易录》中将此诗同杜甫、高适、岑参等人同登慈恩寺塔所作诗加以比较、评论说:"唐人章八元题慈恩寺塔云:'回梯暗踏如穿洞,绝顶初攀似出笼。'俚鄙极矣。乃元白激赏之不容口,且曰:'不意严维出此弟子。'说诗至此,亦一劫也。盛唐诸大家有同登慈恩寺塔诗,如杜工部云:'七星在北户,河汉声西流。'又:'秦山忽破碎,泾渭不可求。俯视但一气,焉能辨皇州。'高常侍云:'秋风昨夜至,秦塞多清旷。千里何苍苍,五陵郁相望。'岑嘉州云:'下窥指高鸟,俯听闻惊风。'又:'秋色从西来,苍然满关中。五陵北原上,万古青濛濛。'已上数公,如大将旗鼓相当,皆万人敌;视八元诗,真鬼窟中作活计,殆奴仆伍隶之不如矣。元白岂未睹此耶?"②王士禛对章诗的批评未免过于刻薄,但必须承认,章八元此诗与盛唐诸公之诗相较,的确显得狭促而少宏放之气。胡震亨说大历诗人"自艰于振举,风干衰,边幅狭"③,就指出了他们诗歌境界的狭窄、内敛的特征。

贞元、元和时期,孟郊、贾岛、姚合、卢仝、马异、刘叉以及李贺等一批苦吟诗人,深切体验到了人世的艰难与前途的渺茫。时代的云霾,在他们的心田上投下了浓重的阴影;而个人宦途的坎坷

①蒋寅《大历诗风》,上海古籍出版社 1992 年 8 月第 1 版,第 118－119 页。
②见《带经堂诗话》卷 2。
③《唐音癸签》卷 7。

曲折,生活上的贫病苦寒、辛酸苦辣,给他们在精神和肉体上都带来深深的创伤。因而他们的诗歌,不仅情感郁闷低沉,而且境界更加狭促、内敛。孟郊:"参辰出没不相待,我欲横天无羽翰"①;"少年出门将诉谁,川无梁兮路无歧"②。现实中的碰壁,使他深感"出门即有碍,谁谓天地宽"③;"万物皆及时,独余不觉春"④。因而内心的悲愁怨恨便成了反复咏叹的主题:"心曲千万端,悲来却难说"⑤;"愁结填心胸,茫茫若为说"⑥;"默默寸心中,朝愁续暮愁"⑦;"役生皆促促,心竟谁舒舒"⑧;"怨恨驰我心,茫茫日何之"⑨;"沈忧独无极,尘泪互盈襟"⑩,以至于"欲慰一时心,莫如千日酒"⑪。据统计,孟郊诗中写孤独 141 次,苦愁 134 次、哭泣泪126 次、悲 43 次、寒 54 次、老残 64 次、枯 28 次、暮 26 次。⑫把作诗的重点放在自身的贫病苦寒老残和内心的苦愁悲忧之中,其诗歌境界无疑是狭窄、内敛的。如:

　　　　病客无主人,艰哉求卧难。飞光赤道路,内火焦肺肝。

①《出门行》二首其二,见《全唐诗》卷 372。
②同上其一。
③《赠别崔纯亮》,见同上卷 377。
④《长安羁旅行》,见同上卷 372。
⑤《古怨别》,见同上卷 373。
⑥《古别曲》,见同上。
⑦《卧病》,见同上。
⑧《靖安新居》,见同上卷 375。
⑨《乱离》,见同上卷 374。
⑩《病客吟》,见同上。
⑪《暮秋感思》二首其一,见同上卷 373。
⑫以上统计数字,据马承五《中唐苦吟诗人综论》,载《文学遗产》1988 年第2 期。

欲饮井泉竭，欲医囊用单。稚颜能几日，壮志忽已残。人子
不言苦，归书但云安。愁环在我肠，宛转终无端。(《路病》)

　　　　贫病诚可羞，故床无新裘。春色烧肌肤，时餐苦咽喉。
倦寝意蒙昧，强言声幽柔。承颜自俯仰，有泪不敢流。默默
寸心中，朝愁续暮愁。(《卧病》)

诗境完全封闭在一己病身或一己愁思之中，这与盛唐人那纵横驰
骋、吞吐天地、雄壮浑厚的气魄与境界已是相去甚远了。贾岛、姚
合与孟郊有相似之处，如贾岛诗中写独 82 次、哭泣 37 次、寒 81
次、夕阳暮色 66 次、静 25 次，[①]表明他们审美趋向的一致性。而
贾、姚诗歌更为突出的特点，是以相当的篇章和诗句写蝉、虫、蚤、
萤、苔、叶、萍、草之类细小物事。贾岛诗如："几蜩嘿凉叶，数蚤思
阴壁"[②]；"松阴连竹影，中有莓苔井"[③]；"池开菡萏香，门闭莓苔
秋"[④]；"空巢霜叶落，疏牖水萤穿"[⑤]；"麈尾同离寺，蛩鸣暂别
亲"[⑥]；"穴蚁苔痕静，藏蝉柏叶稠"[⑦]；"石缝衔枯草，查根上净
苔"[⑧]；"归吏封宵钥，行蛇入古洞"[⑨]；"废馆秋萤出，空城寒雨

————————

① 以上统计数字，据马承五《中唐苦吟诗人综论》，载《文学遗产》1988 年第
　　2 期。
②《感秋》，见《全唐诗》卷 571。
③《刘景阳东斋》，见同上。
④《题岸上人郡内闲居》，见同上。
⑤《旅游》，见同上卷 572。
⑥《送无可上人》，见同上。
⑦《寄无可上人》，见同上。
⑧《访李甘原居》，见同上。
⑨《题长江》，见同上。

来"①;"篱落蟏间寒蟹过,莓苔石上晚蛩鸣"②之类,俯拾即是。姚合诗如:"诗境西南好,秋深昼夜蛩"③;"石窗紫薜墙,此世此清凉"④;"风凄林叶萎,苔糁行径涩"⑤;"蝉稀虫唧唧,露重思悠悠"⑥;"漏声林下静,萤色月中微"⑦;"县斋还寂寞,夕雨洗苍苔"⑧;"萍任连池绿,苔从匝地斑"⑨;"片霞侵落日,繁叶咽鸣蝉"⑩;"菊色欲经露,虫声渐替蝉"⑪;"丝网张空际,蛛绳续瓦沟"⑫之类,亦随处可见。他们对这些细小物事的大量描写,又常常伴随着幽昏的色调与孤寂的情思,从而构成一个个狭小的、幽暗的、毫无生气的境界。可以看出,他们由盛唐人对高大、雄浑、劲健、明朗之美的欣赏而转向对幽微、昏暗、无力、狭小的欣赏。这种审美趣味与审美心态的转变,也决定了他们的诗歌意境不是那样阔大、外拓,而是狭促、内敛的。此外如卢仝之"低头虽有地,仰面辄无天"⑬;"第一莫出境,四境多网罟"⑭;"摩挲青莓苔,莫嗔

---

①《泥阳馆》,见《全唐诗》卷 572。
②《酬慈恩寺文郁上人》,见同上卷 574。
③《送殷尧藩侍御游山南》,见同上卷 496。
④《寄元绪上人》,见同上卷 497。
⑤《寄贾岛浪仙》,见同上。
⑥《寄主客刘员外》,见《全唐诗》卷 497。
⑦《寄友人》,见同上。
⑧《万年县中雨夜会宿寄皇甫甸》,见同上。
⑨《闲居遣怀十首》其一,见同上卷 498。
⑩《闲居晚夏》,见同上。
⑪《秋日有怀》,见同上。
⑫《酬任畴协律夏中苦雨见寄》,见同上。
⑬《自咏三首》其一,见同上卷 387。
⑭《观放鱼歌》,见同上。

惊著汝"①;"虫豸腊月皆在蛰,吾独何乃劳其形"②;"夏夜雨欲作,
傍砌蚯蚓吟"③;如刘叉之"丘陇逐日多,天地为我窄"④;"反令井
蛙壁虫变容易,背人缩首竞呀呀"⑤;"小小细细如尘间,轻轻缓缓
成朴籁"⑥等等,就都具有相同的审美趣味与诗歌境界。

　　袁行霈先生指出:"李贺是一个苦闷的诗人,他的诗歌主题,
一言以蔽之就是抒写内心的苦闷。他的诗歌艺术,一言以蔽之就
是苦闷的探索。"⑦李贺的诗,无论是咏物还是抒情,总似在辛苦地
编织着一张张幽暗、阴冷的网。他常常超越于现实生活与客观物
象之外,而在孤独、苦闷、忧怨、哀伤的心田内耕作编织。如他的
《秋来》、《致酒行》、《梦天》、《天上谣》、《李凭箜篌引》、《南山田中
行》、《长平箭头歌》、《苏小小墓》、《感讽五首》、《长歌续短歌》等
等,无一不是心灵苦闷历程的展示。尽管其中也有梦游仙界月宫
及俯视人寰的描写,如《梦天》:"老兔寒蟾泣天色。云楼半开壁斜
白。玉轮轧露湿团光,鸾佩相逢桂香陌。黄尘清水三山下,更变
千年如走马。遥望齐州九点烟,一泓海水杯中泻。"又如《天上
谣》:"天河夜转漂回星,银浦流云学水声。玉宫桂树花未落,仙妾
采香垂佩缨。秦妃卷帘北窗晓,窗前植桐青凤小。王子吹笙鹅管
长,呼龙耕烟种瑶草。粉霞红绶藕丝裙,青洲步拾兰苕春。东指

①《村醉》,见《全唐诗》卷 387。
②《冬行三首》其一,见同上卷 388。
③《夏夜闻蚯蚓吟》,见同上。
④《自古无长生劝姚合酒》,见同上卷 395。
⑤《冰柱》,见同上。
⑥《雪车》,见同上。
⑦《苦闷的诗歌与诗歌的苦闷——论李贺的创作》,见袁行霈著《中国诗歌艺术研究》,北京大学出版社 1987 年 6 月第 1 版,第 305 页。

羲和能走马,海尘新生石山下。"李贺笔下的仙境与仙人生活,是温馨的,充满香软的闺阁气氛,意象也十分细致、具体,使人感觉到是处在一种封闭的境界之中。我们看李白是如何描写梦游仙境与俯视人寰的:"列缺霹雳,丘峦崩摧。洞天石扉,訇然中开。青冥浩荡不见底,日月照耀金银台。霓为衣今风为马,云之君兮纷纷而来下。虎鼓瑟兮鸾回车,仙之人兮列如麻"①;"西上莲花山,迢迢见明星。素手把芙蓉,虚步蹑太清。霓裳曳广带,飘拂升天行。邀我至天台,高揖卫叔卿。恍恍与之去,驾鸿凌紫冥。俯视洛阳川,茫茫走胡兵。流血涂野草,豺狼尽冠缨"②,纵横豪宕的诗笔,蕴含着雄奇、壮阔、恣肆的气势;高迈宏大之中,具有一种外张的、辐射的力度。相较而言,李贺的诗就显得封闭、内向而香软无力。至于李贺的那些"垂杨叶老莺哺儿,残丝欲断黄蜂归"③;"野粉椒壁黄,湿萤满梁殿"④;"露华生笋径,苔色拂霜根"⑤;"扫断马蹄痕,衙回自闭门"⑥;"幽兰露,如啼眼。无物结同心,烟花不堪剪"⑦;"老景沉重无惊飞,堕红残萼暗参差"⑧;"好花生木末,衰蕙愁空园"⑨;"离宫散萤天似水,竹黄池冷芙蓉死"⑩;"桐风惊心

---

① 《梦游天姥吟留别》,见《李太白全集》卷 15。
② 《古风》五十九首其十九,见同上卷 2。
③ 《残丝曲》,见《李长吉歌诗汇解》卷 1。
④ 《还自会稽歌》,见同上。
⑤ 《竹》,见同上。
⑥ 《始为奉礼忆昌谷山居》,见同上。
⑦ 《苏小小墓》,见同上。
⑧ 《河南府试十二月乐词·四月》,见同上。
⑨ 同上《七月》,见同上。
⑩ 《河南府试十二月乐词·九月》,见同上。

壮士苦,衰灯络纬啼寒素"①;"玉蟾滴水鸡人唱,露华兰叶参差光"②等等,境界就更加狭促、内敛了。

　　元稹、白居易的新乐府诗,可以说是外向型的,因为他们面对社会、面对人生,是为君为臣为民为物为事而作。但出于强烈的功利目的,他们不少的新乐府皆"质而径"、"直而切"、"核而实"③,成了真人真事的通讯报道。这种具体、细致、真实的诗歌,也就很难产生宏大的气象与壮阔的境界。即使其中有些颇具境界的诗歌,也往往为那些"显其志"的枯燥乏味的议论说理所破坏。在元、白诗集中,更多的诗,除了交游、酬唱、应和之外,大量的诗歌便都是以自身的生活、情趣为描写对象,其天地是狭窄的,境界也是内敛的。如白居易后期的诗歌,与他那"居士"的生活相适应,除一些与故友酬唱应和之外,用他自己的话说:"皆寄怀于酒,或取意于琴,闲适有余","本之于省分知足,济之以家给身闲,文之以觞咏弦歌,饰之以山水风月。"④完全局促于个人生活的狭小圈子之内,其境界之大小是可想而知的。如其《不二门》、《我身》、《东坡种花二首》、《卧小斋》、《步东坡》、《竹窗》、《紫薇花》、《卜居》、《感旧纱帽》、《思竹窗》、《秋晓》、《枯桑》、《吾雏》、《庭松》、《惜小园花》、《衰病》、《病中对病鹤》、《白发》、《食饱》、《独行》、《闲卧》、《琴》、《鹤》、《自咏》、《自叹二首》、《紫阳花》、《失鹤》、《自感》、《柳絮》、《醉戏诸妓》、《好听琴》、《爱咏诗》、《卧病》、《小院酒醒》、《临池闲卧》、《吾庐》、《一叶落》、《故衫》、《偶饮》、《新栽梅》、《花前

①《秋来》,见《李长吉歌诗汇解》卷1。
②《李夫人》,见同上。
③白居易《新乐府序》,见文学古籍刊行社影宋本《白氏长庆集》卷3。
④《序洛诗序》,见《全唐文》卷675。

叹》、《自咏五首》、《卯时酒》、《自问行何迟》、《自叹》、《眼病二首》、《晓起》、《自喜》、《就花枝》、《闲咏》、《秋斋》、《闲行》、《闲出》、《偶眠》、《北窗闲坐》、《对琴待月》、《斋月静居》、《冬夜闻虫》、《知足吟》、《咏闲》、《自题》、《对镜》、《自问》、《慵不能》、《朝课》、《叹发落》、《安隐眠》、《早出晚归》、《晚起》、《苦热》、《销暑》、《行香归》、《闲忙》、《观游鱼》、《看采莲》、《看采菱》、《日高卧》、《思往喜今》、《宴散》、《人定》、《吾土》、《病眼花》、《斋居》、《闲夕》、《快活》、《老病》、《琴酒》、《听幽兰》、《任老》、《衰荷》①等等，无须读其原诗，仅就诗题亦足以知其诗境之狭窄内敛了。

第二节　由天然到锻炼

严羽《沧浪诗话·诗辨》云："盛唐诸人惟在兴趣，羚羊挂角，无迹可求。故其妙处，透彻玲珑，不可凑泊，如空中之音、相中之色、水中之月、镜中之象，言有尽而意无穷。"②盛唐诗歌，是以追求"雄浑"与"秀丽"③为主，并由此而创造了兴象玲珑的诗歌意境，其突出的特征是：天然浑成，清秀自然，表现出清水出芙蓉的自然之美。而中唐诗歌则注重修饰锻炼，体现了中唐诗人对人工美的刻意追求。如陆时雍《诗镜总论》说："中唐反盛之风，攒意而取精，选言而取盛，所谓绮绣非珍，冰纨是贵，其致迥然异矣。然其病在

---

① 以上所列诗题，皆据朱金诚《白居易年谱》自元和十五年（820）后，至大和八年（834）作《序洛诗序》之前所作诗。白居易此后所作此类诗亦甚多，不胜举。

② 见《历代诗话》本。

③ 胡应麟《诗薮·内编》卷4云："盛唐一味秀丽、雄浑。"

雕刻太甚,元气不完,体格卑而声气亦降。"①这是中唐诗歌区别于盛唐之诗的又一重要特征。

邵祖平《唐诗通论》云:"唐之作家,无虑二千人……其作品则有飘逸、雄浑、浩荡、横郁、沉秀、奇警、清拔、精深、悍刻、艳冶、流丽、奥峭、孤夐之殊。而其大要所归,一天放之妙,一整融之功;一属自然,一隶工力而已。"②并认为李白是"自然派之神而圣者",杜甫是"工力派之神而圣者",且"唐之初、盛,自然者比较居多",而"时至中、晚,风尚所至,人人自欲探骊珠,家家自拟抱荆玉,而诗锻炼苦吟日著,故工力派为绝盛,几欲尽夺当时自然派之席"③。此论颇有见地。盛唐诗歌,虽也有以工力见长者,但其主流仍是自然浑成;与此相反,中唐诗歌虽也有以自然见长者,但其主流却是以工力称盛的。可以说盛唐诗歌意境,属于天籁之美;而中唐诗歌意境,则属于人籁之美。先看几首盛唐诗例。孟浩然《夏日南亭怀辛大》:

> 山光忽西落,池月渐东上。散发弄凉夜,开轩卧闲敞。荷风送香气,竹露滴清响。欲取鸣琴弹,恨无知音赏。感此怀故人,中宵劳梦想。④

夕阳隐去之后,朦胧的月色从东池渐渐升起,并从敞开的窗户倾泻而入;伴随着月光一起涌入的,还有那阵阵荷花的馨香。"竹露滴清响",更使我们联想到,在那月色的笼罩下,竹叶上凝聚着晶莹的露珠,香风袭来,竹林摇曳,仿佛可以听到轻轻滚落的露珠在

---

① 见《历代诗话续编》本。
② 上引均见邵祖平《唐诗通论》,载《学衡》第 12 期,1922 年 12 月出版。
③ 同上。
④ 见《全唐诗》卷 159。

沙沙作响。这月色、荷香、竹露，正是夏夜宁静美的神韵所在。
也就在这神韵之中，才自然而然地勾起诗人那一缕怀友的情思
来。值此良辰美景，似乎只有弹琴才足以抒发情怀，然而知音不
在，那刻骨铭心的思念之情，在宁静的月色中弥漫、扩展，好像要
涵盖一切，与那清静幽远的环境融为一体。简直令人陶醉，这就
是情与景的妙合，这就是天籁之美。王维的《鸟鸣涧》，亦醇美
至极：

　　　　人闲桂花落，夜静春山空。月出惊山鸟，时鸣春涧中。①

春山静夜，仿佛可以听到桂花落地的声响，偶尔传来的鸟鸣之声，
更加衬托出月色的清幽与春山的空寂。弥漫在那洁净纯美、宁静
和平世界之中的，正是一种领略自然之美的情思。它仿佛把我们
带入了禅的世界，让我们领略到了玲珑剔透的美。再看王昌龄的
《闺怨》：

　　　　闺中少妇不知愁，春日凝妆上翠楼。忽见陌头杨柳色，
　　悔教夫婿觅封侯。②

诗题为"闺怨"，但诗歌却从"不知愁"写起。翠楼闲望，兴致正浓
之际，"忽见"道旁已是杨柳青青，骤然之间触目而惊心，勾起了少
妇的情怀，突然间领悟到世界已是春满人间。而在这生机盎然的
季节里，自己却形影相吊、独守空闺，过着孤独寂寞的生活，辜负
了大好的春光；见到杨柳，又不免回想起折柳送别的那一幕，如今
别又经年，更加深了"怨"的愁绪。当初自己鼓励夫婿去求取功名
富贵，却不料反而因此辜负了彼此的青春与家庭的幸福。刹那
间，无限愁绪涌上心头，不由得陡生悔意。在这短暂的过程中，包

————————————

① 见《全唐诗》卷128。
② 见同上卷143。

含了多少细微丰富、起伏多变的内心活动。而"悔后"的言行,则留给读者去想象、回味。整首诗自然浑成,韵味隽永。又如李白的《春夜洛城闻笛》:

　　　　谁家玉笛暗飞声,散入春风满洛城。此夜曲中闻折柳,何人不起故园情。①

洛阳春夜,不知何处传来阵阵悠扬的笛声,那表现离愁别绪的《折杨柳》之曲,似有似无,似近似远,仿佛融化在无处不到的春风里。这和春风一起飘忽荡漾的笛声,很自然地勾起诗人一缕淡淡的乡愁。它轻轻袭来,与无边的春风和悠扬的笛声融为一体。自然浑成,表现出天籁之美。与李白此诗同一妙致而又更为高远雄浑,且具悲壮之气的,则是高适的《塞上听吹笛》:"雪净胡天牧马还,月明羌笛戍楼间。借问梅花何处落,风吹一夜满关山。"②雄浑悲壮之中,自有一种英风豪气。在那高远而又浑成的境界中,透露出恢宏的气度和盛大的精神力量,很能体现出"盛唐气象"的美学风貌。

　　如此自然浑成,兴象玲珑的意境,在盛唐诗歌中相当普遍。中唐诗歌,虽也偶有一些,如韦应物《滁州西涧》:"独怜幽草涧边生,上有黄鹂深树鸣。春潮带雨晚来急,野渡无人舟自横。"③张继《枫桥夜泊》:"月落乌啼霜满天,江枫渔火对愁眠,姑苏城外寒山寺,夜半钟声到客船。"④柳宗元《江雪》:"千山鸟飞绝,万径人踪

---

①见《李太白全集》卷 25。
②见《全唐诗》卷 214。
③见同上卷 193。
④见同上卷 242。

灭。孤舟蓑笠翁,独钓寒江雪。"①韩愈《早春呈水部张十八员外二
首》其一:"天街小雨润如酥,草色遥看近却无。最是一年春好处,
绝胜烟柳满皇都。"②等等,皆意境浑成,韵味隽永,实不减盛唐。
但他们并没有沿着这条道路发展下去,他们更多的诗,已失去了
天籁之美,而追求人工之美。

应当承认,追求人工之美,其源乃导自老杜。"语不惊人死不
休"③的杜甫,在炼意、炼句、炼字上,的确下过一番苦工。不过杜
甫除晚年有少数诗过于追求凝炼,有如"香稻啄余鹦鹉粒,碧梧栖
老凤凰枝"④之类生硬的句法外,仍能不露痕迹,无雕琢之态。杜
诗那雄深雅健的气势、开阖自如的韵致和沉郁顿挫的风格,都显
示了堪与造化争衡的巨大艺术魅力。他那沉雄浑厚的诗歌境界,
仍旧是盛唐气象的风骨所在。而中唐诗歌的主流,不仅境界狭
窄、内敛,而且又片面发展了杜诗艺术追求的一个方面,而着力追
求人工之美。

大历时期的诗歌,便已初露人工的痕迹,因而他们的诗也往
往缺乏自然浑成的意境。如钱起《故王维右丞堂前芍药花开凄然
感怀》:

芍药花开出旧栏,春衫掩泪再来看。主人不在花长在,
更胜青松守岁寒。⑤

前两句通过具体的形象,表现忆念的情怀,的确真挚自然,情深味

①见《全唐诗》卷352。
②见《韩昌黎诗系年集释》卷12。
③《江上值水如海势聊短述》,见《杜诗详注》卷10。
④《秋兴八首》其八,见同上卷17。
⑤见《全唐诗》卷239。

厚。但接下二句,却是抽象的是非判断,毫无韵外之致,令人感到
乏味。钱起的《春郊》也是如此:"水绕冰渠渐有声,气融烟坞晚来
明。东风好作阳和使,逢草逢花报发生。"①前两句刻画细致入微,
形象鲜明生动,春意朦胧之中,已透露出盎然的生机。然而接下
"东风好作阳和使,逢草逢花报发生"二句,未免生硬直截,缺乏浑
融之功。又如刘长卿的《月下听砧》:

> 夜静掩寒城,清砧发何处。声声捣秋月,肠断卢龙戍。
> 未得寄征人,愁霜复愁露。②

读到这首诗,我们会很自然地想到李白的《子夜吴歌·秋歌》:"长
安一片月,万户捣衣声。秋风吹不尽,总是玉关情。何日平胡虏,
良人罢远征。"③李白此诗境界阔大,"天壤间生成好句"④,慷慨爽
朗,激动人心,秋月秋声秋风与秋思组成浑融的意境。刘长卿的
诗在意脉与意境的构思上与李白诗极为相似,然而境界内敛,意
脉之间浑不似李白诗那样流转自如,未免有滞的感觉。再看耿湋
的《发绵津驿》:

> 孤舟北去暮心伤,细雨东风春草长。杳杳短亭分水陆,
> 隆隆远鼓集渔商。千丛野竹连湘浦,一派寒江下吉阳。欲问
> 长安今远近,初逢塞雁有归行。⑤

经过一番苦心经营,诗句不可谓不美,景致不可谓不多,情致亦深
婉有含,但缺少的是情与景的自然融合,很难给读者留下一个浑

①见《全唐诗》卷239。
②见同上卷148。
③见《李太白全集》卷6。
④见王夫之《唐诗评选》,《船山遗书》本。
⑤见《全唐诗》卷269。

融完整的意境。胡应麟《诗薮·内编》卷四云："唐大历后……钱、刘以降，篇什虽盛，气骨顿衰，景象既殊，音节亦寡。"①又云："大概中唐以后，稍厌精华，渐趋澹净。"②胡震亨《唐音癸签》卷七亦云："详大历诸家风尚，大抵厌开、天旧藻，矫入省净一途。自刘、郎、皇甫，以及司空、崔、耿，一时数贤，窈籁即殊，于喝非远，命旨贵沈宛有含，写致取淡泠自送。玄水一献，群酕覆杯，是其调之同。而工于浣濯，自艰于振举，风干衰，边幅狭，专诣五言，擅场钱送，外此无他大篇伟什岿望集中，则其所短耳。"③盛唐诗人对于雕琢绮丽的齐梁诗风是极力反对的，但这时却又渐工于浣濯，雕琢绮丽，且入于"巧"。如吴乔《围炉诗话》卷三云："盛唐不巧，大历以后，力量不及前人，欲避陈浊麻木之病，渐入于巧，刘长卿云：'身随敝履经残雪'，皇甫冉云：'菊为重阳冒雨开'，巧矣。"④其实唐人高仲武在《中兴间气集》中，就早已分别指出了大历诗风的这一特征。如说刘长卿"诗体虽不新奇，甚能炼饰"；李嘉祐"与钱、郎别为一体，往往涉于齐梁，绮丽婉媚，盖吴均、何逊之敌也"；皇甫冉"巧于文字，发调新奇"；李希仲"诗轻靡，华胜于实"；于良史"诗清雅，工于形似"；郑丹诗"剪刻婉密"；道士灵一"刻意精妙"⑤等等，都是如此。可见由炼饰而达于新奇，乃是大历以后诗歌新变的一种趋势。

在理论上更为明确地提出要通过修饰丽藻而达到高情远韵

---

① 见上海古籍出版社 1958 年 10 月第 1 版，第 78 页。

② 见同上第 79 页。

③ 见上海古籍出版社 1981 年 5 月第 1 版，第 64 页。

④ 见《清诗话续编》本，第 556 页。

⑤ 见《唐人选唐诗》本。

的，是皎然。其《诗式》卷一论"取境"说："或云：'诗不假修饰，任其丑朴，但风韵正，天真全，即名上等。'予曰：'不然。无盐阙容而有德，曷若文王太姒，有容而有德乎？'"又"诗有二废"条云："虽欲废言尚意，而典丽不得遗。"在"诗有六至"条中说，诗要"至丽而自然"。卷二"律诗"条讲律诗以"情多、兴远、语丽为上"。此外，皎然对二谢、江淹等人的赞扬，也都是从丽藻逸韵、"情远辞丽"的审美角度去衡量的。盛唐诗人追求的是自然的情趣和浑然的意境，厌弃齐梁的雕琢绮丽之风；而大历诗人则把自然和雕饰放在一起，要求丽藻与自然相统一。这种审美心态的不同，也决定了他们在诗歌意境创造中所表现出来的人工炼饰的痕迹。

　　大历之后的贞元、元和时期，是诗歌大变的时期。集中体现了中唐诗歌新变方向的元白与韩孟两大诗派，在审美心态与诗歌意境的创造上，就更加显示出与盛唐迥异的风貌。

　　元白新乐府，出自功利目的，重在恢复和宏扬"诗教"的传统，因而在诗歌艺术上的追求，甚至还不如大历诗人。应当承认，白居易的诗歌才华在唐代亦是屈指可数的大家之一，其驾驭语言的能力、诗歌艺术的技巧，及思想见识之深刻，都是不可多得的。他的《长恨歌》和《琵琶行》，就充分显示了他的诗歌才华与造诣，这两首诗在艺术上所取得的巨大的成就，足以流传千古。但白居易在进行新乐府的创作过程中，却认为："今仆之诗，人所爱者，悉不过杂律诗与《长恨歌》已下耳。时之所重，仆之所轻。"[1]他当时自视甚重的，乃是关于"美刺兴比"的讽谕诗。白居易在元和四年（809）为左拾遗时所作《新乐府序》说：

　　　　序曰：凡九千二百五十二言，断为五十篇。篇无定句，系

————————

[1]《与元九书》，见文学古籍刊行社影宋本《白氏长庆集》卷45。

于意，不系于文。首句标其目，卒章显其志，诗三百之义也。
其辞质而径，欲见之者易喻也；其言直而切，欲闻之者深诫
也；其事核而实，使采之者传信也；其体顺而肆，可以播于乐
章歌曲也。总而言之，为君、为臣、为民、为物、为事而作，不
为文而作也。①

其《寄唐生》诗云："篇篇无空文，句句必尽规。……非求宫律高，
不务文字奇，惟歌生民病，愿得天子知。"②又其《策林》六十八（"议
文章碑碣词赋"）亦云："故农者耘稂莠，簸秕稗，所以养谷也；王者
删淫辞，削丽藻，所以养文也。伏惟陛下诏主文之司，谕养文之
旨，俾辞赋合炯戒讽谕者，虽质虽野，采而奖之；碑诔有虚美愧辞
者，虽华虽丽，禁而绝之。若然，则为文者必当尚质抑淫，著诚去
伪，小疵小弊，荡然无遗矣，则何虑乎皇家之文章，不与三代同风
者欤？"③白居易提倡"删淫辞、削丽藻"，"著诚去伪"等主张是正确
的，但他过分追求功利目的，甚至扇扬"质野"之风，却忽视了诗歌
艺术形式的重要性。以俗为美，是元白共同的审美倾向；而核实、
浅切、质径，则是他们新乐府的总体风貌。元稹的《阳城驿》是一
篇长达 152 句、760 字的五言诗，为说明其核实，浅切、质径的审美
特征，这里不妨举以为例：

> 商有阳城驿，名同阳道州。阳公没已久，感我泪交流。
> 昔公孝父母，行与曾闵俦。既孤善兄弟，兄弟和且柔。一夕
> 不相见，若怀三岁忧。遂誓不婚娶，没齿同衾绸。妹夫死他
> 县，遗骨无人收。公令季弟往，公与仲弟留。相别竟不得，三

---

① 见《全唐诗》卷 426。
② 见同上卷 424。
③ 见《四部丛刊》本《白氏长庆集》卷 48。

人同远游。共负他乡骨，归来藏故丘。栖迟居夏邑，邑人无苟偷。里中竞长短，来问劣与优。官刑一朝耻，公短终身羞。公亦不遗布，人自不盗牛。问公何能尔，忠信先自修。发言当道理，不顾党与仇。声香渐翕习，冠盖若云浮。少者从公学，老者从公游。往来相告报，县尹与公侯。名落公卿口，涌如波荇舟。天子得闻之，书下再三求。书中愿一见，不异旱地虬。何以持为聘，束帛藉琳球。何以持为御，驷马驾安辒。公方伯夷操，事殷不事周。我实唐庶士，食唐之田畴。我闻天子忆，安敢专自由。来为谏大夫，朝夕侍冕旒。希夷惇薄俗，密勿献良筹。神医不言术，人瘕曾暗瘳。月请谏官俸，诸弟相对谋。皆曰亲戚外，酒散目前愁。公云不有尔，安得此嘉猷。施余尽酤酒，客来相献酬。日旰不谋食，春深仍弊裘。人心良戚戚，我乐独由由。贞元岁云暮，朝有屈如钩。风波势奔蹙，日月光绸缪。齿牙属为猰，禾黍暗生蟊。岂无司言者，肉食吞其喉。岂无司搏者，利柄扼其鞲。鼻复势气塞，不得辩薰莸。公虽未显谏，惴惴如患瘤。飞章八九上，皆若珠暗投。炎炎日将炽，积燎无人抽。公乃帅其属，决谏同报仇。延英殿门外，叩阍仍叩头。且曰事不止，臣谏誓不休。上知不可遏，命以美语酬。降官司成署，俾之为赘疣。奸心不快活，击刺砺戈矛。终为道州去，天道竟悠悠。遂令不言者，反以言为讥。喉舌坐成木，鹰鹯化为鸠。避权如避虎，冠豸如冠猴。平生附我者，诗人称好逑。私来一执手，恐若坠诸沟。送我不出户，决我不回眸。唯有太学生，各具粮与糇。咸言公去矣，我亦去荒陬。公与诸生别，步步驻行驺。有生不可诀，行行过闽瓯。为师得如此，得为贤者不。道州闻公来，鼓舞歌且讴。昔公居夏邑，狎人如狎鸥。况自为刺史，岂复援鼓桴。滋章一时罢，教化天下道。炎瘴不得老，英华忽已秋。有鸟哭杨震，无儿悲邓攸。唯余门弟子，列树松与楸。今来过此驿，若吊汨罗洲。祠曹讳羊昙，此驿何不侔。我愿避公讳，名为避贤邮。此名有深意，蔽贤天所尤。吾闻玄元教，日月冥九幽。幽阴蔽翳者，永为幽翳囚。①

关于这首诗，我们无需妄加评论，白居易在《和阳城驿》一诗中，评论已颇为详切。其诗曰：

商山阳城驿，中有叹者谁？云是元监察，江陵谪去时。忽见此驿名，良久涕欲垂。何故阳道州，名姓同于斯？怜君一寸心，宠辱誓不移。疾恶若巷伯，好贤如缁衣。沉吟不能去，意者欲改为。改为避贤驿，大署于门楣。荆人爱羊祜，户曹改为辞。一字不忍道，况兼姓呼之。因题八百言，言直文甚奇。诗成寄与我，锵若金和丝。上言阳公行，友悌无等夷。骨肉同衾裯，至死不相离。次言阳公迹，夏邑始栖迟。乡人化其风，少长皆孝慈。次言阳公道，终日对酒卮。兄弟笑相顾，醉貌红怡怡。次言阳公节，謇謇居谏司。誓心除国蠹，决死犯天威。终言阳公命，左迁天一涯。道州炎瘴地，身不得生归。一一皆实录，事事无孑遗。凡是为善者，闻之恻然悲。道州既已矣，往者不可追。何世无其人，来者亦可思。愿以君子文，告彼大乐师。附于雅歌末，奏之白玉墀。天子闻此章，教化如法施。直谏从如流，佞臣恶如疵。宰相闻此章，政柄端正持。进贤不知倦，去邪勿复疑。宪臣闻此章，不敢怀依违。谏官闻此章，不忍纵诡随。然后告史氏，旧史有前规。若作阳公传，欲令后世知。不劳叙世家，不用费文辞。但于

———————
① 见《全唐诗》卷397。

国史上，全录元稹诗。①

赞美元诗"言直文甚奇"之外，便是"一一皆实录，事事无孑遗"。如此类似于真人真事的通讯报道的诗章，在中国诗史上还是不多见的。以其为实录，且详尽、直切，故"但于国史上，全录元稹诗"。诗歌的功能得到了强化，诗歌的艺术却显然下降，也就更难以论其意境之高下了。白居易的新乐府，的确有不少佳作，如《观刈麦》、《卖炭翁》、《轻肥》、《买花》、《上阳白发人》、《新丰折臂翁》、《红线毯》、《杜陵叟》等等，都是传世的名作。但这些诗中，也往往为了"显其志"而影响了其意境的完美。如《上阳白发人》一诗，从开头到"天宝末年时世妆"，写得形象鲜明，流走如珠，且寓意深刻，耐人寻味。但诗人继又写道："上阳人，苦最多。少亦苦，老亦苦，少苦老苦两何如？君不见昔时吕向美人赋，又不见今日上阳白发歌。"②本来含蓄深婉的意境，被如此直切、重复的"显志"而大减意趣。又如《新丰折臂翁》也是同样，当写到"万人冢上哭呦呦"时，本可以结束全篇（如杜甫的《兵车行》，就是写到"君不见青海头，古来白骨无人收。新鬼烦冤旧鬼哭，天阴雨湿声啾啾"③便结束了全篇，从而使全诗意境浑成，给人留下无限回味的余地）。而白居易不仅于诗末加上一段枯燥的议论，而且又详加注释，唯恐不详不尽："老人言，君听取。君不闻开元宰相宋开府，不赏边功防黩武。（开元初，突厥数寇边。时天武军牙将郝灵荃出使，因引特勒回鹘部落，斩突厥默啜，献首于阙下，自谓有不世之功。时宋璟为相，以天子年少好武，恐徼功者生心，痛抑其赏。逾年，始授

①见《全唐诗》卷425。
②见同上卷426。
③见《杜诗详注》卷2。

郎将，灵筌遂恸哭呕血而死也。）又不闻天宝宰相杨国忠，欲求恩幸立边功。边功未定生人怨，请问新丰折臂翁。（天宝末，杨国忠为相，重构阁罗凤之役，募人讨之。前后发二十余万众，去无返者。又捉人连枷赴役，天下怨哭，人不聊生。故禄山得乘人心而盗天下。元和初，折臂翁犹存，因备歌之。）"①本来一篇情景兼备、韵味深厚的诗歌，加上这一段枯燥乏味的说理议论和史事，从而变成了核实、浅切、质径的报道或奏章，也割裂了性情，破坏了全诗的意境，成为全诗的蛇足。

　　刘熙载说韩愈的诗是"以丑为美"②，的确道出了韩诗审美视角的重要特征。如其《落齿》③诗，本来由于落齿，应想到老之将至与身体的残弱，但韩愈却津津乐道，引以为荣："又牙妨食物，颠倒怯漱水，终焉舍我落，意与崩山比。"又牙残齿，参差错落，牙慧满口，令人生憎；牙齿之落，竟与山崩的雄壮气势相比，他既无"豁可耻"之念，亦无"衰即死"之忧，反而兴高采烈，沾沾自喜："语讹默固好，嚼废软还美"，以赞歌的方式作自我解嘲。《孟东野失子》④是安慰老朋友孟郊丧子之痛，但诗中却极力从反面强调有子未必是好事的道理，并说："鸱枭啄母脑，母死子始翻。蝮蛇生子时，坼裂肠与肝。"简直令人毛骨悚然。《嘲鼾睡二首》⑤极力描摹鼾声之丑怪："澹师昼睡时，声气一何猥。顽飚吹肥脂，坑谷相嵬磊。雄哮乍咽绝，每发壮益倍。有如阿鼻尸，长唤忍众罪。马牛惊不食，

---

① 见《全唐诗》卷426。
② 《艺概·诗概》，上海古籍出版社1978年12月第1版，第63页。
③ 见《韩昌黎诗系年集释》卷2。
④ 见同上卷6。
⑤ 同上。

百鬼聚相待。……乍如彭与黥,呼唤受蒆醢。又如圈中虎,号疮兼吼馁";"幽幽寸喉中,草木森苯荨。盗贼虽狡狯,亡魂敢窥阃。鸿蒙总合杂,诡谲骋戾狠。乍如斗呶呶,忽若怨悬悬。"实亦离奇古怪,匪夷所思。"昨来得京官,照壁喜见蝎"①;赞美赤藤杖"共传滇神出水献,赤龙拔须血淋漓"②。韩愈诗中就这样把生活中不美的、可怕的、令人厌恶的东西当作美的事物加以歌颂。说韩诗"以丑为美",并不过分。其实不止韩愈,韩孟诗派其他成员,也同样如此。孟郊对贫、病、苦、寒的反复咏叹,就是这种心态的反映。如他的《秋怀》③,极写病态弱质:

　　冷露滴梦破,峭风梳骨寒。席上印病文,肠中转愁盘。(其二)

　　老骨坐亦惊,病力所尚微。(其三)

　　鬼神满衰听,恍惚难自分。……病骨可刲物,酸呻亦成文。瘦攒如此枯,壮落随西曛。(其五)

　　老骨惧秋月,秋月刀剑棱。纤辉不可干,冷魂坐自凝。(其六)

　　霜气入病骨,老人身生冰。衰毛暗相刺,冷痛不可胜。骞骞伸至明,强强揽所凭。瘦坐形欲折,腹饥心将崩。(其十三)

甚至细写疮臭蝇聚之状:

　　日中视余疮,暗隙闻细蝇。彼臲一何酷,此味半点凝。潜毒尔无厌,余生我堪矜。(同上)

---

①《送文畅师北游》,见《韩昌黎诗系年集释》卷5。
②《和虞部卢四汀酬翰林钱七徽赤藤杖歌》,见同上卷6。
③见《全唐诗》卷375。

实令人不堪忍受。贾岛诗歌在这方面的表现也很突出,闻一多先
生就说他"甚至爱贫、病、丑和恐怖"①。如其《题长江》:

　　　　言心俱好静,癖署落晖空。归吏封宵钥,行蛇入古桐。②

又如《泥阳馆》:

　　　　客愁何并起,暮送故人回。废馆秋萤出,空城寒雨来。
　　夕阳飘白露,树影扫青苔。独坐离容惨,孤灯照不开。③

等等,都是这种审美心态的反映。杜牧《李长吉歌诗序》云:"牛鬼
蛇神,不足为其虚荒诞幻也。"④王任思《昌谷诗解序》亦云:"以其
哀激之思,变为晦涩之调,喜用'鬼'字、'泣'字、'死'字、'血'
字。"⑤这些都抓住了李贺诗歌的重要审美特征。在李贺的笔下,
白天与黑夜是颠倒的,光明与黑暗也是颠倒的:

　　　　月午树立影,一山唯白晓。漆炬迎新人,幽圹萤扰扰。⑥
　　　　石脉水流泉滴沙,鬼灯如漆点松花。⑦
　　　　漆灰骨末丹水砂,凄凄古血生铜花。……风长日短星萧
　　萧,黑旗云湿悬空夜。⑧

对鬼域世界的欣赏,已远远超出了人类正常的审美心态。

　　由这种特殊的审美心态所决定,他们在诗歌意境的创造上,

---

①《贾岛》,见三联书店1982年8月第1版《闻一多全集》第3册。
②见《全唐诗》卷572。
③同上。
④见《全唐文》卷755。
⑤引自《三家评注李长吉歌诗》,中华书局上海编辑所编辑,1959年1月第1
　版,第28页。
⑥《感讽五首》其三,见《李长吉歌诗汇解》卷2。
⑦《南山田中行》,见同上。
⑧《长平箭头歌》,见同上卷4。

也就必然有着自己的追求。"笔补造化天无功"①,以人工超越自然,这是他们最高的艺术目标。韩孟派诗人,皆以苦吟而著称。尽管韩愈力大思雄,无苦吟之态,但其诗斩辟削凿的人工痕迹,却无法掩盖。"韩诗的散文化的语言风格,在诗歌艺术形式上的特点,就是反对称反均衡反和谐反圆润之美。"②如《此日足可惜一首赠张籍》一诗,共一百四十句,笔力单行,无一对偶语,即"淮之水舒舒,楚山直丛丛"③两句,也故意造成蹉对。所以强幼安《唐子西文录》说:"韩退之作古诗,有故避属对者,'淮之水舒舒,楚山直丛丛'是也。"韩诗造语往往故意打破诗的语调,而采用散文调,如《南山诗》中,连用五十一个"或"字,四十一个"若"字和十四种不同的叠字。他的创新句法如"千以高山遮,万以远水隔"④;"江鱼不池养,野鸟难笼驯"⑤,实际上都是散文句法的变形。而散文句法的大量运用,对韩诗意境的构成恰有直接的影响。如他的《古风》一诗,通篇全是古文句:

> 今日曷不乐? 幸时不用兵。无日既蹙矣,乃尚可以生。彼州之赋,去汝不顾;此州之役,去我奚适? 一邑之水,可走而违,天下汤汤,曷其而归? 好我衣服,甘我饮食,无念百年,聊乐一日。⑥

胡渭评此诗曰:"本讥赋役之困,民无所逃,却言时不用兵,正宜甘

---

① 《高轩过》,见《李长吉歌诗汇解》卷 4。
② 舒芜《论韩愈诗》,载《中国社会科学》1982 年第 5 期。
③ 见《韩昌黎诗系年集释》卷 1。
④ 《路旁堠》,见同上。
⑤ 《送惠师》,见同上卷 2。
⑥ 见《韩昌黎诗系年集释》卷 1。

食好衣，相与为乐。辞弥婉而意弥痛，《山枢》、《苌楚》之遗音也。"①程学恂亦曰："此等诗直与《三百篇》一气。"②在中唐以前，学《诗经》而能如此深婉者，的确不多见。此诗主题十分明确，但韩愈能以散文笔法出之，且故意曲、故意藏，与元白新乐府的直露恰成鲜明的对照。诗意本身是深婉的，但表现的方式却有一种人为的强力。韩愈的大部分诗歌，之所以给人一种斩辟削刻、奇险狠重的感觉，正是由于这种人力所致。即使韩愈的那些非以散文句法见长的诗歌，人工的痕迹也十分明显。如其《雉带箭》：

> 原头火烧静兀兀，野雉畏鹰出复没。将军欲以巧伏人，
> 盘马弯弓惜不发。地形渐窄观者多，雉惊弓满劲箭加。冲人
> 决起百余尺，红翎白镞随倾斜。将军仰笑军吏贺，五色离披
> 马前坠。③

读这首诗，不禁使我们联想到王维的《观猎》：

> 风劲角弓鸣，将军猎渭城。草枯鹰眼疾，雪尽马蹄轻。
> 忽过新丰市，还归细柳营。回看射雕处，千里暮云平。④

王维的诗，重在渲染雄浑的气势，而略去了狩猎所有的细节。诗歌从狩猎的高潮写起，到凯旋而归，所突出的，只是壮观的境界和雄健的豪情。全诗在"疾"、"轻"、"忽过"、"还归"等字眼的催促下，具体的画面皆一闪即逝，但它却给人留下了一个令人难忘的自然浑成的意境。而韩愈的诗，则以赋的手法，细致巧妙地描绘狩猎的过程和细节，气氛的烘托井然有序，使得意境活泼，颇有戏

①见《韩昌黎诗系年集释》卷1"集说"引。
②见同上。
③见同上卷1。
④见《王右丞集笺注》卷8。

剧性的效果。如果说王维的诗是以自然雄浑取胜,那么韩愈的诗则像那位将军一样,是"以巧伏人"。从这两首诗中,我们看出天籁与人工的区别,可以分判中唐与盛唐诗歌意境之异同。

李贺诗歌意境的创造,追求人工美的痕迹更加明显。李商隐《李贺小传》载:长吉"每旦日出与诸公游,未尝得题然后为诗,如他人思量牵合以及程限为意。恒从小奚奴,骑距驴,背一古破锦囊,遇有所得,即书投囊中,及暮归,太夫人使婢受囊出之,见所书多,辄曰:'是儿要当呕出心乃已尔!'上灯,与食,长吉从婢取书,研墨叠纸足成之,投他囊中。非大醉及吊丧日率如此,过亦不复省。"①这种创作方法,就决定了李贺诗歌不是一气呵成,很难达到自然浑成的境界,而必然是通过拼凑与剪接之后,达到人工的艺术美。这就是陆游所说"贺词如百家锦衲"②的含义。李东阳《麓堂诗话》亦云:"李长吉诗,字字句句欲传世,顾过于刿鉥,无天真自然之趣。通篇读之,有山节藻棁而无梁栋,知其非大厦也。"③这些评论未免过分,但李贺诗歌的确有这种迹象。如《竹》:

　　　　入水文光动,抽空绿影春。露华生笋径,苔色拂霜根。
　　　织可承香汗,裁堪钓锦鳞。三梁曾入用,一节奉王孙。④

这是一首纯粹的咏物诗,前四句分别写春、秋二季的竹影竹态,后四句言其用途。语言华美,对仗工整,但它给我们留下的印象,只是一联一联的编织,像是一连串印象的随记、组合,缺少完整统

①见《全唐文》卷780。
②范晞文《对床夜语》卷3,见《历代诗话续编》本,第422页。
③见同上第1381页。按:"厦"原作"道",据别本改。
④见《李长吉歌诗汇解》卷1。

一、自然浑成的意境。再看他的《李凭箜篌引》：

> 吴丝蜀桐张高秋，空山凝云颓不流。江娥啼竹素女愁，
> 李凭中国弹箜篌。昆山玉碎凤凰叫，芙蓉泣露香兰笑。十二
> 门前融冷光，二十三丝动紫皇。女娲炼石补天处，石破天惊
> 逗秋雨。梦入神山教神妪，老鱼跳波瘦蛟舞。吴质不眠倚桂
> 树，露脚斜飞湿寒兔。①

诗人致力于把自己对于箜篌声的抽象感觉，借助联想转化成具体
的形象，其想象可谓色彩斑斓，光怪陆离。诗人采用超越时空的
手法，上下纵横地奔腾跳跃，密集的意象群在我们眼前一一闪过，
的确出人意表，不落俗套。但是在艺术上，这首诗并没有创造出
完美的意境。我们似乎只能跟随诗人的彩笔，腾上跳下，左奔右
突，而要想把握诗人的思路，要想留下一个完整统一的意境，却很
不容易。这就是缺少"天真自然之趣"。杜甫有一首《赠花卿》诗：
"锦城丝管日纷纷，半入江风半入云。此曲只应天上有，人间能得
几回闻。"②重在把握对音乐效果的总体印象与主观感受，而不作
具体的描摹，但其中却充满天真自然之趣。这与李贺的诗相比，
也有天工与人工之别。李贺的《长歌续短歌》也十分典型：

> 长歌破衣襟，短歌断白发。秦王不可见，旦夕成内热。
> 渴饮壶中酒，饥拔陇头粟。凄凉四月阑，千里一时绿。夜峰
> 何离离，明月落石底。徘徊沿石寻，照出高峰外。不得与之
> 游，歌成鬓先改。③

意象之间跳跃很大，忽此忽彼，迷离恍惚，几乎不知所云。意象间

---

① 见《李长吉歌诗汇解》卷 1。
② 见《杜诗详注》卷 10。
③ 见《李长吉歌诗汇解》卷 2。

的这种频繁而又不稳定的跳跃,确实表现了诗人那不能平静的灵魂与种种迷惘复杂的情感,但这在诗歌意境的创造上,则不免流露出人工斧凿的痕迹。正如吴正子所说:"盖其触景遇物,随所得句,比次成章,妍媸杂陈,烂斑满目。所谓天吴与紫凤,颠倒在短褐者也。"①

总之,由于社会时代的巨大变化,中唐诗人在主观情思、艺术趣味及审美心态,与盛唐诗人相比,都发生了显著的变化。因而他们诗歌意境的创造,以及由此而体现出来的情感基调和艺术风貌,也出现了不同于盛唐诗歌的特征:一方面,中唐诗歌情感基调郁闷低沉,意境狭窄内敛,从而与盛唐诗歌那种昂扬的基调、阔大外展的意境,以及由此而表现出来的雄浑与明朗之美,形成鲜明的对照。另一方面,中唐诗人或注重雕琢炼饰,而追求丽藻与远韵的统一;或崇俗尚质,而追求浅切尽露的平易之风;或崇奇尚怪,而追求"笔补造化"的人工之美,从而与盛唐诗歌那种自然浑成的天工之美,形成了明显不同的艺术风貌。中唐诗歌意境及其艺术风貌的转变,既是由于社会时代的客观环境所致,同时也是中唐诗人刻意求新的结果。

第三节　由昂扬到低沉

席卷整个中原、长达八年之久的安史之乱,不仅彻底摧毁了开、天盛世的繁荣,而且给人们留下巨大的心灵创伤。盛唐人那种浪漫豪爽的气质已成为过去,那博大宽阔的胸襟已不复存在,

----

①引自《三家评注李长吉歌诗》第 133 页。

远大宏伟的理想已消逝殆尽,浪潮般的热情也已逐渐退潮。在人们的心灵深处,只留下对美好盛世的追忆与留恋。杜甫的《忆昔》诗,已开始流露这种情绪:

> 忆昔开元全盛日,小邑犹藏万家室。稻米流脂粟米白,大小仓廪俱丰实。九州道路无豺虎,远行不劳吉日出。齐纨鲁缟车班班,男耕女织不相识。宫中圣人奏云门,天下朋友皆胶漆。①

在开、天盛世的时代,诗人杜甫本人并没有得到多少恩泽礼遇,一生漂徙流离,蓬转不定,尤其是在困守长安的十年间,他过着"朝扣富儿门,暮随肥马尘。残杯与冷炙,到处潜悲辛"②的生活。但是,安史乱起之后,在巨大的历史动荡之中,诗人才感到那盛世毕竟还是值得留恋的。这种情感与心理,在当时很有代表性。尤其是对于那些由盛唐过渡到中唐的诗人来说,他们所面临的,乃是不堪目睹的战后的凋敝和萧条。刘长卿的笔下,就多有描写乱中及乱后的惨景:

> 江上初收战马尘,莺声柳色待行春。双旌谁道来何暮,万井如今有几人?③

> 萧条独向汝南行,客路多逢汉骑营。古木苍苍离乱后,几家同住一孤城。④

> 鸟雀空城在,榛芜旧路迁。山东征战苦,几处有人烟?⑤

---

①《忆昔》二首其二,见《杜诗详注》卷13。
②《奉赠韦左丞丈二十二韵》,见同上卷1。
③《奉送贺若郎中贼退后之杭州》,见《全唐诗》卷150。
④《新息道中作》,见同上。
⑤《送河南元判官赴河南句当苗税充百官俸钱》,见同上卷147。

　　泪尽江楼北望归，田园已陷百重围。平芜万里无人去，
落日千山空鸟飞。①

　　城池百战后，耆旧几家残？处处蓬蒿遍，归人掩泪看。②

李嘉祐所见亦是如此：

　　处处征胡人渐稀，山村寥落暮烟微。门临莽苍经年闭，
身逐嫖姚几日归？③

　　梁宋人稀鸟自啼，登舻一望倍含凄。白骨半随河水去，
黄云犹傍郡城低。平陂战地花空落，旧苑春田草未齐。④

　　征战初休草又衰，咸阳晚眺泪堪垂。去路全无千里客，
秋田不见五陵儿。秦家故事随流水，汉代高坟对石碑。⑤

　　移家避寇逐行舟，厌见南徐江水流。吴越征徭非旧日，
秣陵凋弊不宜秋。千家闭户无砧杵，七夕何人望斗牛？祗有
同时骢马客，偏宜尺牍问穷愁。⑥

　　处处空篱落，江村不忍看。无人花色惨，多雨鸟声
寒。……乘春务征伐，谁肯问凋残？⑦

这些盛世的过来人，面对满目荒凉、凋敝凄惨，自然会勾起对盛世
的怀恋，以抚慰内心深处的空虚、迷惘与忧伤。戎昱《八月十五
日》诗云："忆昔千秋节，欢娱万国同。今来六亲远，此日一悲风。

---

①《登松江驿楼北望故园》，见《全唐诗》卷151。
②《穆陵关北逢人归渔阳》，见同上卷147。
③《题灵台县东山村主人》，见同上卷207。
④《宋州东登望题武陵驿》，见同上。
⑤《晚发咸阳寄同院遗补》，见同上。
⑥《早秋京口旅泊章侍御寄书相问因以赠之时七夕》，见同上。
⑦《自常州还江阴途中作》，见同上卷206。

年少逢胡乱,时平似梦中。梨园几人在,应是涕无穷。"①韦应物
《与村老对饮》诗云:"乡村年少生离乱,见话先朝如梦中。"②昔日
的繁华,已烟消云散;盛世的残梦,亦恍如隔世。张继的《华清宫》
写道:

　　天宝承平奈乐何,华清宫殿郁嵯峨。朝元阁峻临秦岭,
羯鼓楼高俯渭河。玉树长飘云外曲,霓裳闲舞月中歌。只今
惟有温泉水,呜咽声中感慨多。③

严峻、冷酷的现实,使人们陷入苦闷、彷徨与忧伤之中。中唐诗人
已不再有盛唐人那种浪漫豪爽的情怀,他们的诗歌,基本上就是
以苦闷、彷徨、哀愁为主调。

　　大历十才子的诗歌,已初步表现出伤时哀世的苦闷情绪。如
钱起《秋夜作》:

　　万计各无成,寸心日悠漫。浮生竟何穷,巧历不能算。
流落四海间,辛勤百年半。商歌向秋月,哀韵兼浩叹。④

历史沧桑的巨变,使往日的雄心消磨殆尽,人生亦如秋日落叶般
流落飘荡,满腔的失意、哀愁、苦闷、彷徨,也只好空对秋月浩叹,
自我品尝其中的辛酸而已。人的性格突然变得内向了,情感突然
变得脆弱了,好像再也打不起精神来。耿沣就常常悲叹:"岁岁迷
津路,生涯渐可悲"⑤;"流年看共老,衔酒发中悲"⑥;"空思前事

---

①见《全唐诗》卷270。
②见同上卷187。
③见同上卷242。
④见《全唐诗》卷236。
⑤《雨中留别》,见同上卷268。
⑥《雪后宿王纯池州草堂》,见同上。

往,向晓泪沾巾"①。甚至还说:"浮世今何事,空门此谛真。死生
俱是梦,哀乐讵关身?"②人世的生死沉浮犹如冥微之梦,现实的一
切再无光彩,诗人心中留下的,只是一片迷惘与惆怅。耿沣的《春
日即事》(其二)写道:

　　　数亩东皋宅,青春独屏居。家贫僮仆慢,官罢友朋疏。
　　强饮沾来酒,羞看读了书。闲花开满地,惆怅复何如?③
胡震亨《唐音癸签》卷七谓:"耿拾遗诗举体欲真。'家贫僮仆慢,
官罢友朋疏',浅言偏深世情。"这一联活画出"僮仆"与"友朋"的
市侩嘴脸,反映出世俗人情之淡薄。整首诗旨在展露诗人苦闷、
无聊与复杂、迷惘的心理状态。司空曙的《金陵怀古》,写得更加
深沉:"辇路江枫暗,宫廷野草春。伤心庾开府,老作北朝臣。"④明
代唐汝询《唐诗解》说此诗:"上慨金陵之已废,下伤开府之不还。
意谓信之被留,足征南朝之弱,是以有黍离之悲。"诗人由南朝之
弱,联想到唐王朝江河日下的国势;由庾信之被留北朝,联想到大
历时许多文人的不幸命运;将庾信的伤心同诗人自己的伤心融为
一体,曲折地表达了伤时哀世的苦闷情绪。"身外惟须醉,人间尽
是愁"⑤;"我有惆怅词,待君醉时说"⑥,那是靠酒的刺激来麻醉自
己,暂时忘却那无尽的惆怅。

　　刘长卿、李嘉祐等一大批诗人,对民族、对国家的乐观自豪精
神和谋求功名事业的进取心也大大地衰退了。"大历中,词人多

①《宋中》,见《全唐诗》卷268。
②《春日游慈恩寺寄畅当》,见同上。
③见同上卷268。
④见同上卷292。
⑤司空曙《独游寄卫长林》,见同上卷293。
⑥李端《九日赠司空文明》,见同上卷284。

在江外，皇甫冉、严维、张继、刘长卿、李嘉祐、朱放，窃占青山白云、春风芳草以为己有"①。于是逃避现实，向往隐逸，寄迹山林成了一时的风尚。他们似乎无法理解安史之乱以来的历史巨变，而处处表现出一种迷惘、苦闷与伤感的情绪："江汉路长身不定"②，"流荡飘飖此何极"③，"愁心自惜江漓晚，世事方看木槿荣"④。张继的《重经巴丘》，就最典型地表现了这种情绪的变化：

　　　　昔年高接李膺欢，日泛仙舟醉碧澜。诗句乱随青草落，酒肠俱逐洞庭宽。浮生聚散云相似，往事冥微梦一般。今日片帆城下去，秋风回首泪阑干。⑤

以开朗豪迈的情怀去纵酒欢歌的时代已经逝去，如烟似梦般的人生经历，使诗人深深感到一种沧桑之感与沦落之悲，而今只能在秋风中悲叹落泪而已。大唐帝国的一蹶不振，社会局势的动荡不安，加之个人的飘泊流离，更使得他们对喧闹多变的社会感到厌倦，从而把注意力转向大自然和内心世界："静听林下潺潺足湍濑，厌向城中喧喧多鼓鼙"⑥；"独向西山聊一笑，白云芳草自知心"⑦，都十分清楚地表白了这些诗人当时的心境。刘长卿《月下呈章秀才八元》诗说：

　　　　自古悲摇落，谁人奈此何？ 夜蛩偏傍枕，寒鸟数移柯。

---

①皎然《诗式》卷4《齐梁诗》。
②张继《九日巴丘杨公台上宴集》，见《全唐诗》卷242。
③皇甫冉《临平道赠同舟人》，见同上卷249。
④同上《张芬见访郊居作》，见同上卷210。
⑤见同上卷242。
⑥严维等人《一至九字诗联句》，见同上卷787。
⑦李嘉祐《伤吴中》，见同上卷206。

向老三年谪,当秋百感多。家贫惟好月,空愧子猷过。①
萧瑟凄凉的景象,飘泊流离的往事,衰老贬谪的惆怅,处处充满悲
愁的意味与伤感的情调。又其《金陵西泊舟临江楼》诗云:

　　萧条金陵郭,旧是帝王州。日暮望乡处,云边江树秋。
　　楚云不可托,楚水只堪愁。行客千万里,沧波朝暮流。迢迢
　　洛阳梦,独卧清川楼。异乡共如此,孤帆难久游。②
在抚今追昔、漂流动荡之中,表现出历史与现实的盛衰之感和诗
人的惆怅心境。

　　"惆怅"一词,在大历诗中出现的频率相当高。试看刘长卿
的诗句:

　　惆怅青山路,烟霞老此人。③
　　惆怅江南北,青山欲暮时。④
　　惆怅梅花发,年年此地看。⑤
　　吹箫江上晚,惆怅别茅君。⑥
　　圣朝难税驾,惆怅白云心。⑦
　　惆怅王孙草,青青又一年。⑧
　　故老相逢少,同民不见多。唯余旧山路,惆怅枉帆过。⑨

①见《全唐诗》卷147。
②见同上卷149。
③《赠秦系征君》,见同上卷147。
④《瓜洲道中送李端公南渡后归扬州道中寄》,见同上。
⑤《却归睦州至七里滩下作》,见同上。
⑥《送宣尊师醮毕归越》,见同上。
⑦《寄会稽公徐侍郎》,见同上。
⑧《寄普门上人》,见同上。
⑨《谪官后却归故村将过虎丘怅然有作》,见同上。

惆怅南朝事，长江独至今。①

登高复送远，惆怅洞庭秋。②

青山将绿水，惆怅不胜情。③

惆怅蓬山下，琼枝不可忘。④

惆怅离心远，沧江空自流。⑤

惆怅云山暮，闲门独不开。⑥

却寻樵径去，惆怅绿溪东。⑦

惆怅青春晚，殷勤浊酒垆。⑧

不须论早晚，惆怅又离群。⑨

惆怅湘江水，何人更渡杯。⑩

东西此分手，惆怅恨烟波。⑪

徘徊暮郊别，惆怅秋风时。⑫

江信久寂寥，楚云独惆怅。⑬

①《秋日登吴公台上寺远眺寺即陈将吴明彻战场》，见《全唐诗》卷147。
②《重阳日鄂城楼送屈突司直》，见同上。
③《更被奏留淮南送从弟罢使江东》，见同上。
④《送李端公赴东都》，见同上。
⑤《送李补阙之上都》，见同上卷148。
⑥《寻白石山真禅师旧草堂》，见同上。
⑦《过衡门顾山人草堂》，见同上。
⑧《送李七之芙水谒张相公》，见同上。
⑨《送裴二十一》，见同上。
⑩《自道林寺西入石路至麓山寺过法崇禅师故居》，见同上。
⑪《毗陵送邹结先赴河南充判官》，见同上卷149。
⑫《别陈留诸官》，见同上。
⑬《自鄱阳还道中寄褚征君》，见同上。

离人正惆怅，新月愁婵娟。①

飘飘洛阳客，惆怅梁园秋。②

惆怅客中月，徘徊江上楼。③

惆怅增暮情，潇湘复秋色。④

惆怅不能归，孤帆没云久。⑤

徘徊双峰下，惆怅双峰月。⑥

惆怅空伤情，沧浪有余迹。⑦

他日相忆处，惆怅西南峰。⑧

江水自潺湲，行人独惆怅。⑨

惆怅长沙谪去，江潭芳草萋萋。⑩

惆怅暮帆何处落，青山无限水漫漫。⑪

惆怅恨君先我去，汉阳耆老忆旌麾。⑫

惆怅东皋却归去，人间无处更相逢。⑬

---

① 《宿怀仁县南湖寄东海荀处士》，见《全唐诗》卷 149。

② 《睢阳赠李司仓》，见同上。

③ 《杪秋洞庭中怀亡道士谢太虚》，见同上。

④ 《桂阳西州晚泊古桥村主人》，见同上。

⑤ 《孙权故城下怀古兼送友人归建业》，见同上。

⑥ 《宿双峰寺寄卢七李十六》，见同上。

⑦ 《京口怀洛阳旧居兼寄广陵二三知己》，见同上。

⑧ 《登东海龙兴寺高顶望海简演公》，见同上。

⑨ 《奉使新安自桐庐县经严陵钓台宿七里滩下寄使院诸公》，见同上卷 150。

⑩ 《苕溪酬梁耿别后见寄》，见同上。

⑪ 《送子婿崔真父归长城》，见同上卷 151。

⑫ 《闻虞沔州有替将归上都登汉东城寄赠》，见同上。

⑬ 《双峰下哭故人李宥》，见同上。

今我单东复西上,郎去灞陵转惆怅。①

心惆怅,望龙山,云之际,鸟独还。②

谁堪世事更相牵,惆怅回船江水渌。③

四时万物,人生聚散,古今世事,无处不充满"惆怅"之情,这正是那个时代人们苦闷、迷惘、哀伤之情的集中体现。中唐著名的诗人如韦应物亦哀叹:"惆怅平生怀,偏来委今夕"④;"高斋属多暇,惆怅临芳物"⑤;"送君江浦已惆怅,更上西楼看远帆"⑥。到了晚年,这种惆怅的情绪变得"深哀"、"心寒"了:"晚岁沦夙志,惊鸿感深哀。深哀当何为,桃李忽凋摧"⑦;"萧条凉叶下,寂寞清砧哀。岁晏仰空宇,心事若寒灰"⑧。刘禹锡诗中亦道:"一吟相思曲,惆怅江南春"⑨;"话旧还惆怅,天南望柳星"⑩;"绝景良时难再并,他年此日应惆怅"⑪;"忽忆前言更惆怅,丁宁相约速悬车"⑫;"今日看书最惆怅,为闻梅雨损朝衣"⑬;"当年富贵亦惆怅,何况悲翁发

①《送姨子弟往南郊》,见《全唐诗》卷151。
②《望龙山怀道士许法棱》,见同上。
③《戏赠干越尼子歌》,见同上。
④《秋夜二首》其一,见同上卷191。
⑤《元日寄诸弟兼呈崔都水》,见同上卷188。
⑥《送王校书》,见同上卷189。
⑦《冬夜》,见同上卷191。
⑧《秋夜二首》其二,见同上。
⑨《酬令狐相公首夏闲居书怀见寄》,见同上卷358。
⑩《赠别约师》,见同上卷357。
⑪《八月十五日夜桃源玩月》,见同上卷356。
⑫《乐天示过敦诗旧宅有感一篇吟之泫然追想昔事因成继和以寄苦怀》,见同上卷360。
⑬《浙东元相公书叹梅雨郁蒸之候因寄七言》,见同上卷361。

似霜"①。均反映出时代情绪的低落与衰颓。

　　韩孟派诗人尤以抒写个人的不幸遭遇和内心的苦闷而著称，孟郊、贾岛等人表现个人生活的贫病苦寒，久已成为文学史中的话题。仅从孟郊的一些诗题中，便可见一斑，如《杂怨》、《苦寒吟》、《伤哉行》、《怨诗》、《远愁曲》、《湘妃怨》、《楚怨》、《征妇怨》、《闲怨》、《古怨别》、《怨别》、《百忧》、《衰松》、《独愁》、《伤时》、《自叹》、《伤春》、《夜忧》、《惜苦》、《饥雪吟》、《自惜》、《老恨》、《叹命》、《长安羁旅》、《春愁》、《伤旧游》、《峡哀》等等，皆为"怨"，"愁"、"忧"、"伤"、"惜"、"叹"、"苦"、"恨"等伤感色彩浓重的字眼，很能体现其内在的心曲。李贺在诉说怀才不遇的愤懑，对现实生活的消极冷漠，以及抒写内心苦闷情绪等方面，堪称中唐的代表诗人。如其《秋来》：

　　　　桐风惊心壮士苦，衰灯络纬啼寒素。谁看青简一编书，不遣花虫粉空蠹？思牵今夜肠应直，雨冷香魂吊书客。秋坟鬼唱鲍家诗，恨血千年土中碧。②

秋风起，壮心惊，随着时光的流逝，自己的壮志也消磨殆尽。在这凄风苦雨之夜，香魂来吊、鬼唱鲍诗、恨血化碧等形象的出现，正是为了表现诗人那抑郁苦闷的情怀和凄冷灰寒的心境。诗人在人世间难觅知音，就只能在阴冥的世界里寻求同调了。又如《致酒行》：

　　　　零落栖迟一杯酒，主人奉觞客长寿。主父西游困不归，家人折断门前柳。

　　　　吾闻马周昔作新丰客，天荒地老无人识。空将笺上两行

_____

①《和牛相公雨后寓怀见示》，见《全唐诗》卷361。
②见《李长吉歌诗汇解》卷1。

书,直犯龙颜请恩泽。我有迷魂招不得,雄鸡一声天下白。
少年心事当拿云,谁念幽寒坐呜呃!①

诗人羁旅长安,零落栖迟,可谓生活潦倒,心情落魄,其难伸的抑郁之志,恰似迷魂难招,茫然一片迷惘、苦闷。其《崇义里滞雨》诗亦云:“落漠谁家子,来感长安秋。壮年抱羁恨,梦泣生白头。”②与上诗正同一情愫。李贺常常悲叹:“旅酒侵愁肺”③,“悲满千里心”④,“朝朝暮暮愁海翻”⑤,甚至哀歌“我当二十不得意,一心愁谢如枯兰”⑥。其《伤心行》云:“咽咽学楚吟,病骨伤幽素。秋姿白发生,木叶啼风雨。灯青兰膏歇,落照飞蛾舞。古壁生凝尘,羁魂梦中语。”⑦李贺在现实生活中感到孤独苦闷,于是常常凭借幻想中的神仙世界展露他的心迹。如《梦天》等诗,讴歌天宫仙界清幽宁静的生活,而俯视人间,时间是那样短促,空间是那样狭小:“黄尘清水三山下,更变千年如走马。遥望齐州九点烟,一泓海水杯中泻。”⑧在表现对人世沧桑的深沉感慨的同时,又恰恰表现了诗人对现实社会的疏远与冷漠的态度。

最能体现“盛唐气象”,具有慷慨昂扬的精神风貌和雄壮豪放、深广浑厚的诗歌情感与境界的,无疑是盛唐的边塞诗。就总体而言,盛唐边塞诗所抒发的志向,大都比较昂扬壮大,气魄刚健

---

① 见《李长吉歌诗汇解》卷2。
② 见同上卷3。
③《潞州张大宅病酒遇江使寄上十四兄》,见同上。
④《客游》,见同上。
⑤《梁台古意》,见同上卷4。
⑥《开愁歌》,见同上卷3。
⑦ 见同上卷2。
⑧《梦天》,见同上卷1。

雄毅,感情深沉强烈。或歌颂崇高的爱国情操,或抒发安边定远的豪情壮志,或追求建功立业的宏伟抱负,或慨叹壮志难酬的怨愤情怀,充分表现出昂扬壮大和奋发蹈厉的时代精神。高适、岑参高唱着:"常怀感激心,愿效纵横谟"①;"万里不惜死,一朝得成功,画图麒麟阁,入朝明光宫。大笑向文士,一经何足穷"②;"功名只向马上取,真是英雄一丈夫"③;"万里奉王事,一身无所求。也知塞垣苦,岂为妻子谋"④。王维、李白豪吟着:"孰知不向边庭苦,纵死犹闻侠骨香"⑤;"愿斩单于首,长驱静铁关"⑥;"出门不顾后,报国死何难"⑦。慷慨侠烈之气,强烈地震撼着读者的心扉,充分体现出盛唐诗人豪荡不羁、雄心勃发的昂扬风貌。他们热情地讴歌边塞军旅生活和火热的战斗场面,塞外绝域那大漠、风沙、雪山、寒云出现在他们笔下,处处充满诗意的美。

中唐的边塞诗人中,"可与太白、龙标竞爽"⑧的李益,以及戎昱、卢纶等人,虽然也有一些带有盛唐余韵的边塞之作,但中唐边塞诗的主流与盛唐相比,却发生了显著的变化:建功立业的英风豪气减弱了;乐观豪放的情调与雄浑悲壮的风格,也为凄凉感伤的情调和含蓄深婉的风格所代替。连年不断的内外战争,大唐国势日趋衰落,已使唐官军在军威、气势及军心等方面都与初盛唐

---

①高适《塞上》,见《全唐诗》卷211。

②同上《塞下曲》,见同上。

③岑参《送李副使赴碛西官军》,见同上卷199。

④同上《初过陇山途中呈寄宇文判官》,见同上卷198。

⑤王维《少年行四首》其二,见赵殿成《王右丞集笺注》卷14。

⑥李白《从军行》,见王琦注《李太白全集》卷6。

⑦同上《幽州胡马客歌》,见同上卷4。

⑧胡应麟《诗薮·内编》卷6。

时代大大不同了。德宗贞元九年(793)，陆贽上奏论备边"六失"，第一失即为"措置乖方"，以为"关东戍卒，不习土风，身苦边荒，心畏戎虏。国家资奉若骄子，姑息如倩人。屈指计归，张颐待哺；或利王师之败，乘挠攘而东溃；或拔弃城镇，摇远近之心。岂惟无益，实亦有损"①。这种势气军心，反映在诗人笔下，大概也很难再写出乐观豪放的情调与慷慨昂扬的精神了。

刘长卿有《从军六首》②诗，厌战的情绪十分浓重，气氛亦凄凉哀怨："一身事征战，匹马同苦辛。末路成白首，功归天下人"(其二)；"倚剑白日暮，望乡登戍楼。北风吹羌笛，此夜关山愁"(其三)；"黄沙一万里，白首无人怜"(其四)；"草枯秋塞上，望见渔阳郭。胡马嘶一声，汉兵泪双落。谁为吮疮者，此事今人薄"(其六)，斗志大减，军威顿衰，战斗的场面也就不一样了："回看房骑合，城下汉兵稀。白刃两相向，黄云愁不飞。手中无尺铁，徒欲突重围"(其一)；"战败仍树勋，韩彭但空老"(其五)，战斗的场面亦可谓悲壮，但悲壮的背后隐藏的是哀愁凄伤，被困、战败的结局，更增添了这种气氛，读来殊觉凄神寒骨。刘长卿的《疲兵篇》，更具时代色彩，其诗曰：

> 骄虏乘秋下蓟门，阴山日夕烟尘昏。三军疲马力已尽，百战残兵功未论。阵云泱漭屯塞北，羽书纷纷来不息。孤城望处增断肠，折剑看时可沾臆。元戎日夕且歌舞，不念关山久辛苦。自矜倚剑气凌云，却笑闻筝泪如雨。万里飘飘空此身，十年征战老胡尘。赤心报国无片赏，白首还家有几人？朔风萧萧动枯草，旌旗猎猎榆关道。汉月何曾照客心，胡笳

---

① 《资治通鉴》卷 234 德宗贞元九年。
② 见《全唐诗》卷 148。

口解催人老。军前仍欲破重围,闺里犹应愁未归。小妇十年啼夜织,行人九月忆寒衣。饮马滹河晚更清,行吹羌笛远归营。只恨汉家多苦战,徒遗金镞满长城。①

此诗在布局,构思及内容等方面,与高适的《燕歌行》十分相似,然而情致、气象不同。高适的《燕歌行》,旨在讽刺和愤恨边将骄傲轻敌,荒淫失职、不恤兵士,造成战争失败,使广大兵士受到极大的痛苦和牺牲,但诗歌读来悲壮淋漓,感慨无穷,意境雄浑而又深远,与《疲兵篇》之凄婉哀怨自是不同。如同样是写行军,《疲兵篇》是:"朔风萧萧动枯草,旌旗猎猎榆关道。"《燕歌行》则是:"摐金伐鼓下榆关,旌旆逶迤碣石间。"军威、气势有雄壮与悲凉之分。同样是写斗志与气节,《疲兵篇》是:"三军疲马力已尽,百战残兵功未论。……万里飘飘空此身,十年征战老胡尘。赤心报国无片赏,白首还家有几人?"《燕歌行》则是:"男儿本自重横行,天子非常赐颜色。……杀气三时作阵云,寒声一夜传刁斗。相看白刃血纷纷,死节从来岂顾勋?"不仅精神境界相去甚远,而且疲惫颓丧之气与英风豪烈之气亦判然分明。高适在盛唐边塞诗人中尚属"尚质主理"②,已算是比较质实冷静的了,然其悲壮雄浑之气,自是盛唐气象,与中唐人诗且自不同,更何况"尚巧主景"③的岑参及其他盛唐边塞诗人,其浪漫情调与豪侠之气更是与中唐之诗不可同日而语了。胡应麟《诗薮·内编》卷四云:"钱、刘以降,篇什虽盛,气骨顿衰。"胡震亨《唐音癸签》卷九亦云:"降而钱、刘,神情未远,气骨顿衰。""气骨顿衰"的特点,首先就最突出地表现在他们

---

① 见《全唐诗》卷 151。
② 陈绎曾《诗谱》,见《历代诗话续编》本。
③ 同上。

的边塞诗之中。

　　刘长卿诗中的这种情调,在中唐边塞诗中十分普遍。如戎昱《逢陇西故人忆关中舍弟》:

　　　　　莫话边庭事,心摧不欲闻。数年家陇地,舍弟殁胡军。每年支离苦,常嗟骨肉分。急难何日见,遥哭陇西云。①

既无浪漫之情,亦无豪侠之气,那种靖边报国、建功立业的宏伟志向,也为骨肉离别的凄苦情调所代替。这种情调与王维那"孰知不向边庭苦,纵死犹闻侠骨香"恰构成鲜明的对比。戎昱的《塞下曲》②六首,主题、情调与刘长卿《从军六首》基本一致,大抵皆充满哀怨、凄凉、衰飒之气,如其一:"惨惨寒日没,北风卷蓬根。将军领疲兵,却入古塞门";其四:"傍岸砂砾堆,半和战兵骨。单于竟未灭,阴气常勃勃";其五:"城上画角哀,即知兵心苦。试问左右人,无言泪如雨",既是当时边塞军旅生活的真实写照,也是那个时代精神的反映。卢纶和《和张仆射塞下曲》③六首,颇有盛唐气韵,其第二首:"林暗草惊风,将军夜引弓。平明寻白羽,没在石棱中。"第三首:"月黑雁飞高,单于夜遁逃。欲将轻骑逐,大雪满弓刀。"的确不减盛唐气象,雄壮豪放,字里行间充溢着英雄气概和浪漫的色彩,读后令人振奋。然而这只是卢纶边塞诗的一个侧面。试看其《逢病军人》:

　　　　　行多有病住无粮,万里还乡未到乡。蓬鬓哀吟古城下,不堪秋气入金疮。④

---

①见《全唐诗》卷 270。
②见同上卷 270。
③见同上卷 278。
④见同上卷 277。

形容憔悴的伤兵,行住两难,进退无路,处境凄惨,"蓬鬓哀吟"的
形象在"古城"背景的烘托下,更展示出伤兵内心的悲愤、哀怨与
绝望。范晞文谓此诗:"凄苦之意,殆无以过。"①不但伤兵的命运
如此凄惨,即使罢战而归的将军,情形也不乐观。卢纶在《代员将
军罢战后归旧里赠朔北故人》诗中,就写这位往日战功卓著的将
军:"独行过邑里,多病对农桑。雄剑依尘橐,兵符寄药囊。"②卢纶
自贞元元年(785)至贞元十三、十四年(797—798)秋,在河中浑瑊
幕中,熟谙军旅苦辛,其《从军行》③写道:

> 二十在边城,军中得勇名。卷旗收败马,占碛拥残兵。
> 覆阵乌鸢起,烧山草木明。塞闲思远猎,师老厌分营。雪岭
> 无人迹,冰河足雁声。李陵甘此没,惆怅汉公卿。

军旅战斗生活不再火热浪漫,败马、残兵、荒凉之景,使人倍觉惆
怅。其《送郭判官赴振武》诗更道:"黄河九曲流,缭绕古边州。
鸣雁飞初夜,羌胡正晚秋。凄凉金管思,迢递玉人愁。七叶推多
庆,须怀杀敌忧。"④凭着多年边塞军旅生活的经验,欲将极大的
风险告之友人,可见绝不是那"功名只向马上取"的英雄大丈
夫了。

　　李益的边塞诗,在中唐可谓首屈一指,但他的诗中,也同样浸
透了凄凉、哀伤、幽怨之情,表现出与盛唐迥异的精神风貌。如其
《夜上受降城闻笛》:

---

① 《对床夜语》卷5,见《历代诗话续编》本。
② 见《全唐诗》卷278,题下原校"一作常衮诗"。按:韦縠《才调集》、《文苑英
　 华》及王安石《唐百家诗选》均作卢纶诗,当从之。
③ 见同上,题下原校"一作李端诗,题云《塞上》"。按:《文苑英华》及郭茂倩
　 《乐府诗集》均断为卢纶诗,当从之。
④ 见同上卷280。

　　　回乐烽前沙似雪，受降城下月如霜。不知何处吹芦管，
一夜征人尽望乡。①

如霜的月光和月下雪一般的沙漠，正是触发征人思乡的典型环
境；一种置身边地、厌倦战争、怀念故乡的情绪，都隐隐袭上了诗
人的心头。就在这万籁俱寂的静夜里，寒风又送来了凄凉幽怨的
芦笛声，更加唤起了征人的思乡之情。其《从军北征》亦云："天山
雪后海风寒，横笛偏吹《行路难》。碛里征人三十万，一时回首月
中看。"②此外，其《将赴朔方早发汉武泉》、《五城道中》、《夜上西城
听梁州曲二首》及《听晓角》等诗，也都突出地表现出这种厌战思
乡的情绪。在李益的笔下，边塞的风光已不再像高、岑等盛唐诗
人描写得那样苍凉浑茫、充满诗意，而是阴惨凄凉、触目惊心："从
军至朔方，边地多阴风。草木自凄凉，断绝海云去"③；"故国关山
无限路，风沙满眼堪断魂。不见天边青草冢，古来愁杀汉昭君"④。
李益在诗中甚至描写了唐军败退的惨状：

　　　行行上陇头，陇月暗悠悠。万里将军没，回旌陇戍秋。
谁令呜咽水，重入故营流。⑤

　　　关城榆叶早疏黄，日暮沙云古战场。表请回军掩尘骨，
莫教士卒哭龙荒。⑥

没有昂扬的激情，更没有浪漫的色彩，一切似乎又都回到了残酷
的现实之中。如果说盛唐诗人笔下的边塞生活是催人奋进的战

①见《全唐诗》卷283。
②同上。
③《从军有苦乐行》（原注："时从司空鱼公北征。"）见同上卷282。
④《登夏州城见送行人赋得六州胡儿歌》，见同上。
⑤《观回军三韵》，见同上。
⑥《回军行》，见同上卷283。

歌,那么,这些则是催人泪下的送葬哀歌。李益《从军夜次六胡北饮马磨剑石为祝殇辞》写得尤为凄惨幽怨:

> 当时洗剑血成川,至今草与沙皆赤。我因扣石问以言,水流呜咽幽草根。君宁独不怪阴磷,吹火荧荧又为碧。有鸟自称蜀帝魂,南人伐竹湘山下,交根结叶满泪痕。请君先问湘江水,然我此恨乃可论。秦亡汉绝三十国,关山战死知何极。风飘雨洒水自流,此中有冤消不得。为之弹剑作哀吟,风沙四起云沉沉。满营战马嘶欲尽,毕昴不见胡天阴。东征曾吊长平苦,往往晴明独风雨。年移代去感精魂,空山月暗闻鼙鼓。……又闻招魂有美酒,为我浇酒祝东流。殇为魂兮,可以归还故里些。沙场地无人兮,尔独不可以久留。①

这种情调的诗歌,在盛唐诗中是难以找见的。李益还有一首《上汝州郡楼》,写边防空虚,中原陷入战乱,也像边塞州郡一样了:"黄昏鼓角似边州,三十年前上此楼。今日山川对垂泪,伤心不独为悲秋。"②满目萧条之景,今昔异代之慨,以及伤心悲哀之情,都反映出中唐诗人冷静而又消沉的情绪。

元和中兴,曾给当时人们带来一些希望和鼓舞,报效国家、收复失地、建功立业的豪情壮志也曾一度振奋人心。如张仲素《塞下曲五首》其三云:"朔雪飘飘开雁门,平沙历乱卷蓬根。功名耻计擒生数,直斩楼兰报国恩。"③王涯《塞上曲二首》其二云:"塞虏常为敌,边风已报秋。平生多志气,箭底觅封侯。"④令狐楚《年少

---

① 见《全唐诗》卷282。
② 见同上卷283。
③ 见同上卷367。
④ 见同上卷346。

行四首》其三云:"弓背霞明剑照霜,秋风走马出咸阳。未收天子
河湟地,不拟回头望故乡。"①李贺《南园十三首》其五云:"男儿何
不带吴钩,收取关山五十州。请君暂上凌烟阁,若个书生万户
侯。"②然而中央集权政治的日趋腐败、衰落,不仅失地难复,而且
藩镇跋扈、兵连祸结,硝烟四起,生民涂炭。因此一度高涨的情绪
顿时跌入低谷,人们开始更理智地对边政和战争作冷静地总结与
评判。王建的诗中,厌战的情绪已十分浓烈:"百战一身在,相逢
白发生。何时得乡信,每日算归程"③;"但令不征戍,暗镜生重
光"④;并暗寓对边政的批评:"昔闻著征戍,三年一还乡。今来不
换兵,须死在战场。"⑤吐蕃屡屡大肆入侵内地,唐军作战经常失
利,很多战士死于边地。张籍在诗中就反复哀叹:

> 陇头风急雁不下,沙场苦战多流星。可怜万里关山道,
> 年年战骨多秋草。⑥

> 陇头路断人不行,胡骑夜入凉州城。汉兵处处格斗死,
> 一朝尽没陇西地。⑦

> 年年征战不得闲,边人杀尽唯空山。⑧

> 边人亲戚曾战没,今逐官军收旧骨。⑨

---

①见《全唐诗》卷334。
②见《李长吉歌诗汇解》卷1。
③《塞上逢故人》,见《全唐诗》卷299。
④《远征归》,见同上卷297。
⑤《闻故人自征戍回》,见同上。
⑥《关山月》,见同上卷382。
⑦《陇头行》,见同上。
⑧《塞下曲》,见同上。
⑨《将军行》,见同上。

可以想见那尸骨累累,惨不忍睹的情景。战争的创痛连着千家万户,造成无数家庭的不幸,士卒的阵亡,该有多少父母妻子撕肝裂肺、悲伤欲绝! 王建《古从军》诗中写道:

> 来时高堂上,父母亲结束。回面不见家,风吹破衣服。
> 金疮在肢节,相与拔箭镞。闻道西凉州,家家妇女哭。①

张籍《征妇怨》诗亦写道:

> 九月匈奴杀边将,汉军全没辽水上。万里无人收白骨,
> 家家城下招魂葬。妇人依倚子与夫,同居贫贱心亦舒。夫死
> 战场子在腹,妾身虽存如昼烛。②

战争带来的悲剧具有十分普遍的意义。诗人们反映这些悲剧,正是冷静观察、思考的结果,并以此作总结评判。白居易的《新丰折臂翁》诗,描写了一位当年为逃避兵役而自残其臂的老人,更具有典型的意义。诗人描写他的心态时说:"骨碎筋伤非不苦,且图拣退归乡土。此臂折来六十年,一肢虽废一身全。至今风雨阴寒夜,直到天明痛不眠。痛不眠,终不悔,且喜老身今独在。不然当时泸水头,身死魂孤骨不收。应作云南望乡鬼,万人冢上哭呦呦。"③白居易在此诗题下已注明"戒边功也",是在理智的思索中作出的评判,而绝非那种浪漫激情所致。张籍在《凉州词三首》其三写道:"边将皆承主恩泽,无人解道取凉州。"④白居易《西凉伎》"刺封疆之臣也",诗中写道:"自从天宝兵戈起,犬戎日夜吞西鄙。凉州陷来四十年,河陇侵将七(一作九)千里。平时安西万里疆,

---

① 见《全唐诗》卷 297。
② 见同上卷 382。
③ 见同上卷 426。
④ 见同上卷 386。

今日边防在凤翔。缘边空屯十万卒,饱食温衣闲过日。遗民肠断在凉州,将卒相看无意收。"①张籍、白居易的揭露,并非耸人听闻,而是活生生的现实。上文所引陆贽论备边"六失"就说边军"身苦边荒,心畏戎房。国家资奉若骄子,姑息如倩人,屈指计归,张颐待哺;或利王师之败,乘挠攘而东溃";李绛于元和八年(813)上书亦指出:"边军徒有数而无其实,虚费衣粮,将帅但缘私役使,聚货以结权痈而已,未尝训练以备不虞。"②边将不仅无心备战、收复失地,甚至缚边民以邀功请赏,白居易的《缚戎人》③一诗,就是典型之一。

总之,由于社会时代的巨大变化,中唐之诗已失去了盛唐人的那种昂扬奋发的精神和热情浪漫的情调;徘徊苦闷、哀怨惆怅、凄凉感伤,乃是中唐诗歌的基本情调。

第四节　齐梁诗风的复兴

齐梁诗风在中唐时期的复兴,是一个比较突出的文学现象。为了说明这一"复兴",有必要首先作一个历史的回顾。

刘勰对当时文学创作中的不良风气十分不满,他在《文心雕龙》中曾多次予以批评:

> 故为情者要约而写真,为文者淫丽而烦滥。而后之作者,采滥忽真,远弃风雅,近师辞赋;故体情之制日疏,逐文之篇愈盛。(《情采》)

---

① 见《全唐诗》卷 427。
② 见《资治通鉴》卷 239,宪宗元和六年。
③ 见《全唐诗》卷 426。

近代词人，率好诡巧……厌黩旧式，故穿凿取新。（《定势》）

去圣久远，文体解散，辞人爱奇，言贵浮诡，饰羽尚画，文绣鞶帨，离本弥甚，将遂讹滥。（《时序》）

刘勰所反对的，一是内容空洞、缺乏真情实感；二是诡巧新奇，片面追求形式的华丽与浮艳。钟嵘在《诗品》中，对当时这种内容空泛，片面追求形式美的风气也同样持否定态度。在南朝诗坛上，崇今陋古的风气十分盛行，梁萧子显所谓"若无新变，不能代雄"[1] 的观点，在当时就很有代表性。"俪采百字之偶，争价一句之奇，情必极貌以写物，辞必穷力而追新，此近世之所竞也"[2]，这就是齐梁诗歌新变的主要趋势。

在永明体、宫体诗及骈文的影响下，继起的隋朝，尽管李谔《上高祖革文华书》，指责"江左齐梁，其弊弥甚，贵贱贤愚，唯务吟咏。遂复遗理存异，寻虚逐微，竞一韵之奇，争一字之巧。连篇累牍，不出月露之形；积案盈箱，唯是风云之状。世俗以此相高，朝廷据兹擢士"；隋高祖也曾"发号施令，咸去浮华。然时俗词藻，犹多淫丽"，[3] 足见浮艳之风，丝毫不减齐梁。及至隋炀帝以后，则更变本加厉地承袭齐梁浮靡诗风，沉湎于淫歌狂舞之中。

初唐诗歌发展的中心问题是：批判地继承六朝文学，融合南北诗风，为诗歌开辟一条健康的道路。魏征在《隋书·文学传序》中已经明确指出。但初唐前期著名的诗人，不少是由陈、隋入唐的，如陈叔达、虞世南、欧阳询、李百药等人，他们仍"承陈、隋风

---

① 见《南齐书·文学传论》，中华书局点校本。

② 刘勰《文心雕龙·明诗》，王利器校证本。

③ 见《隋书·文学传序》，中华书局点校本。

流,浮靡相矜"①。而当时最有名气、影响最大的,则是以"绮错婉媚为本"的"上官体",这实质上是齐梁宫体诗的延续和发展。至初唐后期,先有"四杰"改造宫体诗,继有沈、宋进一步确立了律体,为盛唐诗歌的繁荣,作了充分的准备。但无论是"四杰"还是沈、宋,他们在改造、革新的同时,并没有摆脱齐梁绮靡浮艳诗风的影响:

> 卢、骆歌行,衍齐梁而畅之,而富丽有余。②

> 王、杨、卢、骆四家体,词意婉丽,音节铿锵,然犹沿六朝遗派,苍深浑厚,固未有也。③

> 沈宋横驰翰墨场,风流初不废齐梁。④

> 陈拾遗与沈、宋、王、杨、卢、骆时代相同,诸家皆有律诗,盖沈、宋倡之。古诗止拾遗独擅,余皆齐梁格也。⑤

当然,创新是主要的,沿六朝之余习也是不可避免的:

> (四杰)虽未能骤革六朝余习,而诗律精严,文词雄放,滔滔混混,横绝无前,唐三百年风雅之盛,以四人者为之前导也。⑥

> 卢、骆、王、杨,号称四杰。词旨华靡,固沿陈隋之遗,翩翩意象,老境超然胜之。五言遂为律家正始。⑦

> 王勃高华,杨炯雄厚,照邻清藻,宾王坦易,子安其最杰

①见《新唐书》卷201,中华书局点校本。
②胡应麟《诗薮·内编》卷3。
③施补华《岘佣说诗》,见《清诗话》本。
④元好问《论诗绝句》,见《四部丛刊》影明弘治本《遗山先生文集》卷11。
⑤钱木庵《唐音审体·齐梁体论》,见《清诗话》本。
⑥胡应麟《补唐书骆侍丞传》。
⑦王世贞《艺苑卮言》卷4,见《历代诗话续编》本。

乎？调入初唐,时带六朝锦色。①

"调入初唐,时带六朝锦色",其实就是杜甫《戏为六绝句》中所说的"当时体"。这些评价还是比较公允的。

陈子昂力倡汉魏风骨,痛斥齐梁诗风,正式举起了复古革新的旗帜。卢藏用说他"卓立千古,横制颓波,天下翕然,质文一变"②;杜甫说他"有才继骚雅,……名与日月悬"③;韩愈说:"国朝盛文章,子昂始高蹈"④;元好问说:"论功若准平吴例,合著黄金铸子昂"⑤,这些都足以说明陈子昂为唐诗发展做出的巨大贡献。但必须指出,陈子昂的诗歌理论与创作,还不能说完全使"天下翕然,质文一变",甚至他自己的诗歌创作,在某些方面,也仍带有齐梁风气。许学夷《诗源辩体》卷三十一云:"五言自汉魏流至元嘉而古体亡;自齐梁至初唐而古、律混淆,词语绮靡。陈子昂始复古体,效阮公《咏怀》三十八首。……盖陈子昂《感遇》虽仅复古,然终是唐人古诗,非汉魏古诗也。且其诗尚杂用律句,平韵者犹忌上尾。至如《鸳鸯篇》、《修竹篇》等,亦皆古律混淆,自是六朝余弊。"同样,当时一些著名的诗人也未能免此弊病:"唐人五言排律,其法最严,声调四句一转,故有双韵,无单韵。初唐沈、宋,虽为律祖,然尚不循此法,张说、苏颋、李峤、张九龄诸公皆然。此承六朝余弊,不足为法"⑥。初唐诗歌透露出了新的气息,但并未能完全摆脱齐梁浮华与纤弱的风气。

---

①陆时雍《诗镜总论》,见《历代诗话续编》本。
②《陈伯玉文集序》,见《四部丛刊》影明本《陈伯玉集》卷首。
③《陈拾遗故宅》,见《杜诗详注》卷11。
④《荐士》,见《韩昌黎诗系年集释》卷5。
⑤元好问《论诗绝句》,见《四部丛刊》影明弘治本《遗山先生文集》卷11。
⑥许学夷《诗源辩体》卷31。

　　直到盛唐时期，随着七言绝句的成熟与定型，边塞诗与政治抒情诗的大量产生，加上王孟、高岑、李杜等一大批杰出诗人的涌现，这才标志着唐代诗歌辉煌时期的到来。确切地说，唐诗至开元以后才尽除六朝余弊，声律风骨兼备，展示出磅礴浑厚、雄深雅健的气象。唐人殷璠《河岳英灵集序》即云："自萧氏以还，尤增矫饰。武德初，微波尚在；贞观末，标格渐高；景云中，颇通远调；开元十五年后，声律风骨始备矣。"北宋王得臣《增注杜工部诗集序》亦云："唐兴，承陈隋之遗风，浮靡相矜，莫崇理致。开元之间，去雕篆，黜浮华，稍裁以雅正。"①又蔡居厚亦云："唐自景云以前，诗人犹沿习齐、梁之气，不除故态，率以纤巧为工。开元后，格律一变，遂超然越度前古。"②

　　李白继承了陈子昂的革新主张，积极反对齐梁浮靡诗风。孟棨《本事诗》引李白语云："齐梁以来，艳薄斯极，沈休文又尚以声律。将复古道，非我而谁？"又说："兴寄深微，五言不如四言，七言又其靡也，况束以声调俳优哉？"李白诗中也说："大雅久不作，吾衰竟谁陈？……自从建安来，绮丽不足珍。圣代复元古，垂衣贵清真。"③又："大雅思文王，颂声久崩沦，安得郢中质，一挥成斧斤。"④李白以他鲜明的诗歌主张和不同凡响的诗歌创作，扫清了齐梁余弊，完成了陈子昂诗歌革新的伟业。所以李阳冰《草堂集序》说："卢黄门云：陈拾遗横制颓波，天下质文，翕然一变。至今朝诗体，尚有梁陈宫掖之风。至公（李白）大变，扫地并尽。"然而，

①见《草堂诗笺》。
②胡仔《苕溪渔隐丛话·前集》卷10引《蔡宽夫诗话》。
③《古风》其一，见《李太白全集》卷2。
④同上其三十五，见同上。

李白反对齐梁诗风，并非全盘否定。他反对的是"艳薄"、"绮丽"的不良风气，而对南朝如二谢、江、鲍等人秀美的一面，还是给以充分肯定的。如："览君荆山作，江鲍堪动色。清水出芙蓉，天然去雕饰"①；"蓬莱文章建安骨，中间小谢又清发"②；"月下沉吟久不归，古来相接眼中稀。解道澄江静如练，令人长忆谢玄晖"③，皆可看出李白对齐梁诗的态度。

　　杜甫对于齐梁诗的态度，与李白略有不同，但基本精神一致。就总的倾向而言，李白重在鄙薄齐梁之糟粕，杜甫则重在推崇齐梁之精华。他勉励自己"永怀江左逸"④，告诫儿子要"熟精文选理"⑤。并常常以齐梁诗人为审美标准来赞美同时代的诗人。如赞美李白："李侯有佳句，往往似阴铿"⑥，"清新庾开府，俊逸鲍参军"⑦；赞美高适、岑参："高岑殊缓步，沈鲍得同行"⑧；赞美孟浩然："赋诗何必多，往往凌鲍谢"⑨；赞美裴使君："诗接谢宣城"⑩。杜甫自己也说："熟知二谢将能事，颇学阴何苦用心"⑪。杜甫推崇齐梁诗歌，主要是指那些清新俊逸之作，和那些在艺术上的确有

①《经乱离后天恩流夜郎忆旧游书怀赠江夏韦太守良宰》，见《李太白全集》卷11。
②《宣州谢朓楼饯别校书叔云》，见同上卷18。
③《金陵城西楼月下吟》，见同上卷7。
④《偶题》，见《杜诗详注》卷18。
⑤《宗武生日》，见同上卷17。
⑥《与李十二白同寻范十隐居》，见同上卷1。
⑦《春日忆李白》，见同上。
⑧《寄彭州高三十五使君适虢州岑二十七长史参三十韵》，见同上卷8。
⑨《遣兴五首》其五，见同上卷7。
⑩《陪裴使君登岳阳楼》，见同上卷22。
⑪《解闷十二首》其七，见同上卷17。

过杰出贡献的诗人。齐梁文学中虽有形式主义的倾向，但其中也不乏优秀之作，它们对中国诗歌艺术的贡献是不可低估的。因而对齐梁诗风的评价，也应一分为二。我们从杜甫对庾信的评价中，即可看出这一倾向。杜甫《戏为六绝句》其一："庾信文章老更成，凌云健笔意纵横。今人嗤点流传赋，不觉前贤畏后生。"就是对那种全面否定庾信的片面倾向而发的。令狐德棻在《周书·庾信传论》中曾指责庾信："然则子山之文，发源于宋末，盛行于梁季。其体以淫放为本，共词以轻险为宗。故能夸目侈于红紫，荡心逾于郑卫。昔扬子云有言：'诗人之赋丽以则，词人之赋丽以淫。'若以庾氏方之，斯又词赋之罪人也。"庾信前期出入宫禁，曾写过不少艳情诗赋，是宫体诗的代表作家之一。但由于后期的不幸遭遇，使他的创作发生了根本的变化。他后期的作品大量地抒发了乡关之思和羁宦北国的悲愤情绪，反映生活比较广阔，艺术上更趋成熟，形成了苍劲悲凉的艺术风格，并初步体现出南北诗风融合的特点。杜甫在《咏怀古迹五首》其二中就说："庾信平生最萧瑟，暮年诗赋动江关。"十分明确地指出其"老更成"的特点，对他"凌云健笔意纵横"的风格加以肯定和赞扬。杜甫的诗歌创作，也正是在"别裁伪体"、"转益多师"的基础上，广泛地吸取文化遗产中的精华，不管是诗骚精神、汉魏风骨，还是六朝精英，他都要吸取。学习齐梁诗歌，并不是要步其后尘，而是"恐与齐梁作后尘"①，目的是要熔铸它、超越它。这才能创造出他那种博大精深的思想内容与沉郁顿挫的艺术风格。故元稹说他："上薄风骚，下该沈宋，言夺苏李，气吞曹刘，掩颜谢之孤高，杂徐庾之流丽，尽得

————————

①《戏为六绝句》其五，见《杜诗详注》卷11。

古今之体势,而兼人人之所独专矣。"①可见在对待齐梁诗风的态度上,李、杜二人基本一致,他们反对的是绮靡、华艳、淫丽之风,而对其中的精华,却是兼收并蓄的。

可以看出,齐梁诗歌经四杰、沈宋的改造,到陈子昂的复古革新,再到李、杜等人的爬罗剔抉,再造乾坤,那淫靡柔弱的情调、华艳空洞的形式,总算是"一洗顿尽"了。这样一个由改造、革新到最后完成的过程,时间是漫长的。然而,在安史乱后的中唐诗坛上,已被扫清的齐梁诗风又得以复兴,不仅有人在理论上加以明确倡导,而且有为数众多的诗人进行模仿创作,从而对诗歌发展的方向,产生了深刻的影响。

如前所论,盛唐过后,诗歌如何进一步发展,这是摆在中唐诗人面前的一项艰巨任务。随着社会政治、文化思潮及审美心态的变化,诗歌的创新已成为必然之势。不同的诗歌流派,在这一创新的过程中,都作出了积极的反应。尽管他们创新的道路不同,但有一个普遍的现象值得我们深思,那就是摹拟齐梁诗风,似乎在已被前人否定并逐渐扫清了的齐梁浮艳诗风中,寻找诗歌创新的途径。

大历诗人的诗歌创作,已初露向齐梁回归的迹象。胡震亨《唐音癸签》卷七说:十才子"工于浣濯,自艰于振举,风干衰,边幅狭。"对柔弱华美形式的追求,已远远超过了对政治理想的追求、思想情感的抒发。他们的诗歌,除了"渐趋淡静"②、"皆尚清

①《唐故工部员外郎杜君墓系铭并序》,见《四部丛刊》本《元氏长庆集》卷56。
②胡应麟《诗薮·内编》卷4。

雅"①、"渐近收敛"②而外,还表现出了"稍趋浮响"③、铺陈丽藻的倾向。这显然与齐梁诗风的影响大有关系。胡应麟《诗薮·内编》卷六云:"韩翃七言绝,如'青楼不闭葳蕤锁,绿水回通婉转桥','玉勒乍回初喷沫,金鞭欲下不成嘶','急管昼催平乐酒,春衣夜宿杜陵花','晓月暂飞千树里,秋河隔在数峰西',皆全首高华明秀,而古意内含,非初非盛,直是梁、陈妙语,行以唐调耳。"其实不止韩翃,不少大历诗人都有这种倾向。如卢纶《古艳诗》二首:

> 残妆色浅黛鬟开,笑映朱帘觑客来,推醉唯知弄花钿,潘郎不敢使人催。

> 自拈裙带结同心,暖处偏知香气深。爱捉狂夫问闲事,不知歌舞用黄金。④

不仅脂粉气息浓重,而且艳情的心态也十分细腻。又如戎昱《玉台体题湖上亭》:

> 湖入县西边,湖头胜事偏。绿竿初长笋,红颗未开莲。蔽日高高树,迎人小小船。清风长入坐,夏月似秋天。⑤

虽不乏清新之美,但追求形似的迹象却十分明显。辛文房《唐才子传》卷三云:"昱诗……格气稍劣,中间有绝似晚作。然风流绮丽,不亏政化,当时赏音,喧传翰苑,固不诬矣。"此外,如高仲武《中兴间气集》说李希仲"诗轻靡,华胜于实";于良史"工于形似";

---

① 刘熙载《艺概·诗概》,上海古籍出版社 1978 年版,第 62 页。
② 沈德潜《说诗晬语》,见《清诗话》本。
③ 纪昀《四库全书总目提要·钱仲文集》。
④ 见《全唐诗》卷 278。
⑤ 见同上卷 270。

郑丹"剪刻婉密";道人灵一"刻意精妙",可见这种倾向的普遍性。

皎然《诗式》卷四云:"大历中,词人多在江外,皇甫冉、严维、张继、刘长卿、李嘉祐、朱放,窃占青山白云、春风芳草以为己有。吾知诗道初丧,正在于此,何得推过齐梁作者?迄今余波尚寝,后生相效,没溺者多。大历末年,诸公改辙,盖知前非也。"认为他们在大历前期的诗歌创作,尚不如齐梁诗人,这一评价显然是不公正的。但皎然却看到了他们与齐梁诗之间的有机关系,并认为他们"改辙"之后,"方于南朝张正见、何胥、徐摛、王筠,吾无间然也"[1]。关于皎然的评诗标准,另当别论,但他在客观上指出大历诗人与齐梁作者的继承关系,的确值得我们深思。同样,高仲武《中兴间气集》也说:刘长卿"诗体虽不新奇,甚能炼饰。大抵十首已上,语意稍同,于落句尤甚,思锐才窄也";李嘉祐"中兴高流,与钱、郎别为一体,往往涉于齐梁。绮丽婉媚,盖吴均、何逊之敌也";皇甫冉"巧于文字,发调新奇。……可以雄视潘、张,平揖谢、沈。又《巫山诗》终篇奇丽。自晋、宋、齐、梁、陈、隋以来,采缀者无数,而补阙独获骊珠,使前贤失步,后辈却立"。效法齐梁的倾向显而易见。这对于他们那种清婉柔秀诗风的形成,不无内在的关系。其至著名的边塞诗人李益,也未能免于此风。许学夷《诗源辩体》卷二十二云:李益"五言古多六朝体,效永明者,酷得其风神。"对于前人所鄙弃的齐梁不良诗风,他们不会不知,但他们又何以如此呢?固然,我们可以说,由于社会时代的原因,那种苟且偷安、不思振作的小康局面及诗人空虚贫乏的思想,是齐梁与大历这两个时期滋生形式主义诗风的共同条件。皇甫冉的《见诸姬学玉台体》诗,就很能反映当时普遍的社会风气。如果换一个视

---

[1]《诗式》卷4《齐梁诗》。

角,我们也可以说,追求新奇,力求创变,是这两个时代诗歌创作的共同特征。齐梁诗歌一反汉魏风骨的传统,以其华美的形式进一步完善诗歌的艺术表现力;大历诗人则一反盛唐之音,走回了齐梁旧路,在齐梁诗中寻求创新的因素。陈子昂、李白等人可以以风骚精神、汉魏风骨为旗帜来"复古革新",大历诗人也同样可以以齐梁风范为高标来"复古革新"。盛唐人所推崇的齐梁诗歌,是以崇尚自然、清新俊逸之美为标准;而大历诗人则主要是崇尚他们的高情远韵与宏词丽藻。不同的选择标准,也很能反映出不同时代的不同审美心理。

从理论上更为明确地倡导齐梁诗风的,是皎然。《诗式》卷四"齐梁诗"条云:

> 夫五言之道,惟工惟精。论者虽欲降杀齐梁,未知其旨。若据时代,道丧几之矣,诗人不用此论,何也?如谢吏部诗:"大江流日夜,客心悲未央";柳文畅诗:"太液沧波起,长杨高树秋";王元长诗:"霜气下孟津,秋风度函谷",亦何减于建安?若建安不用事,齐梁用事,以定优劣,亦请论之:如王筠诗:"王生临广陌,潘子赴黄河";庾肩吾诗:"秦皇观大海,魏帝逐飘风";沈约诗:"高楼切思妇,西园游上才",格虽弱,气犹正,远比建安,可言体变,不可言道丧。

皎然认为,尽管齐梁诗歌与建安相较有"格弱"的表现,但它却是诗歌艺术形式的创变,而不能说是"道丧"。因而皎然对自陈子昂以来指斥齐梁诗为"道丧"的观点极力反对。皎然著《诗式》的宗旨很明确:"今所评不论时代远近,从国朝以降,其中无爵命有幽芳可采者,拔出于九泉之中,与两汉诸公并列,使攻言之子'体变道丧'之谈,于兹绝矣。"①"道丧"之谈的针对性十分明确,如陈子昂所说"文章道弊五百年矣"②,卢藏用所说"道丧五百年而得陈君"③,李白所说"玄风变太古,道丧无时还"④,元结所说"文章道丧盖久矣"⑤等等,都是对齐梁诗风的否定。而皎然却一反前贤论调,公开站出来为齐梁诗歌翻案,并反而指斥陈子昂与卢藏用。《诗式》卷三"论卢藏用《陈子昂集序》":

> 卢黄门《序》,评贾谊、司马迁"宪章礼乐,有老成之风";让长卿、子云"'王公大人'之言,溺于流辞"。又云:"道丧五百年而有陈君乎!"予因请论之曰:司马子长《自序》云:周公卒五百岁而有孔子,孔子卒五百岁而有司马公。迩来年代既遥,作者无限,若论笔语,则东汉有班、张、崔、蔡;若但论诗,则魏有曹、刘、三傅,晋有潘岳、陆机、阮籍、卢谌,宋有谢康乐、陶渊明、鲍明远,齐有谢吏部,梁有柳文畅、吴叔庠,作者纷纭,继在青史,如何五百之数独归于陈君乎?藏用欲为子昂张一尺之罗盖,弥天之宇,上掩曹、刘,下遗康乐,安可得耶?又子昂《感遇》三十首,出自阮公《咏怀》,《咏怀》之作,难以为俦。子昂诗曰:"荒哉穆天子,好与白云期。宫女多怨旷,层城蔽蛾眉。"曷若阮公"三楚多秀士,朝云进荒淫。朱华振芬芳,高蔡相追寻。一为黄雀哀,涕下谁能禁?"此《序》或未湮沦千载之下,当有识者,得无抚掌乎?

---

① 《诗式》卷 1《不用事第一格》。
② 《与东方左史虬修竹篇序》,见《四部丛刊》本《陈伯玉文集》卷 1。
③ 《陈伯玉文集序》,见《四部丛刊》影明本《陈伯玉文集》卷首。
④ 《古风》其三十,见《李太白全集》卷 2。
⑤ 《刘侍御月夜燕会序》,见《全唐诗》卷 241。

陈子昂的"兴寄"说及其创作实践,在批判齐梁余弊和扭转初唐诗风方面,有着重要的功绩,卢藏用、杜甫、韩愈、元好问等人就都是从这个角度来赞扬陈子昂的。事实上,陈子昂所提倡的"兴寄",乃是有感而发,主要是对诗歌内容的要求,而不一定是运用比兴的艺术手法。他的三十八首《感遇诗》,就重在说理,这一点也正是他与阮籍之间的根本区别。"子昂初变齐梁之弊,一反雅正,其诗以理胜情,以气胜辞"①;"王弇州云:'陈正字洗六朝铅华都尽,托寄大阮,微加断裁,第天韵不及'。"②"理胜情"、"气胜辞"的结果,必然会削弱诗歌的艺术表现力与感染力,导致生涩之弊。因而王夫之《唐诗评选》卷二批评陈子昂《感遇诗》:"似诵,似说,似狱词,似讲义,乃不复似诗。"王夫之论诗,重抒情,轻议论,这一点与皎然相似。但在当时,公开批评陈子昂的,也并非皎然一人。胡震亨《唐音癸签》卷五云:"唐人推重子昂,自卢黄门后,不一而足。……独真卿有异论。真卿尝云:'沈隐侯之论谢康乐也,乃云灵均以来,此秘未睹;卢黄门之序陈拾遗也,而云道丧五百岁而得陈君。若激昂颓波,虽无害过正,权其中论,亦伤于厚诬。'僧皎然采而著之《诗式》。"胡氏所引颜真卿语,见颜真卿写于唐代宗永泰元年(765)的《孙逖文公集序》,原文是:

> 古之为文者,所以导达心志,发挥性灵,本乎咏歌,终乎雅颂。帝庸作而君臣动色,王泽竭而风化不行。政之兴衰,实系于此。然而文胜质,则绣其鞶悦,而血流漂杵;质胜文,则野于礼乐,而木讷不华。历代相因,莫能适中。故诗人之赋丽以则,词人之赋丽以淫,此其效也。汉魏以还,雅道微

---

① 胡震亨《唐音癸签》卷5引《吟谱》。
② 见同上引。

缺;梁陈斯降,宫体聿兴。既驰骋于末流,遂受嗤于后学。是以沈隐侯之论谢康乐也,乃云灵均以来,此未及睹;卢黄门之序陈拾遗也,而云道丧五百岁而得陈君。若激昂颓波,虽无害于过正,榷其中论,不亦伤于厚诬! 何则? 雅郑在人,理乱由俗,桑间濮上,胡为乎绵古之时? 正始皇风,奚独乎凡今之代? 盖不然矣。其或斌斌彪炳,郁郁相宣,膺斯运以挺生,奄寰瀛而首出者,其惟仆射孙公乎!

可以看出,颜真卿的论诗主旨,并没有超出儒家传统的诗学主张,他对梁陈以来的宫掖之风是反对的。他只是不同意人们为后世诗歌创作树立一个极则,不管是古是今,只要能"发挥性灵"、"终乎雅颂",且"斌斌彪炳,郁郁相宣",就都是杰出的,其观点并不偏颇。皎然虽受到颜真卿的启发,但他批评陈子昂与卢藏用的出发点却不同。他首先是以诗歌艺术形式的创变为宗旨。《诗式》卷五"复古通变体"条说:"作者须知复、变之道,反古曰复,不滞曰变。若惟复不变,则陷于相似之格,其状如驽骥同厩,非造父不能辨。……夫变若造微,不忌太过,苟不失正,亦何咎哉? 如陈子昂复多而变少,沈、宋复少而变多,今代作者不能尽举。"他肯定齐梁诗"格虽弱,气犹正,远比建安,可言体变,不可言道丧",而陈子昂则"复多变少",所以他认为陈子昂无论同齐梁前还是同齐梁间的诗人相比,并不能掩有古今而独出。在皎然的心目中,齐梁诗几乎成了诗歌艺术的一个典范准则。所以他认为大历诗人"诗道初丧",并不能归咎于齐梁;而当他们"知前非"、"改辙"之后,"方于南朝张正见、何胥、徐摛、王筠,吾无间然也",和齐梁诗的代表人物没有区别,这才得到皎然的认可。皎然公开倡导齐梁诗歌,既是对大历以来诗歌新变的理论总结,同时也说明了他对诗歌发展方向的态度。且不论其主张是积极还是消极,是进步还是退步,我们从他对诗歌艺术创变的要求与态度来看,则完全符合中唐诗人要求突破盛唐窠臼的特定心理。事实上,皎然的理论主张已为中晚唐诗歌的发展,指出了一条创变的门径,而且随着李唐王朝的日趋衰落,遵循这一门径的痕迹也愈加明显、突出,以至于成为诗坛的主流。

自皎然以后,公开效仿齐梁诗歌者屡见不鲜。如权德舆《玉台体十二首》①,刻意模彷齐梁纤艳之风,其中不仅有浓重的脂粉气,而且还带有宫体的色情成份:

　　莺啼兰已红,见出凤城东。粉汗宜斜日,衣香逐上风。情来不自觉,暗驻五花骢。(其一)

　　婵娟二八正娇羞,日暮相逢南陌头。试问佳期不肯道,落花深外指青楼。(其二)

　　隐映罗衫薄,轻盈玉腕圆。相逢不肯语,微笑画屏前。(其三)

　　知向辽东去,由来几许愁。破颜君莫怪,娇小不禁羞。(其四)

　　楼上吹箫罢,闺中刺绣阑。佳期不可见,尽日泪潺潺。(其五)

　　泪尽珊瑚枕,魂销玳瑁床。罗衣不忍著,羞见绣鸳鸯。(其六)

　　君去期花时,花时君不至。檐前双燕飞,落妾相思泪。(其七)

　　空闺灭烛后,罗幌独眠时。泪尽肠欲断,心知人不知。(其八)

---

① 见《全唐诗》卷 328。

　　　　秋风一夜至，吹尽后庭花。莫作经时别，西邻是宋家。
（其九）

　　　　独自披衣坐，更深月露寒。隔帘肠欲断，争敢下阶看。
（其十）

　　　　昨夜裙带解，今朝蟢子飞。铅华不可弃，莫是薰砧归。
（其十一）

　　　　万里行人至，深闺夜未眠。双眉灯下扫，不待镜台前。
（其十二）

其中如其五、其七、其十，都很有南朝民歌的风味，但更多的还是承袭齐梁宫体的衣钵，甚至与宫体亦难分轩轾。在权德舆的诗歌中，有些实不减盛唐气象，如《浩歌》、《新秋月夜寄故人》、《赠老将》、《晚》、《夜》诸作，皆感情真挚，意境开阔，自然浑成。然而他的大部分作品，都是以宫馆盛宴、花前月下为主题，以艳辞丽句表现雍容华贵的生活和闲适无聊的心态。甚至青山白云、春风芳草在他的笔下，也十分浓艳；对于女性的描写，更是充满脂粉气。如：

　　　　碧树泛鲜飙，玉琴含妙曲。佳人掩鸾镜，婉婉凝相瞩。
文袿映束素，香黛宜曛绿。寂寞远怀春，何时来比目？①

　　　　曙月渐到窗前，移尊更就芳筵。轻吹乍摇兰烛，春光暗
入花钿。丝竹偏宜静夜，绮罗共占韶年。不遣通宵尽醉，定
知辜负风烟。②

　　　　丛鬓愁眉时势新，初笄绝代北方人。一颦一笑千金重，

---

① 《杂诗五首》其四，见《全唐诗》卷328。
② 《杂言和常州李员外副使春日戏题十首》其七，见同上。

肯似成都夜失身。①

权德舆还有些效仿齐梁的文字游戏之诗,如:《离合诗赠张监阁老》、《春日雪酬潘孟阳回文》、《数名诗》、《星名诗》、《卦名诗》、《药名诗》、《古人名诗》、《州名诗寄道士》②等等。权德舆写《离合诗》时任礼部侍郎,因其地位及影响所致,同僚大臣多有唱和,如秘书监张荐,中书舍人崔邠、杨于陵,给事中许孟容、冯伉,户部侍郎潘孟阳,国子司业武少仪等人,皆有《和权载之离合诗》③。此外,潘孟阳有《春日雪以回文绝句呈张荐权德舆》,张荐亦有《和潘孟阳春日雪回文绝句》④,足见风气之盛。权德舆这种新诗风的形成,固然与他个人生活及思想意识有关,但以宏观的眼光分析,从大历以来诗歌创作及理论所展示的状况来看,这也是顺理成章的发展。如果从读者的角度看,权德舆所走的完全是齐梁旧路,但在他本人看来并非如此。这正是他所刻意求新的重要途径。权德舆对诗歌的创新十分重视:

> 支郎有佳文,新句凌碧云。⑤
>
> 疲病多内愧,切磋常见同。起予览新诗,逸韵凌秋空。⑥
>
> 新诗来起予,璀璨六义全。能尽含写意,转令山水鲜。⑦
>
> 名在新诗众不如。⑧

---

①《杂兴五首》其一,见《全唐诗》卷328。
②均见同上卷327。
③均见同上卷330。
④均见同上卷330。
⑤《卧病喜惠上人李炼师茅处士见访因以赠》,见同上卷320。
⑥《酬崔千牛四郎早秋见寄》,见同上卷321。
⑦《酬李二十二兄主簿马迹山见寄》,见同上卷322。
⑧《哭张十八校书》,见同上卷326。

值得注意的是,权氏所讲的"新",是与"丽"紧密相连的:

> 独奉新恩来谒帝,感深更见新诗丽。①
>
> 碧云飞处诗偏丽。②
>
> 多病嘉期阻,深情丽曲传。③
>
> 文丽日月合,乐和天地同。④

而"丽"的内涵,主要是指华丽的辞藻:

> 少年才藻新,金鼎世业崇。凤文已彪炳,琼树何青葱。⑤
>
> 对掌喜新命,分曹谐旧游。相思玩华彩,因感庚公楼。⑥
>
> 彪炳睹奇采,凄铿闻雅音。⑦
>
> 夫君才气雄,振藻何翩翩。⑧

权德舆的诗歌理论与创作,正是大历以来诗歌发展的自然延续。从这一现象中可以看出,中唐前期诗人创新的意识已渐趋明确。从客观效果讲,他们是对齐梁诗风的回归,但从主观愿望上看,他们也的确是要求突破盛唐的格局而另辟新径。如果说盛唐时期是逐渐摆脱齐梁诗风的时代,那么大历之后则又是逐渐接近齐梁的时代。刻意追求诗歌艺术形式的创新,是齐梁与大历这两个时期所共有的特征。

贞元、元和时期,是诗歌巨变的时期,不同的流派都在积极地

---

①《送张仆射朝见毕归镇》,见《全唐诗》卷323。
②《酬灵彻上人以诗代书见寄》,见同上卷321。
③《酬裴端公八月十五日对月见怀》,见同上卷325。
④《奉和圣制丰年多庆九日示怀》,见同上卷320。
⑤《酬崔千牛四郎早秋见寄》,见同上卷321。
⑥《初秋月夜中书宿直因呈杨阁老》,见同上卷322。
⑦《祗命赴京途次淮口因书所怀》,见同上。
⑧《酬穆七侍郎早登使院西楼感怀》,见同上。

探索自己的新路、创造独自的风格。值得注意的是,他们也曾试图从齐梁诗中汲取适于诗歌艺术创新发展的某些因素。毛晋跋《御览诗》云:"唐至元和间,风会几更,章武帝命采新诗备览。学士汇次名流,选进研艳短章三百有奇,至今缺轶颇多。"①今存元和间学士令狐楚所编《御览诗》,凡录三十人,诗二百八十九首,其中除部分边塞及送别之作外,绝大部分皆为艳诗。所以许学夷《诗源辩体》卷三十六亦云:"予初见《御览诗》,以为初、盛唐台阁冠冕之制。及读其诗,乃大历以后人,不知名者居半,且其诗多纤艳语,而实非正变,僻调亦往往见之。"由此足见当时风气之一斑。

元稹、白居易等人,在倡导诗之"六义"、创作新乐府的过程中,对齐梁诗风的批判是不遗余力的。但他们的创作实践并非一味追求浅、切、尽、露,尤其是在后期,他们艺术趣味的中心之一,就是在齐梁诗的旧格局中寻求新的途径。

《白居易集》②卷二十一、二十二、三十,均有标明为"格诗"的体裁;卷三十六又有标明为"半格诗"的体裁。合"格诗"与"半格诗"的数量,已远远超出了白居易的"新乐府",这就不能不引起我们的注意。什么是"格诗"与"半格诗"呢? 王利器先生曾指出:"齐梁调律诗又叫做'格诗'……为啥叫做半格诗? 就是一首诗中一半儿用古体,一半儿用齐、梁体之谓也";"谓之齐、梁调诗者,则有如《声调谱》所谓在粘与不粘之间耳"③。白居易在卷二十一属"格诗"的《九日代罗樊二妓招舒著作》题下自注:"齐梁格";又卷二十九律诗中有《洛阳春赠刘李二宾客》一诗,题下亦自注:"齐梁

<hr>

①见上海古籍出版社《唐人选唐诗》(十种)本《御览诗跋》。
②顾学颉点校中华书局排印本《白居易集》。
③王利器校注《文镜秘府论·前言》。

格"。赵执信《声调谱·齐梁体》中以白居易"格诗"《宿东亭晓兴》为例：

> 温温土炉火，耿耿纱笼烛。独抱一张琴，夜入东斋宿。
> （折要。）窗声度残漏，（此句却粘，不折腰，正调。）帘影浮初
> 旭。头痒晓梳多，眼昏春睡足。负暄檐宇下，（第五字用仄。）
> 散步池塘曲。南雁去未回，东风来何速？雪依瓦沟白，（第五
> 字仄。）草绕墙根绿。何言（不粘上句。）万户州，太守常幽独！

又《声调谱·半格诗》以白居易《小阁闲坐》为例：

> 阁前竹萧萧（第五字平。）阁下水潺潺。（律句。）拂簟卷
> 帘坐，清风生其间。（五字平。）静闻新蝉鸣，远见飞鸟（可平。
> 惟此诗此字以独仄见律。）还。（以上古体。）但有巾挂壁，（第
> 五字仄。古句。）而无客叩关。二疏返故里，（第五字仄。）四
> 老归旧山。（古句。）吾亦适所愿，（第五字仄。）求闲而得闲。
> （后六句齐梁。第二字上下粘，末字上下谐。）①

这位早年自称"非求宫律高，不务文字奇，惟歌生民病，愿得天子知"的白居易，倒也大量地作起靧缕格律、回忌声病的"齐梁格"之诗来了。王利器先生认为，这一现象与唐代科举以诗赋取仕有关："《唐会要》……卷七十六《制科举》：'天宝十三载十月一日，御勤政楼，试四科举人，其辞藻宏丽，问策外，更试诗赋各一道（制举试诗赋从此始）。'其诗就是规定用齐、梁体。范摅《云溪友议》上《古制兴》写道：'文宗元年秋，诏礼部高侍郎锴复司贡籍……其所试，赋则准常规，诗则依齐、梁体格。'其所以采用齐、梁体格者，主要是考验应试士子对于声病规律能否掌握。贾至《议杨绾条奏贡举疏》：'今考文者以声病为是非，而惟择浮艳，岂能知移风易俗、

———————

① 见《清诗话》本。

化天下之事乎？'牛希济《文章论》写道：'今有司程式之下，诗赋判章而已，唯声病忌讳为切，比事之中，过于谐谑，学古者深以为惭。'皇甫湜《皇甫持正文集》卷四有《答李生》三书，其《第一书》云：'来书所谓浮艳声病之文耻不为者，虽诚可耻，但虑足下方今不尔，且不能自信其言也。何者？足下举进士——举进士者，有司高张科格，每岁聚者试之，其所取，乃足下所不为者也。工欲善其事，必先利其器。足下方伐柯而舍其斧斤，可乎哉？耻之，不求当也；求而耻之，惑也。今吾子求之矣，是徒涉而耻濡足也，宁能自信其言哉？'《第二书》云：'既为甲赋矣，不得称不作声病文也。'又云：'前者捧卷轴而来，又以浮艳声病为说，似商量文词当与制度之文，异日言也。'甲赋即应试之律赋也，不会掌握的就要落选。沈亚之《与京兆试官书》：'去年始来京师，与群士皆求进，而赋以八咏，雕琢绮言与声病，亚之习未熟，而又以文不合于礼部，先黜去。'因此，宦学之徒，对于声病体格，莫不加以简练揣摩。"①这对于阐明齐梁调诗大量产生的原因，很有说服力。事实上，以齐梁格为考试标准，并不仅仅在于考验士子对于声病规律的掌握，我们从上引资料中如"辞藻宏丽"、"惟择浮艳"、"浮艳声病"、"雕琢绮言与声病"等言词中，可以看出士子们在掌握齐梁格律的同时，还必须揣摩其神气声吻，故在遣辞用语及情调意态诸方面，也就必然会带有齐梁诗的浮艳特征。像白居易、元稹等人，在应科举试前势必要对声病体格加以简练揣摩，如元稹就自称："九岁学赋诗，长者往往惊其可教。年十五六，粗识声病。"②然而问题在于，他们大量地写作齐梁体格诗及艳情诗，却大多是在功成名就或晚

---

① 王利器校注《文镜秘府论·前言》。
②《叙诗寄乐天书》，见《元氏长庆集》卷30。

年闲居时所作,这种非功利目的的模仿创作,则应另当别论。尤其是白居易、元稹的一些闲适诗和艳情诗,更能体现出所受齐梁诗风的影响。

白居易在《序洛诗序》中概括他晚年的诗作:"自(大和)三年春至八年复,在洛凡五周岁,作诗四百三十二首。除丧朋哭子十数篇外,其他皆寄怀于酒,或取意于琴,闲适有余,酣乐不暇,苦词无一字,忧叹无一声,岂牵强所能致耶!盖亦发中而形外耳。斯乐也,实本之于省分知足,济之以家给心闲,文之以觞咏弦歌,饰之以山水风月。此而不适,何往而适哉?兹又重吾乐也。予尝云:理世之音安以乐,闲居之诗泰以适。苟非理世,安得闲居?故集洛诗,别为序引,不独记东履道里有闲居泰适之叟,亦欲知皇唐太和岁有理世安乐之音。集而序之,以俟夫采诗者。"①稍有历史常识的人都知道,此时正是藩镇跋扈,宦官专权,朝政腐败的时期。而白居易的这些诗歌,却差不多处处表现他对高官厚禄的满足,不但万事不关心,甚至沉湎于酒色之中,唯逸乐是享。这与早年提倡"惟歌生民病"的白居易,简直判若两人。况且,这一类诗在内容与情调上,与浮艳空虚、雍容华美的齐梁诗甚至梁陈宫体诗,并没有什么不同。如其《九日宴集醉题郡楼兼呈周殷二判官》:

> 榜舟鞭马取宾客,扫楼拂席排壶觞。胡琴铮铞指拨刺,吴娃美丽眉眼长。笙歌一曲思凝绝,金钿再拜光低昂。日脚欲落备灯烛,风头渐高加酒浆。舣盏艳翻菡萏叶,舞鬟摆落茉萸房。半酣凭栏起四顾,七堰八门六十坊。②

————————

① 见《全唐诗》卷 675。
② 见同上卷 444。

又如《霓裳羽衣歌》：

> 我昔元和侍宪皇，曾陪内宴宴昭阳。千歌百舞不可数，
> 就中最爱霓裳舞。舞时寒食春风天，玉钩栏下香案前。案前
> 舞者颜如玉，不著人家俗衣服。虹裳霞帔步摇冠，钿璎累累
> 佩珊珊。娉婷似不任罗绮，顾听乐悬行复止。磬箫筝笛递相
> 搅，击擪弹吹声逦迤。散序六奏未动衣，阳台宿云慵不飞。
> 中序擘騞初入拍，秋竹竿裂春冰拆。飘然转旋回雪轻，嫣然
> 纵送游龙惊。小垂手后柳无力，斜曳裾时云欲生。烟蛾敛略
> 不胜态，风袖低昂如有情。①

此类诗不胜枚举，尤其在其后期诗中更是屡见不鲜。而一些带有
色情成分的诗，就更接近梁陈宫体了。如《忆旧游》、《江南喜逢萧
九彻因话长安旧游戏赠五十韵》、《醉后题李马二妓》、《卢侍御小
妓乞诗座上留赠》等等，诗人致力于描写舞女歌妓的服饰、舞姿和
艳丽的质资，而且完全是以欣赏、企羡的眼光甚至带有玩弄、狎戏
的心态来描写的。

　　至于元稹的艳情诗，在当时便已闻名遐迩。唐人韦縠《才调
集》卷五所收元稹诗五十七首，就全部是艳情诗。其所写内容，无
非是闺房的排铺、服饰的华美、女色的艳丽，或留连于花前月下，
或销魂于樽前梦中，一些色情的描写更是不堪入目。这些诗与梁
陈宫体相比，有过之而无不及，且辞彩更华美，描写更细腻，技巧
更娴熟，体制更庞大。陈寅恪先生曾指出，元、白艳情诗所描写的
内容，与当时社会风气有直接的关系，②但元稹的这类诗中，那种
低级庸俗的欣赏态度，却昭然可见。李肇《国史补》卷下就说：元

①见《全唐诗》卷444。
②参见《元白诗笺证稿》第四章《艳诗及悼亡诗》。

和以后,诗章"学淫靡于元稹"。既道出了元稹诗"淫靡"的特征,也说明了他在当时的影响。《旧唐书·元稹传》载:"穆宗皇帝在东宫,有妃嫔左右尝诵稹歌诗以为乐曲者,知稹所为,尝称其美,宫中呼为'元才子'。"晚唐诗人杜牧在《唐故平卢节度巡官陇西李府君墓志铭》中引李戡之言曰:"诗者可以歌,可以流于竹,鼓于丝,妇人小儿,皆欲讽诵,国俗薄厚,扇之于诗,如风之疾速。尝痛自元和已来有元、白诗者,纤艳不逞,非庄士雅人,多为其所破坏。流于民间,疏于屏壁,子父女母,交口教授,淫言华语,冬寒夏热,入人肌骨,不可除去。吾无位,不得用法以治之。"①

在元、白的直接影响下,其后一些比较著名的诗人亦有袭此途者。皮日休《论白居易荐徐凝屈张祜》云:"祜元和中作宫体诗,词曲艳发。当时轻薄之流重其才,合噪得誉。及老大,稍窥建安风格,诵乐府录,知作者本意,讲讽怨谲时,与六义相左右,此为才之最也。祜初得名,乃作乐府艳发之词,其不羁之状,往往间见。凝之操履,不见于史。然方干学诗于凝,赠之诗曰:'吟得新诗草里论'。戏反其词,谓朴里老也。方干,世所谓简古者,且能讥凝,则凝之朴略椎鲁从可知矣。乐天方以实行求才,荐凝而抑祜,其在当时,理其然也。令狐楚以祜诗三百篇上之,元稹曰:'雕虫小技,或奖激之,恐害风教'。祜在元、白时,其誉不甚持重。杜牧之刺池州,祜且老矣,诗益高,名益重。然牧之少年所为亦近于祜,为祜恨白,理亦有之。余尝谓文章之难,在发源之难也。元、白之心,本乎立教,乃寓意于乐府,雍容宛转之词,谓之'讽谕',谓之'闲适'。既持是取大名,时士翕然从之,师其词,失其旨,凡言之浮靡艳丽者,谓之'元白体'。二子规规攘臂解辩,而习俗既深,牢

①《樊川文集》卷9。

不可破。非二子之心也，所以发源者非也。可不戒哉！"①元、白纤艳之诗的客观效应，于此昭然若揭。

元白诗派的另一位重要人物李绅，在开成三年(838)写的《追昔游集序》里，也透露出了一点信息："追昔游，盖叹逝感时，发于凄恨而作也。或长句，或五言，或杂言，或歌，或乐府、齐梁不一，其词乃由牵思所属耳。"②今存李绅诗集中，有《忆登栖霞寺峰》诗，题下自注："效梁简文。"诗曰：

> 香印烟火息，法堂钟磬余。纱灯耿晨焰，释子安禅居。
> 林叶脱红影，竹烟含绮疏。星珠错落耀，月宇参差虚。顾眺
> 匪怂适，旷襟怀卷舒。江海淼清荡，丘陵何所如。滔滔可问
> 津，耕者非长沮。茅岭感仙客，萧园成古墟。移步下碧峰，涉
> 涧更踌躇。乌噪啄秋果，翠惊衔素鱼。回塘彩鹢来，落景标
> 林然。漾漾棹翻月，萧萧风袭裾。劳歌起旧思，戚叹竟难摅。
> 却数共游者，凋落非里闾。③

此诗除了没有荒淫的宫廷生活描写之外，辞彩、声韵以至神态，莫不模仿得微妙微肖。梁简文帝萧纲是创造"宫体诗"的代表人物，李绅明确标为"效梁简文"，亦可见其用心所在。李绅又有《过梅里·忆东郭居》诗，题下自注："效丘迟。"④丘迟也是齐梁时期以辞藻华美而著称的骈文家兼诗人。可见这些早年提倡写新乐府的诗人，后来也都在或多或少地效齐梁之作了。

元白等人的后期诗歌，文字游戏之作亦为数不少。如元稹的

---

① 见《全唐文》卷 797。
② 见同上卷 694。
③ 见《全唐诗》卷 481。
④ 同上。

《遣行十首》①，每首皆以"情"、"声"、"惊"、"行"四字押韵。又如《生春二十章》②，每章皆以"何处生春早"起首，而后又均以"中"、"风"、"融"、"丛"四字为韵。白易也写有《和春深二十首》③诗，每首均以"何处春深好"起首，而后又均以"家"、"花"、"车"、"斜"四字为韵。这些诗，除了显示高超的驾驭语言的能力与声律技巧之外，"率不过嘲风月，弄花草而已"。白居易分司东都赴洛时，作《一字至七字诗》示别，同时，李绅、韦式、王起等群僚皆依此体赋诗送别，同样也是一种文字游戏。

刘禹锡在同元、白的交往唱和中，也自觉或不自觉地仿效起齐梁歌来了。如他的《和乐天洛城春齐梁体八韵》：

> 帝城宜春入，游人喜意长。草生季伦谷，花出莫愁坊。断云发山色，轻风漾水光。楼前戏马地，树下斗鸡场。白头自为侣，绿酒亦满筋。潘园观种植，谢墅阅池塘。至闲似隐逸，过老不悲伤。相问焉功德，银黄游故乡。④

这首诗虽然主要是从格律与词句、用典上仿效齐梁体诗，但其雍容浮华的内容与闲适自足的心态，的确可以追步齐梁。继白居易《和春深二十首》之后，刘禹锡也写有《同乐天和微之深春二十首》组诗，其形式体制与内容风格，同白诗可谓出如一辙。

以宫廷生活为描写对象的宫词，在中唐时期十分兴盛。苏雪林在《唐诗概论》中说："我们又要问宫体何以会在这时复活？原来唐人本喜作宫词，元和时白居易又把那些富于传奇文学性质的

---

①见《全唐诗》卷410。
②见同上卷410。
③见同上卷449。
④见同上卷355。

唐明皇杨贵妃故事,制成一篇《长恨歌》,哀感顽艳,沁人心脾,一时传遍天下。他又作《江南遇天宝乐叟》等长诗,元稹又仿他写了一篇《连昌宫辞》,都咏天宝遗事。……在这刺激之下,文人的兴趣,一时倾向宫廷故事,宫词的规模便宏大起来了。中唐王建用七绝体裁写了一百首宫词,王涯也做了三十首,张祜又善作小宫词。都可说由宫廷故事诗变化出来的。宫词文辞美丽,李贺乃少年诗人惊才绝艳,所以更喜为这个体裁的尝试。照思想的原则,一种思想或文学主义之复活,一定要加上经过的时代色彩,艺术也比较进步,复活的宫体也和六朝宫体大不相似,竟可说由附庸而蔚为大国,变成一种新文学了。"①以六朝宫体诗的形式,表现时代的宫廷生活内容,这是元和之后宫词"变成一种新文学"而大放光彩的重要原因之一。以历史的眼光总结盛衰之由和表现宫怨的情思,是这个时期宫词所表现出来的进步思想和主要倾向。从白居易的《长恨歌》、《上阳白发人》,到元稹的《连昌宫词》,以及王建、王涯的宫词,皆是如此。然而其中宫廷生活的铺张描写,却保留了不少梁陈宫体诗纤艳绮靡的痕迹。如《长恨歌》:"春寒赐浴华清池,温泉水滑洗凝脂。侍儿扶起娇无力,始是新承恩泽时。云鬓花颜金步摇,芙蓉帐暖度春宵。春宵苦短日高起,从此君王不早朝。承欢侍宴无闲暇,春从春游夜专夜。后宫佳丽三千人,三千宠爱在一身。金屋妆成娇侍夜,玉楼宴罢醉和春。"②又如《连昌宫词》:"夜半月高弦索鸣,贺老琵琶定场屋。力士传呼觅念奴,念奴潜伴诸郎宿。须臾觅得又连催,特敕街中许燃烛。春娇满眼

---

①上海书店据商务印书馆 1947 年版影印,1992 年 1 月第 1 版,第 148—149页。
②见《全唐诗》卷 435。

睡红绡,掠削云鬟旋装束。飞上九天歌一声,二十五郎吹管逐。"①
王建《宫词》对舞姿的描写也很有特征,如其十七:"罗衫叶叶绣重
重,金凤银鹅各一丛。每遍舞时分两向,太平万岁字当中";其六
十二:"玉蝉金雀三层插,翠髻高丛绿鬓虚。舞处春风吹落地,归
来别赐一头梳";其八十:"舞来汗湿罗衣彻,楼上人扶下玉梯。归
到院中重洗面,金花盆里泼银泥"②。王涯的《宫词三十首》③对宫
廷环境的描写很有特色,如其十五:"春风摆荡禁花枝,寒食秋千
满地时。又落深宫石渠里,尽随流水入龙池";其十七:"霏霏春雨
九重天,渐暖龙池御柳烟。玉辇游时应不避,千廊万屋自相连";
其二十:"瞳瞳日出大明宫,天乐遥闻在碧空。禁树无风正和暖,
玉楼金殿晓光中";其二十六:"内里松香满殿闻,四行阶下暖氤
氲。春深欲取黄金粉,绕树宫娥著绛裙"。对宫女心态的描写也
十分传神,如其一:"内人宜著紫衣裳,冠子梳头双眼长。新睡起
来思旧梦,见人忘却道胜常";其二:"春来新插翠云钗,尚著云头
踏殿鞋。欲得君王回一顾,争扶玉辇下金阶"。从上述诗的描写
中,不难看出梁陈宫体诗对中唐宫词的深刻影响。换言之,没有
借鉴梁陈宫体的形式与内容,也就很难造就中唐宫词大放异彩,
并变成一种新的文学。

　　李贺歌诗,所受齐梁诗风及宫体的影响亦显而易见。今存李
贺诗集中,有些是直接模仿齐梁之诗,有些则是代齐梁诗人言情。
如《追和柳恽》、《追和何谢铜雀妓》等,都是直接的模仿之作。《还
自会稽歌》诗序云:"庾肩吾于梁时,尝作《宫体谣引》,以应和皇

①见《全唐诗》卷419。
②见同上卷302。
③今存27首,见同上卷346。

子。及国势沦败,肩吾先潜难会稽,后始还家。仆意其必有遗文,
今无得焉,故作《还自会稽歌》以补其悲。"诗云:

　　　　野粉椒壁黄,湿萤满梁殿。台城应教人,秋衾梦铜辇。
　　　吴霜点归鬓,身与塘蒲晚。脉脉辞金鱼,羁臣守迢贱。①

不可否认,诗中寓有些许诗人自己的困顿之意,但主要还是代庾
肩吾言情。不仅揣摩体味到庾肩吾当时的心境,而且语气口吻与
遣词用句,也完全符合庾肩吾的身份。又《花游曲》诗序云:"寒
食,诸王妓游,贺入座,困采梁简文诗调赋《花游曲》,与妓弹唱。"
诗云:

　　　　春柳南陌态,冷花寒露姿。今朝醉城外,拂镜浓扫眉。
　　　烟湿愁车重,红油覆画衣。舞裙香不暖,酒色上来迟。②

柳态露姿,浓眉舞裙,在醉态朦胧之中,透露出一缕淡淡的愁思。
浓艳绮丽的情调,并不逊于梁简文帝的宫体诗。李贺诗中,此类
诗为数不少,大量的模仿之作,不仅反映出李贺对齐梁诗的欣赏,
而且这对于李贺诗风的形成,也有着不可忽视的影响作用。沈亚
之《送李胶秀才诗序》云:"余故友李贺,善择南北朝乐府故词,其
所赋亦多怨郁凄艳之巧,诚以盖古排今,使为词者莫得偶矣。"③李
贺诗受宫体诗的影响也十分明显,他不仅有许多直接歌咏宫廷生
活与宫廷故事的诗歌,而且女性的色彩亦十分浓重。如其《宫娃
歌》④、《美人梳头歌》⑤,既有齐梁宫体纤艳的特色,也有李贺那种

----

①见《李长吉歌诗汇解》卷1。
②见同上卷3。
③见《全唐文》卷735。
④见《李长吉歌诗汇解》卷2。
⑤见同上卷4。

浓重绮丽、怨郁凄艳的独特风格。足见李贺歌诗与齐梁诗风及宫体诗之间的继承与创新的关系。

白居易、元稹、李绅、刘禹锡、王建、李贺等人，都是中唐著名的诗人，又都是以诗歌创新而著称的。元、白、李绅的新乐府，刘禹锡的民歌体诗，李贺的古乐府，都具有不可替代的独特风格。元白等大量创作齐梁调的诗歌，主要是在后期，即仕途顺利、生活满足、精神闲适的情况下创作的。与他们的前期诗歌相比较，尽管这些诗在思想内容上是大大地削弱了，但在艺术形式和技巧上却大大地加强了。这是他们一生创作道路中的不可缺少的重要部分。作为年轻的诗人李贺，在学习传统诗歌技法的过程中，模仿齐梁之作似乎是不可少的一步，只不过他比别人学得更多、更像而已。而且这对于形成他那种浓重绮丽、怨郁凄艳、神奇瑰怪的总体艺术风格，也起到了十分重要的作用。

齐梁诗风在中唐时期复兴的这一文学史现象，是客观存在的，其中既有理论的倡导，也有自觉或不自觉的模仿创作。尽管这种诗风在中唐尚未形成主导的诗风，然而它的意义却不容忽视。

首先，齐梁诗歌为中唐诗歌创新提供了一条可资借鉴的途径。

永明体的产生，标志着中国古典诗歌的一大进步。齐梁间，经过一大批诗人的不断探索与创作实践，不仅在诗的格律声韵、对仗排偶，而且在遣词用句以及在意境、构思诸方面，都较古体诗更为工巧华美、严整精炼。当然，由于过分追求形式的华美和回忌声病的种种限制，也就不可避免地带有所谓形式主义或唯美主义的倾向。尤其是在梁简文帝萧纲以及徐、庾父子等人的倡导、推激下，宫体诗的浮靡艳丽更使得这一新的诗体陷入泥潭而不可自拔。如果说这是一种罪过的话，那么这罪过并不在新诗体本身，而应归罪于那些少数的、把它引入歧途的诗人。文学史的事实已经证明，永明体的产生及当时大批优秀诗人的创作实践，不仅为当时的诗坛注入了新的气息，树立了新的美学风范，而且也为后来律诗的成熟及唐诗的繁荣奠定了坚实的基础。因此，从本质上讲，这一新的尝试是成功的。

　　盛唐过后的诗歌应如何进一步发展？这是中唐诗人面临的艰巨任务。要求超越盛唐、摆脱李、杜的呼声[1]，已成为当时诗歌发展的趋势。当时不同的流派及众多进步的诗人，都十分自觉地走上了创新的道路。尽管他们的创新道路和方法不同，成就高低不一，但共同追求创新的趋势却是一致的。如前所述，刻意追求诗歌艺术形式的新变，是齐梁与中唐这两个时期所共有的特征。而齐梁时期的诗歌创新及其后来的成功，对中唐诗人无疑有着积极的借鉴作用。因此，中唐时期出现大量模仿齐梁之作的现象，也是可以理解的。

　　客观地讲，大历前期诗人在主观上并没有自觉地意识到这一问题。但是由于社会环境的变化及自身生活的感受，他们的诗歌创作，已不自觉地在透过盛唐而向齐梁回归。这一点已为当时及后世的诗论家所指出。尽管他们为此而遭到了诗论家们的批评指责，但他们已为齐梁诗风的复兴，作了客观上的准备。大历后期至贞元初，在皎然大力倡导齐梁诗风的理论指导下，权德舆等人又进一步做了大胆的尝试，从而使齐梁诗风在中唐得以真正地复兴。但这种复兴，绝非简单的复古，而是在要求超越盛唐的理念支配下，在创新探索之中进一步加强艺术表现力的一种自觉追

---

[1]　如白居易《与元九书》、孟郊《吊卢殷》等。

求。白居易、元稹、李绅等人，更是中唐时期积极的诗歌创新者，他们前期的新乐府的创作，无疑是一种创新；而他们后期有意模仿齐梁诗调，加强了艺术形式与艺术技巧的表现力，这与前期相比，恰好是从一个极端走上了另一个极端。"功利主义"和"唯美主义"在元白诗的前后期中对比如此鲜明，这除了与他们的地位、生活及思想意识所发生的变化有关以外，也恰恰说明了他们那种积极创新与大胆探索的胆识与魄力。中唐宫词之所以取得如此辉煌的成就，也是与借鉴齐梁宫体诗的艺术技巧密不可分。至于李贺，则是在学习模仿齐梁诗歌的同时，又熔铸了屈骚精神及自身的生活感受，从而不为齐梁所囿，创造出了不可替代的独特风格。

其次，齐梁诗风在中唐的复兴，对后世有着不可低估的影响。

齐梁诗风在中唐时期的复兴，还只是处在探索、尝试的阶段，是中唐诗变过程中的一种新的发展趋势，尚未成为诗坛的主导倾向。但在它的影响下，到了晚唐五代，随着政治环境与社会生活的变化，这种倾向亦渐趋明朗，并成为诗歌发展的主导倾向。

晚唐时期，直接模仿或带有齐梁诗风的作品是为数不少的，著名的诗人中，如李商隐的《齐宫词》、《齐梁晴云》、《效徐陵体赠更衣》；赵嘏的《昔昔盐二十首》；皮日休的《寄天台国清寺齐梁体》、《奉和鲁望齐梁怨别次韵》、《奉和鲁望晓起回文》、《奉酬鲁望夏月四声四首》、《苦雨中又作四声诗寄鲁望》、《奉和鲁望叠韵双声二韵》、《奉和鲁望叠韵吴宫词二首》；陆龟蒙的《夏日闲居作四声诗寄袭美》、《奉酬袭美苦雨四声重寄三十二句》、《回文》、《叠韵山中吟》、《双声溪上思》、《叠韵吴宫词二首》、《齐梁怨别》；贯休的《陈宫词》、《拟齐梁酬所知见赠二首》、《闲居拟齐梁四首》、《拟齐梁寄冯使君三首》等等。皮日休在《正乐府序》中也说："今之所谓乐府者,唯以魏晋之侈丽、陈梁之浮艳,谓之乐府诗,真不然矣!"①可见当时诗坛状况之一斑。我们从杜牧的"商女不知亡国恨,隔江犹唱后庭花"②的诗句中,也可以想见当时与南朝相类似的社会风气。

以上所举,还只是重在声律对偶、辞藻绮丽等艺术形式方面对齐梁诗歌的效仿。到了韩偓之后,诗法更加追求细腻工巧,内容也以表现女色艳情为主,实质上已成为宫体诗的继续。如韩偓的《香奁集》,罗虬的《比红儿诗一百首》,王涣的《惆怅诗十四首》等,就都是其中的代表。

这种倾向不仅影响到诗,而且对词的创作也产生了直接的影响。韦庄的词就已表现出纵情淫乐、追求绮艳的风尚,而发展到了《花间集》就已完全把视野转向闺阁生活,突出描写女色与轻艳,其女性化的特征,与《玉台新咏》完全一致。我们从欧阳炯《花间集序》与徐陵《玉台新咏序》的对比中,也可以明了这一点。

---

① 《皮子文薮》卷 10。
② 《泊秦淮》,见《全唐诗》卷 523。

第四章　诗思与佛性玄心的融合

　　随着儒学的衰微和崇佛佞道风气的大炽,中唐诗人接触佛教与道教的机会更多,在思想意识上所受影响更为深刻。宗教思想与宗教文化带着新的时代的特征,不仅直接影响着诗人们的世界观与人生观,而且给他们的诗歌创作注入了新的生命力,从而加速了诗变的进程,并使中唐诗歌呈现出一种新的美学风范。

　　需要说明的是,盛唐诗人如王维之与禅宗、李白之与道教,皆有极深的渊源;他们的诗歌创作也明显受到禅学与道教的影响,但他们毕竟还只是一种不自觉的自然流露或化用。而中唐诗人就不同了。例如皎然,以释子之慧眼,故意将诗与佛性及禅境相沟通,如其诗曰:

　　　　夜闲禅用精,空界亦清迥。子真仙曹吏,好我如宗炳。
　　一宿觌幽胜,形清烦虑屏。新声殊激楚,丽句同歌郢。遗此
　　感予怀,沈吟忘夕永。月彩散瑶碧,示君禅中境。真思在杳
　　冥,浮念寄形影。遥得四明心,何须蹈岑岭。诗情聊作用,空
　　性惟寂静。若许林下期,看君辞簿领。①

　　　　江郡当秋景,期将道者同。迹高怜竹寺,夜静赏莲宫。
　　古磬清霜下,寒山晓月中,诗情缘境发,法性寄筌空。翻译推

――――――――
①《答俞校书冬夜》,见《全唐诗》卷815。

南本,何人继谢公。①

在皎然之前,尚无人将诗与禅的关系理解得如此深刻明了。皎然在《奉酬于中丞使君郡斋卧病见示一首》诗中评价于頔的诗说:"论入空王室,明月开心胸。性起妙不染,心行寂无踪。若非禅中侣,君为雷次宗。比闻朝端名,今贻郡斋作。真思凝瑶瑟,高情属云鹤。抉得骊龙珠,光彩曜掌握。若作诗中友,君为谢康乐。"②也是将佛性与诗思相沟通。《全唐诗》卷四七三载有于頔《郡斋卧疾赠昼上人》一诗,诗中自言:"晚依方外友,极理探精赜。吻合南北宗,昼公我禅伯。尤明性不染,故我行贞白。"合此二诗而读之,可以明显看出僧人对世俗诗人的主观引导和世俗诗人向佛教的主动靠拢。皎然与秦系之间的唱和,也同样有此倾向。秦系《奉寄昼公》诗曰:"蓑笠双童傍酒船,湖山相引到房前。巴蕉何事教人见,暂借空床守坐禅。"③皎然《酬秦山人系题赠》诗则云:"果得宗居士,论心到极微。"④二人之用心,亦昭然可见。皎然在评论谢灵运时,其倾向性就更加明显了:"康乐公早岁能文,性颖神彻,及通内典,心地更精,故所作诗,发皆造极,得非空王之道助邪?"⑤谢灵运的确颇通佛学,曾整理《大涅般经》,又曾作《辨宗论》以阐佛理。在皎然看来,谢灵运"通内典",乃是其诗"发皆造极"的根本原因。

孟郊《自惜》诗云:"倾尽眼中力,抄诗过与人。自悲风雅老,恐被巴竹嗔。零落雪文字,分明镜精神。坐甘冰抱晚,永谢酒怀

---

①《秋日遥和卢使君游何山寺宿敫上人房论涅槃经义》,见《全唐诗》卷815。
②见同上。
③见同上卷260。
④见同上卷815。
⑤《诗式》卷1《文章宗旨》。

春。徒有旧旧言,惭无默默新。始惊儒教误,渐与佛乘亲。"①诗歌
要发展创新,只有另辟蹊径,在佛教之中寻求新的因素。中唐时
代新兴的佛教艺术,对于这些久困在儒教樊笼中的诗人来说,很
有耳目一新之感。如孟郊说:"经章音韵细,风磬清泠翻"②;"玄讲
岛岳尽,渊咏文字新"③。可见当时讲经、唱经或变文一类新兴的
佛教艺术,给诗坛带来了新的气息。韩愈《送僧澄观》诗云:"又言
澄观乃诗人,一座竞吟诗句新。"④又《送文畅师北游》诗云:"出其
囊中文,满听实清越"。⑤ 孟郊《送淡公》其六云:"师得天文字,所
以相知怀。"⑥这些僧人的诗歌,带有清新玄远、隽永脱俗的特点,
难怪孟郊要每每称赞以皎然为代表的"江调"⑦诗风了。卢仝《寄
赠含曦上人》诗说:"楞伽大师兄,夸曦识道理。破锁推玄关,高辩
果难揣。《论语》《老》《庄》《易》,搜索通神鬼。起信中百门,敲骨
得佛髓。……化物自一心,三教齐发起。随钟嚼宫商,满口文字
美。……近来爱作诗,新奇颇烦委。忽忽造古格,削尽俗绮靡。"⑧
僧人为了宣扬佛教而借助于艺术的功能,诗人为了艺术的创新

---

①见《全唐诗》卷 374。

②《送淡公》其九,见同上卷 379。

③《与王二十一员外涯游昭成寺》,见同上卷 376。

④见《韩昌黎诗系年集释》卷 1。

⑤见同上卷 5。

⑥见《全唐诗》卷 379。

⑦皎然等人主要活动在江南一带,故孟郊以"江调"特指他们的诗风。参见
孟郊《送陆畅归湖州因凭题故人皎然塔陆羽坟》、《与王二十一员外涯游枋
口柳溪》、《奉报翰林张舍人见遗之诗》及《城南联句》等。

⑧见《全唐诗》卷 389。

则又求助于佛教的奥妙。李贺就有"楞伽堆案前,楚辞系肘后"[1]的诗句。孟郊《读经》诗更明确地说:"垂老抱佛经,教妻读黄经。经黄名小品,一纸千明星。曾读大般若,细感肸蚃听。当时把斋中,方寸抱万灵。忽复入长安,蹴踏日月宁。老方却归来,收拾可丁丁。"[2]孟郊直到晚年还说:"不愿空岩峣,但愿实工夫。实空二理微,分别相起予。"[3]推研佛理的目的,是为了充实功夫、启发诗思。

　　作为一种主观意识,将诗思同佛性、禅心相互沟通,这种现象在中唐十分普遍。如刘商《酬问师》:

　　　　虚空无处听,仿佛似琉璃。诗境何人到,禅心又过诗。[4]

杨巨源《赠从弟茂卿》:

　　　　扣寂由来在渊思,搜奇本自通禅智。王维证时符水月,杜甫狂处遗天地。[5]

白居易《爱咏诗》:

　　　　辞章讽咏成千首,心行归依向一乘。坐倚绳床闲自念,前生应是一诗僧。[6]

又《闲咏》:

　　　　早年诗思苦,晚岁道情深。夜学禅多坐,秋牵兴暂吟。[7]

---

①《赠陈商》,见《李长吉歌诗汇解》卷3。
②见《全唐诗》卷380。
③《忽不贫喜卢仝书船归洛》,见同上。
④见同上卷304。
⑤见同上卷333。
⑥见同上卷446。
⑦见同上卷448。

元稹《悟禅三首寄胡果》其三：

　　　　近见新章句，因知见在心。春游晋祠水，晴上霍山岑。
　　问法僧当偈，还丹客赠金。莫惊头欲白，禅观老弥深。①

殷尧藩《过友人幽居》：

　　　　身坐众香国，蒲团诗思新。一贫曾累我，此兴未输人。②

这种意识的普遍存在，足以说明：在这个时期中，已不仅仅是佛教思想与佛教艺术对诗歌创作的客观影响；更确切地说，诗人们乃是以积极主动的态度对佛教思想与佛教艺术去感悟和接受。因而，佛教思想与佛教艺术对诗歌创作的影响也就更为深刻了。与此同时，道教思想与道教文化对时人影响亦颇深刻，其对诗的影响，亦如佛教之深广。中唐诗人积极主动地接受宗教思想与宗教文化，从而使他们的诗歌创作呈现出了新的美学风范，这正是中唐诗变的重要特征之一。具体说来，宗教文化对于中唐诗歌的影响，主要包括下述几个方面。

第一节　宇宙与人生

宗教文化对诗歌的影响，首先反映在对诗人的世界观、人生观、认识论和方法论的影响。白居易曾对老庄学说和佛教作过比较，其《读老子》诗曰：

　　　　言者不如知者默，此语吾闻于老君。若道老君是知者，
　　缘何自著五千文？③

————————

① 见《全唐诗》卷 409。
② 见同上卷 492。
③ 见同上卷 455。

老子《道德经》第五十六章说："知者不言，言者不知。塞其兑，闭其门，挫其锐，解其分，和其光，同其尘，是谓元同。故不可得而亲，不可得而疏，不可得而利，不可得而害，不可得而贵，不可得而贱，故为天下贵。"白居易对老子思想的体会，首先便是对其处世哲学的认同与领悟。要闭门独处，远离尘世，无亲疏之嫌、利害之虞、贵贱之忧。所以他在《读道德经》一诗中就更明确地说：

> 玄元皇帝著遗文，乌角先后仰后尘。金玉满堂非己物，子孙委蜕是他人。世间尽不关吾事，天下无亲于我身。只有一身宜爱护，少教冰炭逼心神。①

明哲保身的处世态度，完全取代了他当年积极用世的精神。再看他的《读庄子》诗：

> 庄生齐物同归一，我道同中有不同。遂性逍遥虽一致，鸾凰终校胜蛇虫。②

《庄子·齐物论》提出"天地与我并生，而万物与我为一"，旨在泯灭物我的差别。又《庄子·山木》："弟子问于庄子曰：'昨日山中之木，以不材得终其天年，今主人之雁，以不材死。先生将何处？'庄子笑曰：'周将处乎材与不材之间。材与不材之间，似之而非也，故未免乎累。若夫乘道德而浮游，则不然，无誉无訾，一龙一蛇，与时俱化，而无肯专为；一上一下，以和为量，浮游乎万物之祖，物物而不物于物，则胡可得而累邪？'"在庄子那里，既要"万物与我为一"，又要"物物而不物于物"，算是彻底的"逍遥"了。但白居易却有所不同，"天下无亲于我身，只有一身宜爱护"，他毕竟还是看重自身，难达"物化"之境，所以他不同于庄子所说"一龙一

①见《全唐诗》卷460。
②见同上卷455。

蛇，与时俱化"。而认为"鸾凰终校胜蛇虫"，仍有高下贵贱之分。不过在"遂性逍遥"，不为物累这一点，仍与庄子一致，而这一点恰恰同他从老子那里所体味到的明哲保身的处世态度相吻合。他的《闲卧有所思二首》其二云："权门要路是身灾，散地闲居少祸胎。今日怜君岭南去，当时笑我洛中来。虫全性命缘无毒，木尽天年为不才。大抵吉凶多自致，李斯一去二疏回。"①远害全身，不为物累，正体现出与老、庄思想的共同倾向。白居易的《山中五绝句》②序云："游嵩阳见五物，各有所感，感兴不同，随兴而吟，因成五绝。"说明是有所寄托的咏物诗，如其三、其四：

> 香檀文桂若雕镂，生理何曾得自全？知我无材老樗否，一枝不损尽天年。（《林下樗》）

> 海水桑田欲变时，风涛翻覆沸天池。鲸吞蛟斗波成血，深涧游鱼乐不知。（《涧中鱼》）

两首诗同样表达了一种做人的道理：天真全性，不为物累，远离尘世，逍遥自得。这是白居易从老、庄那里领悟来的人生哲理。我们再看他的《读禅经》又领悟到了什么：

> 须知诸相皆非相，若住无余却有余。言下忘言一时了，梦中说梦两重虚。空花岂得兼求果？阳（一作物）焰如何更觅鱼？摄动是禅禅是动，不禅不动即如如。③

白居易早年即"栖心释梵"④，"通学小中大乘法"⑤，对佛教典

---

① 见《全唐诗》卷455。
② 见同上卷458。
③ 见同上卷455。
④ 《病中诗十五首序》，见同上。
⑤ 《醉吟先生传》，见《白居易集》卷70。

籍及教义的掌握与理解,远比他对老庄思想理解得更多也更深刻。这首诗对禅学的世界观、人生观、方法论及认识论作了扼要的钩玄,可谓得禅学之真谛要义。白居易就常常本此来重新认知周围的世界。如《感芍药花寄正一上人》诗:"今日阶前红芍药,几花欲老几花新。开时不解比色相,落后始知如幻身。空门此去几多地,欲把残花问上人。"①又《僧院花》诗云:"欲悟色空为佛事,故栽芳树在僧家。细看便是华严偈,方便风开智慧花。"②这两首诗几乎是同一问题的一问一答。其中所领悟和所要阐明的,乃是佛教的缘起学说。"华严偈",实指《华严经》,这是华严宗的经典,其理论基础,就是法界缘起说,认为世间的一切叫事法界,都是由佛性即理法界变现出来的。"事无别事,全理为事。……谓诸事法,与理非异,故事随理而圆遍,遂令一尘普遍法界,法界全体遍诸法时,此一微尘亦如理性,全在一切法。"③"事事无碍",乃是因为"事依理现"、"全理为事"的缘故;既然"全理为事",那末"理"遍一切,"事"自然也就"随理而圆遍"于"一切法"了。否则,"若唯约事,则彼此相碍;若唯约理,则无可相碍,今以理融事,事则无碍"④。为了解释这个道理,澄观说:"色、空无碍,为真空故;理但明空,未显真如之妙有故。"⑤只有色空无碍,才是"真空";只有"理事无碍",才是"妙有"。总之理法界与事法界相融无碍,理遍于事,事遍于理,一即一切,一切即事,因此佛性是遍存于一切的。佛教的其他

①见《全唐诗》卷436。
②见同上卷449。
③法藏《发菩提心章》,见《大藏经》卷45,页653。
④澄观《华严法界玄镜》,见同上页680。
⑤见同上页676。

宗派也有这种见解。如三论宗的创始人、隋代僧人吉藏说过："一切草木,并是佛性也。"①唐代天台宗僧人湛然也说过"无情有性"②。禅宗人也不断讨论"青青翠竹,尽是法身,郁郁黄花,莫非般若"③。由此看来,白居易的上述二诗,正是对佛教的缘起学说的领悟与阐明,足见佛教的世界观和方法论,在白居易那里已是深入其心的了。然而白居易对佛教思想的接受与体验,更多的还是其处世态度与人生方法。白居易诗云:"先生老去饮无兴,居士病来闲有余。犹觉醉吟多放逸,不如禅定更清虚"④,"谁知不离簪缨内,长得逍遥自在心"⑤,目的在于脱离尘世,屏弃俗念,抛却一切现世的烦恼,而得一清虚逍遥自在之心。试看他对自己心态的描写:

> 眼渐昏昏耳渐聋,满头霜雪半身风。已将身出浮云外,(自注:《维摩经》云:是身如浮云也。)犹寄形于逆旅中。……世缘俗念消除尽,别是人间清净翁。⑥

> 心静无妨喧处寂,机忘兼觉梦中闲。是非爱恶销停尽,唯寄空身在世间。⑦

白居易深得佛教"五蕴"之义理,把自身精神的解脱,作为向佛的简便门径。禅宗认为,人人都有本来清净的佛性,人人都能

①《大乘玄论》卷 3,见大正新修《大藏经》第 85 册,NO.2835。

②《金刚经》,见《中国佛教思想资料选编》第 2 卷第 1 册,中华书局 1983 年 1 月第 1 版。

③《大珠禅师语录》卷下;《云门禅师语录》卷中。

④《改业》,见《全唐诗》卷 458。

⑤《菩提寺上方晚眺》,见同上卷 454。

⑥《老病幽独偶吟所怀》,见同上卷 458。

⑦《闲居》,见同上卷 460。

解脱成佛,佛性并不是一个外在于主体的客体,也不是靠理论思维去把握的对象,而是就体现在现实的人心之中。人心佛性、众生与佛本来无二,只是由于迷悟的不同,慧能说:"悟即元无差别,不悟即长劫轮回";"自性迷,佛即众生;自性悟,众生即佛";"前念迷即凡,后念悟即佛";"迷来经累劫,悟则刹那间"①。人一旦来到这个世界上,生活于现实的自然与社会之中,就会为各种世间的物欲所迷惑,清净自然的本心就会生起各种妄念,清净心也就被污染而成为"妄心"。传为弘忍的《最上乘论》中就有这样的话:"……身心本来清净,不生不灭,无有分别。自性圆满清净之心,此是本师,乃胜念十方诸佛";"……一切众生清净之心,亦复如是,只为攀缘、妄念、烦恼、诸见黑云所覆,但能凝然守心,妄念不生,涅槃法自然显现。故知自心本来清净"。妄心执著便是人生痛苦、不得解脱的根源。所以禅宗要人自然无念,"明心见性",返回"自性圆满清净之心",这就是顿悟成佛的简便法门。白居易所反复表述的"家园病懒归,寄居在兰若。……人间千万事,无有关心者"②;"只有解脱门,能度衰苦厄"③;"唯有不二门,其间无夭寿"④,以及以上所举诗例,都可以看出,白居易运用佛教的世界观和人生观,另眼看待和估价自身及周围的一切,摆脱现世的烦恼,获得恬适和满足,达到思想的解脱。

　　就本质而言,白居易从佛教尤其是禅宗中所领悟到的人生观,与他在老、庄思想中所领悟到的内容并无二致,总之是远离俗

---

①均见敦煌本《坛经》。
②《兰若寓居》,见《全唐诗》卷 429。
③《因沐感发寄朗上人二首》其二,见同上卷 433。
④《不二门》,见同上卷 434。

尘,不为物累,凝然守心,逍遥自在。这种意识的出发点,在中唐
时代十分具有代表性,这正是人们在特定的社会政治环境中,对
现实失去信心,对理想感到幻灭,也只能在宗教的世界中寻求心
灵的安慰与精神的解脱,正如柳宗元所说:"佛之道,大而多容,凡
有志乎物外而耻制于世者,则思入焉。"①可见白居易在对待老、庄
及佛教态度上的普遍意义。严维《宿天竺寺》诗说:"方外主人名
道林,怕将水月净身心。居然对我说无我,寂历山深将夜深。"②鲍
溶《赠僧戒休》诗也说:"风行露宿不知贫,明月为心又是身。欲问
月中无我法,无人无我问何人?"③又如韦应物《听嘉陵江水声寄深
上人》诗:"水性自云静,石中本无声,如何两相激,雷转空山惊。
贻之道门友,了此物我情。"④皆以宗教式的认识论和方法论来对
周围的世界和自身作新的审视与思索,这正是宗教思想给他们内
心深处所带来的直接影响。

中唐时期著名的诗人柳宗元和刘禹锡,同时也是著名的思想
家。他们的哲学理论在继承荀子、王充的唯物主义思想的同时,
还融入了佛教缘起学说的理论,从而对宇宙与人生有了更为深刻
的认识。

柳宗元和刘禹锡都以儒学佛,以佛解儒。柳宗元虽然推崇
尧、舜、孔子之道,但他并不专宗一家,而认为杨、墨、申、商、刑、
名、纵横、释、老等各家学说,"皆有以佐世",主张"咸伸其所长,而
黜其奇邪";他认为这些学派都是"孔氏之异流","与孔子同道",

---

① 《送玄举归幽泉寺序》,见《柳宗元集》卷25,中华书局1979年10月第1版。
② 见《全唐诗》卷263。
③ 见同上卷486。
④ 见同上卷187。

主张把这些学说"通而同之,搜择融液",使之完全符合于"圣人之道"①。柳宗元自言:"吾自幼好佛,求其道积三十年。世之言者罕能通其说,于零陵,吾独有得焉。"②足见其奉佛程度之深。韩愈曾指责他"不斥浮图",他却坦然地说:"浮图诚有不可斥者,往往与《易》《论语》合,诚乐之,其于性情奭然,不与孔子异道。……吾之所取者与《易》《论语》合,虽圣人复生不可得而斥也。"③在思想上受到佛教的影响是不可避免的。屈原《天问》中有关于宇宙问题的思索:"斡维焉系? 天极焉加?"是问天在不停地运转,是否有绳子系住? 绳子系在何处? 天的边际放在何处? 柳宗元《天对》回答说:"乌倮系维,乃麏身位。无极之极,漭弥非垠。或形之加,孰取大焉。"④是说天不需要用绳子来栓住它,天无限广大,无边无际,怎么能找到一个更大的东西,来放置在天的边际呢? 在《非国语上·三川震》中,柳宗元又说:"天地无倪,阴阳无穷。"⑤这与佛教关于空间、时间无限性的宏观说法,完全一致。如天台宗的开创者智𫖮在《摩诃止观》中说:"夫一心具十法界,一法界又具十法界、百法界。一界具三十种世间,百法界即具三千种世间,此三千界在一念心,若无心而已。介尔有心,即具三千。"华严宗的三祖法藏在《十世章》中说:"一建立者,如过去世中法,未谢之时,名过去现在;更望过去,名彼过去为过去过去,望今现在此是未有,是故名今为过去未来。此一具三世俱在过去。又彼谢已,现在法

---

①《送元十八山人南游序》,见《柳宗元集》卷 25。
②《送巽上人赴中丞叔父召序》,见同上。
③《送僧浩初序》,见同上。
④见同上卷 14。
⑤见同上卷 44。

起,未谢之时,名现在现在;望彼过去已灭无故,名彼以为现在过去;望于未来是未有故,名现在未来。此三一具俱在现在。又彼法谢已,未来法起,未谢之时,名未来现在;望今现在已谢无故,名未来过去;更望未来亦无有故,名未来未来。此三一具俱在未来。此九中,各三现在是有,六过未俱无。问:若于过未各立三世,如是过未既各无边,此三世亦无边,何但三重而说九耶? 答:设于过未更欲立者,不异前门,故唯有九。又,此九世总为一念,而九世历然,如是总别合论,为十世也。"显然,佛教中关于时、空观念的理论,是建立在唯心主义基础之上的,柳宗元虽取其说而不为所囿,正体现了他"伸其所长,而黜其奇邪"的态度。

柳宗元《与浩初上人同看山寄京华亲故》诗曰:

> 海畔尖山似剑芒,秋来处处割愁肠。若为化得身千亿,散上峰头望故乡。

诗歌通过奇异的想象,独特的艺术构思,把埋藏在心底的郁抑之情,不可遏止地尽量倾吐了出来,具有强烈的艺术感染力。然而这首诗构思的关键,恰恰是佛教中"化身"的说法,给了他以微妙的启示。禅宗创始人慧能曾教导世人,"于自色身,归依千百亿化身佛"[①],解释说:"何名千百亿化身? 不思量性即空寂,思量即是自化。思量恶法,化为地狱,思量善法,化为天堂。毒害化为畜生,慈悲化为菩萨,知惠化为上界,愚痴化为下方。自性变化甚多,迷人自不知见。一念善知惠即生,此名自性化身。"[②]华严宗宗密在《华严原人论・斥偏浅第二》中叙述关于人的说法,说:"此身本不是我。不是我者,谓此身本因色心和合为相。今推寻分析,

---

① 见《柳宗元集》卷42。
② 均见敦煌本《坛经》。

色有地水火风之四大,心有受想行识之四蕴,若皆是我,即成八我。况地大中复有众多,谓三百六十段骨,一一各别,皮、毛、筋、肉、肝、心、脾、肾,各不相是。诸心数等亦各不同,见不是闻,喜不是怒,展转乃至八万四千尘劳。既有此众多之物,不知定取何者为我。若皆是我,我即百千,一身之中,多主纷乱,离此之外,复无别法。"可见柳宗元"若为化得身千亿"与佛教说法的一致性。①

刘禹锡在《赠别君素上人》诗序中,表现出以佛解儒,合二为一的主张:"曩予习《礼》之《中庸》,至'不勉而中,不思而得',悚然知圣人之德,学以至于无学。然而斯言也,犹示行者以室庐之奥耳,求其径术而布武,未易得也。晚读佛书,见大雄念物之普,级宝山而梯之,高揭慧火,巧熔恶见,广疏便门,旁束邪径。其所证入,如舟溯川,未始念于前而日远矣。夫何勉而思之邪?是余知夐奥于《中庸》,启键关于内典,会而归之,犹初心也。不知予者,诮予困而后援佛,谓道有二焉。"②因此他广读佛书,交际僧人,"深入智地,静通道源,客尘观尽,妙气来宅,犹煎炼然"③,可见他以佛解儒和以佛补儒的态度。关于对天的认识,刘禹锡发扬了唯物主义的观点,但其中也借鉴了佛教的一些方法论和认识论。如《天论·中》说,无形的天并非真空,而是"形之希微者",由肉眼所看不到的细微的物质组成,其"为体也不妨乎物,而为用也恒资乎有,必依于物而后形焉"。这里的"体"、"用"一对概念,是佛教哲学的范畴。佛教中所说的"体",指宇宙本体,即真如、佛性、心、理法界等等不同的称谓;"用",指本体通过因缘条件变现出来的物

---

① 参见郭绍林《唐代士大夫与佛教》。
② 见《刘禹锡集》卷29,中华书局1990年3月第1版。
③《送僧元暠南游》诗序,见同上。

质现象和精神现象,如色、法、尘、事法界等等不同的称谓。刘禹锡在这里运用"体"、"用"的概念,虽和佛教原义不同,但在思想方法上受佛教影响,却昭然可见。刘禹锡又说:"以目而视,得形之粗者也;以智而视,得形之微者也。"①"以智而视",即运用意识进行观察思考,这与佛教的认识论也完全一致。②

刘禹锡由于政治上的不幸遭遇,晚年事佛尤甚,兼之与白居易颇多唱和,因而在人生态度上也深受佛教影响。他在《送僧元暠东游》诗序中说:"予策名二十年,百虑而无一得,然后知世所谓道,无非畏途,唯出世间法可尽心耳。"视现实为畏途,故转而向佛求道,"深入智地,静通道源",以至"事佛而佞"的地步。③ 他常自言"众音徒起灭,心在净中观"④;"不出孤峰上,人间四十秋。视身如传舍,阅世似东流。法为因缘立,心从次第修。中宵问真偈,有住是吾忧"⑤;"久向吴门游好寺,还思越水洗尘机"⑥;"与师相见便谈空,想得高斋狮子吼"⑦,欲脱离尘世,洗去尘机,沉心于空净之中,以求得心灵的安慰与精神的解脱。我们看他的《酬乐天醉后狂吟十韵》:

　　　　散诞人间乐,逍遥地上仙。诗家登逸品,释氏悟真筌。
　　制诰留台阁,歌词入管弦。处身于木雁,任世变桑田。吏隐

---

① 《天论·中》,见《刘禹锡集》卷5。
② 参见郭绍林《唐代士大夫与佛教》。
③ 《送僧元暠南游》诗序,见《刘禹锡集》,卷29。
④ 《宿诚禅师山房题赠二首》其一,见《全唐诗》卷357。
⑤ 同上其二,见同上。
⑥ 《送元简上人适越》,见同上卷359。
⑦ 《送鸿举游江南》,见同上卷356。

情兼遂,儒玄道两全。……鱼书曾替代,香火有因缘。①
表达了他与白居易所共有的那种散诞之情、逍遥之心。

　　传统的儒学过分强调了人的社会性,要求人们克制个人欲
念,服从道德规范,实际上取消了人的个性与自由,贬抑了人的
自然性;外来的佛教则过分地否定了人的享受欲念,视人生为痛
苦,而把希望寄托在来世天国,这固然投合了在现世中痛苦不堪
的人的心理,却很难吻合那些在现世中还想寻找生活乐趣的念
头;然而,中国土生土长的道教,却具有符合这特定时代的共同
心理要求:既要长生,又不禁欲;既能超尘脱俗,又不废人间欢
乐,而且出处回旋的余地更为自由,因而在这一时期也十分受到
人们的青睐。钱起即表示"愿言金丹寿,一假鸾凤翼"②,"愿言
葛仙翁,终年炼玉液"③;卢纶慨叹"自怜头白早,难与葛洪亲"④,
并希望"烦君远示青囊箓,愿得相从一问师"⑤;刘长卿十分艳羡
"漱玉临丹井,围棋访白云"⑥的道士生活,并相信"一从换仙骨,
万里乘飞电"⑦。此外,像吉中孚、王起、张仲方、牟融、赵嘏等等,
便都在道教中看到了一种与自己很合适的生存方式:远离尘世喧
嚣,而追求一种既恬静淡泊,又舒适高雅,且自由逍遥的生活;同
时,他们在道教中还看到了一种自己向往已久的生存希望:羽化
升仙,长生不死。而这种思想倾向在顾况那里表现得最为集中、

---

① 见《全唐诗》卷362。
②《东陵药堂寄张道士》,见同上卷236。
③《寻华山云台观道士》,见同上。
④《送王尊师》,见同上卷280。
⑤《酬畅当寻嵩岳麻道士见寄》,见同上卷276。
⑥《过包尊师山院》,见同上卷148。
⑦《自紫阳观至华阳洞宿侯尊师草堂简同游李延年》,见同上卷149。

突出。

　　韦夏卿《送顾况归茅山》诗云:"圣代为迁客,虚皇作近臣。法尊称大洞(原注:著作已受上清毕法。),学浅忝初真。(原注:夏卿初受正一。)鸾凤文章丽,烟霞翰墨新。羡君寻句曲,白鹄是三神。"①正是由于仕途的失意和希望的破灭,顾况结束了长期以来仕与隐的矛盾,毅然去职归隐,真正投入了道教的怀抱。顾况在《寄上兵部韩侍郎奉呈李户部卢刑部杜三侍郎》一诗中流露当时的心迹说:"得罪为何名,无阶问皇天。出门多歧路,命驾无由缘。伏承诸侍郎,顾念犹筝锪。圣代逢三宥,营魂空九迁。"②又《幽居弄》亦悲叹道:"独去沧洲无四邻,身婴世网此何身。关情命曲寄惆怅,久别江南山里人。"③脱离世网,反归自然,守素抱贞,与白云为期,"久别"的初衷唤起了自然本性的觉醒:

　　　　浮生果何慕,老去羡介推。陶令何足录,彭泽归已迟。空负漉酒巾,乞食形诸诗。吾惟抱贞素,悠悠白云期。④

　　　　我心寄青霞,世事惭苍鹿。遂令巢许辈,于焉谢尘俗。想是悠悠云,可契去留躅。⑤

　　　　下泊降茅仙,萧闲隐洞天,杨君闲上法,司命驻流年。崦合桃花水,窗分柳谷烟。抱孙堪种树,倚杖问耘田。世事休相扰,浮名任一边。由来谢安石,不解饮灵泉。⑥

将"尘俗"、"世事"、"浮名"尽皆抛却,在自然的天地中抱素守贞,

----

① 见《全唐诗》卷 272。
② 见同上卷 264。
③ 见同上卷 265。按:"江南"原作"山南",据《乐府诗集》改。
④ 顾况《拟古三首》其三,见同上卷 264。
⑤ 同上《华山西冈游赠隐玄叟》,见同上。
⑥ 同上《山居即事》,见同上卷 266。

遂性逍遥,完全符合道家所追求的人生理想。但是,对于一个真正潜心向道的人来说,摆脱了世网,只是得到了心灵上的暂时的宁静:"心安处处安,处处思退陬"①,而最根本的人生生死问题,仍使人们感到困惑与苦恼。因而亲友们的亡故,每每使顾况悲伤叹息:"人生倏忽间,旅槎飘若遗。……人生倏忽间,精爽无不之。……人生倏忽间,安用才士为"②;"怀哉隔生死,怅矣徒登临。东门忧不入,西河遇亦深。古来失中道,偶向经中寻。大象无停轮,倏忽成古今。其夭非不幸,炼形由太阴。……悲恨自兹断,情尘讵能侵。真静一时变,坐起唯从心"③。于是,欣羡仙界天国的生活、倾慕羽化升仙,便成了精神境界的最高理想。且看顾况笔下的仙人与仙界:

> 轩辕黄帝初得仙,鼎湖一去三千年。周流三十六洞天,洞中日月星辰联。骑龙驾景游八极,轩辕弓剑无人识,东海青童寄消息。④

> 洁眼朝上清,绿景开紫霞。皇皇紫微君,左右皆灵娥。曼声流睇,和清歌些。至阳无谖,其乐多些。旌盖飒沓,箫鼓和些。金凤玉麟,郁骈罗些。反风名香,香气遐些。琼田瑶草,寿无涯些。君着玉衣,升玉车些。欲降琼宫,玉女家些。其桃千年,始著花些。萧寥天清而灭云,目琼琼兮情感。珮随香兮夜闻,肃肃兮愔愔,启天和些洞灵心。和为丹兮云为

---

① 同上《酬漳州张九使君》,见《全唐诗》卷264。
② 《哭从兄苌》,见同上。
③ 《大茅岭东新居忆亡子从真》,见同上。
④ 《悲歌》六首其六,见同上卷265。

马，君乘之觞于瑶池之上兮，三光罗列而在下。①
仙姿神态，颇俱威严；灵娥玉女，清歌妙曼，无限的洞天，耀目的紫霞，和谐的仙乐，袭袭的香风，处处充满仙界的缥缈朦胧与玄妙神秘。这些"寿无涯"的仙君仙子，在洞天福地中无忧无虑，逍遥自在，享乐无限。诗人也因此而生艳羡之心与向往之情。顾况在《弋阳溪中望仙人城》中表示"自有无回心，隔波望松雪"②；在《严公钓台作》中亦愿"舍舟遂长往，山谷多清飙"③；在《谢王郎中见赠琴鹤》中，诗人在清琴鹤姿的感召下，也产生一种飘然欲仙的感觉："因想羡门辈，眇然四体轻。子乔翔邓林，王母游层城。忽如启灵署，鸾凤相和鸣。何由玉女床，去食琅玕英"④；其《步虚词》更明确表示"壶中无窄处，愿得一容身"⑤。除顾况外，像孟郊、卢仝、李贺以及鲍溶等人，也同样深受道教思想的影响，因而他们在世界观、人生观等方面，也多有相似之处，这里就略而不论了。

　　总之，中唐诗人在思想上深受宗教思想的影响，使他们的世界观、人生观以及认识论、方法论，都发生了新的变化，从而也使他们有条件也有机会去重新审视宇宙、思考人生。新的思维方式、新的审视眼光，为诗人们的诗歌创新带来了最直接、也最根本的内在因素。

————————

①《朝上清歌》，见《全唐诗》卷265。
②见同上卷264。
③见同上卷264。
④见同上卷264。
⑤见同上卷266。

第二节　心性与神思

　　佛教的基本理论,是建立在唯心主义基础之上的,因而"心性"的问题,乃是佛教各宗派理论的基本核心。在中唐时期,影响较大的禅宗、天台宗和华严宗,"心性"问题,便都是其中坚思想。

　　禅宗有南北之分,然其宗旨实为"心性"之一途。北宗禅学是以"守心"、"观心"为本。神秀说:"心者,万法之根本也。一切诸法,唯心所生。若能了心,万行俱备。犹如大树,所有枝条及诸花果,皆悉因根。"①把客观的宇宙实体,视为主观精神"心"的变现,而要认识世界万物之根本,只需自我"观心"而已。弘忍也说:"夫修道之本体,须识当身心本来清净,不生不灭,无有分别。自性圆满清净之心,此是本师。"②先天的圆满清净之心,是万法的根本,这就是所谓"佛性"。南宗禅学同样以"识心见性"为旨归。《坛经》记慧能语云:"何名摩诃?摩诃者是大,心量广大,犹如虚空。若空心坐,即落无记空。虚空,能含日月星辰,大地山河,一切草木……性含万法之大,万法尽是自性";"故知一切万法,尽在自身中,何不从于自心顿现真如本性";"自性心地,以智惠观照,内外明彻,识自本心。若识本心,即是解脱,既得解脱,即是般若三昧,悟般若三昧,即是无念";心性、万法、真如,成了浑然一体、神秘莫测的"道"了。而悟此真道的关键所在,就在于"识自本心"。大照(李慧光)论曰:"问曰:云何是道?云何是理?云何是心?答曰:心是道,心是理,则是心外无理,理外无心。心能平等,名之为理;

_____

①《观心论》,引自侯外庐主编《中国思想通史》第4卷,第266页。
②《修心要论》,见同上。按:《大正藏》所收名为《最上乘论》。

理能照明,名之为心。"①《马祖道一禅师广录》载:"汾州无业禅师参祖(道一)……曰:'三乘文学,粗穷其旨,常闻佛门即心即佛,实未能了。'祖曰:'只未了底心即是,更无别物'。"不管是"道"、是"理",是佛、是万法,统归为一"心"见之,无需他求,故"唯通其心,若心得通,一切经论义无不通者"②。其实,禅宗的教义,不过是综合了佛教各宗派的基本思想,把繁琐的教义和玄远的推理归为简易,通过"即心即佛"这种"顿悟"的简便途径而成佛。这种"简易"的教义和"简便"的途径,当然更易为广大群众所接受,因而它逐渐成为当时佛学的主流,对当时社会的影响也就比以往更大、更深刻。

天台宗的开创者智顗,从龙树、慧文和慧思等人那里,继承了"即空、即假、即中"、"一心三观"和"定慧双修"等教义,认为只有"心"才是世界万物最根本的实体。他说:"夫一心具十法界,一法界又具十法界、百法界。一界具三十种世间,百法界即具三千种世间,此三千在一念心,若无心而已。介尔有心,即具三千。"③若无"一念心",便失去了大千世界,"心"成了宇宙的实体和万物的本源。所以灌顶就更明确地说:"经云:三界无别法,唯是一心作。又云:心如工画师,能画种种五阴,一切世间中,无不从心造。故知心是二河之本,万物之源"。④ 到了中唐时期的湛然,为了迎合社会时代的特定心理,在总结前人理论的基础上,又作了进一步

①沙门大照居士慧光集释《大乘开心显性顿悟真宗论》,见大正新修《大藏经》第85册,NO.3835。
②《坛语》,引自《中国思想通史》第4卷,第274页。
③《摩诃止观》卷5,见《中国佛教思想资料选编》第2卷第1册。
④《观心论疏》卷2,见同上。

的阐释,使天台宗得以复兴,且在当时产生了巨大的影响。湛然的新教义主要提出了"无情有性"的理论,认为世界万物,一草一木,皆具佛性,当然人人都可以进入天国了。他认为:"万法是真如,由不变故;真如是万法,由随缘故。"①"真如"指主观精神,把客观世界纳入主观世界之中,即存在统一于思维。"故知一尘一心即一切生佛之心性"②,一切心性皆是佛性。湛然的门人,著名古文家梁肃,在《天台法门议》中说:"修释氏之训者,务三而已:曰戒、定、慧。斯道也,始于发心,成于妙觉,经纬于三乘,导达于万行,而能事备矣。"③一切仍是由心而发,其宗旨即为"括万法于一心"④,万物的实体皆存于一"心"之内。所以梁肃《心印铭》说:"浩浩群生,或动或静,或幽或明,旁魄六合,运用五行,莫不因心,而寓其形;波流火驰,出入如机,如环无端,莫知其归;或细不可视,或大不可围,日月至明或以为昏,秋毫至微或以为繁,或囊包天地,或渴饮四海,舒卷变化,惟心所在。夭寿得丧,惟心所宰;心迁境迁,心旷境旷。……故曰:心生法生,心灭法灭。离一切相,则名诸佛。"⑤这就是对"括万法于一心"的具体解释。梁肃所说"观心乃是教行枢机"⑥可谓中的之语。

　　华严宗四祖澄观,于天台止观学及禅宗颇有研究,其理论中亦甚重"心性"之说。如他的《答顺宗心要法门》说:"至道本乎其心,心法本乎无住,(宗密注:万法之宗,本乎无住,即心体也。)无

---

① 《金刚经》,见前。
② 同上。
③ 见《四部丛刊》本《唐文粹》卷61。
④ 同上。
⑤ 见《四部丛刊》本《唐文粹》卷61。
⑥ 《十不二门》,见《中国佛教思想资料选编》第2卷第1册。

住心体，灵知不昧"；"即心即佛，唯证者方知"；"直造心源，无智无得"；"若无心忘照，则万累都捐；若任运寂知，则众行圆起"；"心心作佛，无一心而非佛心"；"其犹透水月华，虚而可见；无心镜像，照而常空矣"；最后又作"心要法门颂"曰："欲达心源净，须知我相空，形容何处实，念虑本无从，豁尔灵明现，翛然世界通，真金开伏藏，赫日出暝曚，试将心比佛，与化始终同。"① "心"即是"道"，即是"万法"，即是佛；"净"、"寂"、"空"、"虚"，乃是"心法"之关键。华严宗五祖宗密，在《华严原人论》中阐述宇宙与人的缘起时说："然所禀之气，展转推本，即混一之元气也；所起之心，展转穷源，即真一之灵心也。究实言之，心外的无别法，元气亦从心之所变，属前转识所现之境，是阿赖耶相分所摄，从初一念业相，分为心境之二。心既从细至粗，展转妄计，乃至造业，境亦从微至著，展转变起，乃至天地。业既成熟，即从父母禀受二气，与业识和合，成就人身。据此，则心识所变之境乃成二分，一分即与心识和合成人，一分不与心识和合，即是天地山河国邑。三才者，唯人灵者，由与心神合也。"② 天地山河国邑乃至于人，无不由"心"变现而来。

　　无论是禅宗、天台宗、还是华严宗，他们的思想核心和基本教义，皆以"心性"问题为中坚思想。从哲学思想上来说，重"心性"，纯属主观唯心主义的东西，它对广大民众只能起到欺骗、麻醉的作用；但在诗歌艺术的天地中，有了这种"一切世间中，无不从心造"的"心"，恰恰可以充分发挥人的主观能动性，积极地进行艺术想象与艺术构思，即所谓"神思"，在自我心灵意识的天地里，另创一个崭新的大千世界，从而为诗歌意境的创造，提供一个无穷的

---

① 见《中国佛教思想资料选编》第2卷第2册。
② 同上。

本源。

老、庄哲学的核心,是在宇宙、自然、社会、人生中探寻一种"无状"、"无象"的"道"。为了寻求这种带有本体意义的"道",必须靠内心的体验得来,而外在的声色、形迹都会破坏这种内在体验,即老子所谓:"五色令人目盲,五音令人耳聋,五味令人口爽,驰骋畋猎,令人心发狂。"①王弼注曰:"夫耳目口心皆顺其性也,不以顺性命,反以伤自然,故曰盲、聋、爽、狂也。"②破坏了人性自然,也就失去了永恒的"道"。因此要"为无为,事无事,味无味"③,在保持自然的状态下,"致虚极,守静笃,万物并作,吾以观复。夫物芸芸,各复归其根。归根曰静,是谓复命。复命曰常,知常曰明。不知常,妄作凶。知常容,容乃公,公乃王,王乃天,天乃道,道乃久,没身不殆"④。"天道"的得来,乃是"致虚""守静"的结果。庄子也十分强调"虚明应物",通过虚静的"心斋",得万物之本。《庄子·人间世》云:"无听之以耳,而听之以心;无听之以心,而听之以气。听止于耳,心止于符,气也者虚而待物者也。唯道集虚,虚者心斋也。"⑤又《天道》篇:"夫虚静恬淡寂寞无为者,天地之平而道德之至……万物之本也。……言以虚静推于天地,通于万物,此之谓天乐。"⑥抱素守贞,排除一切外在干扰,保持"婴孩"的状态,"致虚"、"守静",进行纯直觉的内在体验,才能领悟无形之"大象"。

---

①《道德经》第 12 章,见《诸子集成》本。
②同上。
③同上第 63 章,见同上。
④同上第 16 章,见同上。
⑤见同上。
⑥见同上。

　　总之,老、庄哲学中的"致虚""守静""内视反听",是一种纯直觉的内心体验,它所得到的是人与宇宙和谐合一的心理感受;它对人的要求是:必须保持自然、恬淡、无为,摒弃外在干扰,以求内心虚静,"虚而待物"、"得万物之本",才能领悟到"天籁"、"大象"即"道"的意义。在诗歌艺术的天地中,老、庄的"致虚"、"守静"和"心斋"之学,对诗人的艺术想象、艺术构思和艺术形象的创造,也同样有着直接的启迪作用。陆机《文赋》所说:"其始也,皆收视反听,耽思旁讯,精骛八极,心游万仞。……观古今于须臾,抚四海于一瞬"①;刘勰《文心雕龙·神思》所说"文之思也,其神远矣。故寂然凝虑,思接千载;悄焉动容,视通万里;吟咏之间,吐纳珠玉之声;眉睫之前,卷舒风云之色:其思理之致乎! 故思理为妙,神与物游……是以陶钧文思,贵在虚静,疏瀹五藏,澡雪精神……"②就都是这种学说的运用与体现。

　　佛教哲学中的"心性"之学和老、庄哲学中的"虚静"、"心斋"之说,为中唐诗人诗歌艺术的创新,提供了充分的哲学思想基础。

　　且看钱起的心迹表白:"言忘心更寂,迹灭云自起"③;"忘言在闲夜,凝念得微理"④;"日夕开真经,言忘心更默"⑤;"客到两忘言,猿心与禅定"⑥;"相见竟何说,忘情同息机"⑦;"庶将镜中象,

<hr>

①见《四部丛刊》影宋本六臣注《文选》卷17。
②见王利器《文心雕龙校证》本卷6。
③《梦寻西山准上人》,见《全唐诗》卷236。
④《同李五夕次香山精舍访宪上人》,见同上。
⑤《东陵药堂寄张道士》,见同上。
⑥《秒秋南山西峰题准上人兰若》,见同上。
⑦《天门谷题孙逸人石壁》,见同上。

尽作无生观"①;"身世已悟空,归途复何去"②。在玄与禅的感召下,诗人悟入空寂,所谓"凝念得微理",就是在空寂的心境中所领悟到的一种人生真谛,这种真谛是可意会而不可言传的,故曰"忘言"。钱起《登玉山诸峰偶至悟真寺》诗说:"郭南云水佳,讼简野性发。紫芝每相引,黄绶不能绁。稍入石门幽,始知灵境绝。冥搜未寸晷,仙径俄九折。蟠木盖石梁,崩岸露云穴。数峰拔昆仑,秀色与空澈。玉气交晴虹,桂花留曙月。半岩采珉者,一点如片雪。真赏无前程,奇观宁暂辍。更闻东林磬,可听不可说。兴中寻觉化,寂尔诸象灭。"③与其说是咏景,不如说是体道。诗人虽以世间实景为依托,然实是对冥思中的仙境作描摩,"紫芝"、"仙径"、"昆仑"、"采珉"等意象的融入,就更加重了这种气氛的浓度。尤其是那充满了宗教情思的磬声,使人在冥冥之中,可听而不说,可意会之而不可言传之。诗人最终的体验是"兴中寻觉化,寂尔诸象灭",神与物交,意与境会,人与自然和谐而融为一体,无我亦无象。这与他在另一首诗中所说"感物乾文动,凝神道化成"④一样,表现出内心体验中的物我和合。当诗人将这种纯直觉的内心体验运用于诗歌创作时,便会产生一种清妙的玄机。其《题精舍寺》诗云:

胜景不易遇,入门神顿清。房房占山色,处处分泉声。

诗思竹间得,道心松下生。何时来此地,摆落世间情。⑤

---

①《东城初陷与薛员外王补阙暝投南山佛寺》,见《全唐诗》卷236。
②《东城初陷与薛员外王补阙暝投南山佛寺》,见同上。
③见同上。
④《奉和圣制登朝元阁》,见同上卷238。
⑤见同上卷237。

一入佛寺圣地,顿觉神清气爽,尘世俗情尽皆抛落,在一片幽寂空静之中,"诗思"同"道心"便油然而生。又其《与赵莒茶宴》诗:"竹下忘言对紫茶,全胜羽客醉流霞。尘心洗尽兴难尽,一树蝉声片影斜。"①与上诗一样,在清妙的诗思之中,充满一种禅意的玄机。再看他的《美杨侍御清文见示》一诗:

> 伯牙道丧来,弦绝无人续。谁知绝唱后,更有难和曲。层峰与清流,逸势竞奔麾。清文不出户,仿像皆在目。雾雪看满怀,兰荃坐盈掬。孤光碧潭月,一片昆仑玉。初见歌阳春,韶光变枯木。再见吟白雪,便觉云肃肃。则知造化源,方寸能展缩。斯文不易遇,清爽心岂足。愿言书诸绅,可以为佩服。②

诗人以体道和创作的经验,对杨侍御的"清文"给予了高度的评价,同时还提出了一种新的、值得重视的诗歌美学理论。"清文不出户,仿像皆在目",是说杨侍御的诗得造化之本,形神皆备,若亲临其境,原因何在呢?"则知造化源,方寸能展缩",方寸之内,即为造化之源,当把它诉诸笔端之时,便可"展缩"自如,形神毕现了。杜甫在《戏题王宰画山水图歌》中,曾提出过"尤工远势古莫比,咫尺应须论万里"③的审美理论,但那还只是艺术感受的理论总结。而钱起的理论,则是直接导源于佛教的"心性"学说。如前文所引慧能说曰:"心量广大,犹如虚空……能含日月星辰,大地山河,一切草木";灌顶所说"一切世间中,无不从心造;故知心是二河之本,万物之源";梁肃所说"括万法于一心",以及《华严原人

---

①见《全唐诗》卷 239。
②见同上卷 236。
③见《杜诗详注》卷 9。

论》所说天地山河国邑和人，皆为"心"之变现等等。钱起的这一理论，对后来朱景玄的画论和孟郊、李贺等人的诗歌见解，都有着十分深刻的影响。

刘长卿的向佛之志，亦为不浅。他对心性的体悟，往往通过一些飘忽不定，逍遥自任的物象加以体现，如鸥鸟："谁念沧洲吏，忘机鸥鸟群"①；"牢落机心尽，惟怜鸥鸟亲"②；"平生江海意，惟共白鸥同"③；"偶乘青雀舫，还在白鸥群"④；"浮云去寂寞，白鸟相因依"⑤；"渔竿吾道在，鸥鸟世情赊"⑥；又如白云或浮云："懒从华发乱，闲任白云多"⑦；"圣朝难税驾，惆怅白云深"⑧；"白云心自远，沧海意相亲"⑨；"来去云无意，东西水自流"⑩；"流水从他事，孤云任此心"⑪；"何时共到天台里，身与浮云处处闲"⑫；"身寄虚空如过客，心将生灭是浮云"⑬。可见鸥鸟与浮云，是诗人心态的寄托与象征，它们已脱离了客观物象的质而成为逍遥自任的心的变现。刘长卿《陪元侍御游支硎山寺》诗云："香气空翠中，猿声暮云

①《送路少府使东京便应制举》，见《全唐诗》卷148。
②《负谪后登干越亭作》，见同上卷149。
③《禅智寺上方怀演和尚寺即和尚所创》见同上。
④《秋日夏口涉汉阳献李相公》，见同上。
⑤《入白沙渚貣缘二十五里至石窟山下怀天台陆山人》，见同上。
⑥《奉送从兄罢官之淮南》，见同上。
⑦《对酒寄严维》，见同上卷147。
⑧《寄会稽公徐侍郎》，见同上。
⑨《曲阿对月别岑况徐说》，见同上卷148。
⑩《送勤照和尚往睢阳赴太守请》，见同上。
⑪《秋夜雨中诸公过灵光寺所居》，见同上。
⑫《赠微上人》，见同上卷150。
⑬《齐一和尚影堂》，见同上卷151。

外,留连南台客,想像西方内。因逐溪水还,观心两无碍。"①又《早
春赠别赵居士还江左时长卿下第归嵩阳旧居》诗亦云:"一身今已
适,万物知何爱。悟法电已空,看心水无碍。且将穷妙理,兼欲寻
胜概。"②诗人的思维方式,已深得佛家"观心"之术。"万物知何
爱",既包含有离尘绝俗之意,也包含有心与万物等量、无我亦无
物之意;至于"想像西方内",则更是在心中展开了佛教天国的美
妙画卷。其《登东海龙兴寺高顶望海简演公》诗云:

> 朐山压海口,永望开禅宫。元气远相合,太阳生其中。
> 豁然万里余,独为百川雄。白波走雷电,黑雾藏鱼龙。变化
> 非一状,晴明分众容。烟开秦帝桥,隐隐横残虹。蓬岛如在
> 眼,羽人那可逢。偶闻真僧言,甚与静者同。幽意颇相惬,赏
> 心殊未穷。花间午时梵,云外春山钟。③

诗人所写海景已不似曹操那样以"水何澹澹"、"洪波涌起"④的平
直手法去写实景,而是充分展开想象的翅膀,并偶尔伴随着"真
僧"的画外之音,从而给人一种佛国梵界的感召力量,"幽意颇相
惬",说明诗人在"静"观的过程中,得到物我和合的内心体验。再
看他的《和灵一上人新泉》:

> 东林一泉出,复与远公期。石浅寒流处,空山夜月时。
> 梦间闻细响,虑澹对清漪。动静皆无意,唯应达者知。⑤

"石浅寒流处,空山夜月时,"与王维《山居秋暝》的"明月松间照,

---

① 见《全唐诗》卷 149。
② 见同上卷 150。
③ 见同上卷 149。
④《步出夏门行》("东临碣石"),见逯钦立辑《先秦汉魏晋南北朝诗·魏诗》卷
　1,中华书局 1983 年 9 月第 1 版。
⑤ 见《全唐诗》卷 147。

清泉石上流"①有同一妙致,但不如后者鲜明清新。不可否认,王
维的诗中也透着禅意与禅悟,但他毕竟还只是一种潜在的流露,
至多也只能说是不露痕迹的化用。而刘长卿的诗,则将这种潜在
的禅意与禅悟推向了前台。其后四句的谈禅证性之语,更使人自
然地想到谢灵运山水诗的那个"尾巴"。

　　李嘉祐的诗,在这方面与刘长卿颇为相似。"心闲鸥鸟时相
近,事简鱼竿私自亲"②;"独向西山聊一笑,白云芳草自知心"③,
鸥鸟、白云,与心为一。"诗从宿世悟,法为本师传"④,已将诗思与
禅心相联系了。我们看他的《题道虔上人竹房》:

　　　　诗思禅心共竹闲,任他流水向人间。手持如意高窗里,
　　斜日沿江千万山。⑤
幽寂空旷的境界之中,玄远的诗思与玄妙的禅心流通汇合,若行
云,似流水,弥漫融化于"斜日沿江千万山"。无独有偶,戴叔伦
《送道虔上人游方》诗也有同样的体验:

　　　　律仪通外学,诗思入禅关。烟景随缘到,风姿与道闲。
　　贯花留静室,咒水度空山。谁识浮云意,悠悠天地间。⑥
在"入禅关"的诗思之中,烟景"随缘"而到;具有浮云意的逍遥之
心,飘忽散漫,悠悠于天地之间。戴叔伦此诗中虽以写道虔上人
为主,他也表现出了他的体心悟道的感受。他在诗中常说:"云闲

①见《王右丞集笺注》卷7。
②《晚登江楼有怀》,见《全唐诗》卷207。
③《伤吴中》,见同上卷206。
④《送弘志上人归湖州》,见同上。
⑤见同上卷207。
⑥见同上卷273。注:"一作方干诗。"

虚我心,水清澹吾味。云水俱无心,斯可长伉俪"①;"性空长入定,
心悟自通玄"②;"心事同沙鸟,浮生寄野航"③;"暮山逢鸟入,寒水
见鱼沉。与物皆无累,终年惬本心"④;"虚心方应物,大扣欲干
云"⑤,既有佛教的性空入定、心悟通玄,又有老、庄的虚心应物、与
物无累。此外,像韦应物"心神自安宅,烦虑顿可捐"⑥;"缘情生众
累,晚悟依道流。诸境一已寂,了将身世浮"⑦;"道高杳无累,景静
得忘言"⑧;"情虚澹泊生,境寂尘妄灭"⑨等等,也都表现出相同的
内心体验。

　　"中秘空寂"、"了心境于定慧"⑩的皎然,对于诗歌本体的认
识,就更为直接地建立在其佛教"心性"学说的基础之上。他在
《诗式序》中说:"夫诗人造极之旨,必在神诣,得之者妙无二门,失
之者邈若千里。"所谓"神诣",就是要神明契会,也就是佛教所言
之"悟"。如何达到这种"神诣"呢?《诗式序》说:"彼天地日月、元
化之渊奥、鬼神之微冥,精思一搜,万象不能藏其巧。……虽取由
我衷,而得若神授。"无论是世间还是冥界,不管是有象还是无形,
只要内观心源"精思一搜",无不形象毕现"而得若神授"。所以皎

---

①《古意》,见《全唐诗》卷273。
②《晖上人独坐亭》,见同上。
③《春江独钓》,见同上。
④《汉南遇方评事》,见同上。
⑤《晓闻长乐钟声》,见同上。
⑥《赠李儋》,见同上卷187。
⑦《答崔主簿问兼简温上人》,见同上卷190。
⑧《云阳馆怀谷口》,见同上卷191。
⑨《同元锡题瑯瑯寺》,见同上卷192。
⑩于頔《吴兴昼上人集序》,见《四部丛刊》影宋本《吴兴昼上人集》。

然反复强调:“性起之法,万象皆真”①;“月彩散瑶碧,示君禅中境。真思在杳冥,浮念寄形影。遥得四明心,何须蹈岑岭。诗情聊作用,空性惟寂静”②;“论入空王室,明月开心胸。性起妙不染,心行寂无踪。……真思凝瑶瑟,高情属云鹤”③;“诗情缘境发,法性寄筌空”④;“如何万象自心出,而心澹然无所营”⑤;“须臾变态皆自我,象形类物无不可”⑥;“吾知真象本非色,此中妙用君心得”⑦。总之是把“心”作为诗歌创作的唯一源泉,而且心境是要保持寂静、空明、凝淡的状态。皎然直接运用佛教“心性”学说来谈诗论艺,这对当时诗学理论的发展是一个贡献,同时对当时及后世的艺术创作实践,也有着极为深刻的影响。

与皎然同时的顾况,深得庄子“天籁”说的精神,同时对禅宗的“机悟”说亦颇有体悟。道教及佛教的宇宙观和人生观,给了他一种非同寻常的思维方式与眼光,因而他的诗歌明显地带有想象奇特、语出惊人的特征。顾况诗中的意象往往是很奇特的,如有寡色的烛龙⑧,有在水的蛭蚓⑨,有避危阶的蚁步⑩,有飞深殿的蝇

①《诗式》卷5《复古通变体》。
②《答俞校书冬夜》,见《全唐诗》卷815。
③《奉酬于中丞使君郡斋卧病见示一首》,见同上。
④《秋日遥和卢使君游何山寺宿剔上人房论涅槃经义》,见同上。
⑤《奉应颜尚书真卿观玄真子置酒张乐舞破阵画洞庭三山歌》,见同上卷821。
⑥《张伯高草书歌》,见同上。
⑦《周长史昉画毗沙门天王歌》,见同上。
⑧《上古之诗补亡训传十三章·我行自东一章》,见同上卷264。
⑨同上《上古一章》,见同上。
⑩《独游青龙寺》,见同上。

响①,有铄飞翅的黄鹄②,有世外的苍鹿③,有野叉罗刹④,有鼋鼍
蛟蜃⑤,有美妙的灵娥⑥,有出嫁的麻姑⑦,有蚯蚓的吟唱⑧,有迎
风的柳蠹⑨,有悲啼之豹⑩,有战鸟之佛⑪等等。一些传统上不用
来入诗的卑微粗丑物象,在其诗中皆饶有意趣。一些凡眼不识的
诗美,凡心不逮的情思,顾况却能准确地把握它们,生动地再现它
们,表现出一颗向道的纯朴心灵对生灵万物的普遍喜悦与领悟。
顾况诗歌想象奇特,语出惊人,无论在他对现实风景的迷幻似的
表现中,还是对仙界天国的入迷向往中,都十分突出。如前文所
引《朝上清歌》,就几乎是在心灵的空间所展开的美妙的梦幻,其
想象之奇特富丽,简直令人咋舌。那不仅是对古代神话的悉心改
造,也反映了他对如梦如幻而又美丽绝伦的道教上清界的神往。
再看他的《曲龙山歌二首》:

　　　　曲龙丈人冠藕花,其颜色映光明砂。玉绳金枝有通籍,
　　五岳三山如一家。遥指丛霄杳灵岛,岛中晔晔无凡草。九仙
　　傲倪折五芝,翠凤白麟回异道。石台石镜月长明,石洞石桥

---

① 《独游青龙寺》,见《全唐诗》卷264。
② 《哭从兄苌》,见同上。
③ 《华山西冈游赠隐玄叟》,见同上。
④ 《鄱阳萧寺有丁行者能修无生忍担水施僧况归命稽首作诗》,见同上。按:
　"鄱"原作"归",据《文苑英华》改。
⑤ 《行路难三首》其二,见同上卷265。
⑥ 《朝上清歌》,见同上。
⑦ 《古离别》,见同上。
⑧ 《历阳苦雨》,见同上卷266。
⑨ 《伤大理谢少卿》,见同上。
⑩ 《送大理张卿》,见同上。
⑪ 《题灵山寺》,见同上卷267。

连上清。人间妻子见不识,拍云挥手升天行。摩天截汉何潇洒,四石五云更上下。下方小兆更拜焉,愿得骑云作车马。

　　子欲居九夷,乘桴浮于海,圣人之意有所在。曲龙何在在海中,石室玉堂窅玲珑。其下琛怪之所产,其上灵栖复无限。无风浪顶高屋脊,有风天晴翻海眼。愿逐刚风骑吏旋,起居按摩参寥天。凤皇颊骨流珠佩,孔雀羽毛张翠盖。下看人界等虫沙,夜宿层城阿母家。①

诗人充分展开想象的翅膀,创造了层出不穷、童话般的奇幻世界。这神幻超人的想象的花朵,不仅让人领略到神界的仙风道气,而且也给人留下许多美好的遐想。韩门弟子皇甫湜,在《唐故著作佐郎顾况集序》中说他"翕轻清以为性,结泠汰以为质,煦鲜荣以为词,偏于逸歌长句,骏发踔厉,往往若穿天心,出月胁,意外惊人语非寻常所能及,最为快也。李白、杜甫已死,非君将谁与欤?"②晚唐诗僧贯休《读顾况歌行》甚有兴味地写道:"雪泥露金冰滴瓦,枫桎火著僧留坐。忽睹逋翁一轴歌,始觉诗魔辜负我。花飞飞,雪霏霏,三珠树晓珠累累。妖狐爬出西子骨,雷车掁破织女机。忆昔鄱阳寺中见一碣,逋翁词兮逋翁札。庾翼未伏王右军,李白不知谁拟杀。别,别,若非仙眼应难别。不可说,不可说,离乱乱离应打折。"③主要描写了他读顾况诗之后所产生的一连串奇妙的幻觉,并以此为顾诗所折服。顾况诗歌在这方面的表现,对他之后的韩愈、孟郊、卢仝、李贺等人的影响,是直接而又深刻的。

---

①见《全唐诗》卷883"补遗"二。
②见《全唐文》卷686。
③见《全唐诗》卷827。

　　重心性的诗歌思想与创作实践,在贞元、元和时期更趋明显,并且成为诗歌创新的一条重要途径。

　　刘禹锡在《秋日过鸿举法师寺院便送归江陵》诗引中说:

　　　　梵言沙门,犹华言去欲也。能离欲,则方寸地虚;虚而万象入,入必有所泄,乃形乎词;词妙而深者,必依于声律。故自近古而降,释子以诗闻于世者相踵焉。因定而得境,故翛然以清;由慧而遣辞,故粹然以丽,信禅林之花萼,而戒河之珠玑耳。①

"诗称国手"②的刘禹锡,同时又是"事佛而佞"③的信徒,他凭着于诗、于禅的深切体验与高深领悟,从理论上进一步明确指出了诗与禅之间的关系,使二者更加融会贯通。"心量广大,犹如虚空……能含日月星辰,大地山河,一切草木",而这一点对诗人的想象与构思,正是关键所在。释子们持此以为本源,且"因定而得境,故祯然以清;由慧面遣辞,故粹然以丽",他们带着不同凡响的诗歌创作,给诗坛注入了新的气息,同时也更为广泛地引起了诗人们的注意。

　　闻一多先生在《贾岛》一文中指出:"我们该记得贾岛曾经一度是僧无本。我们若承认一个人前半辈子的蒲团生涯,不能因一旦返俗便与他后半辈子完全无关,则现在的贾岛形貌上虽然是个儒生,骨子里恐怕还有个释子在。所以一切属于人生背面的、消极的、与常情背道而驰的趣味,都可以溯源到早年在禅房中的教育背景。……他爱静、爱瘦、爱冷、也爱这些情调的象征鹤、石、冰

---

① 见《全唐诗》卷 357。
② 白居易《醉赠刘二十八使君》,见同上卷 448。
③《送僧元暠南游》诗序,见前。

雪。黄昏与秋景是传统诗人的时间与季候,但他爱深夜过于黄
昏,爱冬过于秋。他甚至爱贫、病、丑和恐怖。"①出身佛徒的贾岛,
以他不同流俗,带有几分禅意和狂肆的诗歌创作,加入了韩孟诗
派的大合唱。他诗中那新奇的狂想、冷僻的情调和幽邃的意境,
无疑会刺激韩孟等人的视听;而这种新的因素与新的力量,正是
探索创新中的韩孟等人所需要的。孟郊有《戏赠无本》②诗二首,
第一首就充分肯定了其"诗骨耸东野,诗涛涌退之。……可惜李
杜死,不见此狂痴"。孟郊认为贾岛不仅超出于自己和韩愈之上,
甚至即使李、杜在世,亦恐不得不为之惊叹。这个评价确实不低,
但绝非泛泛的恭维之辞。原因何在呢? 第二首道出了个中原委:

  燕僧耸听词,裂裟喜翻新。北岳厌利杀,玄功生微言。
天高亦可飞,海广亦可源。文章杳无底,斫掘谁能根? 梦灵
仿佛到,对我方与论。拾月鲸口边,何人免为吞。燕僧摆造
化,万有随手奔。

指出了贾岛诗歌新奇微妙之原委,即借重佛家手段,"玄功生微
言",摆脱造化固有的客观物象,在空灵的思维空间中任意驰骋,
故能穷天地之妙而无施不可。同样,韩愈在《送无本师归范阳》一
诗中,也是从这个角度称赞贾岛的:

  无本于为文,身大不及胆。吾尝示之难,勇往无不敢。
蛟龙弄角牙,造次欲手揽。众鬼囚大幽,下覰袭玄窞。天阳
熙四海,注视首不锁。鲸鹏相摩窣,两举快一啖。夫岂能必
然,固已谢黯黮。狂词肆滂葩,低昂见舒惨。奸穷怪变得,往

---

①见《闻一多全集》,三联书店 1982 年 8 月第 1 版,第 37—40 页。
②见《全唐诗》卷 377。

往造平淡。①

大千世界,芸芸众生,无不可以入诗;然而无本为诗,未必视其有无,无论世间抑或冥界,无论有象抑或无形,唯以心性出之、裁之,是为适性,是为妙境,且不论贾岛诗是否造此境界,至少韩、孟在主观上是这样认为的。事实上贾岛也的确在朝此方面努力。其《戏赠友人》诗云:"一日不作诗,心源如废井。笔砚为辘轳,吟咏作縻绠。朝来重汲引,依旧得清泠。书赠同怀人,词中多苦辛。"②把"心"当作诗歌创作的源泉,这便是他的经验之谈。贾岛诗如:

> 月落看心次,云生闭目中。③
>
> 静棋功奥妙,闲作韵清凄。④
>
> 三更两鬓几枝雪,一念双峰四祖心。⑤
>
> 道心生向前朝寺,文思来因静夜楼。⑥
>
> 闻说又寻南岳去,无端诗思忽然生。⑦

诗思伴随着清静的心源,倏然往来,不可捉摸。难怪贾岛把"言归文字外,意出有无间"⑧视为诗之最高境界了。

我们再看孟郊从献上人的书法艺术中得到了怎样的启示:

> 狂僧不为酒,狂笔自通天。将书云霞片,直至清明巅。

---

① 见《韩昌黎诗系年集释》卷 7。

② 见《全唐诗》卷 571。

③ 《寄华山僧》,见同上卷 573。

④ 《寄武功姚主簿》,见同上卷 572。

⑤ 《夜坐》,见同上卷 574。

⑥ 《送饶州张使君》,见同上。

⑦ 《酬慈恩寺文郁上人》,见同上。

⑧ 《送僧》,见同上卷 573。

手中飞黑电,象外泻玄泉。万物随指顾,三光为回旋。骤书
云霹雳,洗砚山晴鲜。忽怒画蛇虺,喷然生风烟。江人愿停
笔,惊浪恐倾船。①

人工的艺术,逾越了造化,宇宙间还有什么能比这更惊心动魄的
呢?诗僧、艺僧,持"心性"为本源,这对于获得最大的思维空间,
构拟空灵瑰伟的艺术境界不无益处。这一点在当时绘画艺术领
域内,也有相同的发展趋势。

在杜甫那里,就已有"意匠经营"②、"真宰上诉"③和"咫尺万
里"④等美学思想,强调在把现实美转化为艺术美的过程中艺术家
主观情思的创造作用。张璪也明确提出"外师造化,中得心源"⑤
的主张。符载《江陵陆侍御宅宴集观张员外画松石图》认为,张璪
的绘画之所以得此"奇踪",根本的原因即在于:"张公之艺,非画
也,真道也。当其有事,已知遗去机巧,意冥元化,而物在灵府,不
在耳目。故得于心,应于手,孤姿绝状,触毫而出,气冲交漠,与神
为徒。"⑥符载在《江陵府陟岵寺云上人院壁张璪员外画双松赞》中
又说:"世人丹青,得画遗迹。张公运思,与造化敌。"⑦主要活动在
唐德宗时期的画论家朱景玄,继承并发展了杜甫、符载等人的美
学思想,并且进一步强调了"心性"在绘画艺术创造中的重要作
用。他在《唐朝名画录序》中,给绘画下了一个定义:

①孟郊《送草书献上人归庐山》,见《全唐诗》卷 379。
②杜甫《丹青引》,见《杜诗详注》卷 13。
③同上《奉先刘少府新画山水障歌》,见同上卷 4。
④同上《戏题王宰画山水图歌》,见同上卷 9。
⑤见张彦远《历代名画记》卷 10,人民美术出版社 1963 年 5 月第 1 版。
⑥见《全唐文》卷 690。
⑦同上。

盖以穷天地之不至,显日月之不照。挥纤毫之笔,则万
类由心;展方寸之能,而千里在掌。至于移神定质,轻墨落
素,有象因之以立,无形因之以生。①

可以看出,朱景玄的绘画美学思想,更重视画家主观情思对客观
物象的熔铸。在朱景玄看来,吴道子所画"宫殿冠冕,势倾云龙,
心归造化";王维的画"意出尘外,怪生笔端";王宰"画山水树石
出于象外","画四时屏风,若移造化"。他特别注意中唐时期绘
画的创新,如:王墨②创泼墨画,"应手随意,倏若造化。图出云
霞,染成风雨,宛若神巧,俯观不见其墨污之迹,皆谓奇异也";李
灵省"落托不拘检,长爱画山水。每图一障,非其所欲,不即强为
也。……若画山水、竹树,皆一点抹,便得其象,物势皆出自然。
或为峰岭云际,或为岛屿江边,得非常之体,符造化之功,不拘于
品格,自得其趣尔";张志和以画配诗,"随句赋象","曲尽其妙,为
世之雅律,深得其态"。上述三人,朱景玄认为,皆"非画之本法,
故目为逸品,盖前古未之有也"。此外,贞元中宰相杨炎的绘画,
同样是"松石云物,移动造化,观者皆谓之神异"③。这些创新之
作,虽"非画之本法",然能"应手随意,倏若造化",即通过画家内
在"心源"的再创造,与造化一争高低,难怪时人目为"奇异"或"神
异"了。

中唐绘画艺术的创新,亦重在主观情思的抒发,只要"万类由
心"、"展方寸之能",便可以"穷天地之不至,显日月之不照";宇宙
间不论是"有象"的还是"无形"的,均能在艺术家的笔下挥写而

①《唐朝名画录》,四川美术出版社1985年3月第1版。
②王墨(墨,一作默,或作洽),贞元间在画省任职,创泼墨山水。
③上引均见朱景玄《唐朝名画录》。

出。这一创新的趋向，一方面显然受到当时佛教"心性"学说的深刻影响，另一方面与韩孟诗派重"心性"、造幽微、力求"笔补造化"的创新趋势相一致。

惟重心性，才能在艺术的阆苑中任意驰骋，才能穷天地之幽微，补造化之不足。孟郊《送任载齐古二秀才自洞庭游宣城》诗序云：

> 文章者，贤人之心气也。心气乐，则文章正；心气非，则文章不正。当正而不正者，心气之伪也。贤与伪，见于文章。一直之词，衰代多祸，贤无曲词。文章之曲直，不由于心气；心气之悲乐，亦不由贤人，由于时故。①

将"心气"系于时序，这是孟郊比佛徒高明的地方；而将"文章"系于"心气"，则是儒家诗教中不曾有的。孟郊认为，虽"形拘在风尘"，但可以"心放出天地"②，发挥艺术想象的目的，正是"搜心思有致"③。因此，孟郊进而提出了惊人的理论：

> 天地入胸臆，吁嗟生风雷。文章得其微，物象由我裁。
> 宋玉逞大句，李白飞狂才。苟非圣贤心，孰与造化该？④

这一理论的提出，既是佛教"心性"学说在诗歌理论中的融汇与运用，也是对钱起、皎然等人诗歌理论的进一步发展。孟郊在《题韦少保静恭宅藏书洞》诗中说："高意合天制，自然状无穷。"⑤也是这一理论的集中体现。请看孟郊的创作实践：

---

① 见《全唐诗》卷378。
②《奉报翰林张舍人见遗之诗》，见同上。
③《秋雨联句》孟郊语，见《韩昌黎诗系年集释》卷5。
④《赠郑夫子鲂》，见《全唐诗》卷377。
⑤ 见同上卷376。

　　　　无子抄文字，老吟多飘零。有时吐向床，枕席不解听。
　　斗蚁甚微细，病闻亦清泠。小大不自识，自然天性灵。①
摆脱世俗尘念，唯以性灵出之，物我两忘，其境界亦幽微至极。在
孟郊诗集中，这种特点十分突出，像《感怀》、《独愁》、《离思》、《夜
忧》、《落第》、《咏怀》、《寒溪》十首、《石淙》十首、《峡哀》十首、《答
卢仝》、《别妻家》等等，具有上述特点的就有百首之多。即使写社
会现实问题，也同样如此。如其《寒地百姓吟》一诗，自注云："为
郑相，其年居河南，畿内百姓大蒙矜恤。"诗曰：

　　　　无火炙地眠，半夜皆立号。冷箭何处来，棘针风骚劳。
　　霜吹破四壁，苦痛不可逃。高堂捶钟饮，到晓闻烹炮。寒者
　　愿为蛾，烧死彼华膏。华膏隔仙罗，虚绕千万遭。到头落地
　　死，踏地为游遨。游遨者是谁，君子为郁陶。②

通过贫富不均的鲜明对照，写出了严峻冷酷的社会现实与诗人为
之郁闷悲愤的心情。但诗人并非直言其事，而是通过心灵深处的
感触与幽幻新奇的想象来表现的。"寒者愿为蛾，烧死彼华膏"，
如同韩愈诗中的"不如弹射死，却得亲鸟燀"③；"语讹默固好，嚼废
软还美"④；"倒身甘寝百疾愈，却愿天日恒炎曦"⑤一样，其思维方
式带有逆反的即悖理的特点。它不仅与白居易的"新乐府"有异
曲同工之妙，而且更具诗的意趣与韵味。晚唐诗人贯休《读孟郊
集》诗云："东野子何之，诗人始见诗。清冽霜雪髓，吟动鬼神

---

①《老恨》，见《全唐诗》卷374。
②见同上。
③《苦寒》，见《韩昌黎诗系年集释》卷2。
④《落齿》，见同上。
⑤《郑群赠簟》，见同上卷4。

司。"①认为孟郊的诗才是真正的诗人之诗。

　　在韩愈那里，这种倾向也很明显，其所谓"雕刻文刀利，搜求智网恢"②；"研文较幽玄，呼博骋雄快"③，即是对重心性、造幽微的追求。"若使乘酣骋雄快，造化何以当镌刻？"④则公然向造化提出了挑战。他赞美孟郊的诗："东野动惊俗，天葩吐奇芳"⑤；"规模背时利，文字觑天巧"⑥。清人潘德舆解释说："昌黎《赠东野》云：'文字觑天巧。'此'巧'字讲得最精。盖作人之道，贵拙不贵巧，作文亦然。然至于'天巧'，则大巧若拙，非后世之所谓巧也。……巧从心悟，非洞澈天机者不足语此。若以安排而得，则昌黎所云'规摹虽巧何足夸，景趣不远真可惜'⑦也。"⑧的确窥见了其中的奥秘。这一点，韩愈在《荐士》诗中表现得尤为明显：

　　　　　　有穷者孟郊，受材实雄骜。冥观洞古今，象外逐幽好。
　　横空盘硬语，妥帖力排奡。敷柔肆纡余，奋猛卷海潦。荣华
　　肖天秀，捷疾逾响报。⑨

由"冥观古今"，到"象外逐幽"，以至于"肖天秀"，也正是由"重心性"，而"造幽微"，以至于"笔补造化"。这里对孟郊的称赞，实际也是韩愈的经验之谈。俞玚曾指出："凡昌黎先生论文诸作，极有

①见《全唐诗》卷 829。

②《咏雪赠张籍》，见《韩昌黎诗系年集释》卷 2。

③《雨中寄孟刑部几道联句》，见同上卷 5。

④《酬卢四兄云夫院长望秋作》，见同上卷 7。

⑤《醉赠张秘书》，见同上卷 4。

⑥《答孟郊》，见同上卷 1。

⑦按：此处所引为韩愈《河南令舍池台》诗句，见同上卷 7。

⑧《养一斋诗话》卷 9，见《清诗话续编》本。

⑨见《韩昌黎诗系年集释》卷 5。

关系,其中次第,皆从亲身历过,故能言其甘苦亲切乃尔。"①试看韩愈的《调张籍》诗:

> 李杜文章在,光焰万丈长。不知群儿愚,那用故谤伤?蚍蜉撼大树,可笑不自量。伊我生其后,举颈遥相望。夜梦多见之,昼思反微茫。徒观斧凿痕,不瞩治水航。想当施手时,巨刃磨天扬。垠崖划崩豁,乾坤摆雷硠。惟此两夫子,家居率荒凉。帝欲长吟哦,故遣起且僵。翦翎送笼中,使看百鸟翔。平生千万篇,金薤垂琳琅。仙官敕六丁,雷电下取将。流落人间者,太山一豪芒。我愿生两翅,捕逐出八荒。精神忽交通,百怪入我肠。刺手拔鲸牙,举瓢酌天浆。腾身跨汗漫,不著织女襄。顾语地上友,经营无太忙。乞君飞霞珮,与我高颉颃。②

在深刻体会李杜诗歌艺术的创作经验基础之上,韩愈已经找到了跨过李杜高峰继续前进的道路:"腾身跨汗漫","捕逐出八荒",而不是亦步亦趋的追随。就《调张籍》这首诗的特点而言,其离奇的狂想、怪诞的比喻、大胆的夸张、骇异的物象、跃动的思绪,都显示出诗人的思维具有强大的异乎寻常的活力。至于他的那些"联句"诗,以及著名的《南山诗》、《八月十五日夜赠张功曹》、《赴江陵道中》、《永贞行》、《答张彻》、《遣疟鬼》、《嘲鼾睡》、《孟东野失子》、《月蚀诗效玉川子作》、《陆浑山火一首和皇甫湜用其韵》等等,则更是有过之而无不及。司空图评韩诗曰:"韩吏部歌诗累百首,其驱驾气势,若掀雷抉电,奔腾于天地之间,物状奇变,不得不鼓舞

---

① 顾嗣立《昌黎先生诗集注》引。
② 见《韩昌黎诗系年集释》卷9。

而徇其呼吸也。"①韩诗风格之由来,不难从这里找到答案。韩愈和孟郊在《城南联句》中就已经联唱道:

> ……惟昔集嘉咏(郊),吐芳类鸣嘤。窥奇摘海异(愈),
> 恣韵激天鲸。肠胃绕万象(郊),精神驱五兵。蜀雄李杜拔
> (愈),岳力雷车轰。大句斡玄造(郊),高言轧霄峥。芒端转
> 寒燠(愈),神助溢杯觥。巨细各乘运(郊),湍湋亦腾声……②

"神助"的根源,即在于"肠胃绕万象,精神驱五兵"。心性与神思的巨大妙用,被这一群诗人发挥得淋漓尽致。

卢仝所谓"予且广孤目遐赏于天壤兮,庶得外尽万物变化之幽情"③;"化物自一心","搜索通鬼神"④,也表现出了与韩孟一致的追求。实际上,卢仝的《月蚀诗》,更是这种创新的标本之一。从内容上讲,这首近一千七百字的长诗,不过是借月蚀影射政治,并由此曲折地提出政治见解,其主旨即诗末所谓"愿天完两目,照下万方土"。但诗人笔下的月蚀奇观以及由此而引发的一系列怪诞离奇的事件,却是大自然中不曾有也永远不会有的。且看其中的两段描写:

> ……此时怪事发,有物吞食来。轮如壮士斧斫坏,桂似
> 雪山风拉摧。百炼镜,照见胆,平地埋寒灰;火龙珠,飞出脑,
> 却入蚌蛤胎。摧环破璧眼看尽,当天一搭如煤炱。磨踪灭迹
> 须臾间,便似万古不可开。……玉川子又涕泗下,心祷再拜
> 额榻砂土中。地上蚍蜉臣仝告诉帝天皇,臣心有铁一寸,可

---

① 《题柳柳州集后》,见《全唐文》卷 807。
② 见《韩昌黎诗系年集释》卷 5。
③ 《孟夫子生生亭赋》,见《全唐诗》卷 388。
④ 《寄赠含曦上人》,见同上卷 389。

刳妖蟆痴肠。上天不为臣立梯磴，臣血肉身，无由飞上天，扬
天光。封词付与小心风，飓排阊阖入紫宫。密迩玉几前擘
坼，奏上臣全顽愚胸。敢死横干天，代天谋其长。东方苍龙
角，插戟尾掉风。当心开明堂，统领三百六十鳞虫，坐理东方
宫。月蚀不救援，安用东方龙？南方火鸟赤泼血，项长尾短
飞跋剌，头戴丹冠高逵桵。月蚀鸟宫十三度，鸟为居停主人
不觉察，贪向何人家？行赤口毒舌，毒虫头上吃却月，不啄
杀，虚眨鬼眼明突窍，鸟罪不可雪。西方攫虎立踦踦，斧为
牙，凿为齿，偷牺牲，食封豕，大蟆一脔，固当软美。见似不
见，是何道理，爪牙根天不念天，天若准拟错准拟。北方寒龟
被蛇缚，藏头入壳如入狱。蛇筋束紧束破壳，寒龟夏鳖一种
味。且当以其肉充臛，死壳没信处，唯堪支床脚，不堪钻灼与
天卜。岁星主福德……①

从东方苍龙、南方火鸟、西方攫虎、北方寒龟，直到环天二十八宿，
真是想入非非，漫无涯缦，完全是在自由的心灵意识中、在无垠的
思维空间中，以离奇的幻想无拘无束地奔驰、跃动、创造和补充的
产物，全诗因而被涂抹上极为斑驳离奇的色彩。仿佛是一场乱七
八糟的、幽幻怪诞的梦，其变换速度之快，跳跃幅度之大，构拟物
象之奇，非唯前无古人，造化亦恐不及。在《与马异结交诗》中，卢
仝自言个性孤峭，乃"天不容，地不受，日月不敢偷照耀"，而后突
发奇想，引出一段怪诞离奇的文字：

神农画八卦，凿破天心胸。女娲本是伏羲妇，恐天怒，捣
炼五色石，引日月之针、五星之缕把天补。补了三日不肯归
婿家，走向日中放老鸦，月里栽桂养虾蟆。天公发怒化龙蛇，

────────────

① 见《全唐诗》卷387。

此龙此蛇得死病，神农合药救死命。天怪神农党龙蛇，罚神
农为牛头，令载元气车。不知药中有毒药，药杀元气天不觉。
尔来天地不神圣，日月之光无正定。不知元气元不死，忽闻
空中唤马异。……①

可谓怪诞迭出，匪夷所思。此外，卢仝的《哭玉碑子》、《观放鱼
歌》、《萧宅二三子赠答诗十二首》等等，都集中地表现出其大胆恣
纵、难以追踪的幻想境界。难怪韩愈说："先生固是我所畏，度量
不敢窥涯涘。"②稍后的孙樵也极赞卢仝的《月蚀诗》"拔地倚天，句
句欲活，读之如赤手捕长蛇，不施控骑生马，急不得暇，莫可捉搦。
又似远人入太兴城，茫然自失，讵比十家县，足未及东郭，目以极
西郭耶？"③

重心性，造幽微，补造化之不足的理论与创作，到了李贺手
中，更得以发扬光大。他在《高轩过》诗中极赞韩愈、皇甫湜说：

……云是东京才子，文章巨公。二十八宿罗心胸，元精
耿耿贯当中；殿前作赋声摩空，笔补造化天无功。

并且自己也表示：

庞眉书客感秋蓬，谁知死草生华风；我今垂翅附冥鸿，他
日不羞蛇作龙。④

"笔补造化天无功"，与孟郊所说"天地入胸臆"，"物象由我裁"相
一致，而且更加精炼明确。其中明显地又融入了朱景玄所说"穷
天地之不至，显日月之不照。……有象因之以立，无形因之以生"

①见《全唐诗》卷388。
②《寄卢仝》，见《韩昌黎诗系年集释》卷7。
③《与王霖秀才书》，见《全唐文》卷794。
④见《李长吉歌诗汇解》卷4。

的美学内涵。在李贺看来,"笔补造化"的前提,乃是"二十八宿罗心胸,元精耿耿贯当中","心性"的问题就显得重要了起来,这与李贺"楞伽堆案前"①的读书经历大概亦不无关系。可以说李贺自己的诗歌创作,在重心性、造幽微、笔补造化上,又达到了一个新的高度。李贺一生呕心沥血,他在这方面的创造,几乎体现了他诗歌的全部风格与成就。杜牧《李贺集序》评其诗曰:"云烟绵联,不足为其态也;水之迢迢,不足为其情也;春之盎盎,不足为其和也;秋之明洁,不足为其格也;风樯阵马,不足为其勇也;瓦棺篆鼎,不足为其古也;时花美女,不足为其色也;荒国䢼殿,梗莽丘垄,不足为其怨恨悲愁也;鲸呿鳌掷,牛鬼蛇神,不足为其虚荒诞幻也。"②此外,张耒称其"独爱诗篇超物象"③;王任思称其"人命至促,好景尽虚。……顾其冥心千古,涉目万书,喋空绣阁,掷地绝尘:时而蛩吟,时而鹦鹉语,时而作霜鹤唳,时而花肉媚眉,时而冰车铁马,时而宝鼎说云,时而碧磷划电,阿闪片时,不容方物"④,都指出了李贺诗的基本特点。

　　这里必须指出,韩愈、孟郊、卢仝、贾岛、李贺等人,由于过分强调"心性"的作用,因而他们的诗歌往往超越客观物象,凭主观意念,以想象出恢奇,则助长了其险怪之风。王世贞所说"长吉师心,故尔作怪"⑤,便是这个道理。韩愈声称"造化何以当镌刻",他们希望通过自己的诗笔弥补造化之不足,但"补"的痕迹过于显

①李贺《赠陈商》,见《李长吉歌诗汇解》卷3。
②见《樊川文集》卷10。
③《福昌怀古》,见《李长吉歌诗汇解》卷首。
④《昌谷诗解序》,见同上。
⑤《艺苑卮言》卷4,《历代诗话续编》本。

露，带有巉刻的标志，反而失去了造化固有的自然之趣。如宋代沈作喆《寓简》卷四云"韩退之乃作《陆浑山》诗，极于诡怪，读之便如行火所燎，郁攸冲喷，其色绛天，阿房欲灰，而回禄扇之。然不见造化之理，未可与语性空真火之妙也。"即是对此而发。

总之，在老、庄"虚静"说及佛教"心性"学说的影响下，中唐诗人尤重主观意念的抒发；他们希望通过"心性"的作用，充分发挥艺术想象与艺术构思的功能，用诗笔在自我心灵意识的空间中，捕捉、构拟空灵瑰伟的艺术形象；并以此超乎象外的、新奇瑰异的艺术境界，来弥补造化之不足。

第三节　禅玄与意境

意境是中国古典美学的重要范畴。在我国传统的文艺理论中，意境是指作者的主观情意与客观物境互相交融而成的艺术境界。艺术的意境，是一个整体，是作者的情思与作品的形象体系完美统一的呈现，但绝不是"意"与"境"的简单相加。从理论上明确提出诗歌"意境"的概念，并对之加以探讨的，是中唐时代从大历到贞元、元和时期的一些作家和诗歌理论家。其中代表性的文字有署名为王昌龄的《诗格》和皎然的《诗式》，此外，戴叔伦、权德舆及刘禹锡等人也有一些零散的论述。他们对诗歌意境的有关论述或描述，标志着我国诗歌美学中"意境"说的正式诞生。然而意境说的诞生，绝非偶然，它与前人及同时代的文艺创作、文艺理论、学术思想和哲学理论观念等，都有着密切的关系。因此在探讨中唐意境说之前，须首先探讨一下其必要的前提条件。

第一，意境理论的诞生，离不开创作实践所提供的"标本"。自《诗经》、《楚辞》、汉乐府以来，尤其是盛唐诗人的杰出创造，大量的、丰富多彩的诗歌创作,已经在客观上为意境理论的产生奠定了坚实的基础,这是不容置疑的首要前提条件,故不必赘述。

第二,魏晋以来,一些杰出的文艺理论家对文学创作中的主客观关系,已有了较为深入的认识,这些认识为意境说的产生,提供了必要的理论前提。

为解决文学创作中"意不称物,文不逮意"的难题,陆机在《文赋》中就十分重视"意"与"物"的关系:

> 遵四时以叹逝,瞻万物而思纷;悲落叶于劲秋,喜柔条于芳春。心懔懔以怀霜,志眇眇而临云。

这里主要是强调作家"情以物迁"的状态,也就是创作之前情思的发端与酝酿的阶段,其中"情"与"物"是互为交融的。然后陆机又进一步从情思与物境互相交融的角度,论述了艺术构思的过程:

> 其始也,皆收视反听,耽思傍讯,精骛八极,心游万仞。其致也,情瞳眬而弥鲜,物昭晰而互进,倾群言之沥液,漱六艺之芳润,浮天渊以安流,濯下泉而潜浸。

陆机把文学创作的艺术构思分为两个步骤:首先是使心境进入一种类似于道家所说的"虚静"或佛教所说的"观心"状态,但这种"虚静"或"观心"并非空寂,而是寻求神思与物境相交融的最佳状态。所谓"精骛八极,心游万仞",也就是在搜寻那些最能表现主观情思的物象。第二个步骤,当"情瞳眬而弥鲜,物昭晰而互进",即意境逐渐鲜明清晰之后,便进而寻找适当的语言和方法加以表现。陆机在这里讲的是一般的构思过程,在诗歌创作中,意境的构成并不这样简单。

刘勰在《文心雕龙·物色》中,也首先强调情与物的关系:

> 春秋代序,阴阳惨舒;物色之动,心亦摇焉。……岁有其物,物有其容;情以物迁,辞以情发。

然后谈到诗人创作时艺术想象与构思的过程：

> 是以诗人感物，联类不穷；流连万象之际，沈吟视听之
> 区。写气图貌，既随物以宛转；属采附声，亦与心而徘徊。

是说诗人因感于物而浮想联翩，沉思默想，徘徊于宇宙万物之间。写形传神，既是附物宛转；遣词用语，又必须结合自己的思想情感来细心琢磨。所强调的也是作家的主观精神与客观物境的契合交融。刘勰在《神思》篇中就更为具体地论述了艺术构思的特征与方法：

> 古人云："形在江海之上，心存魏阙之下。"神思之谓也。文之思也，其神远矣。故寂然凝虑，思接千载；悄焉动容，视通万里。吟咏之间，吐纳珠玉之声，眉睫之前，卷舒风云之色；其思理之致乎！故思理为妙，神与物游。神居胸臆，而志气统其关键；物沿耳目，而辞令管其枢机。枢机方通，则物无隐貌；关键将塞，则神有遁心。是以陶钧文思，贵在虚静，疏瀹五藏，澡雪精神。……然后使玄解之宰，寻声律而定墨；独照之匠，窥意象而运斤。此盖驭文之首术，谋篇之大端。夫神思方运，万涂竞萌；规矩虚位，刻镂无形。登山则情满于山，观海则意溢于海；我才之多少，将与风云而并驱矣。

所谓"陶钧文思，贵在虚静"，与陆机所说"收视反听"的道理是一致的，"虚静"是为了更好地进行审美感受与审美表现，精神专一，不受外扰，才能充分酝酿情感并捕捉和表现那些物象的内在特征。但作家所捕捉到的物象，已非纯客观的物象，而是融注了作家丰富情思的一种"意象"。因为在观物之始，就伴随着浓烈的情思："登山则情满于山，观海则意溢于海，我才之多少，将与风云而并驱矣。"而在艺术想象与构思的过程中，"思理为妙，神与物游"，

"神"与"物"是互为交融契合的。所以写作之时,是"独照之匠,窥意象而运斤",作家所写之境,既非纯主观的情思,亦非纯客观的物象,而是二者交融契合之后所具有的整体艺术美,所以说是"意象"。这种"意象",不仅充分体现了作家的情思,而且又带有鲜明的个性特征,所以说是"独照之匠"。可见,从观物到构思再到写作,整个过程中,"神"与"物"始终是契合交融的。

可以看出,尽管陆机和刘勰并没有专门论述意境的问题,但他们在谈论艺术构思与艺术创造的过程中,都十分重视主观情意与客观物象的契合交融,这显然已为后世"意境"说的产生,提供了很有价值的理论基础。

第三,儒释道中的有关学术与哲学思想,为诗之意境说提供了哲学依据。

玄学中关于"言、象、意"关系的辨析及佛教中关于"象外"说的理论,与意境理论的产生有着极为密切的关系。

关于言、象、意的关系,《周易·系辞上》云:

> 子曰:"书不尽言,言不尽意。然则圣人之意其不可见乎?"子曰:"圣人立象以尽意,设卦以尽情伪,系辞焉以尽其言。"

孔颖达《正义》卷七解释说:"书所以记言,言有烦碎,或楚夏不同,有言无字,虽欲书录,不可尽竭于其言,故云'书不尽言'也。'言不尽意'者,意有深邃委曲,非言可写,是言不尽意也。圣人之意,意又深远,若言之不能尽圣人之意,书之又不能尽圣人之言,是圣人之意其不可见也,故云。""书不尽言",是因客观条件所限;"言不尽意",则是主观因素所难。既然语言符号难以传达出圣人的"深邃委曲"之意,那么圣人亦自有其"变而通之"的方法:"立象以尽意,设卦以尽情伪,系辞焉以尽其言。"故《正义》又云:"此一节是夫子还自释圣人之意有可见之理也。""系辞"固然弥补了"书不尽言"这一客观条件的不足,缩小了文字与语言之间的距离,但作为主观因素的语言与意念之间,却还是难以直接地完全沟通,因此就不得不采取变通的方法,借助于"立象"、"设卦"以尽"意"、尽"情伪"。

《三国志·魏书·荀彧传》注引何劭《荀粲传》中有这样一段记载:

> 粲字奉倩。粲诸兄并以儒术论议,而粲独好言道。常以为子贡称夫子之言性与天道,不可得闻,然则六籍虽存,固圣人之糠秕。粲兄俣难曰:"《易》亦云圣人立象以尽意,系辞焉以尽言,则微言胡为不可得而闻见哉?"粲答曰:"盖理之微者,非物象之所举也。今称立象以尽意,此非通于意外者也;系辞焉以尽言,此非言乎系表者也。斯则象外之意、系表之言,固蕴而不出矣。"及当时能言者不能屈也。

荀粲对于言、象、意的论述,揉合了《周易》与《庄子》两家的说法。《庄子·天道》所述"轮扁斫轮"之事,即有"得之于手而应于心,口不能言,有数存焉于其间"的说法;又《庄子·秋水》云:"夫精粗者,期于有形者也。无形者,数之所不能分也。不可围者,数之所不能穷也。可以言论者,物之粗也;可以意致者,物之精也。言之所不能论,意之所不能察致者,不期精粗焉。"物之粗者可以言论,物之精者虽不可言论而可以意致,但这还只是在"有形"的范围之内,至于超越了精粗之外的、无形的道,自然也就在言、意之外,是言、意所无法"论"之、"察致"之的了。荀粲将庄子的这种认识用于解释《周易》之言、象、意的关系,并进一步提出了"意外"、"象外"和"系表"的概念,认为意内、象内、系内可言之,而意外、象外、系表的东西则"蕴而不出",心或知之而不可尽言之,甚至根本就无从言之。

《庄子·外物》云："荃者所以在鱼,得鱼而忘荃。蹄者所以在兔,得兔而忘蹄。言者所以在意,得意而忘言。吾安得夫忘言之人而与之言哉"? 王弼在《周易略例·明象》中,对庄子"得意忘言"论作了进一步发挥,他说:

> 夫象者,出意者也。言者,明象者也。尽意莫若象,尽象莫若言。言生于象,故可寻言以观象;象生于意,故可寻象以观意。意以象尽,象以言著。故言者所以明象,得象而忘言;象者所以存意,得意而忘象。犹蹄者所以在兔,得兔而忘蹄;荃者所以在鱼,得鱼而忘荃也。然则言者,象之蹄也;象者,意之荃也。是故存言者,非得象者也;存象者,非得意者也。象生于意而存象焉,则所存者乃非其象也;言生于象而存言焉,则所存者乃非其言也。然则忘象者,乃得意者也;忘言者,乃得象者也。得意在忘象,得象在忘言。故立象以尽意;而象可忘也;重画以尽情,而画可忘也。①

首先必须肯定,王弼对"得意忘象"、"得象忘言"的论述,是建立在"言不尽意"基础之上的。王弼同其他玄学家一样,认为"道"是"无名"、"无形"的,因而是不可名言的②。正因为如此,他才提出了一个"得意忘象"、"得象忘言"的通变之法,通过言象意的关系,来处理言与意之间的差距和矛盾。王弼肯定了"象"可以"尽意","言"可以"尽象",这是两个基本前提。"言"既能"尽象",而"象"

---

①楼宇烈《王弼集校释》,中华书局 1980 年 8 月第 1 版,第 196 页。
②参见王弼《老子指略》,见同上。关于"言意"之辨,参见袁行霈先生《言意与形神——魏晋玄学中的言意之辨与中国古代文艺理论》,载《中国诗歌艺术研究》上编。

又能"尽意",那么"言"通过"尽象"即可达到"尽意"。由言而达意,这是一个基本的途径。但是具体如何才能达到目的呢?王弼认为,"言"的作用在于"明象","得象"即可以"忘言";"象"的作用在于"存意","得意"即可以"忘象"。为什么要"忘言"、"忘象"呢?王弼说:"象生于意而存象焉,则所存者乃非其象也;言生于象而存言焉,则所存者乃非其言也。"所存之"象",已成为某一固定的、有形、有限的"象",已非原本"尽意"之"象";所存之"言",已成为某一固定的、有名、有限的"言",已非原本"尽象"之"言"。因此,要真正得到原本的"意"、"象",就必须"忘"所存之"象"与所存之"言"。换言之,真正的对于"意"的了解是一种既需要"象"但又超脱于"象"的领悟;同样,对于"象"的了解,也是一种既需要"言"但又超脱于"言"的领悟。可见王弼所说的"忘象"、"忘言"目的是要打破"象"与"言"的有限性,以达到把握那不能用有限的"象"与"言"去加以指谓说明的"意"与"象"。

从以上的论述中不难看出,玄学中言意之辨所论言与意的关系,其中介之"象"乃至关重要。这一点对于文学艺术的形象创造、对于意境理论的产生,都有积极的促进作用。

自佛教传入中国之后,利用造像和图绘的方式来宣传佛法、吸引众多的信徒,成为释子们弘扬佛教的最简便、最直接、也是最重要的手段之一。这种以造像和图绘的方式,在当时就被称为"像教"或"像法"①。"像教",就是以佛的形象来教化信徒;"像法",就是以佛的形象来宣扬佛法。总之是通过形象来感化人们

---

① 参见昙影《中论序》、释道高《答李交州淼难佛不见形》、沈约《佛记序》、《湘州枳园寺刹下石记》、谢灵运《佛影铭》、萧纲《千佛愿文》等。"像教"之说,参见敏泽《中国文学理论批评史》上册《魏晋南北朝·绪论》。

的心灵,使人们产生皈依之想。

　　配合着佛教的造像、雕刻与绘画,不少佛教徒及信奉者还提出了一"像教"、"像法"的理论。如释道高《答李交州淼难佛不见形》文中说:

> 夫如来应物,凡有三焉:一者见身,放光动地;二者正法,如佛在世;三者像教,仿佛仪轨。仿佛仪轨,应今人情,人情感像,孰为见哉?①

是说佛像的塑造与绘制,适应了人的感情的需要,使人从形象中受到感动,从而达到宣扬佛教的目的。释慧远在《襄阳丈六金像颂》的序文中,追述自己造像的原委时说:

> 每希想光晷,仿佛容仪,寤寐兴怀,若形心目。冥应有期,幽情莫发,慨焉自悼,悲愤靡寄。乃远契百念,慎敬慕之思,追述八王同志之感,魂交寤梦,而情悟于中。遂命门人,铸而像焉。夫形理虽殊,阶途有渐;精粗诚异,悟亦有因。是故拟状灵范,启殊津之心;仪形神模,辟百虑之会。使怀远者兆元根于来叶,存近者遘重劫之厚缘。乃道福兼宏,真迹可践,三源反流,九神同渊。于时四辈悦情,道俗齐趣,迹响和应者如林。②

"形理虽殊",但人们通过对佛形的"悟",便可以"启殊津之心"、"辟百虑之会"。因粗而悟精,因形而悟理(佛理),这就是像教的目的。此外,如谢灵运《佛理铭》所说:佛像"岂唯像形也笃,故亦

---

①《全宋文》卷 63,见严可均校辑《全上古三代秦汉三国六朝文》,中华书局
　1958 年 12 月第 1 版。
②《全晋文》卷 162,见同上。

传心者极矣"①；沈约《竟陵王造释迦像记》所说："夫理贵空寂，虽熔范不能传；业动因应，非形相无以感"②等等，都是强调佛像的塑造，是为了通过具体感性的形象来宣传玄虚、空寂的佛理与佛心。换言之，就是使抽象难测的佛理，通过具体感性的形象表达出来。中间通过一个"感"和一个"悟"，"形"与"理"便达到了和谐的统一。文学艺术创造形象，目的也是为了表达、寄托某种思想理念。正是在这一点上，佛学"像教"的理论和文学艺术对形象的要求是完全一致的。再加上来自《周易》、《庄子》和玄学中关于"象"的理论，人们对艺术形象性的认识，遂亦愈加清晰、自觉了。前文所引《文赋》和《文心雕龙》之语，足以证明这一点。

如果说"像教"及其理论还处在表面、具体、可感的层面的话，那么佛学中关于"象外"的理论则将问题引深了一步，同时对诗歌意境理论的提出，更有着直接的影响与启迪作用。

袁宏在《后汉记》中说：佛家"所求在一体之内，而所明在视听之外"。到了南北朝时期，佛学更直截了当地提出了求理于象外的理论。僧肇《不真空论》言：

> 夫至虚无生者，盖是般若玄鉴之妙趣，有物之宗极者也。自非圣明特达，何能契神于有无之间哉？是以至人通神心于无穷，穷所不能滞。极耳目于视听，声色所不能制者，岂不以其即万物之自虚，故物不能累其神明者也。……如此，则万象虽殊，而不能自异；不能自异，故知象非真象。象非真象，故则虽象而非象。然则物我同根，是非一气。潜微幽隐，殆

①见《广弘明集》卷15，上海古籍出版社1991年8月第1版。
②《全梁文》卷30，见《全上古三代秦汉三国六朝文》。

非群情之所尽。故顷尔谈论,至于虚宗。①

佛之至理,"潜微幽隐,殆非群情之所尽",那么要想得到这个"理",就必须借助于"象",然"象非真象",其本质乃是"虚无",故虽借诸"象",而必须超乎"象",切不可"滞"。所以僧肇在《般若无知论》中就反复强调对佛理的领悟必须要超于"言象"之表:

> 有天竺沙门鸠摩罗什者,少践大方,研几斯趣,独拔于言象之表,妙契于希夷之境。

> 然则圣智幽微,深隐难测,无相无名,乃非言象之所得为试。

> 穷神尽智,极象外之谈。②

这种求佛理于象外的认识,在当时的佛学理论中十分普遍,如释僧卫所说"抚玄节于希音,畅微言于象外"③;释慧琳所说"象者理之所假,执象则迷理"④等等,都是如此。这些理论与当时玄学所论言、象、意关系的认识是一脉相通的。如荀粲的"意外"、"象外"、"系表"之说,王弼的"得意忘象,得象忘言"之论等。

"象外"、"言外"之说,在文学艺术理论中便有直接的影响,如在画论方面,谢赫《古画品录》评陆探微说:"穷理尽性,事绝言象,包前孕后,古今独立";评张墨、荀勖说:"风范气候,极妙参神,但取精灵、遗其骨法。若拘以体物,则未见精粹;若取之象外,方厌高(膏)腴,可谓微妙也。"认为陆探微的画已超越了"言象"之表,而能"穷理尽性";张、荀的画不"拘以体物",而取之象外,已达至

---

①《全晋文》卷164,见《全上古三代秦汉三国六朝文》。
②同上。
③同上卷165《十住经合注序》,见同上。
④《全宋文》卷63《龙光寺竺道生法师诔》,见同上。

境,故均入第一品。宗炳在《画山水叙》中也说:"理绝于中古之上者,可意求于千载之下;旨微于言象之外者,可心取于书策之内。"在文学理论中,如刘勰《文心雕龙·神思》所说"神用象通","思表纤旨,文外曲致,言所不追,笔固知止";以及钟嵘在《诗品》称阮籍诗"言在耳目之内,情寄八荒之表。……厥旨渊放,归趣难求"等论述,也都认识到了意外、象外及言外问题。而更为重要的是,佛学的"象外"之说,结合着道家的"虚静"之论,为艺术想象和艺术形象的构思提供了有效的途径,从而也为意境理论的生成提供了前提。如陆机《文赋》所说"函绵邈于尺素,吐滂沛乎寸心","笼天地于形内,挫万物于笔端",便已接触到了后世意境理论的本质问题。

张文勋先生在《从佛学的"六根"、"六境"说看艺术"境界"的审美心理因素》[1]一文中,曾就佛学的"境界"说与艺术创造的"意境"说的关系,作过深入系统的论述,证明了二者之间的关系是十分密切的。可见前人及同时代的文学艺术理论、学术思想和哲学理论观念,不仅为唐代诗歌意境说的产生提供了深刻的理论基础,而且也提供了颇具启迪作用的认识论与方法论。如前所论,中唐诗人甚重"心性"的作用,加之上述必备的前提条件,"意境"理论的产生,亦是水到渠成的了。

今本署名为王昌龄的《诗格》,前贤已辨其为伪托无疑,[2]故不必赘言。然其成书时间,据皎然在其成书于贞元五年(789)的《诗式》卷二中对王昌龄之语的称引,同空海《文镜秘府论》的有关记

---

① 载《社会科学战线》1986 年第 2 期。
② 参见许学夷《诗源辩体》卷 35,胡震亨《唐音癸签》卷 32,罗宗强《隋唐五代文学思想史》第 5 章第 3 节。

述基本相同,此足以证明其成书年代当不晚于贞元之初。此外,
《文镜秘府论》地卷"十七势"和南卷"论文意"所引"王氏论文云"
各条,虽与今本《诗格》所论互有异同,但亦不妨互相参看。①

　　《诗格》之论意境,主要包括两方面的内容。

　　其一是对意境构成的心与物之关系的论述。《文镜秘府论》
地卷所论"十七势"之第九曰"感兴势",其文曰:"感兴势者,人心
至感,必有应说,物色万象,爽然有如感会。"第十"含思落句势"
曰:"含思落句势者,每至落句,常须含思,不得令语尽思穷,或深
意堪愁,不可具说。即上句为意语,下句以一景物堪愁,与深意相
惬便道。"又第十六"景入理势"曰:"景入理势者,诗一向言意,则
不清及无味;一向言景,亦无味。事须景与意相兼始好。"所说心
与物的"感会",意与景的"相惬"、"相兼",就强调了主客观因素在
意境构成中互相交融、契合无间的关系。《诗格》将诗境区分为
三种:

> 诗有三境。一曰物境:欲为山水诗,则张泉石云峰之境
> 极丽绝秀者,神之于心,处身于境,视境于心,莹然掌中,然后
> 用思,了然境象,故得形似。二曰情境:娱乐愁怨,皆张于意
> 而处于身,然后驰思,深得其情。三曰意境:亦张之于意而思
> 之于心,则得其真矣。

可见"情境"与"意境"的区别并不大,不过从"得其情"和"得其真"
来看,前者偏重于表现喜怒哀乐之情,后者偏重于表现志意品格
之真。两处所谓"张于意",皆就艺术构思而言。至于"物境",尽
管是就山水诗而言,然其特征,却更多地符合诗人之意境。诗人
虽"处身于境",但所视并非目前确定之景,而是内观所得的"神之

---

① 参见罗根泽《中国文学批评史》第 4 篇第 2 章。

于心"的、理想化了的境象。以心观物，视境于心，故境象了然，但这境象，却是超越了眼前"色相"的象外之象、境外之境。就其方法论而言，与佛教"观心"、"象外"之说完全相同。《文镜秘府论》南卷"论文意"有一段文字可以此相参照，其文曰：

> 夫置意作诗，即须凝心，目击其物，便以心击之，深穿其境。如登高山绝顶，下临万象，如在掌中。以此见象，心中了见，当此即用。如无有不似，仍以律调之定，然后书之于纸，会其题目。山林、日月、风景为真，以歌咏之。犹如水中见日月，文章是景，物色是本，照之须了见其象也。

不可否认，《诗格》十分重视"心"在意境构成中的作用，其观物之法也深受佛教理论的影响，但二者仍存在根本的区别。诗人观物，首先要"处身于境"，"目击其物"，此境此物必然是客观外在的具体之境、之物，有了这个前提，才能进而"以心击之，深穿其境"，并达到"心中了见"其"象"的目的。这个"象"，已非"目击其物"的象，而是前者的升华，它不仅超越了客观具体物象而得其本质特征，即所谓"神之于心"，而且更重要的是它已经融入了诗人的主观情思，这也正是诗人意境形成的关键所在。后来司空图所说"象外之象"，苏轼所说"成竹在胸"等，就都进一步阐明了这个道理。正因为意境离不开客观物象这一总的前提，所以《诗格》强调"物色"是本。这种认识是符合诗歌创作的实际的，这与佛家所说心生万物、境由心造的理论根本不同。《诗格》所言"取思"："搜求于象，心入于境，神会于物，因心面得"，也表达了相同的意思。

其二是论述了意境创造过程中思维活动的某些特点。《诗格》云：

> 诗思有三：搜求于象，心入于境，神会于物，因心而得，曰取思。久用精思，未契意象，力疲智竭，放安神思，心偶照境，

　　率然而生,曰生思。寻味前言,吟讽古制,感而生思,曰
　　感思。①

这里讲了诗思产生的三种途径与过程。"取思"的意思已如上述,
不过这里着重强调的是以主观精神积极地搜求客观物象,以期达
到"心入于境,神会于物"。"感思"是受前人作品的启发而产生的
诗思,这是一种间接的"感物"方式。《文镜秘府论》南卷"论文意"
载:"凡作诗之人,皆自抄古人诗语精妙之处,名为随身卷子,以防
苦思。作文兴若不来,即须看随身卷子,以发兴也。"这正是"感
思"的本义。至于"生思",则触及到了意境创造过程中的灵感问
题。关于这一点,《文镜秘府论》同上条中也有相似的记载:

　　夫作文章,但多立意。令左穿右穴,苦心竭智,必须忘
　　身,不可拘束。思若不来,即须放情却宽之,令境生。然后以
　　境照之,思则便来,来即作文。如其境思不来,不可作也。

这一见解从理论渊源上看,显然是受到刘勰"养气"论的影响。
《文心雕龙·养气》云:"心虑言辞,神之用也。率志委和,则理融
而情畅;钻砺过分,则神疲而气衰";"且夫思有利钝,时有通塞,沐
则心覆,且或反常,神之方昏,再三愈黩。是以吐纳文艺,务在节
宣,清和其心,调畅其气,烦而即舍,勿使壅滞,意得则舒怀以命
笔,理伏则投笔以卷怀,逍遥以针劳,谈笑以药倦,常弄闲于才锋,
贾余于文勇。使刃发如新,腠理无滞,虽非胎息之迈术,亦卫气之
一方也。"刘勰所说"养气",是针对文学创作过程中思路是否
"通"、文情是否"畅"而言的;《诗格》则移之以论意境创造过程中
最关键的灵感问题。所谓"久用精思,未契意象",就是说,尽管诗
人在"搜求于象"的过程中苦思冥想,但仍未搜求出情思与物象相

――――――――――
①《唐音癸签》卷2引。

契合的关键之点即诗人灵感之所在。此时,便有三种情况可能出现:一是"放安神思,心偶照境,率然而生",在苦心竭虑之后,放松一下精神,或可有灵感偶然出现,从而产生鲜明清晰的意境;二是"放情却宽之,令境生。然后以境照之,思则便来",在意("情")伏的情况下,即放而宽之,重新返回到物象之中,"令境生","以境照之",以物境观照内心,这样也可呈现出具体形象的境界;三是当境思皆不来时,便不可强作,即刘勰所谓"投笔以卷怀"。《诗格》所论及的意境创造过程中思维活动的这些特点,应当说是较符合于诗歌创作的形象思维之特征的。

　　总之,《诗格》关于意境的论述,既涉及意境构成的心与物之关系,也论及意境创造过程中思维活动之若干特点。这些注重"心法"的理论和见解,一方面与上述前提条件有密切的渊源关系,另一方面又为后世意境理论的进一步发展奠定了基础。

　　继《诗格》之后,皎然在《诗式》中对意境问题也作了较为集中的论述。

　　首先,关于"取境":

　　　　夫诗人之思初发,取境偏高,则一首举体便高;取境偏逸,则一首举体便逸。才性等字亦然。体有所长,故各功归一字。偏高偏逸之例,直于诗体篇目风貌,不妨一字之下。风律外彰,体德内蕴,如车之有毂,众美归焉。①

皎然所说"取境",与《诗格》"诗有三思"之"取思"("搜求于象,心入于境,神会于物,因心而得")意相同,皆指诗人通过构思,于心中构拟出诗之艺术境界。在皎然看来,诗思的触发,就是一个"取境"的问题,这一点至关重要,因为取"境"如何,直接决定着整首

――――――――
①见《诗式》卷1《辩体有一十九字》。

诗的情思风貌与艺术风格。也就是说,诗歌的情思风貌与艺术风格,不能离开诗"境"而存在,它只能寄寓于"境"中。如皎然在"辩体有一十九字"中对"情"体的解释说:"缘境不尽曰情。"对于诗人来说,他是通过诗"境"来寄寓无限的情思;而对于读者来说,也同样是通过这个"境"来领悟和体味诗人寄寓其中的无限情思。那么皎然在上文中所说的"高"和"逸",只是他概括的十九种"体"中的两个例子,对于其它的"体",这个"境"的作用都是一样的。由此可见,"境"不仅是诗歌创作的关键,而且也是诗人与读者之间的桥梁和中介。那么,如何"取境"呢?皎然说:

　　取境之时,须至难至险,始见奇句。成篇之后,观其气貌,有似等闲不思而得,此高手也。有时意静神王,佳句纵横,若不可遏,宛如神助。不然。盖由先积精思,因神王而得乎![1]

　　或曰:诗不要苦思,苦思则丧于天真。此甚不然。固须绎虑于险中,采奇于象外,状飞动之句,写冥奥之思。夫希世之珠,必出骊龙之颔,况通幽含变之文哉?但贵成章以后,有其易貌,若不思而得也。[2]

　　彼天地日月,元化之渊奥,鬼神之微冥,精思一搜,万象不能藏其巧。其作用也,放意须险,定句须难,虽取由我衷,而得若神授。[3]

认为"取境"并非不思而得,而必须要经过一番艰苦的构思,他所反复强调的"至险至难"、"绎虑于险中"、"精思一搜"、"放意须险"

---

①见《诗式》卷 1《取境》。
②《文镜秘府论》南卷"论文意"引;参见《诗式校注·附录二》。
③《诗式序》。

等等,就都是相同的意思。要进行至险至难的艺术构思,驰骋想象和联想,采撷不同寻常的艺术形象("采奇于象外"),既得万象之"巧",亦写诗人"冥奥之思",从而缔构出优美的诗歌艺术境界。艺术构思是一个艰苦的过程,但由于它的结果完美地体现了诗境美,反而不使人觉察到艰苦构思的痕迹,"成篇之后,观其气貌,有似不思等闲而得"、"得若神授",最后呈现出来的诗歌艺术境界,仍体现出自然之美。"苦思"而不"丧于天真"和"自然之质",这正是皎然"至苦而无迹"①美学思想的体现。对于那种认为诗"不要苦思"的观点,他从根本上加以否定,认为即使偶然出现"佳句纵横,若不可遏,宛如神助"的现象,也是由于"先积精思,因神王而得"的结果。

其次,皎然认为,好的诗境,应该能"状飞动"之趣,表现出艺术境界的动态美。

皎然认为,自然美有两种:"彼清景当中,天地秋色,诗之量也;庆云从风,舒卷万状,诗之变也。"②前者是静态的自然美,后者是动态的自然美,两者都是诗境所要表现的对象。但是当诗人把这些自然美转化为艺术美时,就必须有"飞动"之趣,即要有一种动态的"势"的美感。所以他解释诗境的"静"体说:"非如松风不动、林狖未鸣,乃谓意中之静。"③什么是"意"呢?皎然说:"立意盘泊曰意。"④要有一种恢宏壮大之势。《诗式》卷一"明势"云:

①《诗式》卷1《诗有六至》。
②见同上《文章宗旨》。
③见《诗式》卷1《辩体有一十九字》。
④同上。

　　高手述作,如登荆、巫,觊三湘、鄢、郢山川之盛,萦回盘
礴,千变万态。(文体开阖作用之势。)或极天高峙,崒焉不
群,气腾势飞,合沓相属;(奇势在工。)或修江耿耿,万里无
波,欻出高深重复之状。(奇势互发。)古今逸格,皆造其极
妙矣。

"势",就是诗歌内在的动态结构,即诗人规模诗境、曲尽情意而形
成的文体开阖作用之势,在诗境中具体体现这个"势"的,就是"萦
回盘礴,千变万态",或"气腾势飞,合沓相属",或"欻出高深重复
之状",总之要有动态的美感。皎然所说"气象氤氲,由深于体势;
意度盘礴,由深于作用"①;"采奇于象外,状飞动之句,写冥奥之
思"②,就都是强调这种动态之"势"。皎然《读张曲江集》诗曰:"相
公乃天盖,人文佐生成。立程正颓靡,绎思何纵横。春杼弄细绮,
阳林敷玉英。飘然飞动姿,邈矣高简情。后辈惊失步,前修敢争
衡。始欣耳目远,再使机虑清。"③诗中对张九龄的诗作了高度的
赞扬,而皎然的着眼点,即在"绎思纵横"之貌与"飘然飞动"之姿。
这是皎然意境论在诗歌品评中的具体运用。

　　再次,皎然论意境,较多地侧重在禅悟之境。

　　皎然身为佛徒,在认识论上带有佛教理论的色彩,是十分自
然的事情。他所说"精思一搜,万象不能藏其巧";解释"静"境为
"意中之静";解释"远"境为"意中之远"④,以及"采奇于象外","写
冥奥之思"等等,就都是用禅境来论述诗境的。《文镜秘府论》南

---

① 见《诗式》卷 1《诗有四深》。
②《文镜秘府论》南卷"论文意"引;参见《诗式校注·附录二》。
③ 见《全唐诗》卷 820。
④ 见《诗式》卷 1《辩体有一十九字》。

卷"论文意"引皎然语曰:"夫诗工创心,以情为地,以兴为经,然后清音韵其风律,丽句增其文彩。"皎然《答俞校书冬夜》诗曰:

> 夜闲禅用精,空界亦清迥。子真仙曹吏,好我如宗炳。一宿觌幽胜,形清烦虑屏。新声殊激楚,丽句同歌郢。遗此感予怀,沈吟忘夕永。月彩散瑶碧,示君禅中境。真思在杳冥,浮念寄形影。遥得四明心,何须蹈岑岭。诗情聊作用,空性惟寂静。若许林下期,看君辞簿领。①

诗人的"真思",乃在"杳冥"之中,因而不必亲蹈岑岭,即可"遥得四明心";在一片空性寂静之中,无论是主观的情思还是客观的物象,在皎然那里都被视为"禅中境"。在皎然看来,不仅诗歌如此,即使高超的书法、绘画艺术,其表现出来的意境,与禅境也是相通的。他在《张伯高草书歌》中说:"须臾变态皆自我,象形类物无不可"②;在《奉应颜尚书真卿观玄真子置酒张乐舞破阵画洞庭三山歌》中说:"道流迹异人共惊,寄向画中观道情。如何万象自心出,而心澹然无所营。……昤睐方知造境难,象忘神遇非笔端。昨日幽奇湖上见,今朝舒卷手中看"③;在《周长史昉画毗沙门天王歌》中说:"吾知真象本非色,此中妙用君心得。苟能下笔合神造,误点一点亦为道。写出霜缣可舒卷,何人能识此情远"④,都是将艺术的境界同禅的境界相等同。皎然在"辩体有一十九字"中解释"情"为"缘境不尽曰情","情"通过"境"体现出来。那么皎然所说"情"与"境"的内涵是什么呢?皎然称颂谢灵运"为文真于情性,

---

① 见《全唐诗》卷 815。
② 见同上卷 821。
③ 见同上。
④ 见同上。

尚于作用,不顾辞彩而风流自然"。这里所说的"真于情性",不能一般地把它理解为真情实感,因为在这段话之前,还有一个前提:"康乐公早岁能文,性颖神彻,及通内典,心地更精,故所作诗,发皆造极,得非空王之道助邪?""空王之道"即佛道。那么"真于情性"者,乃是一种超尘绝俗的"情性",是"真思在杳冥"的"真思",或"空性惟寂静"的佛性。所以皎然在《诗式》卷一"重意诗例"中又说:

> 若遇高手如康乐公览而察之,但见性情,不睹文字,盖诣道之极也。向使此道尊之于儒,则冠六经之首;贵之于道,则居众妙之门;精之于释,则彻空王之奥。

显然,"性情"就是"道",就是释家之佛性。这种"真情性",也就构成了皎然对于诗歌意境的一种特殊的审美要求。皎然根据自己对于禅境的领悟,认为诗境有虚有实,虚中有实,实中见虚,难以判分。他有这样一段话:

> 夫境象不一,虚实难明,有可睹而不可取,景也;可闻而不可见,风也;虽系乎我形,而妙用无体,心也;义贯众象而无定质,色也。①

可见所谓"境象",实质上是一种心象,也就是佛家常说的"对境觉知"所获得的"境象"。这种虚实结合的特点,与严羽所说"空中之音,相中之色,水中之月,镜中之象"②是一致的,而这也正符合诗歌意境的基本特征。戴叔伦就曾形容说:

> 诗家之景,如蓝田日暖,良玉生烟,可望而不可置于眉睫

---

① 《文镜秘府论》南卷"论文意"引;参见《诗式校注·附录二》。
② 《沧浪诗话·诗辨》。

之前也。①

把诗境的特点形容得十分传神,可望而不可即,就因为它不是纯客观景物的再现,而是融入了作者的理想与情思,是经过"心源"改造了的一种艺术境界。形象可感,是其实的一面;然其象非"实象",且象外有情,蕴含更加丰富,甚至难以确认确指,是其虚的一面。皎然所说"虚"与"实"的二重性,正与此同。所以皎然十分明确地说:

　　　　诗情缘境发,法性寄筌空。②

"情"之于"法性","境"之于"筌空",既是诗境,亦为禅境。因此说皎然的意境论,是建立在禅悟之境的基础之上的。在皎然的诗歌创作实践中,以诗境表现禅境的现象十分普遍,他那些大量的谈禅证性之作,都在证明着这一点。如其《禅思》、《禅诗》一类的诗自不待言,即使他的一些山水咏物之作,也同样如此。如《水月》:

　　　　夜夜池上观,禅身坐月边。虚无色可取,皎洁意难传。
　　　若向空心了,长如影正圆。③

又如《溪云》:

　　　　舒卷意何穷,萦流复带空。有形不累物,无迹去随风。
　　　莫怪长相逐,飘然与我同。④

再如《闻钟》:

　　　　古寺寒山上,远钟扬好风。声余有树动,响尽霜天空。

---

①《司空表圣文集》卷3《与极浦书》引。
②《秋日遥和卢使君游何山寺宿剡上人房论涅槃经义》,见《全唐诗》卷815。
③《南池杂咏五首》其一,见同上卷820。
④同上其二,见同上。

　　永夜一禅子,泠然心境中。①

诗境与禅境合而为一,不过诗境为体,禅境为用罢了。

　　中唐时期除传为王昌龄的《诗格》和皎然的论述之外,当时还有不少人言及诗“境”的问题。如戴叔伦语,已如上述。又如:高仲武评张南史“苦节学文,数载间,稍入诗境”②;杜确评岑参诗“多入佳境”③;权德舆评左武卫曹许君诗“皆意与境会”④;说诗僧灵澈“静得佳句,然后深入空寂,万虑洗然,则向之境物,又其莩稗也”⑤。刘禹锡更常言“境入篇章高韵发”⑥;“方寸地虚,虚而万象入。……因定而得境,故祐翛然以清”⑦;“片言可以明百意,坐驰可以役万景,工于诗者能之。……诗者,其文章之蕴邪? 义得而言丧,故微而难能;境生于象外,故精而寡和”⑧。吕温也说“研情比象,造境皆会”⑨。白居易也多次言及诗境的问题:“闲中得诗境,此境幽难说”⑩;“诗境忽来还自得,醉乡潜去与谁期”⑪;“凡此五十载,有诗千余章。境兴周万象,土风备四方”⑫。这些言论,一方面说明,在主观上清醒地认识到诗歌意境及其重要性,这在中

---

① 见《全唐诗》卷 815。

②《中兴间气集》,见《唐人选唐诗》本。

③《岑嘉州集序》,见《全唐文》卷 459。

④《左武卫胄曹许君集序》,见同上卷 490。

⑤《送灵澈上人庐山回归沃洲序》,见同上卷 493。

⑥《夏日寄宣武令狐相公》,见《全唐诗》卷 360。

⑦《秋日过鸿举法师寺院便送归江陵》诗引,见同上卷 357。

⑧《董氏武陵集纪》,见《刘禹锡集》卷 19。

⑨《联句诗序》,见《全唐文》卷 628。

⑩《秋池二首》其二,见《全唐诗》卷 445。

⑪《将至东都先寄令狐留守》,见同上卷 450。

⑫《洛中偶作》,见同上卷 431。

唐时期已经成为十分普遍的现象；另一方面说明，他们对诗歌意境的本质特征，有着较为一致的看法，总之与禅、与玄关系十分密切。但从理论上有系统地总结唐诗意境，并进一步发展了意境理论的则是晚唐诗人司空图。

第四节　直观与幻象

宗教文化对于中唐诗歌的影响，除上述三个方面以外，还有一个十分值得注意的方面，即宗教文化为诗歌带来的直观与幻界的艺术形象。以佛教和道教为中心的宗教文化，运用诸种带有宗教色彩的形象，来宣传其教义与法力，乃是其常见的、也是十分重要的一种手段。这里所说直观的形象，是指那些如寺庙壁画、雕像、彩塑、绘画等直接诉诸人们视觉的形象；幻界的形象，是指那些如佛经、俗讲、变文、神话传说等通过语言文字的描绘，使人们在想象与联想之中而得到的形象。中唐诗人深受传统与时代宗教文化的影响，他们在教义、教法、像教、像法的耳濡目染之中，诸般直观的与幻界的宗教形象纷至沓来，从而为他们的诗歌艺术形象的创造，提供了新的基础和来源；同时也为他们诗歌艺术的创新，注入了新的因素。

唐代佛教、道教极为兴盛，故佛寺道观亦风起云涌。自安史之乱至于武宗毁佛，此间由于特殊的社会环境与社会心理因素所决定，文人士大夫甚至正统的儒生，多转而投身佛门、崇奉道教或兼习释道。因此，人们在游宦、游学、游览乃至在日常生活中，往来于释子道士、涉足于佛刹道观的现象极为平常。而充满着宗教气氛的佛刹道观，以其神秘、清幽的环境，往往使伫足瞻观者顿生超尘之念与皈依之想。即以刘长卿为例，刘长卿在中唐算不得崇佛佞道的代表,其于佛于道的态度,大抵与一般文人士大夫及诗人的态度略同。在今存在刘长卿诗歌中,其访禅问道之作,大约就有六十余首。当他游览佛寺之时,便总能从佛寺的环境之中,领悟到禅的世界。如其《陪元侍御游支硎山寺》诗云:

> 支公去已久,寂寞龙华会。古木闭空山,苍然暮相对。林峦非一状,水石有余态。密竹藏晦明,群峰争向背。峰峰带落日,步步入青霭。香气空翠中,猿声暮云外。留连南台客,想象西方内。因逐溪水还,观心两无碍。①

暮色苍茫之中,闭于空山的古木与山寺寂寞相对,给人以幽寂、肃穆之感。寺乃普通之寺,山乃常见之山,但在诗人看来,却处处充满着宗教的神秘:“密竹藏晦明”,幽深玄奥,难测晦明;“峰峰带落日”,未尝不是明心见性的外现;“香气空翠中”,佛寺的香火烟气弥漫于空翠之中,更增添了一层神秘的色彩。眼前之景本是直观的境象,但诗人在这充满了宗教气氛的环境中,却产生了“想象西方内”的幻界,精神亦得到了升华:“因逐溪水还,观心两无碍”,溪水自流、人自观心,已是物我两忘,定入了禅的幻界之中。其《题虎丘寺》诗,也是在描写了眼前景之后,自言道:“暂因惬所适,果得损外虑。庭暗栖闲云,檐香滴甘露。久迷空寂理,多为繁华故。永欲投死生,余生岂能误。”②在佛的感召下,尽管是直观的自然的境象,却能引起诗人的皈依之想。再看他的《登扬州栖灵寺塔》诗:

> 北塔凌空虚,雄观压川泽。亭亭楚云外,千里看不隔。

① 见《全唐诗》卷149。
② 见同上卷150。

遥对黄金台,浮辉乱相射。盘梯接元气,半壁栖夜魄。稍登诸劫尽,若骋排霄翮。向是沧洲人,已为青云客。雨飞千栱霁,日在万家夕。鸟处高却低,天涯远如迫。江流入空翠,海峤现微碧。向暮期下来,谁堪复行役。①

诗中无疑寄寓着身世之慨,但是当诗人登上寺塔,却感到诸劫已尽而为青云之客,自由翱翔于广袤的空宇。诗中所写境象,绝非目前所见,而是通过想象与幻想得来,若南至于楚云外,北至于黄金台,江流入其空翠,海峤现其微碧,上至于接元气,下至于栖夜魄,便都是想象与幻想的产物。在道士所居处的自然环境中,诗人也同样能从直观的景物中升华出幻界的境象,如其《望龙山怀道士许法棱》诗:

> 心惆怅,望龙山。云之际,鸟独还。悬崖绝壁几千丈,绿萝袅袅不可攀。龙山高,谁能践? 灵原中,苍翠晚。岚烟瀑水如向人,终日迢迢空在眼。中有一人披霓裳,诵经山顶飧琼浆。空林闲坐独焚香,真官列侍俨成行。朝入青霄礼玉堂,夜扫白云眠石床。桃花洞里居人满,桂树山中住日长,龙山高高遥相望。②

诗的前半写直观得来的境象,其中虽不乏夸张的描写,但仍依实物为据;诗的后半则全凭着对仙道生活的向往和想象而飞腾入虚幻之界:披霓裳、飧琼浆、空林闲坐、真官列侍、青霄中之玉堂、白云下之石床,以及桃花洞、桂树山,一个个充满道家情思的意象纷至沓来。境界由实写而到虚拟,形象由直观而到幻界。像刘长卿的这一类诗,在中唐时期极为常见,而更多的诗则是有过之而无

①见《全唐诗》149。
②见同上卷151。

不及。信奉道教者如顾况,其《朝上清歌》、《曲龙山歌二首》等诗作,就更加充满幻想的、神奇瑰丽的色彩。

　　据朱景玄《唐朝名画录》、段成式《酉阳杂俎》续集《寺塔记》以及张彦远《历代名画记》的载述,唐代画壁之风趋于极盛,自两京至于外州的佛刹道观,几乎都有通壁大幅的宗教图画供人们瞻观。"唐朝佛教道教既极兴盛,故佛寺道观,亦风起云涌,而画壁亦随而发达,所画寺壁之多,为历代之冠。"①其实唐代画壁之风并不止于佛寺道观,例如刘长卿即有《狱中见壁画佛》诗,诗云:"不谓衔冤处,而能窥大悲。独栖丛棘下,还见雨花时。地狭青莲小,城高白日迟。幸亲方便力,犹畏毒龙期。"②从诗中的描绘来看,此画并非简单潦草之笔,而是有"雨花"、有"青莲"衬托的壁画佛,当然也是精美可观的了。狱中而有壁画佛,足见风气之盛。至于那些信奉佛道的善男信女们,其家居供奉之神龛、画像之类的物事,大概也就更加难以数计了。总之以宗教为题材内容的雕塑绘画,已经广泛而纵深地影响着当时人们的精神生活。而对于艺术感受十分敏感的诗人来说,那些充满宗教色彩的神奇诡怪的直观形象,不仅给他们以耳目一新之感,而且在宗教力量的感召下,他们透过这些直观的形象,还会产生许许多多由此而引发的幻界的形象。当这些直观的、幻界的形象出现在他们的笔下时,无疑也就为诗歌带来了一层神奇诡怪的色彩。

　　即以攘斥佛老而著称的韩愈为例,他不仅在思想上受到佛学思想的影响,而且在诗歌艺术形象的创造中,也深受宗教文化的影响。关于这一点,陈允吉先生在《论唐代寺庙壁画对韩愈诗歌

①俞剑华《中国绘画史》,商务印书馆1937年版。
②见《全唐诗》卷148。

的影响》①一文中,曾作过透辟的论证分析。陈文指出:诗人韩愈与唐代寺庙壁画的关系,绝非一般的欣赏爱好,而是渗透到他诗歌创作中间的内在联系,并在形成韩诗艺术特点过程中,起过重要的作用。陈文从"奇踪异状"、"地狱变相"和"曼荼罗画"三个方面,详细论证了韩诗尚险怪的艺术风格与寺庙壁画之间的关系。并着重指出:"诗人韩愈作为时代美学理想变迁的敏锐感受者,正是从这些寺庙壁画中间吸取丰富的养料,打破诗与画的界限,大胆地借鉴和运用它的创作经验,在开拓诗歌的艺术形象方面作了许多探索和尝试。"除韩愈而外,像李贺、卢仝、皇甫湜等人的诗歌艺术形象的创造,也同样深受佛教道教中宗教形象的影响。如沈曾植《海日楼札丛》卷七云:"吾尝论诗人兴象,与画家景物感触相通,密宗神秘于中唐,吴(道子)、卢(棱伽)画皆依为蓝本。读昌黎、昌谷诗,皆当以此意会之。"

　　宗教及宗教宣传中以各种形式(包括直观的与幻界的)出现的形象,对诗歌艺术形象的影响,主要反映在两个方面:一方面是有关佛界天国或神仙世界中诸般美好的、令人向往的形象与境界;另一个方面则是与此相对应的有关地狱、魔鬼等丑恶的、令人恐怖的形象与境界。

　　就第一个方面而言,其对中唐诗歌的影响与其对盛唐诗歌的影响基本是一致的。作为一种理想追求或精神寄托,盛唐诗人多偏重于对美好事物与美好理想的歌颂,因此他们于佛、于道的咏歌,亦多偏爱于佛界天国或神仙世界中诸般美好的、令人向往的形象与境界。孟浩然诗如:"鸡鸣见日出,每与仙人会。来去赤城

------

①见《唐音佛教辨思录》,上海古籍出版社1988年9月第1版。

中,逍遥白云外。莓苔异人间,瀑布当空界。福庭长不死,华顶旧称最"①;"神女鸣环佩,仙郎接献酬。遍观云梦野,自爱江城楼"②;"法雨晴飞去,天花昼下来"③;"海上求仙客,三山望几时?焚香宿华顶,裛露采灵芝。屡践莓苔滑,将寻汗漫期。倘因松子去,长与世人辞"④;"丹灶初开火,仙桃正落花。童颜若可驻,何惜醉流霞"⑤。王维诗如:"种田烧白云,斫漆响丹壑。行随拾栗猿,归对巢松鹤。时许山神请,偶逢洞仙博。救世多慈悲,即心无行作"⑥;"羽人飞奏乐,天女跪焚香"⑦;"迸水定侵香案湿,雨花应共石床平"⑧;"洞中开日月,窗里发云霞。庭养冲天鹤,溪流上汉查。种田生白玉,泥灶化丹砂"⑨;"积水浮香象,深山鸣白鸡。虚空陈妓乐,衣服制虹霓"⑩;"坐知千里外,跳向一壶中。缩地朝珠阙,行天使玉童"⑪;"翡翠香烟合,琉璃宝地平。龙宫连栋宇,虎穴傍檐楹。……雁王衔果献,鹿女踏花行"⑫;"闻道黄金地,仍开白玉田。……买香燃绿桂,乞火踏红莲。草色摇霞上,松声泛月

---

① 《越中逢天台太乙子》,见《全唐诗》卷159。
② 《陪独孤使君同与萧员外证登万山亭》,见同上卷160。
③ 《题融公兰若》,见同上。
④ 《寄天台道士》,见同上。
⑤ 《清明日宴梅道士房》,见同上。
⑥ 《燕子龛禅师》,见《王右丞集笺注》卷5。
⑦ 《过福禅师兰若》,见同上卷7。
⑧ 《过乘如禅师萧居士嵩邱兰若》,见同上卷10。
⑨ 《奉和圣制幸玉真公主山庄因题石壁十韵之作应制》,见同上卷11。
⑩ 《和宋中丞夏日游福贤观天长寺之作》,见同上。
⑪ 《赠焦道士》,见同上。
⑫ 《游感化寺》,见同上卷12。

边"①。李白笔下那神奇瑰丽的神仙世界,更令人神往:

> 朝饮王母池,暝投天门关。……仙人游碧峰,处处笙歌
> 发。寂静娱清辉,玉真连翠微。想象鸾凤舞,飘摇龙虎衣。
> 扪天摘匏瓜,恍惚不忆归。举手弄清浅,误攀织女机。②

> 二室凌青天,三花含紫烟。中有蓬海客,宛疑麻姑仙。
> 道在喧莫染,迹高想已绵。时餐金鹅蕊,屡读青苔篇。八极
> 恣游憩,九垓长周旋。下瓢酌颍水,舞鹤来伊川。还归东山
> 上,独拂秋霞眠。萝月挂朝镜,松风鸣夜弦。潜光隐嵩岳,炼
> 魄栖云幄。霓裳何飘摇,凤吹转绵邈。愿同西王母,下顾东
> 方朔。③

> 洞天石扉,訇然中开。青冥浩荡不见底,日月照耀金银
> 台。霓为衣兮风为马,云之君兮纷纷而来下。虎鼓瑟兮鸾回
> 车,仙之人兮列如麻。④

此外,李白的《古风》其四、其五、其七、其十二、其十七、其十九、其
二十、其三十、其四十一、其四十三、其四十五、其四十六、其五十
七、《飞龙吟二首》、《怀仙歌》、《玉真仙人词》、《酬殷明佐见赠五
云裘歌》、《寄王屋山人孟大融》、《禅房怀友人岑伦》、《庐山谣寄
卢侍御虚舟》、《留别曹南群官之江南》、《游泰山六首》、《登梅冈
望金陵赠族侄高座寺僧中孚》、《望黄鹤楼》、《拟古十二首》其
四、其十、《感兴六首》其一、其二、其四、其五、《题随州紫阳先生
壁》、《题嵩山逸人元丹丘山居》等等,都是如此。另外如李颀的

----

①《游悟真寺》,见《全唐诗》卷12。
②《游泰山六首》其六,见《李太白全集》卷20。
③《赠嵩山焦炼师》,见同上卷9。
④《梦游天姥吟留别》,见同上卷15。

《王母歌》、储光羲的《杂诗》、王翰的《赋得明星玉女坛送廉察尉华阴》,以及王昌龄、王缙、裴迪诸人同题而咏的《青龙寺昙壁上人院集》等等,也都是其中的代表。在中唐诗歌中,这种影响也是存在的,上文所引刘长卿、顾况等人的作品,已充分说明了这一点,故不必赘论。

但是就第二个方面而言,其对盛唐诗的影响甚微。盛唐诗人很少对那些阴森可怖的鬼神、地狱、阎罗、魔怪的形象作描绘或歌咏。如李白诗歌,凶恶恐怖的形象,多以豺、狼、虎、熊、蛟、蛇等世间常见的动物形象来表现;而"鬼"字仅八见,"魅"字仅一见,甚至连"魔"字也没有出现①,这已很能说明问题。而中唐诗歌就大不相同了,可以说宗教文化在这方面对中唐诗的影响,远比第一个方面更广泛、也更深刻。这些阴森可怖的形象不仅在诗中常常出现,而且不少诗人就是以欣赏的态度去加以赞美的。如顾况的诗歌中就有这样的形象:

　　　　天魔波旬等,降伏金刚坚。野叉罗刹鬼,亦赦尘垢缠。
乃致金翅鸟,吞龙护洪渊。②

形容竹杖:"碧鲜似染苌弘血"③;描写音乐之声:"鬼神知妙欲收响,阴风切切四面来"④。韩孟诗派在这方面的表现最为突出、异常。卢仝的《月蚀诗》,就是参用地狱鬼神的形象来描写天上的魔鬼。而李贺诗中亦多写神仙鬼魅:

---

① 据花房英树编《李白歌诗索引》,上海古籍出版社1991年1月第1版。
②《归阳萧寺有丁行者能修无生忍担水施僧况归命稽首作诗》,见《全唐诗》
　　卷264。
③《露青竹杖歌》,见《全唐诗》卷265。
④《刘禅奴弹琵琶歌》,见同上。

提出西方白帝惊，啾啾鬼母秋郊哭。①

愿携汉戟招书鬼，休令恨骨填蒿里。②

秋坟鬼唱鲍家诗，恨血千年土中碧。③

石脉水流泉滴沙，鬼灯如漆点松花。④

博罗老仙时出洞，千岁石床啼鬼工。⑤

南山何其悲，鬼雨洒空草。……漆炬迎新人，幽圹萤扰扰。⑥

桂叶刷风桂坠子，青狸哭血寒狐死。……百年老鸮成木魅，笑声碧火巢中起。⑦

海神山鬼来座中，纸钱窸窣鸣飚风。……呼星召鬼歆杯盘，山魅食时人森寒。⑧

阴藤束朱键，龙帐着魑魅。⑨

鲸鱼张鬣海波沸，耕人半作征人鬼。⑩

云阳台上歌，鬼哭复何益。仗剑明秋水，凶威屡胁逼。强枭噬母心，犲厉索人魄。⑪

---

①《春坊正字剑子歌》，见《李长吉歌诗汇解》卷1。
②《绿章封事》，见同上。
③《秋来》，见同上。
④《南山田中行》，见同上卷2。
⑤《罗浮山人与葛篇》，见同上。
⑥《感讽五首》其三，见同上。
⑦《神弦曲》，见同上卷4。
⑧《神弦》，见同上。
⑨《昌谷诗》，见同上卷3。
⑩《白虎行》，见同上外集。
⑪《汉唐姬饮酒歌》，见同上。

杜牧所说"鲸呿鳌掷、牛鬼蛇神,不足为其虚荒诞幻也",正抓住了李贺诗的这一特征。至于韩愈诗中表现的鬼神、地狱、阎罗、魔怪的形象,则更是罕有其匹地令人瞠目咋舌:"有如阿鼻尸,长唤忍众罪。马牛惊不食,百鬼聚相待"①;"众鬼囚大幽,下觑袭玄窌"②;"蛟螭露笋簴,缟练吹组帐。鬼神非人世,节奏颇跌踢。阳施见夸丽,阴闭感凄怆"③;"粉墙丹柱动光彩,鬼物图画填青红"④;"雨淋日炙野火燎,鬼物守护烦挗呵"⑤;"幽狖杂百种……鬼窟脱幽妖"⑥;"渎鬼濛鸿,岳祇嵔峨"⑦;"凝心感魑魅,慌惚难具言。……余闻古夏后,象物知神奸。山林民可入,魍魉莫逢旃。逶迤不复振,后世恣欺谩。幽明纷杂乱,人鬼更相残"⑧;"变化咀嚼,有鬼有神"⑨;"安然大唤谁畏忌,造作百怪非无须,聚鬼征妖自朋扇,摆掉栱桷颓墆途"⑩;"念君又署南荒吏,路指鬼门幽且夐"⑪;"万生都阳明,幽暗鬼所寰。嗟龙独何智,出入人鬼间"⑫;

①《嘲鼾睡》,见《韩昌黎诗系年集释》卷6。
②《送无本师归范阳》,见同上卷7。
③《岳阳楼别窦司直》,见同上卷3。
④《谒衡岳庙遂宿岳寺题门楼》,见同上。
⑤《石鼓歌》,见同上卷7。
⑥《会合联句》,见同上卷4。
⑦《元和圣德诗》,见同上卷6。
⑧《谢自然诗》,见同上卷1。
⑨《剥啄行》,见同上卷6。
⑩《射训狐》,见同上卷2。
⑪《寒食日出游夜归张十一院长见示病中忆花九篇因此投赠》,见同上卷4。
⑫《题炭谷湫祠堂》,见同上卷2。

"屑屑水帝魂,谢谢无余辉。如何不肖子,尚奋疟鬼威"①;"解捕逐鬼神,拘囚螭蛟虎豹"②;"人怨童聚谣,天殃鬼行疟"③;"青鲸高磨波山浮,怪魅炫耀堆蛟虬。山猨欢噪猩猩愁,毒气烁体黄膏流"④;"呼传鹦鸹令,顺居无鬼瞰。……无端逐羁伧,将身亲魑魅"⑤;"魍魅暂出没,蛟螭互蟠蟉"⑥。这些地狱、鬼神、怪魅等形象的大量出现,显然都是受到"地狱变相"等宗教宣传中直观与幻界形象的影响。在韩愈的诗中,人世间行刑的场面,与宗教宣传中的地狱鬼府用各种酷刑摧残人体的惨状完全一致。如其《元和圣德诗》中有这样一段极端恐怖的杀人描写:

> 取之江中,枷脰械手。妇女累累,啼哭拜叩。来献阙下,以告庙社。周示城市,咸使观睹。解脱牵索,夹以砧斧。婉婉弱子,赤立伛偻。牵头曳足,先断腰膂。次及其徒,体骸撑拄。末乃取闹,骇汗如写,挥刀纷纭,争刌脍脯。⑦

描写刘阚一家及其同伙被杀戮的情景,可谓恐怖惨烈、穷形尽相。如果说这首诗尚有现实生活为依据,或参用了地狱变相中有关直观的形象的话,那么韩诗中关于火的描写,则更多地受到地狱变相中幻界形象的影响。陈允吉先生曾作过这样一段论证:"关于地狱变相画火,其具体情状可藉佛经作些间接的推考,因为这些图画的绘制,是以佛经有关地狱的演述作为根据的,如

---

①《谴疟鬼》,见《韩昌黎诗系年集释》卷3。
②《石鼎联句诗》序,见同上卷8。
③《晚秋郾城夜会联句》,见同上卷10。
④《刘生》,见同上卷2。
⑤《城南联句》,见同上卷5。
⑥《远游联句》,见同上卷1。
⑦见同上卷6。

果弄清了佛经的记载，也就了解到'地狱变相'的梗概。在有关佛典中，这方面的记载颇详。如《长阿含经》卷一九《世纪经·地狱品》云：

> 复次无间大地狱，有大铁城，其城四面有大火起。东焰至西，西焰至东，南焰至北，北焰至南，上焰至下，下焰至上。焰炽回煌，无间空处。罪人在中，东西驰走，烧炙其身，皮肉焦烂。

又《地藏本愿经》卷上《观众生业缘品》云：'独有一狱，名曰无间。其狱周匝万八千里，狱墙高一千里，悉是铁为。上火彻下，下火彻上。'《目连救母》变文形容地狱景象亦云，'此狱东西数百里，罪人乱走肩相掇'，'烟火千重遮四门'，'骨肉寻时似烂焦'，参据这些材料，我们可以推知'地狱变相'的轮廓，大略在于描绘其周围有高大的狱墙，'四面有大火起'，'上火彻下，下火彻上'，'罪人在中，东西驰走'，'烧炙其身，皮肉焦烂'。这几方面组合起来，形成一幅诞幻惨烈的画面，这就是无间地狱图的一大特征。"①并指出了韩愈《陆浑山火》"应该是有'地狱变相'为其构思加工的基础的"。这个结论十分令人信服！"地狱变相"是以佛经描写中的幻界形象为基础的，它是幻界形象的具体化和直观化。当人们目睹这恐怖惨烈的画面时，内心恐惧之余，仍会产生诸种与此相关的、画面之外的幻象；而佛经或俗讲、变文中有关地狱、鬼神的描写与描述，则给人以纯诞幻式的想象，而许多幻象恐怕都是画工所难以描摹的。上述卢仝、李贺、韩愈的诗，所表现的地狱、鬼神的形象，就都具备这个特征。

　　通过以上两个方面的分析，显然就出现了这样一个问题：从

---

① 《论唐代寺庙壁画对韩愈诗歌的影响》，见《唐音佛教辨思录》。

客观影响上来说,宗教文化对于盛唐和中唐诗歌的影响,应该说
是一致的,因为无论佛界天国、神仙世界,还是地狱阎罗、魔魅鬼
怪,两者在佛教与道教的思想与宣传中,是同时存在、缺一不可
的;然而其影响的结果,在盛唐和中唐却并不一致,这就与诗人的
主观接受之不同就大有关系了。这种主观接受的不同,正反映出
不同的时代精神与不同的心理状态。盛唐诗人偏重于接受前者,
乃是昂扬向上时代精神与追求美好理想的心理状态的反映;而中
唐诗人偏重于对后者的热爱与欣赏,乃是委颓不振的时代精神与
反常变态的心理状态的反映。这也正是中唐诗歌区别于盛唐诗
歌的重要根源之一。李斯托威尔在《近代美学史述评》一书中说:
"与美不同,在艺术和自然中感知到丑,所引起的是一种不安甚至
痛苦的感情。这种感情,立即和我们所能够得到的满足混合在一
起,形成一种混合的感情,一种带有苦味的愉快。……这种丑的
对象,经常表现出奇特、怪异、缺陷和任性,这些都是个性的明确
无讹的标志。"①并认为"丑"的作用除了"作为美的陪衬"之外,还
可以"表现人格的阴暗面"②。而这种人格阴暗面的产生,与社会
时代的原因又是分不开的。

　　总之,中唐时期高度发达的宗教文化,为当时的诗歌创作带
来了十分深刻的影响。我们通过以上"宇宙与人生"、"心性与神
思"、"意境与禅玄"、"直观与幻象"四个方面的论述,可以明显
看出,宗教文化不仅直接影响了诗人们的世界观、人生观、认识
论和方法论,而且为他们的诗歌创作注入了新的因素。中唐诗
人在诗歌艺术创变的过程中,以积极主动的态度,借鉴和吸收宗

---

①蒋孔阳译本,上海译文出版社 1980 年 6 月第 1 版,第 233 页。
②见同上第 234 页。

教思想和宗教艺术中的某些成分,使得他们在艺术想象、艺术构思、意境的构成以及艺术形象的创造上,都具有新颖奇特的特征,从而也使得他们的诗歌创作产生了不同于盛唐之诗的美学风貌。

结　论

一、中唐诗变与中唐时期的社会政治状况和文化氛围,有密切的关系。

由于政治环境的急剧变化,人们的生活、思想及整个社会风尚,与盛唐相比,都发生了巨大的变化。盛唐人那种积极进取的精神和昂扬奋发的豪情,已经烟消云散了。社会之险恶、世风之谬戾、人情之淡薄,使诗人们陷入彷徨、苦闷与忧伤之中,因而中唐诗歌褪却了盛唐诗歌的那种昂扬奋发、豪爽浪漫的情调与色彩,而以徘徊苦闷、哀怨惆怅、凄凉感伤为基调。这正是中唐普遍的时代精神与社会心态的艺术体现。

诗人群体的大量产生和风格流派异彩纷呈的状况,与社会政治及文化背景之间的关系也十分密切。藩镇割据、朋党林立以及科举考试中的种种弊病,为诗人群体的大量产生提供了客观条件;也促使不同群体形成不同的艺术风格。

中唐诗歌创新变化的趋势,与当时其它门类的文学、艺术的创新变化,如古文的复兴,传奇、变文的兴起,词由民间到文人创作的过渡,书法与绘画艺术的发展等,乃是同步的。

中唐社会政治与文化氛围,既促成了中唐的诗变,也左右着中唐诗变的方向。

二、中唐诗人创新求变的主观追求与创作实践,表现出了异乎寻常的胆识与魄力。

从诗人的主观方面看,摆脱盛唐、超越李杜、创新求变的追求,乃是中唐诗人普遍具有的一种可贵精神。尽管他们的途径及方法不同,但主观上的追求却是一致的。由于诗人之间与流派之间所处的社会政治地位不同,他们的世界观和文艺观不同,所以他们创新的方向不同,他们的艺术风格与美学风貌也就不同。

从诗人的审美趣味与境界气象方面看,中唐与盛唐也有相当大的差异:一者,中唐诗歌情感基调郁闷低沉,意境狭窄内敛,与盛唐诗歌那种昂扬的基调、阔大外拓的意境,以及由此而表现出来的雄浑与明朗之美,形成鲜明的对照。二者,中唐诗人或注意雕琢炼饰,而追求丽藻与远韵的统一;或崇俗尚质,而追求浅切尽露的平易之风;或崇奇尚怪,而追求"笔补造化"的人工之美,与盛唐诗歌那种自然浑成之美,也形成鲜明的对照。

齐梁诗风在中唐时期的复兴,是一个值得注意的现象。其原因是多方面的,而最根本的一点,乃是创新求变的一种主观选择。因为刻意追求诗歌艺术的新变,乃是齐梁与中唐这两个时期所共有的特征。然而中唐诗人模仿齐梁却又不为齐梁所囿,能创变出独具中唐特色的诗风,这是中唐诗人的成功。

从诗歌与宗教文化的关系上来看,中唐诗人是以积极主动的态度,大胆地借鉴和吸收宗教思想与宗教艺术中的某些成分,为他们的诗歌创新带来活力。由此可见中唐诗人所具有的胆识与魄力。

　　三、宗教文化对于中唐诗人及诗歌的深刻影响，既加速了诗变的进程，也加重了异变的色彩。

　　中唐时期高度发达的宗教文化，对这一时期的诗歌创作产生了十分深刻的影响。它不仅直接影响了诗人们的世界观、人生观、认识论和方法论，而且也为他们的诗歌创作带来了新精神，注入了新的因素。使他们在艺术想象、艺术构思、意境的构成，以及艺术形象的创造等方面，都具有新颖奇异的特点；从而也使他们的诗歌产生了不同于盛唐的艺术风格。

　　总之，中唐诗人在时代氛围的孕育之中，以异乎寻常的胆识与魄力，打破了"极盛难继"的困境，在盛唐诗歌之后，开创了新的途径，展示了新的美学风范，为诗坛带来了"再盛"的局面，这一点应得到充分的肯定。他们的创新精神、态度与方法，值得当代诗人借鉴；他们在创新过程中，由于刻意创新而带来的不足，也应引以为戒。

附录一 中唐诗歌年表

唐代宗永泰二年 大历元年丙午(766)

杜甫55岁。正月稽留云安,有《南楚》、《雨》等诗。春夏间,自云安移居夔州,途中有《船下夔州雨湿不得上岸别王十二判官》、《移居夔州作》、《漫成一首》等诗。秋,居夔州,有《秋兴八首》、《诸将五首》、《壮游》一首及《昔游》、《遣怀》等诗。冬,寓居夔州西阁,有《阁夜》诗。

岑参52岁。岁初在长安。二月,诏相国杜鸿渐为山南西道、剑南东西川副元帅、剑南西川节度使,以平蜀乱。杜表岑为职方郎中、兼侍御史,列于幕府,随同入蜀。二月至四月滞留梁州,四月南行入蜀,六月过剑门,七月抵成都。有《奉和杜相公初发京城作》、《过梁州奉赠张尚书大夫公》、《梁州陪赵行军龙冈寺北庭泛舟宴王侍御》、《陪群公龙冈寺泛舟》、《梁州对雨怀麹二秀才便呈麹大判官时疾赠余新诗》、《早上五盘岭》、《与鲜于庶子自梓州成都少尹自襃城同行至利州道中作》、《奉和相公发益昌》、《入剑门作寄杜杨二郎中时二公并为杜元帅判官》、《陪狄员外早秋登府西楼因呈院中诸公》等诗。

戎昱,生卒年不详。早年曾举进士,登第与否,记述不一。本年昱

之川,经剑门入蜀,有《入剑门》、《罗江客舍》、《成都暮秋雨》
等诗。见岑参于成都,有《赠岑郎中》诗。

颜真卿58 岁。因作《论百官论事疏》为元载所恶,二月,由刑部尚
书贬为峡州别驾。三月,移佐吉州,道出溧水,有《吊烈士左
伯桃》诗。六月,有《东林寺题名》、《西林寺题名》。

元结48 岁。在道州刺史任。孟云卿初为校书郎,将赴南海,元结
作《别孟校书》诗及《送孟校书往南海序》文以送之。又有《招
陶别驾家华阳作》、《宿洄溪翁宅》、《说洄溪招退者》、《朝阳岩
下歌》等诗及《寒亭记》、《送谭山人归云阳序》等文。

钱起,生卒年不详。天宝九载(750)或十载(751)登进士第。乾元
年间(758~760)任蓝田尉,与诗人王维时相过从,有诗酬答。
大历中,任司勋员外郎、司封郎中,官至考功郎中。本年写有
《赋得青山歌送杨杜二郎中赴蜀军》、《奉送刘相公江淮催转
运》诗,又其《和王员外雪晴早期》诗,约写于本年或略前。

皇甫曾,生年不详。天宝十二载(753)登进士第,历官监察御史。
本年在长安,有《送徐大夫赴南海》、《送汤(按:汤当作杨)中
丞和蕃》诗。

郎士元,生年不详。天宝十五载(756)登进士第。约本年前后,由
渭南尉擢为拾遗。居长安,有《送杨中丞和蕃》、《奉和杜相公
益昌路作》诗。

司空曙,生于开元八年(720)前后。登进士第,未知确年。本年前
后,已在长安,与钱起、独孤及、卢纶等人有唱和。

耿湋,生卒年不详。宝应二年(763)登进士第,后即授周至县尉。
约于本年得替,入朝任左拾遗(一说右拾遗),有《得替后书怀
上第五相公》诗。时卢纶、司空曙、李端等"大历十才子"中人
物都在长安,耿湋与司空曙同时任拾遗之职。他们间常同游

赋诗。耿湋有《秋晚卧疾寄司空拾遗曙卢少府纶》诗。（卢纶
有《同耿湋司空曙二拾遗题韦员外东斋花树》诗,李端有《韦
员外东斋看花》诗。）

卢纶,生年不详。于大历初自鄱阳入京应举,有《晚次鄂州》诗。

吉中孚,生卒年不详。原先一度为道士,后还俗。大约在大历年
　　间任校书郎之职,其间又曾归楚州故乡,卢纶、李端皆有诗送
　　行。（卢纶《送吉中孚校书归楚州旧山》题下自注:"中孚自仙
　　官入仕。"

张籍、王建约生于此年。

大历二年丁未(767)

杜甫56岁。在夔州。正月,居西阁,有《立春》、《愁》、《江海》等诗。
　　三月,自西阁迁居于夔州赤甲,同月又迁居瀼西,有《赤甲》、
　　《入宅三首》、《卜居》、《暮春题瀼西新赁草屋五首》等诗。九
　　月,自夔州之瀼西迁居东屯,未几,复自东屯归瀼西。此间写
　　有《自瀼西荆扉且移居东屯茅屋四首》、《又呈吴郎》、《九日五
　　首》、《登高》、《同元使君春陵行》、《复愁十二首》、《观公孙大
　　娘弟子舞剑器行》、《前苦寒行二首》、《后苦寒行二首》等诗。

岑参53岁。在成都。六月,赴嘉州刺史任。有《江上春叹》、《江上
　　阻风雨》、《早春陪崔中丞泛浣花溪宴》、《送崔员外入奏因访
　　故园》、《送赵侍御归上都》、《过王判官西津所居》、《晚发五
　　溪》、《初至犍为作》、《登嘉州凌云寺作》、《上嘉州青衣山中峰
　　题惠净上人幽居寄兵部杨郎中》等诗。

张谓,生卒年不详。天宝二年(743)登进士第。天宝后期,在北庭
　　都护、伊西节度使封常清幕府为属官,参预军中谋划,立有功
　　勋。是年在湖南潭州刺史任,与当时任道州刺史的元结时有

往来，颇得元结推许。

戎昱是年春，仍在长安。有《送严十五郎之长安》、《成都送严十五之江东》诗。夏秋间，戎昱离川，往投卫伯玉。卫伯玉时任检校工部尚书荆南节度使。昱有《云安阻雨》、《晚次荆江》、《观卫尚书九日对中使射破的》、《赠别张附马》等诗。

颜真卿59岁。正月，在吉州，有《鲜于少保碑铭》。十月，有《靖居寺题名》、《守政帖》。

元结49岁。以军事诣长沙，二月还道州，泛湘江，过零陵，逢春水，舟行不进，作《欸乃曲》五首。《游潓泉示泉上学者》、《石鱼湖上作》、《宴湖上亭作》、《引东泉作》、《登白云亭》、《潓阳亭作》、《夜宴石鱼湖作》、《石鱼湖上醉歌》等诗，皆其为道州任内作，以无确实年月，姑系于此。仲冬，仍在道州任。次第近作，合于旧编，凡二百三首，命曰《文编》。作《文编序》。

钱起是年或略前有《送任先生任唐山丞》、《岁初归旧山酬寄皇甫侍御》、《送虞说擢第南归觐省》、《送虞说擢第东游》、《送郎四（士元）补阙东归》等诗。

皎然，生于开元八年（720）。是年前后，由湖州至杭州灵隐从守直受身戒。

大历三年戊申（768）

杜甫57岁。正月，在夔州瀼西，有《元日示宗武》、《太岁日》、《人日二首》等诗。本月始离夔州，出峡东下。按杜甫居夔州未满二载，诗作甚富，达四百余篇，占杜诗全部的七分之二强。离夔出峡途中，有《将别巫峡赠南卿兄瀼西果园四十亩》、《巫山县汾州唐使君十八弟宴别兼诸公携酒乐相送率题小诗留于屋壁》、《远游》、《春夜峡州田侍御长史津亭留宴得筵字》、《大

历三年春白帝城放船出瞿塘峡久居夔府将适江陵漂泊有诗
凡四十韵》等诗。三月至江陵,留住约三月,有《暮春江陵送
马卿恩命赴阙》、《和江陵宋大少府暮春雨后同诸公及舍弟宴
书斋》、《暮春陪李尚书李中丞过郑监湖亭泛舟得过字韵》等
诗。秋,自江陵移居公安,有《舟出江陵南浦奉寄郑少尹审》、
《移居公安山馆》、《移居公安敬赠卫大郎钧》、《公安送韦二少
府匡赞》、《公安县怀古》等诗。冬末,自公安至岳州。自是不
常所处,舟居为多。有《晓发公安》、《久客》、《冬深》、《岁晏
行》、《泊岳阳城下》、《登岳阳楼》等诗。

岑参54岁。在嘉州。七月,罢刺史职东归,至戎、泸间,阻于战乱,
淹泊戎州。后改计北行,却至成都。有《阻戎泸间群盗》、《东
归发犍为至泥溪舟中作》、《青山峡口泊舟怀狄侍御》、《下外
江舟中怀终南旧居》等诗。

张谓约于此年或稍晚离潭州刺史任,入朝为太子左庶子。

戎昱在江陵,有《云梦故城秋望》、《江城秋霁》、《别公安贾明府》
等诗。

颜真卿60岁。五月,除抚州刺史。

元结50岁。岁初犹在道州,旋即调赴容州。夏四月十六日,复奉
敕授容州刺史中丞充本营经略守捉使,使持节都督容州诸军
事。元结以母老身病,不堪远行,进《让容州表》,乞停所授。

钱起在长安,是岁有《离居夜雨奉寄李京兆》、《送陆珽侍御使新
罗》、《送萧常侍北使》、《送李大夫赴广州》等诗。又《奉和杜
相公移长兴宅呈元相公》诸诗,疑为本年或略后所作。是岁
王缙以河南副元帅兼幽州节度使,七月赴幽州。时诗人钱
起、韩翃、皇甫冉、皇甫曾等皆有送行之诗。钱起为《送王相
公赴范阳》诗。

皇甫曾有《送王相公赴幽州》诗。是年秋之后至大历六年(771)春之前,皇甫曾被贬为舒州司马,此间与独孤及有诗唱和。

韩翃居长安,有《奉送王相公缙赴幽州巡边》诗。

皎然49岁。是年夏前自杭州灵隐返湖州新营苕溪草堂。

卢纶居长安,举进士不第。本年前后,有《与从弟瑾同下第后出关言别》、《酬苗员外仲夏归郊居遇雨见寄》等诗。大历初,纶与外兄司空曙、诗友李端、苗发、吉中孚、钱起等相聚于长安,文咏唱和,号"大历十才子",并在郭子仪之子郭暧门下。《册府元龟》卷841载:"代宗大历中,(李端)与韩翃(翃)、钱起、卢纶等文咏唱和,驰名都下,号大历十才子。时郭尚父少子暧,尚代宗女升平公主,贤明有才思,尤喜诗。而端等多在暧之门下。每宴集诗赋,公主坐视帘中,诗之美者,赏百缣。"

韩愈生于河阳(今河南孟县)。自谓郡望昌黎。父仲卿,曾任武昌令、鄱阳令、秘书郎、赠尚书左仆射。

大历四年己酉(769)

杜甫58岁。正月,自岳州之潭州。未几,入衡州。夏,畏热,复回潭州。有《陪裴使君登岳阳楼》、《发白马潭》、《南征》、《归梦》、《上水遣怀》、《遣遇》、《次晚洲》、《望岳》、《解忧》、《清明二首》等诗。

岑参55岁。客居成都。岁末,东归不遂,卒于成都旅舍。有《西蜀旅舍春叹寄朝中故人呈狄评事》、《客舍悲秋有怀两省旧游呈幕中诸公》、《送绵州李司马秩满归京因呈李兵部》、《东归留题太常徐卿草堂》等诗。

戎昱,约九月辞荆南幕至湖南,有《宿湘江》、《上湖南崔中丞》诗。

皇甫冉在润州,与润州刺史樊晃有诗往来。其《和樊润州秋日登

城楼》、《同樊润州游郡东山》等诗作于此年。按：樊晃曾最早
为杜甫诗编集。

李嘉祐，春夏间在长安，任司勋员外郎之职。有《送樊岳曹潭州谒
韦大夫》、《送冷朝阳及第东归江宁》等诗。按：《唐才子传》卷
四冷朝阳小传称："(冷朝阳)大历四年齐映榜进士及第，不待
调官，言归省觐，自状元以下，一时名士夫及诗人李嘉祐、李
端、韩翃、钱起等，大会赋诗攀饯。"

刘长卿，生卒年不详。年轻时在嵩山读书，玄宗天宝中登进士第。
肃宗至德年间任监察御史，后为长洲县尉，因事得罪，贬至岭
南为南巴尉。大历四、五年间，尝游历镇江、润州，后至湖南。
有《和樊使君登润州城楼》、《送蔡侍御赴上都》、《春过裴虬郊
园》等诗。时刘长卿尚未有官职。

颜真卿61岁。四月，归缵季弟少尹于上都。时同生十人，零落皆
尽，惟真卿独存。有《抚州宝应寺翻经台记》、《魏夫人仙坛
碑》、《华姑仙坛碑》。

元结既进表辞容州职事，代宗察其悃至，欲追元结入朝。夏四月
十三日，敕命起复元结守金吾卫将军员外、置同正员、兼御史
中丞、使持节都督容州诸军事、兼容州刺史、充本管经略守捉
使，赐紫金鱼袋。敕命未到，而丁母忧。元结作《再让容州
表》，请刺史王庭璘进呈，乞收新授官诰，俾终丧制。优诏
许之。

张继，生卒年不详。天宝十二载(753)登进士第。至德中与刘长
卿同为御史。约于本年或稍后，尝在武昌，有《奉寄皇甫补
阙》诗。后任检校祠部员外郎，分掌财赋于洪州。有《送邹判
官往陈留》诗。

钱起在长安，任员外郎之职。有《苦雨忆皇甫冉》、《酬刘员外雨中

见寄》、《送冷朝阳擢第后归金陵觐省》等诗。

郎士元在长安。本年秋之前,已被擢为"从六品上"的员外郎。

韩翃在长安,有《送冷朝阳还上元》诗。

戴叔伦,生于玄宗开元二十年(732),时年38岁。此前仕履未详,
　　曾为杭州新城县令。戴叔伦为刘晏所辟,曾在转运府中任
　　职,本年督赋荆南,曾至夔州,逢蜀将杨子琳之乱,劝说杨子
　　琳归顺唐朝廷。有《渐至涪州先寄王员外使君纵》诗。《送别
　　钱起》诗约作于此年。

韦应物,生于玄宗开元二十五年(737),本年33岁。约于此年从
　　洛阳至长安,有《送冯著受李广州署为录事》、《送阎寀赴东川
　　辟》诗。

卢纶往来于长安、鄠至间。应举落第。有《送吉中孚校书归楚州
　　旧山》、《客舍苦雨即事寄钱起郎士元员外》诗。又《落第后归
　　终南别业》诗亦为本年前后作。

李益,生于玄宗天宝七载(748)。本年22岁。登进士第,授郑县
　　尉,不赴。

大历五年庚戌(770)

杜甫59岁。正月,在潭州。是月二十一日,从书帙中得高适十年
　　前所赠诗(按:高适卒于代宗永泰元年〈765〉),追念故人,老
　　泪纵横,作《追酬故高蜀州人日见寄》诗。三月,在潭州,遇李
　　龟年,作《江南逢李龟年》诗赠之。又有《燕子来舟中作》、《小
　　寒食舟中作》、《风雨看舟前落花戏为新句》、《清明》等诗。夏
　　四月,避臧玠乱入衡州,有《入衡州》、《逃难》、《白马》等诗。
　　甫欲往郴州舅父崔伟处,途中为大水所阻,停泊耒阳方田驿。
　　乏食,县令得悉,馈以酒肉,甫作诗致谢,题为《聂耒阳以仆阻

水书致酒肉疗饥荒江诗得代怀兴尽本韵至县呈聂令陆路去
方田驿四十里舟行一日时属江涨泊于方田》。其《舟中苦热
遣怀奉呈阳中丞通简台省诸公》诗,当亦作于此时。秋,因潭
州臧玠之乱已平,杜甫决计调舟北归,折回潭州,而后再经岳
阳,重返长安。有《暮秋将归秦留别湖南幕府亲友》、《登舟将
适汉阳》、《长沙送李十一衔》等诗。杜甫在自潭州赴岳阳途
中,风痹病加剧,伏枕作绝笔诗五言排律《风疾舟中伏枕书怀
三十六韵奉呈湖南亲友》。不久,即卒于舟中。有《杜少陵
集》。现存诗一千四百余首。

戎昱有《湖南春日》诗。四月,潭州刺史、湖南观察使崔瓘为兵马
使臧笛所杀,湖南乱。是冬离长沙,有《湖南雪中离别》诗。

李嘉祐于本年前后出为袁州刺史。

颜真卿62岁。五月,有《丽正殿学士殷君碣铭》。十二月,有《宋开
府碑铭》。

元结52岁。守制家居于浯溪。

钱起在长安。本年或稍后,有《送杨暤擢第游江南》诗。

独孤及自此年至大历九年(774)为舒州刺史。

李端,生卒年不详。是年登进士第。登第后任秘书省校书郎。有
《送杨暤擢第归江东》诗。

皇甫冉约卒于此年,年约五十四。

皎然51岁。于本年前后又重游杨楚。其《往丹阳寻陆处士不遇》
诗及其与顾况、韩章同作《送昼公联句》约作于此时。

秦系,约生于玄宗开元十三年(725),是年约46岁。邺守薛嵩聘
系为右卫率府仓曹参军,系托疾辞免,有《献薛仆射》、《山中
赠张正则评事》(题注:"系时授右卫佐,以疾不就")诗;《鲍防
员外见寻》诗亦作于本年前后。

卢纶往来于长安、盩至间。应举落第。本年或稍前,有《送潘述宏词下第归江南》、《送杨暤东归》、《送元赟府重任龙门县》、《落第后归山下旧居留别刘起居昆季》、《客舍喜崔补阙司空拾遗访宿》、《出山逢耿沣》、《春日灞亭同苗员外寄皇甫侍御》等诗。

韩愈3岁。愈父母先后病故,由长兄韩会、长嫂郑氏、乳母李氏抚养。

卢仝约生于本年。祖上曾定居扬州。他出生在一个薄有产业的书香家庭。

大历六年辛亥(771)

张谓在长安。冬,任礼部侍郎。

戎昱至衡阳,有《衡阳春日游僧院》诗。

李嘉祐在袁州刺史任。其《暮春宜阳郡斋愁坐忽枉刘七侍御新诗因以酬答》诗约作于此时或稍后。

刘长卿已为转运使判官、淮西鄂岳转运留后等职。有《湖南使还留辞辛大夫》、《赠元容州》等诗。

颜真卿63岁。在抚州刺史任上。三月,有《宝应寺律藏院戒坛记》。四月,有《南城县麻姑山仙坛记》。是年有《晋侍中西平靖侯颜公大宗碑》,又有书元结所撰《中兴颂》碑。按《颂》序前有:"尚书水部员外郎兼殿中侍御史荆南节度判官元结撰。金紫光禄大夫前行抚州刺史上柱国鲁郡开国公颜真卿书。"《颂》末纪:"上元二年秋八月撰,大历六年夏六月刻。"及由左辅元编次所赋为《临川集》十卷。

元结53岁。仍家浯溪,号其居曰"漫郎宅"。有《右堂铭》,为本年刻石,在祁阳浯溪。元结上元中所撰《中兴颂》,是岁夏六月刻石,在浯溪石崖上,俗称《摩崖碑》。又有《中堂铭》、《东崖铭》、《寒泉铭》,石刻皆在祁阳,不记年月,疑亦家浯溪时所撰,姑次于此。

钱起有《送陆贽擢第还苏州》诗。又其《寄袁州李嘉祐员外》诗当亦作于本年或稍后。

皇甫曾于是年春因事贬为舒州司马。

独孤及于是年任舒州刺史,有《暮春于山谷寺上方遇恩命加官赐服酬皇甫侍御见贺之作》诗。

郎士元约于本年或略前,已任员外之职。

司空曙《酬李端校书见赠》诗写于本年前后。

卢纶奔走权相元载之门,载取纶文以进代宗,特授阌乡尉。纶早春回蓥至,其年二月二日赴阌乡途中,于华山题名(《金石萃编》卷 79)。有《将赴阌乡灞上留别钱起员外》、《早春归蓥至旧居却寄耿拾遗沣李校书端》、《寄郑七纲》等诗。

李益24 岁。登制科举,官郑县主簿。是年李益有《唐荥阳郑氏墓志》之作,文今佚。

章八元登进士第。

大历七年壬子(772)

张谓在礼部侍郎任,典本年贡举。

戎昱似去桂林,到过耒阳,有《耒阳溪夜行》诗,原注:"为伤杜甫作"。

李嘉祐在袁州刺史任。

颜真卿64 岁。有《八关斋报德记》。九月,至东京,除湖州刺史。十一月,发东京,有《与夫人帖》。

元结54 岁。春正月,朝京师,遇疾。夏四月庚午,卒于永崇坊之旅馆。赠礼部侍郎。冬十一月壬寅,葬于鲁山青岭泉陂原。

皇甫曾罢舒州司马任,由舒州沿长江而下,经京口,折入东南漕
　　河,往洛阳。约在本年或明年夏秋之交,遇戴叔伦于京口,戴
　　有诗送之。

耿湋,秋尚在长安,有《奉送蒋尚书兼御史大夫东都留守》诗。

顾况在滁州。其《龙宫操》、《在滁苦雨归桃花崦伤亲友略尽》、《苦
　　雨》等诗,当作于本年或明年。

戴叔伦41岁。本年或明年,在京口遇皇甫曾,写有《京口送皇甫司
　　马副端曾舒州辞满归去东都》诗以送之。

韦应物36岁。闲居洛阳同德精舍,岁暮返长安。有《留别洛京诸
　　亲友》、《赠崔员外》、《同德精舍旧居伤怀》等诗。

畅当登进士第。

白居易、刘禹锡、李绅、吕温、李翱本年生。

大历八年癸丑(773)

张谓在礼部侍郎任,典本年贡举。

戎昱入李昌夔幕府。按本年九月,以李昌夔为桂州刺史、桂管观
　　察使。戎昱在桂林写有《桂城早秋》、《桂州口号》等诗。

李嘉祐约于本年卸袁州刺史之任,回吴兴、晋陵一带定居。

刘长卿有《送李员外使还苏州兼呈前袁州李使君赋得长字袁州即
　　员外之从兄》诗。按长卿在本年至大历十二年(777)间,因遭
　　吴仲孺之诬害而由淮西鄂岳转运留后贬为睦州司马,时节是
　　在秋冬之际。有《按覆后归睦州赠苗侍御》、《初闻贬谪续喜
　　量移登干越亭赠郑校书》、《却归睦州至七里滩下作》等诗。
　　又有《送耿拾遗湋归上都》诗。刘长卿在睦州时,和长期居住
　　在会稽的诗人秦系相唱酬。秦系有《耶溪书怀寄刘长卿员

　　外》诗,题下自注:"时在睦州。"刘长卿也有数首诗寄赠秦系,
　　如《赠秦系徵君》、《酬秦系》、《赠秦系》等。二人唱和之诗,后
　　由秦系编为唱和集。德宗贞元七年(791),秦系遇权德舆于
　　镇江,就由权德舆作了一篇《秦徵君校书与刘随州唱和集
　　序》。刘长卿在睦州期间,与严维唱和亦颇多。刘有《对酒寄
　　严维》、《送严维尉诸暨》、《送严维赴河南充严中丞幕府》、《宿
　　严维宅送包佶》、《蛇浦桥下重送严维》、《重别严维》等诗;严
　　亦有《留别邹绍刘长卿》、《赠刘长卿时赴河南严中丞幕府》、
　　《答刘长卿七里濑重送》、《答刘长卿蛇浦桥月下重送》、《登桐
　　庐寄刘员外》、《重送新安刘员外》等诗,而他的"柳塘春水漫,
　　花坞夕阳迟"(《酬刘员外见寄》)名句,即写于此时。青年诗
　　人章八元回到故乡睦州时,也与刘长卿相酬答,刘有《月下呈
　　章八元》诗,章有《酬刘长卿月夜》诗。

颜真卿 65岁。为湖州刺史,春正月,到任。七月,追建《放生池碑
　　铭》。是年,有《题杼山癸亭得暮字》、《谢陆处士杼山折青桂
　　花见寄之什》诗;有《水堂送诸文士戏赠潘丞联句》;又有《沈
　　氏述祖德记》、《玄靖李先生碑铭》等。

钱起 是年有《送陆贽擢第还苏州》诗。又其《蓝溪休沐寄赵八给
　　事》诗约作于本年。

皇甫曾 在本年至大历十二年(777)间,已辞舒州司马任。其间曾
　　在湖州与皎然、颜真卿游。

韩翃 于此年或略前,在汴宋节度使田神功幕中任职。此前尝闲居
　　十年。

耿沣 充括图书使赴江淮及其还朝,约在本年至大历十一年(776)
　　之内。卢纶作《送耿拾遗沣充括图书使往江淮》诗,当在此
　　年。耿沣这次出使,与颜真卿、严维、刘长卿、秦系等人有唱

酬。耿沣有《赠严维》,颜真卿有《送耿拾遗联句》,严维有《酬
耿拾遗题赠》,刘长卿有《送耿拾遗归上都》,秦系有《山中赠
耿拾遗沣兼两省故人》诗。

皎然54岁。春时,已返湖州。有《同诸公奉侍祭岳渎使大理卢幼
平自会稽回经平望将赴于朝廷期过故林不至》诗。

秦系在剡中,其《山中奉寄钱起员外兼简苗发员外》诗,当作于本
年前后。

韦应物37岁。疑是年曾客游江汉。有《听嘉陵江水声寄深上人》、
《西塞山》、《城中卧疾知阎薛二子屡从邑令饮因以赠之》
等诗。

卢纶于此年前后数年内,继阌乡尉后,旋任密县令及昭应令。本
年前后,有《华清宫》七绝二首及《早秋望华清宫中树因以成
咏》等诗。

柳宗元生。

大历九年甲寅(774)

张谓在礼部侍郎任,典本年贡举。

颜真卿66岁。正月,在湖州刺史任,作《干禄字书序》,书于刺史宅
东厅院。春,颜真卿、皎然、皇甫曾、陆羽、李萼等均在湖州,
时相聚集,赋诗作文,极一时之盛。颜真卿有《喜皇甫曾侍御
见过南楼玩月联句》。是年,颜真卿撰《韵海镜源》成。按:此
书天宝中真卿守平原时与他人合撰,因"安史之乱"中辍;及
刺抚州,与左辅元等增广成五百卷;至是,刊削繁辞,纂而成
文,凡古今文字该于理者,撮笔撮要,为三百六十卷。原书已
佚,今仅存清人黄奭所辑一卷。是年颜真卿尚有《妙善寺碑》
及《赠僧皎然》诗等。

钱起在长安。是年四月,中书舍人常衮率两省十八人诣阁请论
事,诏三人各尽所怀。十二月,中书舍人常衮为礼部侍郎。
是年秋,常衮作《晚秋集贤院即事寄徐薛二侍郎》诗(按:徐为
徐浩,薛为薛邕,皆曾任吏部侍郎,去岁因事坐贬,贬浩明州
别驾、邕歙州刺史),时钱起、司空曙、独孤及、卢纶、包佶等人
皆有奉和之作。钱起作《奉和中书常舍人晚秋集贤院即事寄
徐薛二侍郎》诗。

皇甫曾在湖州,作《乌程水楼留别》诗,此为其代表之作。又与颜
真卿、皎然、李萼、陆羽等人共赋联句多首。

韩翃于本年至大历十一年(776)间,在汴宋节度留后田神玉幕中
任职。作《为田神玉谢诏葬兄神功毕表》、《为田神玉谢兄神
功于京兆府界择葬地表》等文数篇。

司空曙在长安,有《奉和常舍人晚秋集贤院即事寄徐薛二侍
郎》诗。

皎然55岁。在湖州。秋八月,张志和由会稽来湖州,皎然有《奉应
颜尚书真卿观玄真子置酒张乐舞破阵画洞庭三山歌》、《奉和
颜鲁公真卿落玄真子舴艋舟歌》诗及《乌程李明府水堂观玄
真子置酒张乐丛笔乱挥画武城赞》。是年,颜真卿《韵海镜
源》修成,皎然有《奉和颜使君真卿修韵海毕会诸文士东堂重
校》、《奉和颜使君真卿修韵海毕州中重宴》、《春日陪颜使君
真卿皇甫曾西亭重会韵海诸生》、《奉陪颜使君修韵海毕东溪
泛舟饯诸文士》等诗。又其《建元寺集皇甫侍御书阁》、《建元
寺皇甫侍御院寄李员外纵联句》、《建安寺夜会对雨怀皇甫侍
御曾联句》、《同颜鲁公泛舟送皇甫侍御曾》、《奉和颜使君真
卿与陆处士羽登妙喜寺三癸亭》、《同颜使君真卿李侍御萼游
法华寺登凤翅山望太湖》、《奉同颜使君真卿送李侍御萼赋得

荻塘路》等诗，当亦作于本年前后。

韦应物38岁。此后数年间，任京兆府功曹，又摄高陵宰，在长安。此间有《答刘西曹》（题下自注："时为京兆功曹。"）、《答贡士黎逢》（题下自注："时任京兆功曹。"）、《天长寺上方别子西有道》（题下自注："时任京兆府功曹摄高陵宰。"）等诗。

卢纶于本年前后升任监察御史，及集贤学士、秘书省校书郎，辄称疾去。纶为监察御史时，曾至尉南县一带，与陆贽唱酬。有《驿中望山戏赠渭南陆贽主簿》、《和常舍人晚秋集贤院即事十二韵寄赠江南徐薛二侍郎》等诗。

秦系在剡中，有《寄浙东皇甫中丞》诗。又其《山中枉皇甫大夫见招》诗作于本年至十一年。

独孤及是年任常州刺史。亦有《和中书常舍人晚秋集贤院即事赠徐薛二侍郎》诗。

李益27岁。仍官郑县主簿。自是年秋，李益从军北征，赴渭北（鄜坊）使府，开始第一次之朔方军旅生活。至振武镇转西行，至西受降城，沿途有名篇若干首，实系李益集中精华。有《从军有苦乐行》、《登夏州城观送行人赋得六州胡儿歌》、《从军夜次六胡北饮马磨剑石为祝殇辞》、《听晓角》、《登长城》、《塞下曲》四首、《夜上西城听梁州曲》二首、《拂云堆》、《暖川》（一作《征人歌》）、《盐州过胡儿饮马泉》、《度破纳沙二首》（一作《塞北次破纳沙》）、《夜上受降城闻笛》、《暮过回乐烽》、《再赴渭北使府》、《回军行》、《边思》、《塞下曲》、《来从窦车骑行》、《赴邠宁留别》、《五城道中》等诗。此数年间，李益出入渭北非只一次。这些诗年月虽不能确指，要不出自是年迄大历末暨贞元初。

韩愈7岁。始启蒙读书，并随长兄韩会由东都洛阳迁居京师长安。

大历十年乙卯(775)

张谓是年知东都洛阳贡举试。

戎昱在桂州,有《桂州腊夜》诗(中有"二年随骠骑,辛苦向天涯"
　　句)。

颜真卿67 岁。是年有《元次山表墓碑铭》、《欧阳领军碑铭》。

钱起在长安。是岁,名僧少微自京师游蜀,一时诗人如钱起、戴叔
　　伦、李端、皇甫曾、卢纶等皆有诗为之送别。钱起作《送少微
　　师西行》诗。

皇甫曾是年有《送少微上人东南游》诗。

李端是年有《送少微上人入蜀》诗。

皎然56 岁。在湖州。是年或稍后,有《陪颜使君饯宣谕萧常
　　侍》诗。

戴叔伦是年有《送少微上人入蜀》诗。

卢纶在长安任职,有《元日早朝呈故省诸公》、《元日朝回中夜书情
　　寄南宫二故人》及《送少上人游蜀》等诗。

李绅4 岁。本年前后,父为常州晋陵县令。

姚合生。

大历十一年丙辰(776)

戎昱是年有《再赴桂州先寄李大夫》诗,其中有"过因谗后重,恩合
　　死前休"句,似被谗斥出,又为李昌夔所召回。又本年秋忽被
　　召入京,有《开元观陪杜大夫中元日观乐》诗。杜大夫即谏议
　　大夫杜亚。

颜真卿68 岁。四月,有《崔孝公陋室铭记》。初,较溪东南有白𬞟
　　洲,梁太守柳恽《江南曲》:"汀洲采白𬞟,日暮江南春。"后人

因以名洲。至是,真卿始剪榛导流,作八角亭及茅亭,书恽志于上。是年又有《康使君碑铭》及《送耿沣拾遗联句》。

刘长卿仍在睦州。是年有《送少微上人游天台》诗。按:少微于去年离京,游遍长江流域,翌年赴天台途中,在睦州停留,与刘长卿过从,故刘有此诗。又有《送耿沣拾遗归上都》诗。

钱起有《送鲍中丞赴太原军营》诗。按是年鲍防赴太原军营任职,钱起为此诗送别。

韩翃在汴州。是年五月,汴宋节度留后田神玉死,以李忠臣为汴州刺史。韩翃留汴州,在李忠臣幕中任职。

耿沣是年七月充括图书使归朝。

秦系在剡中。是年七月至十四年崔昭任浙东观察使,系与之游,其《山中崔大夫有书相问》诗当作于此间。

韦应物40岁。在京兆府功曹、摄高陵宰任上。有《高陵书情寄三原卢少府》诗。

卢纶在长安任职。与元载之党侍郎赵纵、王缙之弟太常少卿王纮、王缙之子考功王员外唱酬。本年秋或稍前,纶赴虢州。是年有《送张调参军侍从归觐荆南因寄长林司空十四曙》、《送李尚书郎君昆季侍从归觐滑州》、《送鲍中丞赴太原》等诗。又其《和太常王卿立秋日即事》、《和考功王员外抄秋忆终南旧居》、《和大理裴卿抄秋忆山下旧居》、《王员外冬夜寓直》、《和金吾裴将军使往河北宣慰因访张氏昆季旧居兼寄赵侍郎赵卿拜陵未回》、《过终南柳处士》、《奉和太常王卿酬中书李舍人中书寓直春夜对月见寄》、《赴虢州留别故人》等诗,当写于本年或稍前。

白居易5岁。开始学诗。弟行简生。

柳宗元4岁。《柳宗元集》卷十三《先太夫人归祔志》云:"宗元始四岁,居京城西田庐中,先君在吴,家无书,太夫人教古赋十四首,皆讽传之。"即在此年。

独孤郁(独孤及之子)生。

大历十二年丁巳(777)

张谓本年仍在世(据怀素《自叙帖》),此后事皆不详。

戎昱在长安。杜亚迁给事中,而戎昱任侍御史。

刘长卿在睦州。是年包佶坐元载党被贬岭南,在岭南作《岭下卧疾寄刘长卿员外》。刘长卿有和诗为《酬包谏议佶见寄之什》。又是年秋作《酬皇甫侍御见寄时前相国姑臧公初临郡》诗。按:"皇甫侍御"指皇甫曾,时居丹阳;"前相国姑臧公"指李益大伯父李揆,新任睦州刺史。

颜真卿69岁。四月,有《柳恽西亭记》。元载被诛,杨绾荐真卿,四月召于湖州。五月,有《项王碑阴述》。八月,为刑部尚书。

皎然58岁。在湖州。是年十月,有《思村东北塔铭》。

秦系在剡中,本年初夏游湖州,有《赠乌程杨苹明府》诗。又与皎然游。

韦应物41岁。在京兆府功曹任上。是年夏秋,秦中大水成灾,韦应物曾出使云阳视察灾情,有《使云阳寄府曹》诗记其事。又有奉使至蓝田之行,其《赠令狐士曹》诗题下自注:"自八月朔旦同使蓝田,淹留涉季,事先半日而不相待,故有戏赠。"按:韦应物任京兆府功曹期间,尚有《答令狐士曹独孤兵曹连骑暮归望山见寄》、《酬豆卢仓曹题库壁见示》、《赠令狐士曹》、《晚出府舍与独孤兵曹令狐士曹南寻朱雀街归里第》、《赠冯著》、《答冯鲁秀才》等诗。

卢纶是年三月受元载、王缙案牵累,在赣州先入罪所,后受停务处

分。昭雪后,旅食江湖。与密友赵纵仍有书简往来。本年有
《虢州逢侯钊同寻南观因赠别》、《罪所送苗员外上都》诗。又
其《送申屠正字往湖南迎亲兼谒赵和州因呈上侍郎使君并戏
简前历阳李明府》、《赴池州拜觐舅氏留上考功郎中舅》、《雪
谤后逢李叔度》、《雪谤后书事上皇甫大夫》及《春日书情赠别
司空曙》等诗,当写于本年或稍后。

李益30 岁。自大历九年从军,至本年或明年返郑县,寻即罢郑县
主薄而去。有《罢秩后入华山采茯苓逢道者》、《入华山访隐
者经仙人石坛》等诗。

韩愈10 岁。兄韩会为起居舍人,坐元载党被贬为岭南韶州刺史。
韩愈随同全家迁往。

李绅6 岁。父卒,母授之学。

独孤及卒,年 53。

皇甫湜约生于此年。

大历十三年戊午(778)

戎昱,初为侍御史。十二月,杜亚贬洪州刺史、江西观察使,戎昱
贬辰州刺史。有《谪官辰州冬至日怀》诗。

刘长卿仍在睦州司马任。与秦系有唱酬。

颜真卿70 岁。正月,在刑部尚书任,三抗章乞致仕,不允。二月,
作《过瑶台寺怀园寂上人》诗。秋,进吏部尚书。《怀素上人
草书歌》写于是年。

皎然59 岁。是年南游桐庐、剡溪。其《戛铜椀龙吟歌》、《夏日题桐
庐杨明府纳凉山斋》、《早秋桐庐思归》等诗,皆在桐庐作。是
时又访秦系于剡中,有《题秦系山人丽句亭》诸作。按:皎然
与秦系在大历、贞元间唱酬颇多,皎集中今存十首。

秦系与皎然唱酬。秋,与谢氏离婚而获谤,出山,冬至睦州,与刘长卿唱和。

韦应物42岁。秋,已由京兆府功曹为鄠县令。是年,京兆尹黎干改除兵部侍郎,韦应物写有《秋集罢还途中作谨献寿春公黎公》诗。又有与李端、卢纶等送黎干子黎熠赴阳翟诗,韦诗为《杂言送黎六郎》(题下自注:“寿阳公之子。”)、《送黎六郎赴阳翟少府》。

李端在长安。有《送黎少府赴阳翟》诗。

卢纶本年调为陕府户曹,后来又作河南密乡令。有《送黎燧(当作熠)尉阳翟》、《夜中得循州赵司马侍郎书因寄回使》(按:赵侍郎即郭子仪之婿赵纵)、《驿中望山戏赠陆贽主簿》、《奉和陕州十四翁中丞》、《送陕府王司法》等诗。又其《和赵端公九日登石亭上和州家兄》、《卧病寓居龙兴观枉驾冯十七著作书知罢摄洛阳赴缑氏因题十四韵寄冯生并赠乔尊师》及《秋夜寄冯著作》等诗,疑作于本年前后。

白居易7岁。是年前后,犹居荥阳(即郑州)。

杨凝登进士第。

吴筠卒。

柳公权生。

大历十四年己未(779)

戎昱本年至德宗建中四年(783)均在辰州。

李嘉祐卒于本年前后,年约61。有诗集一卷。

张继约于此年之前卒于洪州。有《张祠部诗集》。《全唐诗》录存其诗一卷,其中疑杂有皇甫冉、韩翃、顾况、窦叔向之作。

刘长卿本年前后由睦州赴随州,途经洪州,曾作诗《哭张员外继》。

是年闰五月,鲍防以京畿观察使为福州刺史、福建都团练观察使。刘长卿《送秦侍御外甥张篆之福州谒鲍大夫》诗,当写于本年或稍晚。按:次年四月,鲍防以福建观察使为洪州刺史、江西团练观察使。

颜真卿71岁。五月,代宗崩,颜真卿充礼仪使。七月,颜真卿以礼仪使、吏部尚书上奏称:"列圣谥号,文字繁多,请以初谥为定。"有《请复七圣谥号状》及《论元皇帝祧迁状》等。

皇甫曾本年前后居于江边的丹阳别业,有《寄刘员外长卿》诗。

郎士元于本年或稍后任郢州刺史,时卢纶有诗送别。郎士元在郢州任上有《别房士清》、《郢城秋望》、《送彭偃房由赴朝因寄钱大郎中李十七舍人》等诗。

韩翃在汴州。是年三月,李希烈为淮西留后,复命李勉以永平节度使兼汴州刺史,移治所于汴州,韩翃复为勉幕吏。

李端是年有《代宗挽歌》。约此后不久,因事出为杭州司马。

皎然60岁。本年冬或次年春,又由剡中返苏州、湖州,时作有《奉送中丞李道昌入朝》诗。

秦系于本年或稍后,至泉州南安。

韦应物43岁。六月,自鄠县令除栎阳令。七月,以疾辞官。其《谢栎阳令归西郊赠别诸友生》诗中有"独此抱微痾,颓然谢斯职。"句下自注:"大历十四年六月二十三日,自鄠县制除栎阳令,以疾辞归善福精舍。七月二十日赋此诗。"自本年六月辞栎阳令后,至建中二年(781)四月除尚书比部员外郎之前,闲居于长安西郊鄠县沣水沿岸之善福寺,也称西斋。在此期间,作有《沣上西斋寄诸友》、《独游西斋寄崔主簿》、《善福阁对雨寄李儋幼遐》、《九日沣上作寄崔主簿倬二李端系》、《寺居独夜寄崔主簿》、《沣上寄幼遐》、《善福精舍示诸生》、《晚出

澧上赠崔都水》、《寓居澧水精舍寄于张二舍人》、《澧上醉题
寄涤武》、《澧上对月寄孔谏议》等等。此一时期所作之诗,后
曾编录为《澧上西斋吟稿》数卷。

卢纶有《奉和李舍人昆季咏玫瑰花寄赠徐侍郎》诗。又其《送郎士
元使君赴郢州》诗,亦作于本年前后。

韩愈12 岁。其兄韩会约于本年或明年病故,韩愈随同嫂郑氏护丧
从岭南返回故乡河阳。

元稹生。

贾岛生。

姚合约生于是年。

唐德宗建中元年庚申(780)

刘长卿在随州刺史任。

颜真卿72 岁。七月,有《颜少保碑铭》。时杨炎当国,真卿以直不
容。八月,为太子少师、依前礼仪使。有左辅元所编《礼仪
集》十卷。

钱起在长安。是年有《送夏侯审校书东归》、《奉陪郭常侍宴浐川
山池》、《禁闱玩雪寄薛左丞》等诗。

郎士元约卒于建中年间(780—783),确年不详。

韩翃内迁为驾部郎中、知制诰。有《送夏侯审》诗。

皎然61 岁。仍在苏、湖一带。是年有《唐湖州佛川寺故大师塔
铭》、《苏州东武丘寺律师塔铭》。

秦系本年至建中三、四年在泉南,"穴石为研,注《老子》,弥年不
出,薛播往见之,岁时致羊酒"(《新唐书》本传)。其《答泉州
薛播使君重阳日赠酒》诗作于此时。

戴叔伦49 岁。本年春在汴州,有《和李相公勉晦日蓬池游宴》、《和

汴州李相公勉人日喜春》诗。是年五月以后出为东阳令（在今浙江）。

韦应物44岁。有《答畅当校书》、《西郊养疾闻畅校书有新什见赠久伫不至先寄此诗》诗。本年春或明年春，有《春日郊居寄万年吉少府中孚伟夏侯校书审》、《春宵燕万年吉少府中孚南馆》诗。今冬或明春，有《寄令狐侍郎》诗。本年前后，韦应物丧妻，作《伤逝》等悼亡诗十余首。

卢纶是年为昭应令（长安属县）。其《客舍喜崔补阙司空拾遗访宿》、《同钱郎中晚春过慈恩寺》、《送夏侯审校书归华阴别墅》等诗，约写于本年前后。

吉中孚为京兆万年尉。有《送畅当赴山南幕》诗。

李益33岁。是年春以前已在长安，躬逢元日朝天之盛。有《大礼毕皇帝御丹凤门改元建中大赦》诗。

夏侯审，生卒年不详。是年制科（军谋越众科）及第，释褐任校书郎，又为参军。钱起、韩翃、卢纶等有诗送之。仕终侍御史。此外，在某一时期，夏侯审曾为宣州宁国县丞（如：司空曙有《送夏侯审赴宁国》诗，卢纶有《送宁国夏侯丞》诗）。

孟郊，天宝十载（751）生于崑山（今属江苏）。父庭玢，尝为崑山尉。祖籍湖州武康（今浙江德清）。孟郊是年30岁，前往河阳，有《往河阳宿峡陵寄李侍御》、《叹命》诗。

韩愈13岁。始习文章，初有才名。

白居易9岁。谙识声韵。父季庚由宋州司户参军授徐州彭城县令。母陈氏封颍川县君。

牛僧孺生。

建中二年辛酉(781)

戎昱仍在辰州。

刘长卿在随州刺史任。有《行营酬吕侍御时尚书问罪襄阳军次汉
　　东境上侍御以州邻寇复有水火迫于征税诗以见谕》《献淮宁
　　军节度使李相公》《观校猎上淮西相公》等诗。

皎然62岁。在苏、湖一带。有《早春送颜主簿游越东兼谒元中
　　丞》《奉酬袁高使君新亭对雨》诗。

顾况自本年至贞元二年(786),在镇海军节度使韩滉幕中任判官。
　　是年有《送少微上人还鹿门》诗。

戴叔伦50岁。正月戴叔伦离东阳任赴湖南曹王李皋幕,有《将赴
　　湖南留别东阳旧僚兼示吏人》诗。

韦应物45岁。四月,除尚书比部员外郎。有《始除尚书郎别善福
　　精舍》诗,题下自注:"建中二年四月十九日,自前栎阳令除尚
　　书比部员外郎。"

卢纶是年前后有《送马尚书郎君侍从归觐太原》《书情上大尹十
　　兄》《秋夜同畅当宿藏公院》等诗。

李益是年秋入朔方节度使李怀光幕府,再次从军塞上。

孟郊31岁。在河阳,有《上河阳李大夫》诗。

张籍约15岁。作《废宅行》诗。

白居易10岁。解读书。

刘禹锡10岁。从皎然、灵澈等学诗,见器于权德舆。

王缙卒。

沈亚之生。

　　是年五月,加苏州刺史韩滉检校礼部尚书、润州刺史,充镇海
　　军节度使、浙江东西道观察等使。戴嵩在韩滉幕府为巡官。

嵩善画牛，能尽野性，笔法有得于韩滉，而过滉远甚，但仍属滉派。

建中三年壬戌(782)

颜真卿74 岁。是年八月，改太子太师罢其使。

司空曙于是年春或在此之前，已由左拾遗贬为长林丞。有《秋日趋府上张大夫》、《送高胜重谒曹王》诗。其在长林至少有三、四年的时间，此间有《江园书事寄卢纶》、《长林令卫象饧丝结歌》、《翫花与卫象(一作卫长林)同醉》、《独游寄卫长林》、《醉卫长林岁日见呈》等诗。

皎然63 岁。是年秋与秦系同游江西，有《奉酬袁使君西楼饯秦山人与昼同赴李侍御招三韵》诗。

秦系是年秋由南泉返会稽，至湖州，应吉州刺史李萼之招请，与皎然同游江西。湖州刺史袁高饯之。

顾况于本年至贞元五年(789)在长安。先后任校书郎、著作郎(或著作佐郎)。

韦应物46 岁。仍在尚书比部员外郎任。约四月间，有《送李侍御益赴幽州幕》诗。(按:李益后因朱滔之乱，或未成行。)

卢纶本年或稍后，有《夜中得循州赵司马侍郎书因寄回使》、《逢南中使因寄岭外故人》等诗。

李益35 岁。是年初夏还长安，拟仍返怀光幕赴幽州。后因朱滔之乱未行，仍留长安。有《自朔方还，与郑式瞻、崔称、郑子周、岑赞同会法云寺避暑》诗。

孟郊32 岁。羁旅河南。有《感怀》诗一首。

白居易11 岁。去荥阳，从父季庚徐州别驾任所，寄家符离。

徐浩卒，年八十。早岁擢明经，有文辞，以文学为张说所器重。代

宗时为吏部侍郎,集贤殿学士。德宗时授彭王傅,进会稽郡
公。父峤善书,以法授浩益工。尝书屏四十二幅,八体皆备,
草隶尤精。

建中四年癸亥(783)

戎昱在辰州。有《辰州建中四年多怀》《闻颜尚书陷贼中》诗。

颜真卿75岁。为宰相卢杞所恶,被遣宣慰李希烈军,既至,希烈迫
其降,不屈,乃囚于土窟。

钱起于本年至贞元初有《同王铞起居程浩郎中韩翃舍人题安国寺
用上人院》诗。

韩翃于建中、贞元之际,任中书舍人。

皎然64岁。是年秋由江西返湖州。有《秋日送择高上人往江西谒
曹王》《送李喻之处士洪州谒曹王》诗。

戴叔伦52岁。为江西节度使留后,统领府事。所带中朝官衔为尚
书祠部郎中。冬,奉李皋之命至奉天,有《建中癸亥岁奉天除
夜宿武当山北茅平村》诗。

韦应物47岁。夏,由尚书比部员外郎出为滁州刺史,秋至任。有
《将往滁城恋新竹简崔都水示端》《郡斋感秋寄诸弟》《自巩
洛舟行入黄河即事寄府县僚友》《寄大梁诸友》《将往江淮
寄李十九儋》《淮上即事寄广陵亲故》《夕次盱眙县》《寄畅
当》《重九登滁城楼忆前岁九日归沣上赴崔都水及诸弟集悽
然怀旧》等诗。

卢纶在长安。本年十月,泾原之师倒戈叛乱,德宗出幸奉天。纶
陷在长安城内。有《送畅当赴山南幕》诗。

李益36岁。在长安,登拔萃科。授侍御史。

孟郊33岁。仍滞河南。有《杀气不在边》诗。

王建18岁。大约本年前后,王建出关辅,往山东求学。

韩愈16岁。有《赠河阳李大夫》诗(收入《韩昌黎集》外集)。

白居易12岁。时两河用兵,白居易约于本年逃难至越中。

武元衡、韦纯(贯之)登进士第。

唐德宗兴元元年甲子(784)

戎昱在辰州。有《辰州闻大驾还宫》诗。

刘长卿约于本年或明年离随州刺史任。

李端约卒于此年至贞元二年(786)间。有《李端诗集》。《全唐诗》
　　录存其诗三卷。

颜真卿76岁。被囚于汝州,后又拘送至蔡州。有《奉命帖》。

皎然65岁。在湖州,初识灵澈,孟春荐之于包佶。有《赠包中丞
　　书》。又有《奉陪陆使君长源裴端公枢游东西武丘寺》、《奉和
　　陆使君长源夏月游太湖》等诗。

秦系本年前后已由江西返会稽,有《会稽山居寄薛播侍郎袁高给
　　事高参舍人》诗。《将移耶溪旧居留赠严维秘书》诗,当作于
　　上诗稍前。

戴叔伦于正月离奉天返江西,有《奉天酬别郑谏议云逵卢拾遗景
　　亮见别之作》诗;途中过江陵,与司空曙相遇,有《赠司空拾
　　遗》诗。

韦应物仍在滁州刺史任。有《元日寄诸弟兼呈崔都水》、《社日寄
　　崔都水及诸弟群属》、《寒食日寄诸弟》、《京师叛乱寄诸弟》、
　　《寄诸弟》(题下自注:"建中四年十月三日,京师兵乱,自滁州
　　间道遣使,明年兴元甲子岁五月九日还作。")等诗。本年夏
　　与杨凌唱和,有《寄杨协律》(诗后附杨凌《奉酬滁州寄示》)、
　　《郡中对雨赠元锡兼简杨凌》诗。本年又有《寄李儋元锡》、

《寄全椒山中道士》等诗。冬末，罢滁州刺史任。

卢纶春时陷长安城中，卧病，蒙故人赵纵之子季黄照拂。秋，长安
　　收复，德宗返京。纶时生活艰难。是年有《皇帝感词》、《春日
　　卧病示赵季黄》、《贼中与严越卿曲江看花》等诗。又《题金吾
　　郭将军石伏草堂》、《送宁国夏侯丞》诗当写于本年前后。

韩愈17岁。随全家迁往江南宣城避兵乱。

苗发约卒于此年至贞元二年(786)之间，生年不详。宰相晋卿之
　　子。仕终都官郎中。常与当时名士作诗酬答，然诗篇传世甚
　　少。《全唐诗》仅录存其诗二首。

李冶卒，生年不详。著名女诗人。与陆羽、皎然、刘长卿等人有交
　　往。今存诗十余首，多遣怀酬赠之作。后人曾辑录冶与薛涛
　　诗为《薛涛李冶诗集》二卷。

马异中进士，为礼部侍郎鲍防下进士第二人。

唐德宗贞元元年乙丑(785)

颜真卿77岁。正月，有《移蔡帖》。时真卿已幽辱三载，自度必死，
　　乃自作《遗表》、《墓志》、《祭文》。八月，李希烈使阉奴与辛景
　　臻等缢杀真卿于蔡州龙兴寺。其传世碑刻以《多宝塔碑》、
　　《麻姑仙坛记》、《李元靖碑》、《颜勤礼碑》、《颜家庙碑》等为著
　　名。行书有《争坐位帖》。书迹有《自书告身》、《祭侄文稿》
　　等。后人辑有《颜鲁公文集》。

怀素卒(725～)，年六十一。僧人，书法家。好饮酒，每兴到运笔，
　　如骤雨旋风，飞动圆转，虽多变化而法度具备。晚年笔法趋
　　于平淡。前人评其狂草继承张旭，而有所发展，谓"以狂继
　　颠"，对后世影响颇大。传世书迹有《自叙》、《苦笋》等帖。

钱起约卒于本年或稍后。有《钱考功集》。集中《江行无题一百

首》等为其孙钱绳所作。

皇甫曾卒于本年,著有诗集一卷。

韩翃约卒于本年或稍后。原有集,已散佚,明人辑有《韩君平集》。

皎然66岁。贞元初皎然居湖州东溪草堂,时已着手《诗式》之撰写。其间曾一度应陆长源之招往游信州(今江西上饶),写有《奉和陆中丞使君长源寒食日作》、《奉送陆中丞长源诏征入朝》诗。

戴叔伦54岁。是年春夏间为抚州刺史。

韦应物49岁。去年冬末罢滁州刺史任,本年春夏间尚闲居于滁州西涧。其《岁日寄京师诸季端武等》、《滁州西涧》、《西涧种柳》、《示全真元常》、《观田家》、《滁州西斋》、《山耕叟》、《滁城对雪》等诗,皆为在滁州时所作。韦应物在滁州所作诗甚多,不备举。本年秋,为江州刺史。有《登郡楼寄京师诸季淮南子弟》、《答佃奴重阳二甥》、《始至郡》等诗。

卢纶在长安一带。入浑瑊幕府,任元帅判官、检校金部郎中。既入幕后,带御史衔。有《奉陪浑侍中上巳日泛渭河》、《春日喜雨奉和侍中宴白楼》、《同兵部李纾侍郎刑部包佶侍郎哭皇甫侍御曾》、《秋中野望寄舍弟绶兼令呈上西川尚书舅》等诗。又《送从侄滁州觐省》诗当写于本年后。

李益38岁。在洛阳,写有《中桥北送穆质兄弟应制戏赠萧二策》诗。是年秋,入杜希全幕,第三次从军塞上。

孟郊35岁。至上饶,有《题陆鸿渐上饶新开山舍》诗。

张籍约在本年或稍后,结识于鹄、王建。(疑此时张、王同就学于齐州)。

韩愈18岁。仍在宣城。有《芍药歌》。

白居易16岁。父季庚加检校大理少卿,依前徐州别驾,仍知州事。

柳宗元13岁。本年随父往江西,又往长安游览,得悉李怀光兵败自缢死,欢忭之余,作《为崔中丞贺平李怀光表》。宗元以此文而得"奇名"(刘禹锡作《集序》云:"子厚始以童子有奇名于贞元初。")是年,柳宗元伯祖柳浑以左散骑常侍为兵部侍郎。

鲍防在礼部侍郎任,是年知贡举,策贤良方正,韦执谊、柳公绰、郑利用、穆质、归登、李直方、魏宏简登贤良方正能直言极谏科。

钱徽、崔从、羊士谔、姚係登进士第。

贞元二年丙寅(786)

戎昱已回长安。有《赠韦况征君》诗。

刘长卿是年有《寄别朱拾遗》诗。按刘长卿约卒于此年至贞元七年(791)之间,年近八十。其为诗长于五言,有"五言长城"之誉。有《刘随州集》。

朱放是年春由吴中赴长安,诏举韬晦奇才;诏下聘礼,拜左拾遗,不就,表谢之。

顾况在韩滉幕中任节度判官。有《奉和韩晋公晦日呈诸判官》诗。(时梁肃有《送韦拾遗归嵩阳旧居序》)

秦系是年春再游江西,与抚州刺史戴叔伦、江州刺史韦应物游。

戴叔伦55岁。仍在抚州刺史任,曾上书当时宰相齐映、刘滋等,论当时朝政得失。是年有《张评事涉秦居士系见访郡斋》诗。

韦应物50岁。仍在江州刺史任。在江州有《春月观省属城始憩东西林精舍》《东林精舍见故殿中郑侍御题诗追旧书情涕泗横集因寄呈阎澧州冯少府》《发蒲塘驿沿路见泉谷村舍忽想京师旧居追怀昔年》《自蒲塘驿回驾经历山水》《郡内闲居》等诗。

卢纶在浑瑊幕中。本年秋,曾至长安。有《王评事驸马花烛》、《送
　　史朋滑州谒贾仆射》诗。又其《得耿沣司法书因叙长安故友
　　零落兵部苗员外发秘书省李校书端相次倾逝潞府崔功曹峒
　　长林司空丞曙俱谪远方余以摇落之时对书增叹因呈河中郑
　　仓曹畅参军昆季》、《和张仆射塞下曲》诗当写于本年前后。

李益39岁。是年行役过华州,再度登游华山。有《华阴东泉同张
　　处士诣藏律师兼简县内同官因寄齐中书》诗。

韩愈19岁。离宣城,赴长安投考进士。有《条苍山》、《出门》诗。

白居易15岁。仍在江南。始知有进士,苦节读书,能属文。有《江
　　南送北客因凭寄徐州兄弟书》诗(自注云:"时年十五"),为今
　　存白居易诗最早者。旅苏、杭二郡。

李绅15岁。常读书于惠(慧)山寺。

柳宗元14岁。其伯祖柳浑于是年为兵部侍郎,封宣城县伯。

鲍防以礼部侍郎为京兆尹。国子祭酒包佶知礼部贡举。

贞元三年丁卯(787)

耿沣此前尚在长安,为大理司法。约在此后数年间去世,确切卒
　　年无考。《全唐诗》收录其诗二卷。

顾况于正月至八月间,由江南征入为校书郎。韩滉卒,况已在长
　　安,为作《韩公行状》。八月,顾况为著作郎(或著作佐郎)。

韦应物51岁。由江州刺史入朝为左司郎中。

卢纶在浑瑊幕。约于本年五月丁家艰。本年或稍前,有《送赵真
　　长归夏县旧山依阳征君读书》、《同路郎中韩侍御春日题野
　　寺》诗。

王建约22岁。贞元初在齐州求学之后,即于该地幕府从事数年,
　　藉以饷口。

韩愈20岁。有《烽火》诗。

白居易16岁。唐张固《幽闲鼓吹》、五代王保定《唐摭言》谓白居易
　　年十五六时,袖诗谒顾况于长安之事,傅璇琮先生《顾况考》
　　(见《唐代诗人丛考》)已辨其非。

元稹8岁。是年在凤翔,随姨表兄胡灵之学诗。

韩滉卒(723～),年65。滉为开元名相韩休之子。贞元初,官检校
　　左仆射、同中书门下平章事、江淮转运使。力主国家统一,曾
　　参与平定藩镇叛乱。韩滉善鼓琴,书得张旭笔法,画与韩干
　　相埒。其画远师南朝宋陆探微,擅绘人物、田家风景及牛、
　　羊、驴等。存世有《文苑图》、《五牛图》。元赵孟𫖯赞其《五牛
　　图》"神气磊落,希世名笔"。

李德裕生(～849)

贞元四年戊辰(788)

司空曙已在剑南西川节度使韦皋幕中任职。此后又入朝任虞部
　　郎中。

皎然69岁。本年或明年,已由信州返苏州。有《送梁肃拾遗归
　　朝》、《奉陪杨使君顼送段校书赴南海幕》诗。

秦系至迟本年已由江西返会稽,有《晚秋拾遗朱放访山居》诗。

戴叔伦57岁。是年秋,以前抚州刺史戴叔伦为容州刺史、兼御史
　　中丞、本管经略使。有《抚州处士胡泛见送北回两馆至南昌
　　县界查溪兰若别》。其《过故人陈羽》诗当写于抚州(陈羽有
　　《送戴端公赴容州》诗)。

韦应物52岁。本年七月以后,由左司郎中为苏州刺史。

卢纶丁家艰。在河中故居。其《奉和陕州十四翁中丞寄雷州二十
　　翁司户》诗,写于本年或稍前。

吉中孚于本年八月以权判吏部侍郎为中书舍人。约卒于本年或
　　稍后。有诗集一卷,已佚。《全唐诗》录存其诗一首。

李益41岁。仍在杜希全幕。益辑其从军诗五十首为一集,赠故人
　　左补阙卢景亮。

韩愈21岁。应进士试,未第。作《上张徐州荐薛公达书》。

白居易17岁。父季庚任满,改除大理少卿、衢州别驾。居易从父
　　衢州任所。有《王昭君》诗二首(自注云:"时年十七")。

刘禹锡17岁。始习医。

柳宗元12岁。父柳镇入朝为殿中侍御史。

元稹10岁。居凤翔,知勉学,解赋诗。

李翱荐孟郊于张建封。

崔元翰、邹儒立登贤良方正能直言极谏科。

　　是年正月,德宗宴群臣于麟德殿,设《九部乐》,内出舞马,德宗
　　赋诗一首,群臣属和。九月,德宗宴百僚于曲江亭,作《重阳
　　赐宴诗》六韵。群臣毕和,德宗品其优劣,以刘太真、李纾为
　　上等,鲍防、于邵为次第,张濛、殷亮等二十人又次之,唯李
　　晟、马燧、李泌三宰相之诗不加优劣。

贞元五年己巳(789)

皎然70岁。撰《诗式》已成书,且为《诗式序》。

秦系在会稽。本年前后,与韦应物、丘丹、顾况、皎然等唱和。有
　　《即事奉呈郎中韦使君、明系试秘书省校书郎》诗。

顾况因事贬为饶州司户参军。四月已离长安,途经宋州,作《宋州
　　刺史厅壁记》。夏抵苏州,与韦应物等人诗酒唱和,有《奉同
　　郎中使君郡斋雨中宴集之什》(亦作《酬本部韦左司》)。经杭
　　州、睦州,与杭州刺史房孺复、睦州刺史韦赞有诗唱和。时其

表兄刘太真贬至信州，况便道至信州看望，出示途中唱和之
作，太真亦特为作诗继和。况作有《酬信州刘侍郎兄》、《奉酬
刘侍郎》等诗。

戴叔伦卒于是年六月，年58。原有集，已散佚，明人辑有《戴叔伦
集》。《全唐诗》中录存其诗二卷。

韦应物53岁。仍在苏州刺史任。时令狐垣贬吉州别驾，韦应物与
之有诗唱和。令狐垣作《碛州旅舍奉怀苏州韦郎中》诗，韦应
物作《答令狐侍郎》诗。顾况赴贬所途经苏州，韦应物有《郡
斋雨中与诸文士燕集》诗。

卢纶约于本年除丧，在浑瑊幕中，与幕友陈翃郎中唱酬。本年有
《秋夜宴陈翃郎中圃亭美校书郎张正元归乡》诗。又其《酬陈
翃郎中冬至携柳郎窦郎归河中旧居》、《陈翃郎中北亭送侯钊
侍御赋得带冰流歌》、《和陈翃郎中拜本府少尹兼侍御史献上
侍中因呈同院诸公》等诗，当作于本年前后。

李益42岁。是年前后，入邠宁节度使张献甫幕，有《赴邠宁留别》
诗。益随张献甫至宁州行营，作《玄春日宁州行营因赋朔风
吹飞雪》诗。

孟郊39岁。游邠宁。有《抒情因上郎中二十二叔监察十五叔兼呈
李益端公柳缤评事》诗。盖是时郊叔父孟二十二、孟十五与
李益、柳缤皆在邠宁节度使张献甫幕中任职。

韩愈22岁。第一次参加进士试，不第。

白居易18岁。仍在江南。

柳宗元17岁。求进士，请乡里保荐，未成。有《为文武百官请复尊
号表》三首。是年其伯祖柳浑卒（715～），年七十五。浑曾在
德宗朝任宰相。著有文集十卷，已佚。《全唐诗》存诗一首。

杨巨源、裴度、吕温、马逢登进士第。礼部侍郎刘太真知贡举。

贞元六年庚午 (790)

司空曙卒于本年至贞元十一年(795)间。曙长于五律。有《司空
　　文明诗集》。《全唐诗》编录其诗二卷。

韦应物54岁。本年春仍在苏州刺史任。同孟郊送邹儒立,有《送
　　云阳邹儒立少府侍奉还京师》诗。韦应物在苏州时,与丘丹、
　　皎然、秦系等皆有诗往还。崔峒亦有诗寄之。韦集有与丘丹
　　诗多首,如《秋夜寄丘二十二员外》、《赠丘员外》、《复理西斋
　　寄丘员外》、《送丘员外还山》、《重送丘二十二还临平山居》、
　　《送丘员外归山居》等。(丘丹亦有《和韦使君秋夜见寄》、《奉
　　酬韦苏州使君》等。)韦集有《寄皎然上人》诗。(皎然亦有《五
　　言答苏州韦应物郎中》诗)韦又有《答秦十四校书》诗,与秦系
　　唱和。崔峒亦有《书情寄上苏州韦使君兼呈吴县李明府》诗。
　　以上所列之诗,皆韦应物在苏州刺史任内作,并系于此,其时
　　当在本年前后无疑。

卢纶在浑瑊幕中。

李益43岁。在邠宁张献甫幕。是年春,孟郊叔孟二十二卒,李益
　　作《惜春伤同幕故人孟郎中兼呈去年看花友》诗。其《和丘员
　　外题湛长史旧居》诗约作于此年。

夏侯审约于此年前后在世,生卒年不详。曾任校书郎、参军,仕终
　　侍御史。初于华山下购买田园为业,晚年退居于此。审吟诗
　　颇多,然传世甚少,《全唐诗》仅录存其诗一首。

孟郊40岁。寓居苏州。有《赠苏州韦郎中使君》、《春日同韦郎中
　　使君送邹儒立少府扶持赴云阳》、《题苏州崑山慧聚寺僧房》
　　等诗。

鲍防卒于本年八月(722? ～),年约六十九。防天宝进士,以京兆

尹致仕。工诗,与中书舍人谢良辅为诗友,亦称"鲍谢"。今
《全唐诗》录存其诗八首。

韩愈23岁。第二次参加进士试,不第。

李绅19岁。客游湖州乌程县。

刘禹锡19岁。学业初成,北游长安。

柳宗元18岁。有《上权德舆补阙温卷决进退启》,请求引荐。

贾岛12岁。初为僧徒,名无本。

李贺生,1岁。唐宗室郑王之后,郡望为陇西,河南福昌县人,家世
早已衰落。父晋肃,边上从事。

　　是年二月,百僚会宴于曲江亭,德宗赋《中和节群臣赐宴》七韵。
　　三月,百僚于曲江亭,德宗赋《上巳诗》一篇。

贞元七年辛未(791)

戎昱于是年前后官虔州刺史。有《送吉州阎使君人道二首》诗。

皎然72岁。有《送秦山人归山》诗。

秦系于本年前,为徐泗濠节度使张建封聘为校书郎。系有《张建
封夫大奏系为校书郎因寄此作》《山中书怀寄张建封大夫》
诗,以示辞意。是年春,东渡秣陵,韦应物、皎然有诗送之。
在镇江遇权德舆,权为作《秦征君校书与刘随州唱和集序》。
本年后至永贞元年(805),秦系行止不详。唯知又"罢官学
道",曾于茅山隐居,与顾况山房毗邻。

韦应物55岁。约于是年罢苏州刺史任,因家贫,闲居于苏州永定
寺,有《寓居永定精舍》诗二首、《送秦系赴润州》诗等。韦应
物约卒于本年,有《韦苏州集》。

卢纶在浑瑊幕。是年二月,侍中浑瑊自河中来朝,纶随之入京。
有《送尹枢令狐楚及第后归觐》、《奉陪侍中春日过武安君庙》

诗。又其《送畅当还旧山》、《送崔邠拾遗》、《玩春因寄冯卫二补阙戏呈李益》、《寄赠畅当山居》等诗,当写于本年前后。

李益44岁。是年二月,李观游邠、宁,正值张献甫犒军,李益请观撰文纪事,观作《邠宁庆三州节度犒军记》。又其《答评五端公马上口号》、《赠内兄卢纶》等诗当写于本年前后。

孟郊41岁。至湖州取乡贡进士,遂往长安应进士试。有《湖州取解述情》、《游终南龙池寺》、《登华严寺楼望终南山赠林校书兄弟》、《游终南山》、《题林校书华严寺书窗》等诗。

韩愈24岁。第三次参加进士试,仍不第。曾一度回宣城探亲。有《落叶一首送陈羽》、《河中府连理木颂》等诗。

白居易20岁。在符离,与张彻、贾𫗧等共勉学。昼课赋,夜课书,间又课诗。是年,父季庚除襄州别驾。

刘禹锡20岁。识李绛,为布衣游。

令狐楚、萧颖、皇甫镈、林藻登进士第。礼部侍郎杜黄裳知贡举。

是年七月,德宗在章敬寺赋诗九韵,皇太子与群臣毕和,题之寺壁。

贞元八年壬申(792)

顾况在饶州贬所。有《寄秘书包监》诗。

卢纶在浑瑊幕中。有《敩颜鲁公送挺赟归翠微寺》、《酬李益端公夜宴见赠》、《宝应寺送李益端公归邠宁幕》等诗。

李益45岁。奉张献甫之命赴河中至浑瑊幕。与内兄卢纶诗宴唱酬。有《赠内兄卢纶》、《登白楼见白鸟席上命鸥鹭词》等诗。

孟郊42岁。初下第后东归。谒张建封于徐州。遂后自徐州返苏州。是秋再至长安应进士试。孟郊初应试,疑因李观之荐(李观有《上梁补阙荐孟郊崔宏礼书》),故有《古意赠梁补阙》

（按：梁肃卒于明年十一月）及《赠李观》（题下自注："观初登第"）诗。谒张建封因韩愈之荐（见愈《孟生诗》），故有《答韩愈李观别因献张徐州》诗。是年又有《上张徐州》、《南阳公请东樱桃亭子寿宴诗》、《清东曲一首》、《长安羁旅行》、《失意归吴因寄东台刘复侍御》、《题从叔述灵岩山壁》等诗。

韩愈25岁。第四次投考进士，中第。有《北极一首赠李观》、《长安交游者一首赠孟郊》、《孟生诗》等诗。作文《争臣论》。

柳宗元20岁。被推为"乡贡"，贡于京师，准备明春应进士试。

元稹14岁。赴长安应试，未果。

韩愈、**陈羽**、**李观**、**冯宿**、**王涯**、**李绛**、**崔群**、**欧阳詹**同登进士第。裴度登博学宏词科。兵部侍郎陆贽知贡举。

包佶卒于是年四月，生年不详。佶为包融之子，包何之弟。与刘长卿、窦叔向为莫逆之交。天宝六载进士，官至刑部侍郎、改秘书监。晚年因疾辞官归里。《全唐诗》录存其诗一卷。

贞元九年癸酉(793)

皎然74岁。在苏、湖一带。秋与顾况游。有《洞庭山维谅上人院阶前孤生橘树歌》。（按：洞庭山，在苏州。）又其《奉酬于中丞使君郡斋卧病见示一首》、《九日和于使君思上京亲故》（灵澈亦有和作）诗，当作于本年前后。

顾况是年秋由饶州归隐茅山及苏州二故居。与皎然游，有《谅公洞庭孤橘歌》。

卢纶在浑瑊幕中。是年有《送张郎中还蜀歌》。又其《赋得白鸥歌送李伯康归使》诗，当写于本年之前。

孟郊43岁。游于长安，题名雁塔。再下第，有《再下第诗》、《落第诗》。遂自长安出作楚湘之游，有《下第东南行》诗及与韩愈、

李翱同作《远游联句》。先自长安至朔方，有《石淙十首》、《邀
花伴》、《自商行谒复州卢使君虔》、《独宿岘首忆长安故人》、
《京山行》、《梦泽行》、《赠竟陵卢使君虔别》等诗。自湘游楚，
有《旅次湘沅有怀灵均》、《湘妃怨》诗。自湘沂洞庭，有《送任
载齐古二秀才自洞庭游宣城》、《游韦七洞庭别业》诗。自洞
庭改之汝州，有《鸬路溪行呈陆中丞》、《汝州南潭陪陆中丞公
宴》、《汝州陆中丞席喜逢张从事至同赋十韵》、《夜集汝州郡
斋听陆僧辩弹琴》、《游石龙涡》等诗。

韩愈26岁。第一次试博学宏词科，未第。尝游凤翔，谒京西节度
使刑君牙。有《歧山下二首》、《青青水中蒲三首》等诗。作文
《上考功崔虞部书》、《省试颜子不贰过论》。

刘禹锡22岁。登进士第。继又登博学宏词科。

柳宗元21岁。登进士第。父柳镇卒于长安，年五十五。宗元是年
有《送苑论诗序》。

元稹15岁。登明经科。移家长安。

柳宗元、刘禹锡、武儒衡、穆员、卢景亮、张复元等三十二人同登进
士第。刘禹锡又与李观、李绛同登博学宏词科。元稹登明经
科。户部侍郎顾少连知贡举。

梁肃卒(753～)，年41。中唐古文运动之先驱。原有文集二十卷，
已佚。今其文收录于《全唐文》中。

贞元十年甲戌(794)

卢纶在浑瑊幕中。本年春，曾因事往江西洪州。有《上巳日陪齐
相公花楼宴》诗。其《东潭宴饯河南赵少尹》、《酬赵少尹戏示
诸侄元阳等因以见赠》诗，约写于本年前后。

顾况是年秋离饶州，有《从江西至彭蠡入浙西淮南界道中寄齐相

公》诗(按:齐相公指江西观察使、洪州刺史齐映)。

李观卒(766),年 29。有《李元宾文集》。

孟郊44 岁。复归洛阳。有《旅次洛城东水亭》、《洛桥晚望》、《北郭
　　贫居》、《哭李观》、《李少府厅吊李元宾遗字》等诗。

韩愈27 岁。第二次试博学宏词科,又不第。曾回河阳祭扫先人坟
　　墓。有《重云一首李观疾赠之》、《谢自然》、《古风》等诗及《李
　　元宾墓铭》等文。

白居易23 岁。在襄阳。五月二十八日,检校大理少卿、襄州别驾
　　父季庚卒于襄阳官舍,年六十六岁。白居易《游襄阳怀孟浩
　　然》诗,约作于是年。

李绅23 岁。以诗受知于苏州刺史韦夏卿。

刘禹锡23 岁。归宁父母,经华州省堂舅卢徵。是年有《献权舍人
　　书》。

柳宗元22 岁。游邠州,访故老卒吏,得段太尉逸事。

元稹16 岁。居京西开元观。与姨兄胡灵之为邻。稹于本年或稍
　　后,读陈子昂《感遇》诗,作《寄思玄子诗》二十首,为郑云逵
　　所奖。

　　裴度、崔群、许尧佐、徐宏毅、皇甫镈、王仲舒登贤良方正能直言
　　极谏科。庚承宣登博学宏词科。李景亮登详明政术可以理
　　人科。李逢吉、王播、席夔登进士科。户部侍郎顾少连知贡
　　举。又王仲舒策试贤良方正能直言极谏科,登第后超拜右拾
　　遗。

贞元十一年乙亥(795)

孟郊45 岁。本年秋至长安,第三次应进士试。

韩愈28 岁。第三次参加博学宏词科试,仍不第。东归。有《杂

诗》、《马厌谷》、《苦寒歌》等诗。有文《答崔立之书》、《上宰相
书》(三篇)、《画记》、《感二鸟赋》等。

刘禹锡24 岁。登吏部取士科,授太子校书。

柳宗元23 岁。与韩泰、韩慎、韩丰兄弟结为知交。有《王氏伯仲唱
和诗序》。

韩泰、崔玄亮登进士第。礼部侍郎吕渭知贡举。

陈翊(一作诩)约于此年前后在世,生卒年不详。大历中登进士
第;贞元中官户部郎中知制诰。《新唐书·艺文志》著录其诗
集十卷。《全唐诗》录存其诗七首。

贞元十二年丙子(796)

皎然77 岁。有《唐苏州东武丘寺律师塔铭》。此为皎然现存最晚
之文字,知其本年尚在世。其卒年不详,约卒于贞元后期。

卢纶在浑瑊幕。正月,浑瑊兼中书令;纶舅韦皋加同中书门下平
章事。本年有《送昙延法师讲罢赴都》、《送道士郤彝素归内
道场》、《和裴延龄尚书寄题果州谢舍人仙居》、《新茶咏寄上
西川相公二十三舅大夫二十四舅》、《九日奉陪令公登白楼同
咏菊》诗。其《送信州姚使君》诗当写于本年前后。

李益49 岁。是年五月,张献甫卒。前此数年,益在张幕,其离邠宁
张幕,当张卒后。

孟郊46 岁。登进士第。有《登科后》、《同年春宴》诗。东归,有《擢
第后东归书怀献座主吕侍御》诗。道经和州,与张籍同游桃
花坞。另有《送韩愈从军》诗。

张籍约 31 岁。在和州原籍,与孟郊有交往。写有《赠别孟郊》诗。

韩愈29 岁。秋,应汴州宣武节度使董晋之召,赴汴州,为观察使署
推官。

刘禹锡25岁。为太子校书。父刘绪卒于扬州,葬父于荥阳。

柳宗元24岁。应博学宏词科,未第。为秘书省校书郎。娶礼部郎
　　中杨凭女。

元稹18岁。寓居长安开元观,与吴士矩交往甚密,互相唱和,有
　　《开元观闲居酬吴士矩侍御三十韵》、《与吴侍御春游》、《清都
　　春霁寄胡三吴十一》等诗。

李贺7岁。能辞章。

贞元十三年丁丑(797)

卢纶于本年或明年,自河中入朝,为户部郎中。按:纶舅韦渠牟是
　　年为太府卿,深得德宗宠幸,纶因舅氏荐焉。有《将赴京留献
　　令公》、《敬酬太府二十四舅览诗卷因以见示》等诗。

李益50岁。张献甫卒后,李益离邠宁,于是年游河东河北,寻入幽
　　州刘济幕。此行途中作诗有《五城道中》、《石楼山见月》、《北
　　至太原》、《春日晋祠同声会集得疏字韵》、《题太原落漠驿西
　　堠》、《临滹沱见蕃使列名》、《宿石邑山中》等。益入刘济幕,
　　辟为从事,进为营田副使。又其《置酒行》诗,亦为此间所作。

孟郊47岁。寄寓汴州,依陆长源。有《新卜青罗幽居奉献陆大
　　夫》、《乐府戏赠陆大夫十二丈三首》诗(陆长源均有答诗)。

韩愈30岁。仍在汴州任观察推官。有《送汴州监军俱文珍》诗
　　并序。

白居易26岁。父丧服满后,仍居符离。

柳宗元25岁。在长安。有《送辛殆庶下第游南郑序》。

李翱本年自徐州游汴州。

独孤申叔是年登进士第。

贞元十四年戊寅(798)

卢纶在长安。有《元日早朝呈故省诸公》《元日朝回中夜书情寄南宫二故人》诗。卒于本年或明年。今存《卢户部诗集》十卷，收入《唐诗百名家全集》。又有明正德刊本《卢纶诗集》三卷，收有十卷本及《全唐诗》佚诗五首。《全唐诗》编录其诗为五卷。

孟郊48岁。仍客汴州。有《大梁送柳淳先入关》《夷门雪赠主人》（主人：指陆长源，陆有答诗。）等诗。孟郊准备南归，邀约张籍至汴州话别。

张籍约33岁。十月初，由和州至汴州。因孟郊介绍，识韩愈，且得韩愈之赏识。十一月，汴州举进士，韩愈为考官，张籍应试，膺首荐。前往长安应进士试。离汴州后，曾两次写信给韩愈，即《上韩昌黎书》《上昌黎第二书》（见《文苑英华》），韩愈均有答书。张籍是年在汴州时，写有《董公诗》。

韩愈31岁。仍在汴州任观察推官。有《答孟郊》《醉留东野》《知音者诚希》《病中赠张十八》《天星送杨凝郎中贺正》等诗。作文《答张籍书》《重答张籍书》《与冯宿论文书》等。

白居易27岁。兄幼文约于本年春赴任饶州浮梁县主簿。居易约于是年夏自符离赴浮梁，而移家洛阳。有《将之饶州江浦夜泊》诗。

柳宗元26岁。第博学宏词科，为集贤殿书院正字。有《与太学诸生喜诣阙留阳城司业书》《国子司业阳城遗爱碣》文。

李翱、吕温、独孤郁、张仲素、王起登进士第。尚书左丞顾少连知贡举。

李翱授校书郎。

贞元十五年己卯(799)

戎昱是年或其后,在永州刺史任上,有《送零陵妓》诗。约卒于此
　　年之后,年约六十。明人辑有《戎昱诗集》。《全唐诗》录存其
　　诗一卷。

顾况是年冬曾到过湖州。有《湖州刺史厅壁记》文。

李益52岁。仍在幽州刘济幕。王建有诗寄之。

孟郊49岁。是年春,离汴州,适苏州。有《汴州别韩愈》、《汴州离
　　乱后忆韩愈李翱》、《越中山水》等诗。

张籍约34岁。登进士第,有《省试行不由径》诗。登第后,自长安
　　返和州,途经徐州,探望韩愈。愈留籍住月余,有诗赠之。本
　　年前后,李翱荐孟郊、张籍等人于张建封(见李翱《荐所知于
　　徐州张仆射公》)。

王建约34岁。以张实游幽州,王建作诗申仰慕之忱于李益,委张
　　投之,并荐张于李。有《寄李益少监兼送张实游幽州》诗。

韩愈32岁。二月三日,董晋病亡,殡殓三日,韩愈同其子护丧西
　　归。四日后,汴州兵乱,杀死留后陆长源等人。同年秋,徐州
　　节度使张建封署韩愈为观察推官,愈举家前往徐州。冬末,
　　韩愈奉张建封之命,至京师长安朝贺新正。是年,韩愈写有
　　《汴州乱二首》、《赠河阳李大夫》、《嗟哉董生行》、《赠张徐州
　　莫辞酒》、《汴泗交流赠张仆射》、《赠族侄》、《齪齪》、《忽忽》、
　　《鸣雁》、《雉带箭》、《从仕》、《暮行河堤上》、《驽骥赠欧阳詹》、
　　《此日足可惜一首赠张籍》等诗。

白居易28岁。春,自浮梁返洛阳省母。有《伤远行赋》。秋,应乡
　　试于宣州,试《射中正鹄赋》、《窗中列远岫诗》,为宣歙观察使
　　崔衍所贡,往长安应进士试。居易在宣州与杨虞卿相识。其

《自河南经乱,关内阻饥,兄弟离散,各在一处,因望月有感,
聊书所怀,寄上浮梁大兄于潜七兄乌江十五兄,兼示符离及
下邽弟妹》诗,约在本年作于洛阳。

刘禹锡28岁。父丧服满。刘、白之相识订交,不迟于本年。是年
有《洛中送杨处厚入关便游蜀谒韦令公》诗。

柳宗元27岁。在集贤殿书院为正字。与韩愈、刘禹锡、吕温、独孤
申叔、韩泰等交往甚密。是年八月,宗元妻杨氏卒,无子女。
宗元作《亡妻弘农杨氏志》。是年所作文有《辩侵伐论》、《四
门助教厅壁记》、《送杨凝郎中使还汴宋诗后序》、《柳常侍(柳
浑)行状》等。

元稹21岁。初仕于河中府(蒲州)。十二月,军人因节度使浑瑊丧
而扰乱,大掠蒲人,适有崔氏孀妇携其女莺莺路出于蒲,遇
乱,不知所托,元稹保护之。

张籍、**李景俭**登进士第。吕温、独孤申叔登博学宏词科。中书舍
人高郢知贡举。

贞元十六年庚辰(800)

顾况是年正月在宣州,作《宛陵公署记》文。皇甫湜在扬州与顾况
相见,约在此年前后。

李益53岁。夏,赴扬州,有《莲塘驿》诗。

孟郊50岁。抵常州,有《上常州卢使君书》、《上养生书》。后遂于
洛应铨选,选为溧阳尉。迎侍其母于溧上。有《初于洛中
选》、《游子吟》(《唐音统签·丁签》、《溧阳旧志》载此诗,均于
题下注:"自注:溧上作")等诗。

张籍约35岁。居丧和州,家甚贫。韩愈函嘱孟郊去看他。(据韩
愈《与孟东野书》)

韩愈33 岁。春,自长安返徐州,有《归彭城》诗。愈性耿介好直言,对张建封多所规劝,为张所不喜,遂有嫌隙。五月,愈被黜,即去徐归洛。先南下泗州,再由淮入汴,至睢阳。十四日,与王涯、侯喜、李翱等同游睢阳胜迹,约于月末抵洛阳。冬,至长安。是年韩愈所作,尚有《幽怀》、《海水》、《送僧澄观》、《河之水二首寄子侄老成》等诗及《与李翱书》、《与孟东野书》、《与卫中行书》、《题李生壁》等文。

卢仝约 30 岁。此前曾先后隐居嵩山、王屋山近十年之久。有《将归山招冰僧》、《直钩吟》、《山中》、《掩关铭》等诗。

白居易29 岁。正月,在长安,有《长安正月十五日》、《长安早春旅怀》诗。二月十四日,于中书侍郎高郢主试下,试《性习相近远赋》、《玉水记方流诗》、策五道,以第四人及第,十七人中年最少。及第后归洛阳。暮春南游,至浮梁。九月至符离。是年白居易所作,尚有《及第后归觐留别诸同年》、《社日关路作》、《重到毓材宅有感》、《叙德书情四十韵上宣歙崔中丞》、《乱后过流沟寺》等诗及《与陈给事书》、《箴言》等文。

李绅29 岁。是年,韦夏卿罢苏州刺史任。李绅游天台山。经越州剡县,因崔芃,识僧修真。有《华顶》诗。

刘禹锡29 岁。是年五月,张建封卒,徐州军乱。六月,杜佑以淮南节度使加同平章事,兼领徐泗濠节度使,委以平徐州军乱。是时,刘禹锡入杜佑幕府,为徐泗濠节度使掌书记。会徐州军乱,出师淮上征讨,禹锡亲历戎马生活。秋,禹锡改为淮南节度使掌书记。是年,禹锡代杜佑作表文多篇。

柳宗元28 岁。仍在集贤殿为正字。有《韦道安》诗及《曹文洽韦道安传》(今已有目无文)文。

刘商约于此年前后在世,生卒年不详。少好学,工文善画。大历间登进士第,官至检校礼部郎中,汴州观察判官。其画山水树石,初师吴郡张璪,后自成家。尝拟作蔡琰《胡笳十八拍》,脍炙当时。有诗集十卷,武元衡为之序。《全唐诗》录存二卷。

畅当约于此年前后在世,生卒年不详。大历间登进士第,贞元初为太常博士。与李端、司空曙友善。仕终果州刺史。《全唐诗》录存其诗一卷。其弟畅诸,亦有诗名,《全唐诗》存诗一首。

沈既济约卒于此年(750?～),年约五十一。曾任左拾遗、史馆修撰,官至礼部员外郎。撰有《建中实录》及传奇小说《枕中记》等。

贞元十七年辛巳(801)

顾况是年正月在嘉兴,作《嘉兴监记》文。

李益54岁。春,在扬州,与刘禹锡、张登、段平仲、李畅、张复元等人会于水馆,对酒联句(联句诗已佚)。作有《扬州早雁》、《扬州怀古》、《汴河曲》、《隋宫雁》、《杨柳送客》(一作《扬州万里送客》)、《扬州送客》、《逢归信偶寄》三首等诗。

孟郊51岁。在溧阳尉任。县南有投金濑、平陵城遗址,景色甚美,孟郊常往,徘徊赋诗,而曹务多废。县令白府以假尉代之,分其半俸。有《溧阳秋霁》诗。

韩愈34岁。正月,在长安候调选。三月,东归洛阳。冬,赴长安,任国子监四门博士。是年,韩愈荐侯喜于汝州卢郎中(虔);又荐李翊、李绅、刘述古、张后馀、韦纾、侯喜等十人于权德舆、陆傪。(后德舆三榜放六人。)韩愈是年有《赠孟东野房蜀客》、《赠侯喜》、《山石》诗,又有《荐侯喜状》、《题欧阳生哀辞后》、《答李翊书》、《送李愿归盘谷序》等文。

白居易30 岁。春在符离。七月,在宣州。秋,归洛阳。有《叹发
　落》、《花下劝酒》、《和郑方及第后秋归洛下闲居》、《与诸同年
　贺座主侍郎新拜太常同宴萧尚书亭子》、《东都冬日会诸同年
　宴郑家林亭》等诗。又其《春村》、《题施山人野居》诗,当作于
　上年至本年间。

李绅30 岁。赴长安,应进士试。

刘禹锡30 岁。为淮南节度使掌书记。春,在扬州,与李益、张登等
　人对酒联句。有《扬州春夜李端公益、张侍御登、段侍御平
　仲、密县李少府晹、秘书张正字复元同会于水馆,对酒联句,
　追刻烛击铜钵故事,迟辄举觥以饮之,逮夜艾,群公沾醉,纷
　然就枕,余偶独醒,因题诗于段君枕上,以志其事》诗。其《晚
　步扬子游南塘望沙尾》诗,当作于是年夏。又《谢寺双桧》、
　《遥伤丘中丞》诗,亦为其在淮南时所作。

柳宗元29 岁。自集贤殿书院正字调蓝田尉。有《送班孝廉擢第归
　东川觐省诗序》。

元稹23 岁。在长安应吏部试,未第。留居长安,与“崔莺莺”通信。
　杨巨源为赋《崔娘诗》一绝,元稹作《会真诗三十韵》。

贞元十八年壬午(802)

李益55 岁。是年前后至贞元末,李益离开扬州,溯大江西上,至巴
　陵,然后北还京洛。有《行舟》、《水宿闻雁》、《喜见外弟又言
　别》、《春夜闻笛》、《鹧鸪词》等诗作。又其《上汝州郡楼》一
　诗,疑为北归京洛途经妆州时所作,时间约为贞元末。

孟郊52 岁。仍在溧阳尉任。

王建约 36 岁。是年前后,王建已离开幽州,至岭南幕府从事,往

返取道荆州、过武陵等地,当贞元末数年间。此间王建写有:《寄分司张郎中》、《南中》、《江馆对雨》、《行见月》、《望行人》、《荆南赠别李肇著作转韵诗》、《荆门行》、《武陵春日》、《江南杂体二首》等诗。

韩愈35岁。春,赴洛阳接眷属来长安,路过华山,曾攀登绝顶,华阴县令派人接送下山。是年有《送陆歙州诗》、《夜歌》诗,又有《答崔群书》、《与于襄阳书》、《送董邵南序》等文。

白居易31岁。在长安。冬,与元稹同应吏部试,在吏部侍郎主持下,试书判拔萃科。有百道判及《秋雨中赠元九》、《秋思》等诗。元、白二人订交约始于是年或稍前。

李绅31岁。识韩愈。春,韩愈荐李绅等人于陆傪(见愈《与祠部陆员外书》)。识吕温,温赞赏李绅所作之《古风二首》,对齐煦、吕恭说:"斯人必为卿相。"(《云谿友议·江都事》)落第,南返,客游江浙。由此知李绅《古风(一作悯农)二首》诗,当为本年以前所作。

刘禹锡31岁。调补京兆府渭南县主簿。是年,刘禹锡与柳宗元、韩泰等同听太学博士施士丐讲《诗经》。

柳宗元30岁。友人独孤申叔卒,宗元为作《亡友故秘书省校书郎独孤君墓碣》。是年九月,宗元岳父杨凭为潭州刺史、湖南观察使。

元稹24岁。与白居易同应吏部试书判拔萃科。是年有《赋得春雪映早梅》、《牡丹二首》、《杏园》、《菊花》等诗。

贞元十九年癸未(803)

孟郊53岁。仍在溧阳尉任。有《招文士饮》诗。

韩愈36岁。夏秋之际,由四门博士迁监察御史。时柳宗元、刘禹

锡、张署、李方叔等同任监察御史，韩、柳、刘关系甚笃。约半
年，曾两次上书朝廷，一次论天旱人饥（与张署、李方叔联
名），一次论宫市，但受到幸臣京兆尹李实陷害，韩、张、李三
人同时被贬。愈贬为连州阳山令，且被迫即日上路，时已至
岁末。是年有《哭杨兵部凝陆歙州参》、《苦寒》、《落齿》、《古
意》、《利剑》、《咏雪赠张籍》、《题炭谷湫祠堂》等诗及《送孟东
野序》等文。

白居易32岁。三月，与元稹、李复礼、吕颖、哥舒恒、崔玄亮同以书
判拔萃科登第，王起、吕炅同以博学宏词科登第。同授秘书
省校书郎。居易始假居故宰相关播亭园居任。与李建订交
约始于是年。秋冬之交，游许昌（时叔父季轸为许昌县令）。
是年有《常乐里闲居偶题十六韵兼寄刘十五公舆王十一起居
吕二炅吕四颖崔玄亮十八元九稹刘三十二敦质张十五仲元
时为校书郎》、《思归》、《留别吴七正字》、《早春独游曲江》、
《和渭北刘大夫借便秋遮房寄朝中亲友》等诗及《许昌县令新
厅壁记》、《养竹记》、《记画》等文。

李绅32岁。客游苏州，有《苏州画龙记》文。

刘禹锡32岁。在京兆渭南主薄任。闰十月，入为监察御史。卜居
于长安光福坊。与韦执谊、王叔文、牛僧孺、令狐楚等结交，
尤为叔文所器重。与楚有诗文相唱和。且与韩愈、柳宗元相
友善，讨论学术，切磋诗文。是年有《昏镜词》、《养鸷词》、《调
瑟词》等诗及《辩迹论》等文。

柳宗元31岁。由蓝田尉入为监察御史里行。亦与王叔父、韦执谊
等人结交。是年有《褷说》、《朝日说》等文。

元稹25岁。娶韦夏卿女韦丛为妻。弃"崔莺莺"，作《古决绝词》。
与刘禹锡、柳宗元相识约在此年或稍前。其岳父韦夏卿赴东

都留守、东都畿汝防御使任,稹与韦丛曾陪同赴东都。有《陪
韦尚书丈归履信宅因赠韦氏兄弟》《韦居守晚岁常言退休之
志因署其居曰大隐洞命予赋诗因赠绝句》等诗。

杜牧生。牧为杜佑之孙。

贞元二十年甲申(804)

孟郊54 岁。辞溧阳尉,奉母归湖州。

韩愈37 岁。与张署被贬后一道南行,沿途有诗赠和。正月,进入
湖南;三月,愈抵达阳山。是年有《湘中》、《答张十一功曹》、
《同冠峡》、《次同冠峡》、《贞女峡》、《县斋读书》、《送惠师》、
《送灵师》、《李员外寄纸笔》等诗及《送区册序》、《答窦秀才
(存亮)书》等文。

白居易33 岁。在长安,为校书郎。春,旅游洛阳、徐州。游徐州
时,预节度使张愔(建封之子)之宴,有赠关盼盼诗句。是年
始徙家于秦中,卜居下邽县义津乡金氏村。有《哭刘敦质》、
《酬哥舒大见赠》、《下邽庄南桃花》、《除夜宿洺州》等诗。又
在滑州李翱家识唐衢,约在本年前后。

李绅33 岁。复至长安。九月,元稹撰《莺莺传》,绅作《莺莺歌》。
因元稹,识白居易。

刘禹锡33 岁。在监察御史任,兼领监察使。是年有《许给事见示
哭工部刘尚书诗因命同作》、《送工部张侍郎入蕃吊祭》、《和
武中丞秋日寄怀简诸僚故》、《监祠夕月坛书事》、《奉和中书
崔舍人八月十五日夜玩月二十韵》、《逢王十二学士入翰林因
以诗赠》、《酬杨八副使将赴湖南途中见寄一绝》等诗。

柳宗元32 岁。仍为监察御史里行。有《监祭使壁记》、《诸使兼御
史中丞壁记》、《祭李中丞文》等文。给事中陆质与柳宗元同

住长安兴化里，宗元曾从其学《春秋》。

元稹26 岁。正月，自洛阳返长安。二月，途经华州，游华岳寺。三月，又由长安赴洛阳，再游华岳寺，有《华岳寺》诗。五月，由洛阳返长安，游天坛，有《天坛上境》、《天坛归》诗。九月，撰传奇《莺莺传》。

李贺15 岁。以乐府歌诗名于时，与宗人李益齐名。

丘为约卒于此年（701？ ～），年约九十六。天宝进士，与王维唱和，颇得维称许。与刘长卿亦善，长卿有诗送之。累官至太子右庶子。原有集，早佚。《全唐诗》存其诗十三首，其中杂有他人之作。

柳冕约卒于此年（730？ ～），年约七十五。唐代古文运动之先驱。原有文集，已佚。《全唐文》录存其文十四篇。

张碧约于此年前后在世，生卒年不详。贞元中，累举进士，不第。著有《歌行集》二卷。孟郊《读张碧集》诗甚推崇之。其集已佚，《全唐诗》录存其诗十六首。

贞元二十一年　　唐顺宗永贞元年乙酉（805）

秦系本年前又重返南泉，与泉州别驾姜公辅交游。其卒年当在本年或此后数年之内，卒年八十余。《全唐诗》录存其诗一卷。

孟郊55 岁。再至常州，于义兴买宅置田庄居。有《乙酉岁舍弟扶持归义兴庄居后独止舍待替人》、《寄张籍》（"夜镜不照物"）等诗。

张籍约 40 岁。本年或稍后，有《节妇吟》诗。

韩愈38 岁。正月，德宗病殁，顺宗即位，大赦天下。韩愈、张署等获赦。夏末，韩愈离开阳山，赴郴州候命达三个月。八月，再次遇赦，韩愈为江陵法曹参军，张署为江陵功曹参军。二人一道离郴州,经衡阳、潭州、岳阳等地赴江陵。本年,韩愈在阳山时有《叉鱼》、《闻梨花发赠刘师命》、《刘生》、《县斋有怀》、《梨花下赠刘师命》、《宿龙宫滩》等诗。在郴州时有《郴州祈雨》、《八月十五日夜赠张功曹》、《谴疟鬼》、《湘中酬张十一功曹》、《郴口又赠二首》等诗。经耒阳时有《题木居士二首》诗。经衡阳时有《题合江亭寄刺史邹君》、《谒衡岳庙遂宿岳寺题门楼》、《岣嵝山》、《别盈上人》、《赴江陵途中寄赠三学士》等诗。经潭州时有《潭州泊船呈诸公》、《陪杜侍御游湘西两寺独宿》等诗。经洞庭、岳阳时有《洞庭湖阻风赠张十一署》、《岳阳楼别窦司直》、《晚泊江口》、《木芙蓉》等诗。到江陵后有《喜雪献裴尚书》诗。永贞前后,韩愈写有《君子法天运》、《昼月》、《醉后》、《杂诗四首》、《射训狐》、《东方半明》、《龙移》、《永贞行》等诗表达对时局的看法。此外还有《送孟秀才序》、《荆潭唱和诗序》等文。

白居易34岁。在长安。寓居永崇里华阳观。二月十九日,有《为人上宰相(韦执谊)书》。与元稹交游,赠答诗渐多。是年有《寄隐者》、《感时》、《首夏同诸校正游开元观因宿玩月》、《永崇里观居》、《早送举人入试》、《西明寺牡丹花时忆元九》、《春题华阳观》、《华阳观桃花时招李六拾遗饮》、《和友人洛中春感》、《送张南简入蜀》、《寄陆补阙》、《华阳观中八月十五日夜招友玩月》、《三月三日题慈恩寺》、《看浑家牡丹花戏赠李十二》、《春中与卢四周谅华阳观同居》、《过刘三十二故宅》等诗。

李绅34岁。在长安,应进士试。与元稹、白居易多有文字切磋。

刘禹锡34岁。春,因杜佑荐举,兼署崇陵使判官。四月,改屯田员外郎、判度支盐铁等。与柳宗元等积极参预王叔文改革。九

月,坐交王叔文贬连州刺史。十一月,再贬郎州司马。是年
有《春日退朝》、《浑侍中宅牡丹》、《送浑大夫赴丰州》、《赏牡
丹》、《古调二首》、《荆州道怀古》、《纪南歌》、《韩十八侍御见
示岳阳楼别窦司直诗因令属和重以自述故足成六十二韵》、
《居山怀古》等诗。

柳宗元33 岁。九月,坐王叔文党贬邵州刺史。十月,再贬为永州
司马。是年,宗元续成《贞符》,并作《吊屈原文》、《潭州杨中
丞作东池戴氏堂记》等文。

元稹27 岁。在长安。与白居易、李绅多有交往。是年,元稹岳父
韦夏卿为太子少保。

李贺16 岁。有《金铜仙人辞汉歌》、《还自会稽歌》等诗。

沈传师、李宗闵、牛僧孺、杨嗣复、陈鸿、杜元颖登进士第,礼部侍
郎权德舆知贡举。

朱放约于此年前后在世,生卒年不详。初居汉水之滨,后隐于剡
溪。与女诗人李冶、诗僧皎然有交情。大历中辟为江西节度
参谋。贞元初,召为左拾遗,不就。《全唐诗》存其诗一卷,共
二十五首。

章八元约于此年前后在世,生卒年不详。尝从严维学诗。登进士
后,与韦应物曾有交往。原有诗集一卷,今《全唐诗》中存
六首。

唐宪宗元和元年丙戌(806)

顾况本年前后尚在世,有《送宣歙李衙推八郎使东都序》文。此后
事不详,惟知晚年居茅山。原有集,已散佚。明人辑有《华阳
集》。《全唐诗》收录其诗四卷。

李益59 岁。其江淮之行至迟以贞元二十一年结束,回东洛,转来

长安。是年或稍后,已官都官郎中。

孟郊56岁。客居长安。与韩愈、张籍等人同作有《会合》、《纳凉》、《秋雨》、《雨中寄孟刑部几道》、《城南》、《斗鸡》、《征蜀》、《有所思》、《遣兴》、《赠剑客李园》诸联句诗。十一月,国子祭酒郑余庆为河南尹、水陆转运使,辟孟郊为水陆转运从事、试协律郎。孟郊遂卜居于洛阳立德坊。此时写有《题韦少保静恭宅藏书洞》、《寒地百姓吟》、《立德新居十首》、《寄张籍》("未见天子面")等诗。

张籍约41岁。调补太常寺太祝。赁居于长安延康坊西南隅西明寺后。与韩愈、孟郊、张彻同作《会合联句》。尝同韩、孟会饮于张署家中。并与韩愈同时作有《送区弘》诗。是年识白居易。

韩愈39岁。六月以前,在江陵法曹参军任,六月十日,召回长安任国子博士。在江陵期间,有《春雪》、《春雪间早梅》、《早春雪中闻莺》、《和归工部送僧约》、《杏花》、《李花赠张十一署》、《寒食日出游夜归张十一院长见示病中忆花九篇因此投赠》、《感春四首》、《忆昨行和张十一》、《题张十一旅舍三咏》、《赠郑兵曹》、《郑群赠簟》等诗。回到长安后,写有《醉赠张秘书》、《答张彻》、《南山诗》、《丰陵行》、《短灯檠歌》、《荐士》、《秋怀诗十一首》、《游青龙寺赠崔大补阙》、《赠崔立之评事》、《送区弘南归》、《送文畅师北游》、《喜侯喜至赠张籍张彻》、《赠崔立之》等诗。此时,韩愈、孟郊、张籍、张署、张彻、侯喜、李翱等人均在长安,他们过从甚密,诗酒相娱,并写有较多的联句诗(见本年"孟郊"条)。此外,韩愈本年还有《上襄阳于相公书》、《师说》等文。

白居易35岁。在长安。罢校书郎。与元稹居华阳观,闭户累月,揣摩时事,成《策林》七十五篇。四月,应才识兼茂明于体用科,与元稹、独孤郁、李蟠、沈传师、萧俛等同登第。居易以对策语直,入第四等。同月二十八日,授盩厔尉。七月,权摄昭应事。秋,使骆口驿。在盩厔识陈鸿、王质夫,时相唱和。十二月,与陈鸿、王质夫同游仙游寺,作《长恨歌》(陈鸿作《长恨歌传》)。是年有《赠元稹》、《招王质夫》、《酬杨九弘贞长安病中见示》、《权摄昭应早秋书事寄元拾遗兼呈李司录》、《新栽竹》、《秋霖中过尹纵之仙游山居》、《祗役骆口驿喜萧侍御书至兼睹新诗吟讽通宵因寄八韵》、《盩厔县北楼望山》、《县西郊秋寄赠马造》、《酬王十八李大见招游山》、《游仙游山》、《见尹公亮新诗偶赠绝句》、《送武士曹归蜀》等诗。

李绅35岁。在长安。正月二日改元,大赦。是日绅与元稹等游曲江。是年,李绅与皇甫湜、陆畅同登进士科。登第后东归,经润州,浙西(镇海军)节度使李锜留掌书记。

刘禹锡35岁。在朗州司马任,居招屈亭之旁,因读《改元元和赦文》,致书杜佑,要求量移。八月,宪宗下诏书:左降官韦执谊、刘禹锡、柳宗元等八人,"纵逢恩赦,不在量移之限"。是年有《武陵书怀五十韵》、《阿娇怨》、《伤我马词》等诗及《上杜司徒书》等文。

柳宗元34岁。在永州司马任,居龙兴寺。五月五日,宗元母卢氏死于永州寒陵佛寺,年六十八。是年,凌准卒于连州,宗元作《哭连州凌员外司马》诗,又作《故连州员外司马凌君权厝志》。宗元是年又有《剑门铭》、《永州龙兴寺西轩记》、《永州龙兴寺息壤记》等文。

元稹28岁。在长安。春,与白居易居华阳观,闭户累月,揣摩时事。四月,登才识兼茂明于体用科。以制科入三等,授左拾

遗。九月，稹因累上书论时事，为执政者所恶，被贬为河南县
尉。时裴度亦出为河南府功曹参军，元、裴同往贬所。是月
十六日，元稹母郑氏卒于长安靖安里第，稹遂以丁忧服丧回
长安。又，是年元稹岳父、太子少保韦夏卿卒，年六十四。

李贺17岁。有《汉唐姬饮酒歌》、《追和何谢铜雀妓》、《感讽六首》
（其五）、《春坊正字剑子歌》、《马诗》（其八、其九、其十一、其
二十一）、《堂堂》、《宫娃歌》、《李凭箜篌引》、《听颖师弹琴
歌》、《白门箭》等诗。

李翱任国子博士，分司洛中，曾举荐孟郊于郑余庆。

日本僧人遍照金刚在中国游学，是年春携《王昌龄集》、《刘希夷
集》、《朱昼一诗卷》、《牛千乘诗》等数种回国。

陈羽此年前后在世，生卒年不详。工诗，与僧灵一交游，唱和颇
多。贞元间登进士第。仕至东宫卫佐。原有诗集，已佚。
《全唐诗》存其诗一卷。

元和二年丁亥（807）

孟郊57岁。仍居洛阳。去岁卜居立德坊后，又置亭寒溪。有《生
生亭》、《寒溪》诗。

张籍约42岁。四月十三日夜，于韩愈家中阅旧书，见李翰所撰
《张巡传》，因对韩愈言及幼时从于嵩那里所闻张巡轶事，后
韩愈撰成《张中丞传后叙》。张籍是年有《寄白学士》诗。

王建约42岁。元和初数年间，已从岭南返荆州。从事荆南府使
数载，始回魏州或相州家中。此间有《江楼对雨寄杜书记》、
《道中寄杜书记》、《江陵即事》等诗。

韩愈40岁。任国子博士。宰相郑馀颇喜韩愈诗文，愈乃抄写若干
篇以献，却遭到嫉妒者的攻击。故从本年始，韩愈请求分司

东都,教授诸生,以免再次遇祸。本年有《元和圣德诗》、《记梦》、《三星行》、《剥啄行》、《嘲鼾睡二首》、《酬裴十六功曹巡府驿途中见寄》等诗,又有《张中丞传后叙》等文。

白居易36 岁。春,与杨汝士等屡会于杨家靖恭里宅。夏,使骆口驿。秋,自盩厔尉调充进士考官,有《进士策问五道》。试毕帖集贤校理。十一月四日,自集贤院召赴银台候进旨。五日,召入翰林,奉敕试制诏等五首,为翰林学士。是年有《观刈麦》、《京兆府新栽莲》、《月夜登阁避暑》、《祗役骆口因与王质夫同游秋山偶题三韵》、《见萧侍御忆旧山草堂诗因以继和》、《病假中南亭闲望》、《早秋独夜》、《听弹古渌水》、《戏题新栽蔷薇》、《县南花下醉中留刘五》、《宿杨家》、《醉中留别杨六兄弟》、《醉中归盩厔》、《游云居寺赠穆三十六地主》、《和王十八蔷薇涧花时有怀萧侍御兼见赠》、《再因公事到骆口驿》、《期李二十文略王十八质夫不至独宿仙游寺》、《感故张仆射诸妓》等诗。

李绅36 岁。仍为李锜掌书记。锜诛,绅归无锡县寓居。

刘禹锡36 岁。在朗州司马任。有《观市》等文。

柳宗元35 岁。在永州司马任。有《惩咎赋》及《送赵大秀才往江陵序》、《先太夫人卢氏归祔志》等文。

元稹29 岁。二月,葬母于咸阳县奉贤乡洪渎原。请白居易撰写墓志铭。

李贺18 岁。《朱谱》、《钱谱》皆疑李贺于本年曾有东南之行,往返经和州、江宁、嘉兴、吴兴、钱塘、会稽、翁洲等地。贺十四兄在和州,贺南行当由省兄之便。《朱谱》云:"(贺)集中咏南中风土者颇多,其中固有用乐府旧题者,然读其诗,若非曾经身历,当不能如彼亲切眷念。如《追和柳恽》、《大堤曲》、《蜀国

弦》、《苏小小墓》、《湘妃》、《黄头郎》、《湖中曲》、《罗浮山人与
葛篇》、《画角东城》、《钓鱼诗》、《安乐宫》、《石城晓》、《巫山
高》、《江南弄》、《贝宫夫人》、《江楼曲》、《莫愁曲》等,踪迹皆
在吴楚之间。"此外,贺本年还有《黄家洞》、《梁公子》、《公无
出门》等诗。

白行简、李正封、窦巩等人登进士第。礼部侍郎崔邠知贡举。

元和三年戊子(808)

李益61 岁。在长安,为都官郎中。是年四月,诏举贤良方正能直
　　言极谏科。杨于陵、李益、韦贯之、郑敬等为考策官。

孟郊58 岁。六月甲戌,以河南尹郑余庆检校兵部尚书,兼东都留
　　守。孟郊为郑余庆留府宾佐。此年有《杏殇九首》诗,为悼其
　　幼子作。同时与韩愈共赋《莎栅联句》。

张籍约 43 岁。与白居易、王建有唱和。张籍作《病中寄白学士拾
　　遗》(白有《酬张太祝晚秋卧病见寄》,王有《酬张十八病中寄
　　诗》)、《雨中寄元宗简》诗。

王建约 43 岁。仍在江陵。有《酬张十八病中寄诗》。

皇甫湜约 42 岁。登策第后,仍为陆浑尉。其《陆浑山火》诗即写
　　于本年。

韩愈41 岁。仍分司东都,改为真博士。是年有《孟东野失子》、《赠
　　唐衢》、《祖席》(《前字》、《秋字》)、《陆浑山火一首和皇甫湜用
　　其韵》、《寄皇甫湜》、《崔十六少府摄伊阳以诗及书见投因酬
　　三十韵》等诗,又有《答陈商书》、《讳辨》等文。

卢仝约 38 岁。与马异结交,有《与马异结交诗》。按:马异曾从仕
　　为微官,因不得志而辞官归隐,其时正在蒲州河东(今山西永
　　济县)首山隐居,有《与卢仝结交诗》。二人结交,实未见面。

白居易37 岁。在长安。居新昌里。四月,为制策考官。二十八
　　日,除左拾遗、依前充翰林学士。是年,策试贤良方正能直言
　　极谏科,牛僧孺、皇甫湜、李宗闵等登第,以三人对策切直,宰
　　相李吉甫泣诉于上,均出为幕职。考官杨于陵、韦贯之、王涯
　　等皆坐贬。居易上《论制科人状》,极言不当贬黜。其后李吉
　　甫子德裕与牛僧孺、李宗闵等“党争”数十年,即种因于此。
　　后居易屡为德裕所排挤,亦与此有关。九月,淮南节度使王
　　锷入朝,多进奉,赂宦官,谋为宰相。居易上《论王锷欲除官
　　事宜状》,力谏不可。同年,与杨虞卿从妹杨氏结婚。是年有
　　《初授拾遗》、《赠内》、《松斋自题》、《冬夜与钱员外同直禁
　　中》、《和钱员外禁中夙兴见示》、《夏日独值寄萧侍御》、《翰林
　　院中感秋怀王质夫》、《早秋曲江感怀》、《酬张太祝晚秋卧病
　　见寄》等诗。

李绅37 岁。本年或稍后,应浙东观察使薛苹之邀,客游越州。与
　　僧修真晤,时修真已病。

刘禹锡37 岁。在朗州司马任。有《翰林白二十二学士见寄诗一百
　　篇因以答贶》诗及《答柳子厚书》、《董氏武陵集纪》等文。

柳宗元36 岁。秋,游永州南亭,有《游南亭夜还叙志七十韵》诗。
　　是年还有《初秋夜坐赠吴武陵》、《酬娄秀才早秋月夜病中见
　　寄》、《酬娄秀才将之淮南见赠之作》等诗及《非国语》、《贞
　　符》、《与吕道州书》、《与王参元书》、《答吴武陵书》、《同吴武
　　陵赠李睦州诗序》等文。

元稹30 岁。是年十二月,母服除。稹丁母忧期间,生计困难,白居
　　易曾资助之。是年,稹作《和乐天招钱蔚章看山绝句》等诗。

李贺19 岁。秋末,自昌谷赴洛阳,宅仁和里。以诗谒国子博士东
　　都分司韩愈,值愈送客归,极困,门人呈卷,解带读之,首篇

《雁门太守行》,却援带,命邀之。此时,皇甫湜为陆浑尉,亦在洛阳,贺始与相识。韩愈与贺书,劝其举进士。贺就河南府试,有《河南府试十二月乐词并闰月》组诗。贺举进士有名,与贺争名者毁之,谓"贺父名晋肃,贺不举进士为是"。于是韩愈为作《讳辨》,重申贺举进士不违律令。贺旋往长安就礼部试。并得到皇甫湜的推挽(见李贺《仁和里杂叙皇甫湜》诗)。

元和四年己丑(809)

李益62岁。本年或稍前官中书舍人。卜居万年县兰陵坊。有《答广宣供奉问兰陵居》、《喜兰陵望紫阁峰呈宣上人》诗。并有与广宣、杜羔联句多首。

孟郊59岁。是年丁母忧,韩愈、李翱曾前往吊慰(见李翱《来南录》)。

张籍约44岁。是年有《伤歌行》诗。

韩愈42岁。正月十八日,李翱自洛阳赴岭南为节度使杨于陵掌书记,韩愈与处士石洪假舟送行。十九日,孟郊偕行,洪先归。二十日,登景云上方题名纪别。愈有《送李翱》诗。三月二十六日,韩愈与著作郎樊宗师、处士卢仝,自洛阳至少室山谒山人李渤。次玉泉寺,樊宗师以疾作先归。二十七日,韩愈、李渤、卢仝、道士韦濛、僧荣,傍少室山而东,上太室中峰,宿封禅坛下石室。二十八日观启母石,入天封宫,与道士赵玄相遇。闰三月三日,自天封宫归,愈作《嵩山天封宫题名》。六月十日,韩愈改官都官员外郎分司东都,并判祠部。九月二十二日,愈与同僚李宗闵、牛僧孺、郑伯义等迎河南尹水陆转运使杜兼于洛阳郊外,并在福先塔下题名。是年,韩愈尚有

《和虞部卢四酬翰林钱七赤藤杖歌》、《送侯参谋赴河中幕》诗及《毛颖传》等文。

卢仝约 39 岁。迁居洛阳，居里仁坊。三月二十六日，与韩愈、樊宗师等人同游嵩山、谒李渤。有《出山作》诗。

白居易38 岁。在长安。仍为左拾遗、翰林学士。女金銮子生。居易屡陈时政，请降系囚，蠲租税，放宫人，绝进奉，禁掠卖良人等，皆从之。又论裴均违制进奉银器，于頔不应暗进爱妾，宦官吐突承璀不当为制军统领。弟行简为秘书省校书郎。是年有《贺雨》、《题海图屏风》、《寄元九》、《同李十一醉忆元九》、《同钱员外题绝粮僧巨川》、《绝句代书赠钱员外》、《答张籍因以代书》、《酬和元九东川路诗十二首》、《答谢家最小偏怜女》、《答骑马入空台》等诗。又《新乐府》五十首，始作于是年。

李绅38 岁。为校书郎。本年或稍前，作《乐府新题》二十首。

刘禹锡38 岁。在朗州司马任。有《咏古二首有所寄》、《咏史二首》、《奉和淮南李相公早秋即事寄成都武相公》等诗及《上淮南李相公启》文。

柳宗元37 岁。在永州游览山水，作《始得西山宴游记》、《钴鉧潭记》、《钴鉧潭西小丘记》、《小丘西小石潭记》。又其《法华寺石门精室三十韵》、《法华寺西亭夜饮》诗及《守道论》、《六逆论》《读韩愈所著〈毛颖传〉后题》等文亦作于是年。

元稹31 岁。二月，因宰相裴垍提拔，稹为监察御史。同月，稹以御史充剑南东川详覆使，往剑南东川，详覆泸州监官任敬仲赃犯。且以出使之机，了解民间疾苦，访察官吏不法。弹劾已故剑南东川节度使严砺在任日违法加税，赃数十万。诏征其赃，以死恕其罪（严砺是月卒）。此次东川之行，稹与女诗人薛涛作诗唱和,以松花纸寄诗赠涛,涛则造十色彩笺以寄。稹使东川,往来途中,赋诗三十二首,白行简写为《东川卷》。稹因弹劾严砺等违法加税,并平八十八家冤事,为执政者所忌。使还,命分司东都。七月,稹妻韦丛卒于长安靖安里第,年甫二十七。韩愈为撰墓志铭。是年,元稹在东台,弹奏数十事。被弹劾者有杜兼、王绍、韩皋、田季安、韩弘、袁滋、李公佐等人。稹是年尚有《和李校书新题乐府十二首》、《黄明府诗》、《褒城驿》等诗作。

李贺20岁。举进士不第。春,去长安东归,有《出城》诗。经洛阳,有《铜驼悲》、《许公子郑姬歌》、《洛姝真珠》等诗。归昌谷,自春至秋,有《咏怀二首》、《昌谷读书示巴童》、《巴童答》、《送韦仁实兄弟入关》、《南山田中行》、《浩歌》等诗。时韩愈为都官员外郎。分司东都,与皇甫湜同往访贺。贺赋《高轩过》以美二公。贺又有《官不来题皇甫湜先辈厅》诗。十月中旬,往长安,有《仁和里杂叙皇甫湜》诗,与湜别。又有《洛阳城外别皇甫湜》诗。赴长安途中,经虢州恒农县王濬墓,有《王濬墓下作》诗。经华阴,有《开愁歌华下作》诗。

杨汝士、张彻、韦瓘、鲍溶等同登进士第。户部侍郎张宏靖知贡举。

元和五年庚寅(810)

李益63岁。由中书舍人出为河南少尹,当年前后。与贾岛等人共赋《天津桥南山中各题一句》联句。

孟郊60岁。仍居洛。有《寄陕府邓给事》、《教坊儿歌》、《严河南》、《吊卢殷》十首(参见韩愈《登封县尉卢殷墓志》)等诗。

张籍约45岁。在长安。冬,与贾岛有交往。

韩愈43 岁。仍在东都,后改任河南令。有《东都遇春》、《感春五首》、《同窦韦寻刘尊师不遇》、《送郑十校理》、《送石处士赴河阳幕》、《新竹》、《晚菊》、《送湖南李正字归》、《月蚀诗效玉川子作》、《燕河南府秀才》、《学诸进士作精卫衔石填海》、《招扬之罘一首》等诗。

卢仝约 40 岁。有《月蚀诗》、《感古四首》、《苦雪寄退之》、《酬愿公雪中见寄》等诗。

白居易39 岁。在长安。五月五日,改官京兆府户曹参军,仍充翰林学士。上疏请罢讨王承宗兵,论元稹不当贬,皆不纳。有《哭孔戡》、《和答诗十首》、《赠吴丹》、《初除户曹喜而言志》、《秋居书怀》、《自题写真》、《春暮寄元九》、《立秋日曲江忆元九》、《早朝贺雪寄陈山人》、《初与元九别后忽梦见之,及寤而书适至兼寄桐花诗,怅然感怀,因以此寄》、《和元九悼往》、《代书诗一百韵寄微之》、《曲江早春》、《禁中夜作书与元九》、《和梦游春诗一百韵》等诗。又《秦中吟》十首约作于本年前后。

李绅39 岁。在校书郎任。三月,兄卒于无锡,年六十一岁。

刘禹锡39 岁。在朗州司马任。有《赠元九侍御文石枕以诗奖之》、《酬元九侍御赠壁州鞭长句》、《卧病闻常山旋师策勋宥过王泽大洽因寄李六侍御》、《吕八见寄郡内书怀因戏而和》(按:吕温原唱题为《郡内书怀寄刘连州窦夔州》)等诗。

柳宗元38 岁。在永州。有《闻籍田有感》、《冉溪》、《雨后晓行独至愚溪北池》、《旦携谢上人至愚池》、《雨晴至江渡》等诗及《愚溪对》、《愚溪诗序》等文。是年,与杨诲之、赵宗儒、李吉甫等有信札往来,并曾将所著文寄赵宗儒、李吉甫。

元稹32 岁。正月,为东台监察史,与韩愈有交往。曾向愈索辛夷花,并作《辛夷花》诗。二月中,元稹在樊宗师家听李管儿弹琵琶。同月,元稹奏摄河南尹房式有不法事,令其停务。执政者恶稹专断,罚一季俸,召还长安。三月,元稹还西京途中经陕州,与吴士矩、崔韶相会,有《元和五年予官不了罚俸西归三月六日至陕府与吴十一兄端公崔二十二院长思怆曩游因投五十韵》诗。同月,途经华州,宿于敷水驿。宦官仇士良等后至,与元稹争上厅,刘士元以鞭击伤稹面。宪宗左袒宦官,贬稹为江陵府士曹参军。四月,元稹离长安赴贬所江陵,白居易命弟送行,并赠新诗一轴二十章,供稹途中讽读。稹抵江陵后,曾寄途中所赋诗十七首于白居易;居易又作《和答诗十首》回赠。十月,元稹作《琵琶歌》寄李管儿,兼诲其徒铁山。稹家属是月至江陵,从长安带来白居易诗及书札。

贾岛32岁。至洛阳,欲谒孟郊,因游赵未果。冬,至长安,雪中怀书谒张籍、韩愈。有《携新文诣张籍韩愈途中成》诗。又《投张太祝》、《题刘华书斋》、《投李益》、《天津桥南山中各题一句》联句、《欲游嵩岳留别李少尹益》等诗,亦大约写于本年。

李贺21岁。在长安,始官奉礼郎,有《始为奉礼忆昌谷山居》诗。居崇义里,与朔客李氏对舍,有《崇义里滞雨》、《申胡子觱篥歌》诗。所与游者,王参元、杨敬之、权璩、崔植辈为密。另有《贵主征行乐》、《猛虎行》、《仙人》、《天上谣》、《古悠悠行》、《马诗》(其二、其十三)、《苦昼短》、《拂舞歌辞》、《瑶华乐》、《神仙曲》、《昆仑使者》、《梁台古愁》、《赠陈商》等诗。

张志和约卒于此年(730?～),年约八十一。年十六举明经。尝以策干肃宗,特见赏重,命待诏翰林,授左金吾卫录事参军。后坐事贬南浦尉。会赦还,以亲丧不复仕,隐居江湖,自号烟波钓叟,亦号玄真子。《全唐诗》录存其词九首。

羊士谔约于此年前后在世,生卒年不详。贞元进士。元和初为监
　　察御史,掌制诰,后以事贬资州刺史。士谔工诗。原有集,已
　　佚。《全唐诗》录其诗一卷。

元和六年辛卯(811)

孟郊61岁。仍居洛。有《送谏议十六叔至孝义渡后奉寄》诗。九
　　月,以东都留守郑余庆为吏部尚书,孟郊作《寿安西渡别郑相
　　公二首》诗。初识贾岛,有《戏赠无本》诗。

张籍约46岁。有《送卢处士游吴越》,并与韩愈同时作有《送陆
　　畅》诗。冬,张籍受韩愈之请,授诗于韩愈之子韩昶(参见韩
　　愈《赠张籍》诗及韩昶《唐故朝议郎检校尚书户部郎中兼襄州
　　别驾上柱国韩昶自为墓志铭并序》)。

韩愈44岁。仍为河南令。夏,入朝为尚书职方员外郎。始回长
　　安。有《辛卯年雪》、《李华二首》、《寄卢全》、《谁氏子》、《河南
　　令池台》、《池上絮》、《石鼓歌》、《峡石》、《西泉》、《入关咏马》、
　　《酬司门卢四兄云夫院长望秋作》、《卢郎中云夫寄示送盘谷
　　子诗两章歌以和之》、《送无本师归范阳》、《送陆畅归江南》、
　　《赠张籍》、《双鸟诗》等诗及《送穷文》等文。

卢全约41岁。冬,有扬州之行。有《冬行三首》等诗。

白居易40岁。在长安。任京兆户曹参军、翰林学士。母陈氏卒于
　　长安宣平里第,年五十七。丁忧,退居下邽义律乡金氏村。
　　十月迁葬祖锽、父季庚于下邽。是年,女金銮子夭。有《春
　　雪》、《慈乌夜啼》、《渭上偶钓》、《闲居》、《首夏病闲》、《重到渭
　　上旧居》、《白发》、《寄元九》、《秋夕》、《夜雨》、《秋霁》、《叹
　　老》、《送兄弟回雪夜》、《自觉二首》、《寄上大兄》、《病中哭金
　　銮子》等诗。又《伤唐衢二首》诗约作于本年以后。

李绅40 岁。在校书郎任。

刘禹锡40 岁。在朗州司马任。是年有《送李秀才还湖南因寄幕中
亲故兼简衡州吕八郎中》、《览董评事思归之什因以诗赠》、
《哭吕衡州时予方谪居》、《闻董评事疾因以书赠》、《遥伤段中
丞》、《和董庶中古散调词赠尹果毅》等诗及《辨易九六论》、
《董氏武陵集序》、(董氏指董侹,明年四月卒)等文。

柳宗元39 岁。在永州贬所。与杨诲之、武元衡、李夷简、严绶等有
书信往来。是年有《同刘二十八哭吕衡州》、《巽公院五咏》、
《酬巽上人以竹间自采新茶见赠酬之以诗》等诗及《祭吕衡州
文》、《闵生赋》、《与崔饶州论石钟乳书》等文。

元稹33 岁。春,由李景俭撮合,稹纳安氏为妾。冬,安氏生子,名
荆。是年稹在裴垍卒后感到朝中无知己,遂依附严绶、崔潭
峻,以求进取。绶本裴垍政敌,稹附绶,乃为其政治态度剧变
之始。是年有《六年春遣怀八首》、《答友封见赠》(友封指窦
巩,巩原诗已佚)、《酬窦校书二十韵》(窦校书亦指巩,巩原诗
已佚)、《送友封》、《书乐天纸》、《哭吕衡州六首》等诗。

贾岛33 岁。春,自长安赴洛阳,始谒韩愈。秋,随愈入长安,居青
龙寺。十一月,归范阳,愈有诗送之。初识孟郊。归范阳途
经济源悬泉驿,又寄诗孟郊。是年有《投孟郊》、《寄孟协律》、
《宿悬泉驿》、《题青龙寺镜公房》、《题青龙寺》等诗。

李贺22 岁。在长安,官奉礼郎。有《沙路曲》、《送秦光禄北征》、
《平城下》等诗。

元和七年壬辰(812)

李益65 岁。本年或稍前,为秘书少监、集贤殿学士。撰《赠左监门
卫将军刘希杲碑》(文已佚)。

孟郊62岁。仍居洛。有《忽不贫喜卢仝书船归洛》诗。

韩愈45岁。二月，由尚书职方员外郎复为国子博士。有《赠刘师
　　服》、《和崔舍人咏月二十韵》、《石鼎联句》、《寄崔二十六立
　　之》等诗及《进学解》等文。

卢仝约42岁。至扬州后，曾一至常州，与刺史孟简（郊之叔父）诗
　　酒往还。客常州未久，旋返扬州，又结识萧庄中等辈。是年
　　夏，卧病扬州。秋后，以舟载书，经江、淮返回洛阳。有《扬子
　　津》、《扬州送伯龄过江》、《赠金鹅山人沈师鲁》、《忆金鹅山沈
　　山人二首》、《听萧君姬人弹琴》、《萧二十三赴歙州婚期二
　　首》、《常州孟谏议座上闻韩员外职方贬国子博士有感五首》、
　　《客淮南病》、《萧宅二三子赠答诗二十首》、《观放鱼歌》等
　　诗。

白居易41岁。以丁母忧，居下纻金氏村。有《适意二首》、《自吟拙
　　什因有所怀》、《观稼》、《闻哭者》、《秋游原上》、《九日登西原
　　宴望》、《寄同病者》、《游蓝田山卜居》、《村雪夜坐》、《溪中早
　　春》、《同友人寻涧花》等诗。

李绅41岁。在校书郎任。因公至常州、苏州，与孟简、范传正
　　相会。

刘禹锡41岁。在朗州司马任。有《送僧元峒南游》、《江陵严司空
　　见示与成都武相公唱和因命同作》等诗及《上杜司徒启》
　　等文。

柳宗元40岁。在永州贬所。秋，有《袁家渴记》、《石渠记》、《石涧
　　记》、《小石城山记》等文。是年又有《南涧中题》、《与崔子符
　　登西山》等诗，并献所著文于广州刺史、岭南节度使郑纲。

元稹34岁。因李景俭之请，稹编次自十六岁以后所作诗八百余
　　首，成诗集二十卷。是年有《遣兴十首》诗。其妾安氏生一

女,名樊。

贾岛34岁。春,在范阳,韩愈有书寄之(见贾岛《双鱼谣》诗原注)。秋,自范阳赴长安,经易水赋诗。既至长安,适沈亚之下第东归,有诗送之。本年居长安延寿里,与张籍邻里。有《双鱼谣》、《易水怀古》、《早起》、《送沈秀才下第东归》、《延寿里精舍寓居》、《延康吟》等诗。

李贺23岁。在长安,官奉礼郎。有《送沈亚之歌》、《章和二年中》等诗。贺在长安三年,所为诗及前所系年与类及者,可以知其作于长安而不能确定为何年者,有《同沈驸马赋得御沟水》、《过华清宫》、《唐儿歌》、《绿章封事》、《秦王饮酒》、《李夫人》、《黄头郎》、《老夫采玉歌》、《致酒行》、《长歌续短歌》、《感讽五首》、《感讽六首》、《难忘曲》、《贾公闾贵婿曲》、《夜饮朝眠曲》、《花游曲》、《安乐宫》、《牡丹种曲》、《秦宫诗》、《古邺城童子谣效王粲刺曹操》、《艾如张》、《上云乐》、《荣华乐》、《相劝酒》、《神弦》、《京城》、《官街鼓》、《题归梦》、《经沙苑》诸诗。

杜佑卒。

李汉擢进士第。

温庭筠约生于此年(～866)。

元和八年癸巳(813)

李益66岁。本年前后,降居散秩,俄复用为秘书少监。后历太子右庶子、秘书监、太子宾客、集贤学士判院事。有《和武相公早春闻莺》诗。

孟郊63岁。仍居洛。有《与王二十一员外涯游昭成寺》、《与王二十一员外涯游枋口柳溪》等诗。

张籍约48岁。李翱由越州至长安,张籍前往看望,此时二人已分别六、七年之久。张籍因患目疾，由韩愈代撰一书（《代张籍与李浙东书》），托李翱转达李逊要求帮助医药费。

王建约48岁。是年以前，建已从荆州回家在魏博幕中，而以是年离开魏博，迁家回关辅，家于杜陵。初登仕版，作昭应丞。是年有《上武元衡相公》、《上李吉甫相公》、《上李益庶子》等诗。

韩愈46岁。三月，由国子博士迁为尚书比部郎中、史馆修撰。是年有《奉和武相公镇蜀时咏使宅韦太尉所养孔雀》、《和武相公早春闻莺》、《大安池》（诗缺）、《游太平公主山庄》、《晚春》、《送进士刘师服东归》、《送刘师服》、《奉和虢州刘给事使君三堂新题二十一咏并序》、《酬蓝田崔丞立之咏雪见寄》、《雪后寄崔二十六丞公》、《读东方朔杂事》、《桃源图》等诗。

卢仝约43岁。按卢仝事迹此后既不见于本集内，亦未见于同时人诗文中。卒于甘露之变之说不可信。疑此后不久，病殁于洛阳。归葬于早年隐居地济源王屋山中。有《玉川子诗集》三卷。

白居易42岁。服除，仍居下邽金氏村。是年有《村居苦寒》、《薛中丞》、《效陶潜体诗十六首》、《东园玩菊》、《登村东古塚》、《念金銮子二首》等诗。

李绅42岁。本年前后，为国子助教。

刘禹锡42岁。在朗州司马任。朝廷原有诏，以禹锡等为远郡刺史，因武元衡等阻止而未果。是年有《寄杨八拾遗》、《酬窦员外使君寒食日途次松滋渡先寄示四韵》、《和窦中丞晚入容江作》、《酬窦员外旬休早凉见示》、《酬窦员外郡斋宴客偶命柘枝因见寄兼呈张十一院长元九侍御》、《观舞柘枝二首》、《元和癸巳岁仲秋诏发江陵偏师问罪蛮徼后命宣慰释兵归降凯旋之辰率尔成咏寄荆南严司空》、《酬元九院长自江陵见寄》、

《有獭吟》等诗及《天论》(上、中、下)、《上门下武相公启》、《上中书李相公启》等文。又其《谪九年赋》、《问大钧赋》亦作于此年。

柳宗元41岁。在永州贬所。有《入黄溪闻猿》、《韦使君黄溪祈雨见召从行至祠下口号》等诗及《游黄溪记》、《答韦中立论师道书》、《报袁君秀才避师名书》、《答严厚秀才论为师道书》等文。

元稹35岁。有《予病瘴乐天寄通中散碧腴垂云膏仍题四韵以慰远怀开坼之间因有酬答》、《遣病十首》、《痁卧闻幕中诸公征乐会饮因有戏呈三十韵》、《后湖》等诗及《与史馆韩侍郎书》、《唐故工部员外郎杜君墓系铭并序》等文。

贾岛35岁。皇甫湜是年官侍御使,贾岛写有《送皇甫侍御》诗。

李贺24岁。在长安任三年奉礼郎后,是年春称病辞归乡里。有《出城寄权璩杨敬之》、《出城别张又新酬李汉》、《春归昌谷》、《示弟犹》等诗。昌谷家居时,有《昌谷北园新笋四首》、《三月过行宫》、《兰香神女庙》、《南园十三首》、《南园》、《昌谷诗》等诗。秋,送其弟往庐山,有《勉爱行二首送小季之庐山》诗。

　是年六月,宰臣武元衡、李吉甫、李绛,旧相郑余庆、权德舆,各奉诏令进旧诗。

舒元舆、杨汉公登进士第。

刘言史约卒于此年(742?～),年约七十二。与孟郊友善。镇冀节度节王武俊尝奏为枣强令,辞疾不受,人因称为刘枣强。有歌诗六卷,《全唐诗》编为一卷。

李肇约于此年前后在世,生卒年不详。著有《翰林志》一卷,《国史补》三卷。

雍裕之约于此年前后在世,生卒年不详。贞元后数举进士不第,飘零四方。工乐府诗,有诗集一卷。《全唐诗》录存三十首。

徐凝约于此年前后在世,生卒年不详。元和间有诗名,方干师事
　　之。与施肩吾同里,日共吟咏。官至侍郎。有诗集一卷,《全
　　唐诗》录存百余首。

张仲素约于此年前后在世,生卒年不详。贞元时与李翱、吕温同
　　榜进士,后又中博学宏词。宪宗时,诏求卢纶诗文,敕仲素编
　　集以进。后拜中书舍人。有诗集一卷,《全唐诗》录存三十余
　　首,多乐府歌词。

刘叉约于此年前后在世,生卒年不详。少时任气尚侠,尝因酒杀
　　人亡命,遇赦出,流居齐鲁,始折节读书。能为歌诗,酷好卢
　　仝、孟郊之体。闻韩愈好士,乃步往谒之。后归游齐、鲁,不
　　知所终。有《刘叉诗集》。《全唐诗》录存二十七首。

李商隐生。(此据冯浩编《玉谿生年谱》)

元和九年甲午(814)

李益67 岁。有《奉和武相公郊居寓目》诗。

孟郊64 岁。三月,以太子少傅郑余庆检校右仆射、兴元尹、山南西
　　道节度观察使。郑余庆辟孟郊为其军参谋、试大理评事。孟
　　郊闻命遂行自洛,以暴疾卒于河南阌乡,时八月二十五(己
　　亥)日。本年有《送郑仆射出节山南》诗。孟郊卒后,后事均
　　由其生前好友樊宗师、韩愈、张籍等人料理。张籍建议私谥
　　为"贞曜先生"。韩愈亲为撰《贞曜先生墓志铭》。王建、贾岛
　　等人均前往哭吊。

张籍约 49 岁。孟郊卒后,与韩愈、白居易往来最密。(见白居易
　　《酬张十八访宿见赠》诗)

王建约 49 岁。仍官昭应丞。有《哭孟东野》二首、《上张弘靖相

公》等诗。

韩愈47岁。十月,由比部郎中、史馆修撰转考功郎中、知制诰。本
　　年有《饮城南道边古墓上逢中丞过赠礼部卫员外少室张道
　　士》、《江汉一首答孟郊》、《山南郑相公樊员外酬答为诗其末
　　咸有见及樊封以示愈依韵十四韵以献》、《送张道士》、《答道
　　士寄树鸡》、《广宣上人频见过》、《酬王二十舍人雪中见寄》、
　　《奉酬振武胡十二丈大夫》等诗及《贞曜先生墓志铭》等文。

白居易43岁。仍居下络金氏村。春,病眼。秋,李顾言来访,留宿
　　相语。八月,游蓝田悟真寺。冬,召授太子左赞善大夫入朝,
　　居昭里。弟行简赴东川节度使卢坦幕,抵梓州当在是年五、
　　六月间。有《夏旱》、《咏慵》、《村中留李三宿》、《友人来访》、
　　《游悟真寺诗》、《酬张十八访宿见赠》、《梦裴相公》、《别行
　　简》、《观儿戏》、《叹常生》、《寄元九》、《叹元九》、《眼暗》、《得
　　袁相书》、《病中作》、《感化寺见元九刘三十二题名处》、《游悟
　　真寺回山下别张殷衡》、《村居寄张殷衡》、《病中得樊大书》、
　　《得钱舍人书问眼疾》、《还李十一马》、《九日寄行简》、《渭村
　　退居寄礼部崔侍郎翰林钱舍人诗一百韵》、《渭村酬李二十见
　　寄》、《初授赞善大夫早朝寄李二十助教》、《重到华阳观旧
　　居》、《寄杨六》等诗。

李绅43岁。在国子助教任。白居易有诗寄之。

刘禹锡43岁。在朗州司马任。十二月,有诏召回禹锡、柳宗元、元
　　稹等(据禹锡《问大钧赋》序及《元和甲午岁诏书尽征江湘逐
　　客余自武陵赴京宿于都亭有怀续来诸君子》诗)。是年有《早
　　春对雪寄澧州元郎中》、《朗州窦员外见示与澧州元郎中郡斋
　　赠答长句二篇因而继和》、《窦朗中见示与澧州元郎中早秋赠
　　答命同作》、《秋日过鸿举法师院便送归江陵》、《重送鸿举赴

江陵谒马逢侍御》、《秋日过鸿举法师寺院便送归江陵》、《衢州徐员外使君遗以缟纻兼竹书箱因成一篇用答佳贶》等诗。又其作于朗州而无确年可考者有《学阮公体三首》、《偶作二首》、《读张曲江集作》、《庭梅咏寄人》、《苦雨行》、《萋兮吟》、《聚蚊谣》、《百舌吟》、《秋萤行》、《经伏波神祠》、《登司马错故城》、《谒柱山会禅师》、《善卷坛下作》、《武陵观火诗》、《游桃源一百韵》、《阳山庙观赛神》、《汉寿城春望》、《唐秀才赠端州紫石砚以诗答之》、《步出武陵东亭临江寓望》、《晚岁登武陵城顾望水陆怅然有作》、《团扇歌》、《竞渡曲》、《采菱行》、《秋风引》、《洞庭秋月》、《送春曲》、《初夏曲三首》、《送春歌》、《泰娘诗》、《秋扇词》、《龙阳县歌》、《蒲桃歌》、《鸜鹆吟》、《白鹭儿》、《壮士行》、《潇湘神二首》、《抛毬乐词二首》、《送韦秀才道冲赴制举》、《送僧仲剬东游兼呈灵澈上人》、《送慧则法师上都因呈广宣上人》、《谪居悼往二首》、《伤桃源薛道士》、《伤秦姝行》、《夔州窦员外使君见示悼妓诗顾余尝识之因命同作》、《窦夔州见寄寒食日忆故姬小红吹笙因和之》、《和李六侍御文宣王庙释奠作》、《八月十五日夜桃源玩月》、《喜康将军见访》、《九日登高》、《元日感怀》、《南中书来》、《题招隐寺》、《白鹰》、《听琴》等诗及《答饶州元使君书》等文。

柳宗元42岁。在永州贬所。有《段九秀才处见亡友吕衡州书迹》诗及《囚山赋》、《与韩愈论史官书》、《段太尉逸事状》、《送易师杨君序》等文。十二月,有诏召回京。

元稹36岁。在江陵贬所。二月,元稹自江陵赴潭州,访湖南观察使张正甫,有《陪张湖南宴望岳楼稹为监察御史张中丞知杂事》、《何满子歌》诗。遇释道泉,有《卢头陀诗(并序)》、《醉别卢头陀》诗。三月,自潭州返江陵府,途中作《岳阳楼》、《寄庾

敬休》、《栽花二首》、《宿石矶》等诗。是月底,杜元颖自江陵
归长安,稹有《送杜元颖》、《三月三十日程氏馆饯杜十四归
京》诗。闰八月,淮西吴元济叛乱,严绶移山南东道节度使,
赴唐州,以招抚之。元稹为从事。九月,元稹妾安氏卒于江
陵府,稹自唐州回江陵府料理丧事,作《葬安氏志》。十月,严
绶兼充申光蔡等州招抚使,崔潭峻为监军,元稹居戎幕,司章
奏。

贾岛36 岁。陈商进士及第,将游远府,岛有《送陈商》诗。八月,有
《哭孟郊》、《吊孟协律》诗。

李贺25 岁。春夏间在昌谷家居,有《后园凿井歌》。秋,至潞州,依
张彻,时彻初效潞幕。途经河阳、太行山、长平、高平等地。
有《将发》、《河阳县》、《七月一日晓入太行山》、《长平箭头
歌》、《高平县东私路》等诗。至潞州后,有《酒罢张大彻索赠
诗时张初效潞幕》、《潞州张大宅病酒遇江使寄上十四兄》等
诗。

元和十年乙未(815)

李益68 岁。有《哭伯岩禅师》、《送襄州李尚书》诗。

张籍约 50 岁。其诗歌创作中最有价值的部分——乐府、歌行,多
是在五十岁以前,于贫病交迫的环境中写出来的。(参见白
居易《读张籍古乐府》、姚合《赠张籍太祝》等诗。)是年有《同
严给事闻唐昌观玉蕊近有仙过因成绝句二首》诗。又其《题
杨秘书新居》诗,亦作于本年前后。

王建约 50 岁。在昭应。与杨巨源有诗往还。建有《寄杨十二秘
书》诗(巨源有《寄昭应王丞》诗)。其《书赠旧浑二曹长》、《昭
应官舍书事》诗写于本年前后。

韩愈48岁。仍为考功郎中、知制诰。有《奉和库部卢四兄曹长元日朝回》、《寒食直归遇雨》、《送李六协律归荆南》、《题百叶桃花》、《春雪》、《戏题牡丹》、《盆池五首》、《芍药》、《送李尚书赴襄阳八韵》、《示儿》等诗。

白居易44岁。在长安,居昭国里。为太子左赞善大夫。六月,居易上疏请捕刺武元衡之贼。宰相以宫官先台谏言事,恶之。忌之者复诬言居易母看花坠井死,而居易作《赏花》及《新井》诗,有伤名教。八月,乃奏贬刺史。王涯复论不当治郡,追改江州司马。初出蓝田,到襄阳,乘舟经鄂州,冬初到江州。十二月,自编诗集五十卷,凡八百首。有《与元九书》、《自诲》文及《读张籍古乐府》、《寄张十八》、《初出蓝田路作》、《再到襄阳访问旧居》、《寄微之三首》、《舟中雨夜》、《靖安北街赠李二十》、《醉后却寄元九》、《重寄》、《雨夜忆元九》、《赠杨秘书巨源》、《初贬官过望秦岭》、《蓝桥驿见元九诗》、《发商州》、《舟中读元九诗》、《舟行阻风寄李十一舍人》、《放言五首》、《读李杜诗集因题卷后》、《望江州》、《初到江州》、《编集拙诗成一十五卷因题卷末戏赠元九李二十》等诗。

李绅44岁。在国子助教任。

刘禹锡44岁。正月,由朗州赴长安。二月,抵长安。三月,因武元衡等排挤,复出为播州(今贵州遵义)刺史。柳宗元因禹锡母老,愿以柳州易播州。御史中丞裴度为禹锡奏请,乃改授连州刺史。禹锡离京赴连州,与柳宗元同行,至衡阳分手,二人途中有唱和之作。五月,禹锡抵连州。是年有《朗州窦员外见示与澧州元郎中郡斋赠答长句二篇因以继和》、《早春对雪奉寄澧州元郎中》、《摩镜篇》、《荆州歌二首》、《宜城歌》、《题淳于髡墓》、《伤独孤舍人》、《元和甲午岁诏书尽征江湘逐客余自武陵赴京宿于都亭有怀绪来诸君子》、《阙下口号呈柳仪曹》、《征还京师见旧番官冯叔达》、《和杨侍郎凭见寄二首》、《元和十年自朗州承召至京戏赠看花诸君子》、《赴连山途次德宗山陵寄张员外》、《赴连州途经洛阳诸公置酒相送张员外贾以诗见赠率尔酬之》、《望衡山》、《再授连州至衡阳酬柳柳州赠别》、《重答柳柳州》、《答柳子厚》、《度桂岭歌》、《沓潮歌》、《飞鸢操》等诗及《谢上连州刺史表》、《谢门下武相公启》、《吏隐亭述》、《论书》等文。

柳宗元43岁。得诏书后，有《朗州窦常员外寄刘二十八见促行骑酬赠》诗。二月，抵长安。途中有《离觞不醉至驿却寄相送诸公》、《诏追赴都回寄零陵亲故》、《过衡山见新花开却寄弟》、《汨罗遇风》、《界围岩水帘》、《北还登汉阳北原题临川驿》、《诏追赴都二月至灞亭上》、《奉酬杨侍郎丈因送八叔拾遗戏赠诏追南来诸宾》等十余首诗。至长安后，改贬为柳州刺史。赴任途中有《再上湘江》、《再至界围岩水帘遂宿岩下》、《长沙驿前南楼感旧》、《衡阳与梦得分路赠别》、《重别梦得》、《三赠刘员外》、《商山临路有孤松往来斫以为明好事者怜之编竹成援遂其生植感而赋诗》、《答刘连州邦字》、《岭南江行》等诗。六月，宗元抵柳州。同至者有宗元从弟宗直、宗一。作《登柳州城楼寄漳汀封连四州》、《古东门行》等诗。七月，宗元从弟宗直死于柳州，宗元作《祭弟宗直文》、《志从弟宗直殡》。

元稹37岁。得诏书后于正月赴长安，途中有《酬东南行》诗。月末抵长安，居靖里旧宅。二月，到长安后游览寺观，又与白居易等同游城南，马上吟诗，迭相唱和。稹拟编选张籍古乐府，李绅歌行，卢拱、杨臣源律诗，窦巩、元宗简绝句，以及他与白居易的作品，编为《元白往还集》，后因再贬未果。三月，稹出为

通州司马。留新、旧文二十六轴与白居易。是月末,居易等
送稹至鄠县浦池村。闰六月,元稹至通州司马任,有《酬乐天
寄生衣》诗。秋,稹病重,托熊孺登带信给白居易。

贾岛37 岁。八月,李文通平淮西,筑城于万胜岗,岛有《赠李文通》
诗。十二月,僧怀晖卒于章敬寺,岛有《哭柏岩禅师》诗。本
年前后,曾与张籍同题秘书郎杨巨源新居,岛有《杨秘书新
居》诗。

李贺26 岁。在潞州。

马异约于此年前后在世,生卒年不详。兴元进士。少时与皇甫湜
同砚席,赋性高疏。与卢仝互有《结交诗》。《全唐诗》存其诗
四首。

沈亚之、庞严、封敖、张正谟、吕让登进士第。礼部侍郎崔群知
贡举。

赵嘏生,卒年不详。

元和十一年丙申(816)

张籍约51 岁。由太常寺太祝转为国子监助教。目疾初愈。六
月,曾请贺拔恕代韩愈抄写《科斗孝经》、《汉卫宏官书》(据韩
愈《科斗书后记》)。作《患眼》、《闲游》诗。与韩愈唱和,有
《酬韩庶子》诗。《答开州韦使君寄车前子》诗,当作于本年或
稍后。又本年或稍后,王建来长安,张籍作《逢王建有赠》诗。

王建约51 岁。疑是年前后已由昭应丞转官渭南尉。曾入长安谢
执政,顺便看望张籍。其《留别张广文》、《题柏岩禅师影堂》、
《唐昌观玉蕊花》、《自伤》等诗,约作于本年前后。

韩愈49 岁。正月,以考功郎中知制诰迁中书舍人,赐服绯鱼。因
他赞同对淮蔡用兵,致使宰相李逢吉、韦贯之"不喜",借故将

他降为太子右庶子,时为五月。是年有《人日城南登高》、《和
席八十二韵》、《游城南十六首》、《感春三首》、《和侯协律咏
笋》、《题张十八所居》、《调张籍》、《奉酬卢给事云夫四兄曲江
荷花行见寄并呈上钱七兄阁老张十八助教》、《奉和钱七兄曹
长盆池所植》、《庭楸》、《早赴街西行香赠卢李二中舍人》、《听
颖师弹琴》、《酬马侍郎寄酒》、《符读书城南》、《大行皇太后挽
歌词三首》、《梁国惠康公主挽歌二首》、《晚寄张十八助教周
郎博士》、《病鸱》、《嘲鲁连子》等诗。

白居易45岁。在江州司马任。二月,赴庐山,游东林、西林寺,访
陶潜旧宅。七月,长兄幼文携诸院孤小弟妹六、七人自徐州
至。秋,送客湓浦口,作《琵琶引》。是年,女阿罗生。有《访
陶公旧宅》、《游湓城》、《答故人》、《宿简寂观》、《读谢灵运
诗》、《北亭新宿》、《晚望》、《早春》、《咏怀》、《春游西林寺》、
《宿东林寺》、《春晚寄微之》、《渐老》、《送幼文》、《寄行简》、
《送春归》、《代春赠》、《答春》、《见紫薇花忆微之》、《忆微之伤
仲远》、《端居咏怀》、《江楼早春》、《送客之湖南》、《四十五》、
《寄李相公崔侍郎钱舍人》、《闻李十一出牧澧州崔二十二出
牧果州因寄绝句》等诗及《与杨虞卿书》、《答户部崔侍郎书》
等文。

李绅45岁。在国子助教任。七月,葬兄于长安白鹿原。有《唐故
试太常寺奉礼郎赵郡李府君墓志文》。

刘禹锡45岁。在连州刺史任。有《和南海马大夫闻杨侍郎出守彬
州因有寄上之作》、《和彬州杨侍郎玩郡斋紫薇花十四韵》、
《送僧方及南谒柳员外》、《送曹璩归越中旧隐诗》、《马大夫见
示浙西王侍御赠答诗因命同作》、《南海马大夫远示著述兼酬
拙诗辄著微诚再有长句时蔡戎未弭故见于篇末》、《南海马大

夫见惠著述三通勒成四帙上自邃古达于国朝采其菁华至简
而富钦受嘉贶诗以谢之》、《酬马大夫以愚献茭萸酒感通拔二
字因而寄别之作》、《酬马大夫登洭口戍见寄》、《赠澧州高大
夫司马霞寓》等诗及《连州刺史厅壁记》文。

柳宗元44岁。在柳州刺史任。得长子周六。有《别舍弟宗一》诗
及《井铭》、《祭井文》。

元稹38岁。在通州司马任。春,请假赴涪州,与裴淑结婚。五月,
稹与裴淑同归通州。夏,元稹复患疟疾,曾赴兴元医治。时
郑余庆为兴元尹、山南西道节度使,稹与之有诗歌往来。

贾岛38岁。九月,李正辞贬金州刺史,岛有《赠李金州》诗。

李贺27岁。在潞州,有《客游》诗。自潞州归,卒。今存《李长吉歌
诗》四卷,《外集》一卷。

姚合登进士第。

灵澈卒(746～),年七十一。本性汤,字源澄。后出家为僧。少从
严维学诗,后至吴兴与皎然游。刘长卿、皇甫曾等亦与之有
诗往还。有文集二十卷,刘禹锡为作序。《全唐诗》存其诗十
七首。

元和十二年丁酉(817)

李益70岁。是年令狐楚奉敕编选《御览诗》(一名《新唐诗》,一名
《元和御览》)。作者计三十人,惟李益诗入选最多,计三十
六首。

王建约52岁。自渭南尉授太府寺丞,疑在是年前后。有《初授太
丞府言怀》、《和裴相公道中赠别张相公》、《东征行》、《赠李愬
仆射》二首等诗。

韩愈50岁。在长安,仍为太子右庶子。七月,兼御史中丞、充彰义

行军司马，随裴度平定蔡州吴元济，有功，升为刑部侍郎。本年有《闲游二首》、《赠刑部马侍郎》、《过鸿沟》、《送张侍郎》、《奉和裴相公东征途经女几山下作》、《晚秋郾城夜会联句》（与李正封合作）、《郾城晚饮奉赠副使马侍御及冯李二员外》、《酬别留后侍郎》、《同李二十八夜次襄城》、《同李二十八员外从裴相公野宿西界》、《过襄城》、《宿神龟招李二十八冯十七》、《次硖石》、《和李司勋过连昌宫》、《桃林夜贺晋公》、《次潼关先寄张十二阁老使君》、《次潼关上都统相公》、《晋公破贼回重拜台司以诗示幕中宾客愈奉和》等诗及《荐樊宗师状》等文。是年，韩愈好友张署卒，年六十。愈为作《唐故河南令张君墓志铭》、《祭河南张员外文》。

白居易46岁。庐山草堂成，三月二十一日始居之。闰五月，兄幼文卒。是年有《闻早莺》、《过李生》、《题元十八溪亭》、《香炉峰下新置草堂即事咏怀题于石上》、《草堂前新开一池养鱼种荷日有幽趣》、《登香炉峰顶》、《题旧写真图》、《南湖晚秋》、《因沐感发寄朗上人二首》、《东南行一百韵》、《大林寺桃花》、《早发楚成驿》、《建昌行》、《正月十五日夜东林寺学禅偶怀蓝田杨主簿因呈智者禅师》、《山中与元九书因题书后》、《中秋月》、《彭蠡湖晚归》、《读灵澈诗》、《听李士良琵琶》、《梦微之》、《问刘十九》、《刘十九同宿》、《题诗屏风绝句》等诗及《祭浮梁大兄文》、《草堂记》、《与微之书》等文。

刘禹锡46岁。在连州刺史任。是年有《闻道士弹思归引》、《平蔡州三首》、《城西行》、《同乐天和微之深春二十首》等诗及《与柳子厚书》、《答连州薛郎中论书仪书》等文。

柳宗元45岁。在柳州刺史任。因民俗而施政，解放奴婢，推行文教，大修孔庙。岳父杨凭卒，宗元作《祭杨凭詹事文》。是年又有《柳州复大云寺记》、《柳州东亭记》、《筝郭师墓志》、《与卫淮南荐石琴启》等文。

元稹39岁。夏秋之间,元稹在通州司马任,全家仍寓兴元。稹见刘猛、李馀作所古乐府诗,选而和之。并撰《乐府古题序》。约在此年前后,元稹曾以诗、文献权德舆,有《上兴元权尚书启》。九月,元稹离兴元回通州,独孤朗、刘猛以诗送行。途经阆州,游开元寺,写白居易诗于寺壁,作诗《阆州开元寺壁题乐天诗》。元稹是年尚有《酬东川李相公(逢吉)十六韵》、《和东川李相公慈竹十二韵》、《生春二十首》、《冬白纻》、《将进酒》、《忆远曲》、《织妇词》、《田家词》、《侠客行》、《君莫非》、《田野狐兔行》、《人道短》、《苦乐相倚曲》、《出门行》、《捉捕歌》、《估客乐》、《遣行十首》、《酬乐天东南行诗一百韵》、《酬独孤二十六送归通州》、《酬刘猛见送》、《嘉陵水》、《漫天岭赠僧》、《百牢关》等诗。

贾岛39岁。赴襄阳谒蜀僧悟达国师。游荆州。有《寄武功姚主簿》、《寄钱庶子》等诗。

元和十三年戊戌(818)

张籍约53岁。本年五月,李愬为凤翔尹、凤翔陇右节度使,张籍作《送李仆射赴镇凤翔》诗。

王建约53岁。五月,在长安,疑仍官太府丞。有《赠李愬仆射》诗。

韩愈51岁。在长安,仍为刑部侍郎。七月,转兵部侍郎。本年有《送李员外院长分司东都》、《读皇甫湜公安园池诗书其后二首》、《独钓四首》等诗及《平淮西碑》等文。

白居易47岁。在江州司马任。春,弟行简自梓州至。时至庐山,宿草堂。十二月二十日,代李景俭为忠州刺史。有《白云期》、《对酒示行简》、《咏怀》、《夜琴》、《达理二首》、《苦热喜凉》、《早秋晚望兼呈韦侍御》、《司马厅独宿》、《梦与李七庾三十三同访元九》、《浩歌行》、《王夫子》、《九江春望》、《晚题东林寺双池》、《自题》、《寻郭道士不遇》、《南湖早春》、《题韦家泉池》、《醉中对红叶》、《闻龟儿咏诗》、《梦亡友刘太白同游章敬寺》、《兴果上人殁时,题此决别,兼简二林僧社》、《山中酬江州崔使君见寄》、《闻李尚书拜相因以长句寄贺微之》、《李白墓》、《雨中赴刘十九二林之期,及到寺,刘已先去,因以四韵寄之》、《蔷薇正开,春酒初熟,因招刘十九张大夫崔二十四同饮》、《赠昙禅师》、《寄微之》、《湖亭与行简宿》《自江州司马授忠州刺史,抑荷圣泽,聊书鄙诚》、《洪州逢熊孺登》等诗及《三谣》、《江州司马厅壁记》等文。

李绅47 岁。在国子助教任。

刘禹锡47 岁。在连州刺史任。因薛景晦之请,编集《传信方述》二卷。是年有《奉和郑相公以考功十弟山姜花俯赐篇咏》、《崔元受少府自贬所还遗山姜花以诗答之》、《湖南观察使故相国袁公挽歌三首》、《故相国燕国公于司空挽歌二首》、《伤循州浑尚书》、《连州腊日观莫徭猎西山》等诗及《与刑部韩侍郎书》、《贺门下裴相公启》等文。

柳宗元46 岁。在柳州刺史任。是年,桂管观察使裴行立作訾家洲亭,宗元应邀至桂州宴游,受裴行立之嘱作《訾家洲亭记》。是年宗元尚有《平淮西雅》诗及《献平淮西雅表》、《上裴晋公献唐雅诗启》、《上襄阳李愬仆射献唐雅诗启》、《上门下李夷简相公陈情启》等文。

元稹40 岁。正月,元稹闻下诏大赦,作《上门下裴相公书》致裴度,要求召用。春夏间,元稹以通州司马权知州务。时李景信校书由忠州至通州,访元稹,稹有《喜李十一景信到》、《别李十一五绝》、《通州丁溪馆夜别李景信三首》等诗。十一月下旬,元稹发动通州百姓开山,发展生产,以改善民生。冬,稹为虢州长史。稹在通州四年间,与白居易唱和之诗,"里巷相传,为之纸贵"。是年,稹尚有《连昌宫词》、《寒食日》、《酬乐天闻李尚书拜相以诗见贺》、《三兄以白角巾寄遗发不胜冠因有感叹》等诗。

贾岛40岁。疑在本年前后赴凤翔,有《歧下送友人归襄阳》诗。

元和十四年己亥(819)

张籍约54岁。在长安。有《送裴相公赴镇太原》、《田司空入朝》诗。

王建约54岁。在长安。是年前后,由太府丞转官太常丞。是年有《送裴相公上太原》、《寄贺田侍中东平成功》、《朝天词十首寄上魏博田侍中》、《田侍中宴席》、《赠田将军》等诗。

韩愈52岁。正月,因谏迎佛骨事,触怒宪宗,几遭极刑。经裴度、崔群等营救,始贬为潮州刺史,即日奔驰上道。二月,愈全家亦被逐出京师,其第四女挐病死途中。三月底,愈至潮州。七月,群臣上尊号,大赦天下,愈亦逢赦。十月底,改授袁州刺史。翌年春始达袁州。本年有《论佛骨表》文及《元日酬蔡州马十二尚书去年蔡州元日见寄之什》、《华山女》、《左迁至蓝关示侄孙湘》、《武关西逢配流吐蕃》、《路旁堠》、《次邓州界》、《食曲河驿》、《过南阳》、《题楚昭王庙》、《泷吏》、《题临泷寺》、《晚次宣溪辱韶州张端公使君惠书叙别酬以绝句二章》、《过始兴江口感怀》、《赠别元十八协律六首》、《初南食贻元十

八协律》、《宿曾江口示侄孙湘二首》、《答柳柳州食虾蟆》、《琴
操十首》、《量移袁州张韶州端公以诗相贺因酬之》、《别赵子》
等诗。

白居易48 岁。春,离江州赴忠州刺史任。弟行简随行。途中会鄂
岳观察使李程(表臣)于武昌。时元稹离通州赴虢州长史任,
三月十一日相遇于黄牛峡口石洞中,停舟夷陵,置酒赋诗,三
日而别。二十八日抵忠州。与万州刺史杨归厚以诗赠答。
是年有《初入峡有感》、《过昭君村》、《自江州至忠州》、《初到
忠州登东楼寄万州杨八使君》、《寄王质夫》、《九日登巴台》、
《东城寻春》、《江上送客》、《桐花》、《别草堂》、《行次夏口先寄
李大夫》、《对镜吟》、《江州赴忠州至江陵以来舟中示舍弟五
十韵》、《题岳阳楼》、《入峡次巴东》、《十年三月三十日别微之
于澧上,十四年三月十一日夜遇微之于峡中,停舟夷陵,三日
宿而别》、《题峡中石上》、《夜入瞿唐峡》、《初到忠州赠李六》、
《郡斋暇日忆庐山草堂兼寄二林僧社三十韵多叙贬官以来出
处之意》、《东城春意》、《东亭闲望》、《画木莲花图寄元郎中》、
《即事寄微之》、《和万州杨使君四绝句》、《寄微之》、《和行简
望郡南山》、《冬至日》、《竹枝词四首》、《酬严中丞晚眺黔江见
寄》、《除夜》等诗及《三游洞序》等文。

李绅48 岁。春,因山南西道节度使崔从之荐,为该道观察判官。
五月,除右拾遗。

刘禹锡48 岁。在连州刺史任。母卒于连州,年近九十。禹锡奉柩
返洛阳。十一月,经衡阳,又得柳宗元讣书,禹锡悲痛号叫,
"如得狂病"。刘禹锡在连州建吏隐亭,为"海阳十景"之一。
时僧侣与禹锡往来者甚多,仅禹锡诗文中所见者,即有浩初、
道琳、中巽、圆静、道准、圆皎、贞璨、文外、惠荣、明素、存政、

文约、儇师等十余人。禹锡是年有《平齐行二首》、《赠别约师》、《海阳湖别浩初上人》、《谢柳子厚寄叠石砚》、《重至衡阳伤柳仪曹》等诗。又其《寄杨八寿州》、《李贾二大谏拜命后寄杨八寿州》、《莫徭歌》、《插田歌》、《观棋歌送儇师西游》、《酬国子崔博士立之见寄》、《海阳十咏》、《送邹鲁儒赴举诗》、《赠刘景擢第》等诗,皆作于连州刺史任内。

柳宗元是年十月五日卒于柳州(773~),年四十七。宗元卒前,曾有遗书致刘禹锡与韩愈,托为照顾年幼子女,并将遗稿交刘禹锡,请代为编集成书。是年,宗元还复信青年杜温夫,指导他写作。今存有《河东先生集》。

元稹41岁。春,离通州赴虢州长史任。三月十一日,与白居易相遇于峡州。八月,作《李娃行》。九月,元稹二兄元秬以疾卒于虢州稹之官舍,年六十七,时二嫂崔氏已殁。秋,元稹女樊卒,稹作《哭女樊》、《哭女樊四十韵》诗。十月底或稍后,元稹为膳部员外郎。献诗于宰相令狐楚,楚深表赞赏,以鲍、谢相推许。稹所作诗,至是年已有一千余首。是年所作,尚有《酬乐天江楼夜吟稹诗因成三十韵》、《黄草峡听柔之琴二首》、《书剑》、《哭小女降真》、《酬乐天叹损伤见寄》、《春晓》、《三游洞》等诗。

贾岛41岁。有《寄韩潮州愈》、《寄韩湘》诗。尝以旧文呈献膳部员外郎元稹(参见下年《投元郎中》诗)。

元和十五年庚子(820)

李益73岁。正月,宪宗崩。宰相令狐楚为山陵使,简李益预其役。八月,令狐楚贬至衡州任刺史。李益有《述怀寄衡州令狐相公》诗。

张籍约 55 岁。本年或稍前,已迁秘书省校书郎。施肩吾进士及第东归,张籍作《送施肩吾东归》诗。秋,与裴度有唱和,张有《谢裴司空寄马》诗(一作《蒙裴相公赐马谨以诗谢》),裴有《酬张秘书因寄马赠诗》诗。

王建约 55 岁。在长安,仍官太常丞。是年九月,有《寄上韩愈侍郎》诗。十月,有《送魏州李相公》诗。

韩愈53 岁。正月八日,韩愈到达袁州。正月,宪宗为宦官所杀,穆宗立。九月,穆宗召韩愈为朝散大夫,国子祭酒。十月,韩愈离开袁州,岁暮抵长安。本年有《将至韶州先寄张端公使君借图经》、《题秀禅师房》、《韶州留别张端公使君》、《除官赴阙至江州寄鄂岳李大夫》、《次石头驿寄江西王十中丞阁老》、《游西林寺题萧二兄郎中旧堂》、《自袁州还京次安陆先寄随州周员外》、《又寄周随州员外》、《题广昌馆》、《酒中留上襄阳李相公》、《去岁自刑部侍郎以罪贬潮州刺史乘驿赴任其后家亦遣逐小女道死殡之层峰驿旁山下蒙恩还朝过其墓留题驿梁》、《贺张十八秘书得裴司空马》、《咏灯花同侯十一》、《送侯喜》等诗及《南阳樊绍述墓志》、《柳宗元墓志》、《祭柳子厚文》、《与孟尚书书》、《举荐张籍状》等文。

白居易49 岁。夏,自忠州召还。经三峡,由商山路返长安,除尚书司门员外郎。十二月,充重考订科目官。二十八日,改授主客郎中、知制诰。有《东城寻春》、《江上送客》、《花下对酒二首》、《不二门》、《我身》、《哭王质夫》、《东坡种花二首》、《东涧种柳》、《步东坡》、《东城春意》、《春至》、《感春》、《春江》、《巴水》、《野行》、《奉酬李相公见示绝句》、《戏赠萧处士清禅师》、《三月三日》、《寒食夜》、《代州民问》、《答州民》、《初除尚书郎脱刺史绯》、《别种东坡花树两绝》、《别桥上竹》、《商山路有感》、《恻恻吟》、《吟元郎中白须诗兼饮雪水茶因题壁上》、《和张十八秘书谢裴相公寄马》、《答山侣》、《早朝思退居》、《曲江亭晚望》、《初除主客郎中知制诰与王十一李七元九三舍人中书同宿话旧感怀》等诗及《续虞人箴》、《荔枝图序》、《论重考科目人状》等文。

李绅49岁。正月,为翰林学士。二月,赐绯鱼袋,迁右补阙。有《授韩宏(弘)河中节度使制》。

刘禹锡49岁。在洛阳丁母忧。令狐楚再贬衡州刺史,途经洛阳,与禹锡会面。是年有《祭柳员外文》、《重祭柳员外文》、《为鄂州李大夫祭柳员外文》等。

元稹42岁。正月,为山陵使判官。五月,得宰相段文昌之荐,以歌诗见赏于穆宗,转祠部郎中、知制诰,赐绯鱼袋。任职后,稹变诏书之体,务纯厚明切,盛传一时。因元稹常为穆宗召见,萧俛恶之。

贾岛42岁。有《投元郎中》诗,时元稹为祠部郎中、知制诰。秋冬,岛卧疾长安慈恩寺文郁院,有《宿慈恩寺郁公房》、《慈恩寺上座院》、《酬慈恩寺文郁上人》等诗。

刘肃约此年前后在世,生卒年不详。元和中为江都主簿(或云为登仕郎,守江州浔阳县主簿)。肃尝取唐初迄大历末之轶文旧事,为《大唐新语》三卷(《新唐书·艺文志》、《四库全书总目》著录为十三卷)。

唐穆宗长庆元年辛丑(821)

李益74岁。官右散骑常侍。

张籍约56岁。本年春或去年冬,由韩愈之举荐,为国子博士。移居靖安坊。是年有《酬韩祭酒雨中见寄》、《移居靖安坊答元八郎中》、《送和蕃公主诗》、《早朝寄白舍人严郎中》、《哭元九少尹》（按："元九"当作"元八"，即元宗简。宗简是年冬卒）等诗。

王建约 56 岁。在长安，官太常丞。后转官秘书郎，与白居易有交。有《太和公主和蕃》、《赠胡证将军》、《上杜元颖相公》等诗。

韩愈54 岁。七月，由国子祭酒转为兵部侍郎。有《杏园送张彻侍御》、《雨中寄张博士籍侯主簿喜》、《南山有高树行赠李宗闵》、《猛虎行》、《奉和兵部张侍郎酬郓州马尚书祗召途中见寄开缄之日马帅已再领郓州之作》、《南内朝贺归呈同舍》、《朝归》等诗。

白居易50 岁。在长安，官尚书主客郎中、知制诰。春，购新昌里宅，此为居易第二次居新昌里。四月，充重考试进士官，覆试礼部侍郎钱徽主试下及第进士郑朗等十四人。时李宗闵婿、杨汝士弟皆及第。李德裕、元稹与李宗闵有隙，因同李绅上言，以为不公。诏居易与王起重试，黜朗等十人。钱徽、李宗闵、杨汝士皆远贬。自是李德裕及李宗闵各分朋党，相倾轧垂四十年。夏，居易与元宗简同制加朝散大夫，始著绯，又转上柱国。妻杨氏授弘农县君。秋，居易奉命宣谕魏博节度使田布，赠绢五百匹，不受。十月十九日，转中书舍人。十一月二十八日，充制策考官。崔龟从、庞严等十一人贤良方正能直言极谏科登第。是年，弟行简授拾遗。与王建始赠答，时建自太府丞改官秘书郎。是年有《西掖早秋直夜书意》、《竹窗》、《西省对花忆忠州东坡新花树因寄题东楼》、《中书连直寒食不归因怀元九》、《和元少尹新授官》、《重和元少尹》、《题新昌所居》、《和韩侍郎苦雨》、《寄王秘书》、《曲江独行招张十

八》、《新昌新居书事四十韵因寄元郎中张博士》等诗及《祭李
侍郎文》、《送侯权秀才序》等文。

李绅50 岁。在长安。三月,改司勋员外郎、知制诰。与李德裕、元
稹劾钱徽取进士"不公"。十一月,与元稹保荐蒋防为翰林
学士。

刘禹锡50 岁。是年冬,除夔州刺史。由洛阳赴任,经鄂州,会李
程。有《伤愚溪三首》、《鄂渚留别李二十一表臣大夫》、《答表
臣赠别二首》、《始发鄂渚寄表臣二首》、《重寄表臣二首》、《松
滋渡望硖中》、《碧涧寺见元九侍御和展上人诗有三生之句因
以和》等诗及《唐故衡州刺史吕君(温)集纪》文。

元稹43 岁。在长安。二月十六日,自祠部郎中知制诰,充翰林学
士。十七日,拜中书舍人,仍充翰林学士。是月,元稹奉旨进
呈杂诗十卷,作《进诗状》。四月,稹与李德裕、李绅劾钱徽取
进士"不公"。夏,元稹子荆夭亡,年十四。稹作《哭子十首》
诗。元稹进呈京西京北等图经。穆宗常向元稹"访以密谋"。
十月,元稹因结交宦官魏宏简被裴度弹劾"倾乱朝政",罢稹
翰林学士,为工部侍郎,出院。元稹是年尚有《酬乐天待漏入
阁见赠》、《与乐天同葬杓直》、《感事三首》、《寄赠薛涛》、《题
翰林东阁前小松》、《别毅郎》、《自责》、《长庆宫辞》等诗及《翰
林承旨学士厅壁记》等文。

贾岛43 岁。春,赠诗翰林承旨学士元稹,有《赠翰林》诗。(按:贾
岛多次向元稹投献诗文,欲求举荐,然终未见赏,亦不见援
引。参见岛《重酬姚少府》诗。)秋,与朱庆馀、顾非熊、厉玄、
僧无可会宿万年县尉姚合宅,有《宿姚少府北宅》、《酬姚少
府》、《重酬姚少府》、《雨夜同厉玄怀皇甫荀》诗。(姚合有《万
年县中雨夜会宿寄皇甫荀诗》,朱庆馀有《与贾岛顾非熊无可

上人宿万年姚少府宅诗》。)又有《题张博士(籍)新居》诗。

蒋防 是年十月十六日得元稹、李绅举荐,自右补阙为翰林学士。二十八日,赐绯。其《霍小玉传》,约作于此时。

李商隐 9岁。父李嗣卒,奉丧侍母归郑州。

窦巩 约卒于此年(762? ～),年约六十。元和进士。所作诗见《窦氏联珠集》。《全唐诗》录存其诗三十九首。

樊宗师(绍述) 约卒于此年后不久,生年不详。今存《绛守居园池记》及《越王楼诗》。

长庆二年壬寅(822)

张籍 约57岁。二月,与韩愈同游杨于陵别墅。(据韩愈诗)。三月,迁尚书省水部员外郎。与韩愈同游曲江。七月,曾出差离京,在返回长安途中,与白居易相遇,时居易出为杭州刺史,二人同宿驿馆。本年有《酬白二十二舍人早春曲江见招》、《新除水曹郎答白舍人见贺》、《朝日敕赐百官樱桃》、《和裴仆射移官言志》、《和裴仆射朝回寄韩侍郎》、《送严大夫之桂州》、《赠商州王使君》、《寄白二十二舍人》、《寄令狐宾客》、《酬秘书王丞(建)见寄》等诗。又其《和韦开州盛山二十首》诗,当亦作于本年或稍后。

王建 约57岁。在长安,官秘书丞。与张籍有唱和。是年四月,有《送严大夫赴桂州》诗。

韩愈 55岁。去岁七月,镇州兵乱,杀田弘正,立王廷凑。朝廷先后命牛元翼、裴度往讨,均无功。是年二月,赦王廷凑,命韩愈前往宣抚。愈既行,穆宗后悔,恐愈有不测,乃诏愈度事从权,能入则入,否则已。韩愈直赴镇州,王廷凑严兵以待,然终被韩愈说服。穆宗大喜,转愈为吏部侍郎。本年有《早春与张十八博士籍游杨尚书林亭寄第三阁老兼呈白冯二阁老》、《奉使常山早次太原呈副使吴郎中》、《夕次寿阳驿题吴郎中诗后》、《奉使镇州行次承天行营奉酬裴司空相公》、《镇州路上谨酬裴司空相公重见寄》、《镇州初归》、《同水部张员外曲江春游寄白二十二舍人》、《和水部张员外宣政衙赐百官樱桃诗》、《送桂州严大夫》、《奉和仆射裴相公感恩言志》、《和裴仆射相公假山十一韵》、《奉和李相公题萧家林亭》、《郓州谿堂诗》、《和仆射相公朝回见寄》、《奉酬天平马十二仆射暇日言怀见寄之作》等诗。

白居易51岁。在长安,为中书舍人。春,元宗简殁,有诗。又与张籍、韩愈以诗相赠答。时唐军十余万围王廷凑,久无功,居易上书论河北用兵事,皆不听。复以朋党倾轧,两河再乱,国事日荒,民生益困,乃求外任。七月,自中书舍人除杭州刺史。宣武军乱,汴河未通,乃取道襄、汉赴任。途经江州,与李渤会,访庐山草堂。十月,至杭州。有《喜敏中及第偶示所怀》、《久不见韩侍郎戏题四韵以寄之》、《长庆二年自中书舍人出守杭州路次蓝溪作》、《初出城留别》、《宿蓝溪对月》、《邓州路上作》、《过紫霞兰若》、《登商山最高顶》、《清调吟》、《狂歌词》、《同韩侍郎游郑家池吟诗小饮》、《曲江感秋二首》、《逍遥咏》、《和韩侍郎题杨舍人林池见寄》、《送冯舍人阁老往襄阳》、《酬韩侍郎张博士雨后游曲江见寄》、《喜张十八博士除水部员外郎》、《送严大夫赴桂州》、《曲江忆李十一》、《逢张十八员外籍》、《寓言题僧》、《重到江州感旧游题郡楼十一韵》、《赠别遗爱草堂兼呈李十使君》、《初到郡斋寄钱湖州李苏州》、《衰病》、《病中对病鹤》、《白发》等诗及《论行营状》、《杭州刺史谢上表》等文。

李绅51 岁。二月,迁中书舍人,充承旨学士。赐紫金鱼袋。三月,与元稹保荐庞严为翰林学士。是年,李逢吉代裴度为门下侍郎平章事。李逢吉中伤裴度。元稹、李德裕亦受其排挤而出为外任。李绅与韦处厚等劾李逢吉奸邪。

刘禹锡51 岁。正月,到夔州刺史任。是年有《始至云安寄兵部韩侍郎中书白舍人二公曾远守故有属焉》、《竹枝词》、《竹枝词二首》、《寄朗州温右史曹长》等诗及《夔州谢上表》、《上门下裴相公启》、《夔州刺史厅壁记》等文。

元稹44 岁。正月,在工部侍郎任。以官军三面救深州之围不克,劝穆宗罢兵。二月,元稹以工部侍郎同中书门下平章事。白居易为元稹撰《为宰相谢官表》。五月,李逢吉令李赏诬告元稹曾遣人刺裴度。诏韩皋、郑覃、李逢吉讯鞫,无验。而元稹与于方合谋,"反间而出"牛元翼之旧事暴露。六月,裴度罢相,元稹出为同州刺史。李逢吉同平章事。元稹奏,京兆府尹刘遵古遣吏潜逻其宅。穆宗慰元稹,罚遵古。谏官论责元稹太轻,穆宗削元稹长春宫使。是年元稹所作有《寄乐天二首》、《送公度之福建》、《喜五兄自泗州至》、《书事》等诗及《同州刺史谢上表》等文。

贾岛44 岁。在长安,举进士,与平曾等人同贬,时称"举场十恶"(见《唐诗纪事》卷六十五、《北窗琐言》卷六)。有《下第》、《送康秀才》、《早蝉》、《病蝉》等诗。(按:后三诗亦皆下第后作,然姚合《送贾岛及钟浑》诗云:"日日攻诗亦自强,年年供应在名场。"《新唐书》本传亦称:"累举,不中第。"知岛落第非止一次,以其俱无确年可考,姑并系于此。)

杜牧20 岁。始读《尚书》、《毛诗》、《左传》、《国语》、十三代史书,深知国之兴亡,系于兵者甚大。

孟简卒,生年不详。工诗。举进士、宏辞皆及第。累迁户部侍郎,
　　坐事贬吉州司马。《全唐诗》录存其诗七首。

窦牟卒(749~),年七十四。贞元二年进士。仕终国子祭酒。牟
　　与兄窦常、弟窦群、窦庠、窦巩俱工诗,后人集所作诗凡一百
　　首为五卷,名《窦氏联珠集》传于世。牟有集十卷。《全唐诗》
　　存其诗二十一首。

长庆三年癸卯(823)

张籍约58岁。在长安,官水部员外郎。是年有《答白杭州郡楼登
　　望画图见寄》、《酬杭州白使君兼寄浙东元大夫》、《喜王起侍
　　郎放牒(一作榜)》、《送李余及第后归蜀》、《送郑尚书赴广
　　州》、《送郑尚书出镇南海》、《赠孔尚书》、《送浙西周判官》(一
　　作《送浙东周阮范判官》)等诗。

王建约58岁。在长安,官秘书丞。是年四月,有《送郑权尚书南
　　海》诗。

韩愈56岁。在长安。六月,由吏部侍郎转京兆尹、兼御史大夫。
　　时李绅为御史中丞,与宰相李逢吉不协,逢吉拟通过李、韩争
　　台参事而中伤之,后经李绅向穆宗哭诉说明,李绅仍为御史
　　中丞,韩愈复为吏部侍郎。愈本年有《早春呈水部张十八员
　　外二首》、《送郑尚书赴南海》、《和李相公摄事南郊览物兴怀
　　呈一二知旧》、《奉和杜相公太清宫纪事陈诚上李相公十六
　　韵》、《枯树》、《送诸葛觉往随州读书》、《示爽》等诗。

白居易52岁。在杭州刺史任。屡游西湖。秋初病。八月,游灵隐
　　冷泉亭。九月,游恩德寺,观泉洞竹石。是年有《立春后五
　　日》、《郡中即事》、《病中逢秋招客夜酌》、《钱塘湖春行》、《题
　　灵隐寺红辛夷花戏酬光上人》、《杭州春望》、《饮散夜归赠诸

客》、《孤山寺遇雨》、《湖上夜饮》、《赠沙鸥》、《馀杭形胜》、《代卖薪女赠诸妓》、《元微之除浙东观察使喜得杭越邻州先赠长句》、《席上答微之》、《答微之上船后留别》、《答微之泊西陵驿见寄》、《答微之夸越州州宅》、《张十八员外以新诗二十五首见寄郡楼月下吟玩通夕因题卷后封寄微之》、《酬微之》、《余思未尽加为六韵重寄微之》、《答微之咏怀见寄》、《雪中即事答微之》、《醉封诗筒寄微之》、《除夜寄微之》、《闲卧》等诗及《冷泉亭记》等文。

李绅52岁。在长安。三月，为李逢吉所排挤，改御史中丞。六月，韩愈为京兆尹，兼御史大夫。绅械囚送京兆府，愈不受。十月，李逢吉以台府不协为理由，出绅为江西观察使，愈改兵部侍郎。绅请留，改户部侍郎。愈为吏部侍郎。李逢吉勾结王守澄，收买李虞、柏耆、程昔范，擢用刘栖楚等，以伺绅隙。

刘禹锡52岁。在夔州刺史任。是年有《宣上人远寄贺礼部王侍郎放榜后诗因而继和》、《唐侍御寄游道林岳麓二寺诗并沈中丞姚员外所和见征继作》、《送张盥赴举》、《白舍人自杭州寄新诗有柳色春藏苏小家之句因而戏酬兼寄浙东元相公》、《和东川王相公新涨驿池八韵》、《酬杨司业巨源见寄》、《寄唐州杨八归厚》、《重寄绝句》、《春日寄杨八唐州二首》等诗及《夔州论利害表》等文。

元稹45岁。在同州刺史任。春，虞部员外郎杨巨源到同州，与元稹晤。八月，元稹迁越州刺史、浙东观察使。赴任途中，经润州，晤李德裕。十月初，途经苏州，晤苏州刺史李谅等人。是月十五日，途经杭州，与杭州刺史白居易会晤，数日而别。别后二人诗简往来，唱和甚富。是月，元稹抵越州。《元氏长庆集》百卷编成。元稹是年所作，有《第三岁日咏春风凭杨员外寄长安柳》、《赠别杨员外巨源》、《杏花》、《酬杨司业十二兄早秋述情见寄》、《树上乌》、《和王侍郎酬广宣上人观放榜后相贺》、《初除浙东妻有阻色因以四韵晓之》、《酬李浙西先因从事见寄之作》、《赠乐天》、《重赠》、《别后西陵晚眺》、《寄乐天》、《戏赠乐天复言》、《酬乐天余思不尽加为六韵之作》、《除夜酬乐天》等诗。

贾岛45岁。居长安升道坊。春,李余及第归蜀,贾岛、张籍、姚合、朱庆馀并有《送李余及第归蜀》诗。冬,韩湘受辟赴江西幕府,贾岛有《送韩湘》诗,姚合有《送韩湘赴江西从事》诗,沈亚之有《送韩北渚赴江西序》文。本年,周元范赴浙东判官任,贾岛有《送周判官元范赴越》诗,同时,张籍、朱庆馀亦俱有《送浙东周元范判官》诗。贾岛与姚合、张籍、王建互有酬唱:姚合有《寄贾岛》诗,贾岛有《升道坊精舍南台对月寄姚合》诗;张籍有《赠贾岛》诗,王建有《寄贾岛》诗,贾岛有《酬张籍王建》、《答王建秘书》诗。此外,贾岛还有《青门里作》、《寄无得头陀》、《卢秀才南台》、《荒斋》、《咏怀》、《原东居喜唐温琪频至》、《原上秋居》等诗。

窦庠约卒于此年(761?～),年约六十三。历登、泽、信、婺四州刺史。其诗见于《窦氏联珠集》中。《全唐诗》录其诗二十一首。

施肩吾约于此年前后在世,生卒年不详。元和十五年登第,不待除授,即归隐洪州之西山。临行,张籍等赋诗饯别。肩吾尝赋《闲居遣兴诗》一百韵,大行于世。《全唐诗》编其诗为一卷。

广宣约于此年前后在世,生卒年不详。工诗,有《红楼集》,又有《与令狐楚唱和集》一卷。

李商隐11岁。是年守父丧期满后,居洛阳。

长庆四年甲辰(824)

张籍约 59 岁。在长安。夏,罢官。时韩愈以病请假,遂同游城南,贾岛亦常预之,前后共两月。有《和韩吏部泛南溪》、《同韩侍御南溪夜赏》诗。秋,擢水部郎中。八月十六日夜,与王建同到韩愈家赏月(见韩诗),这是他们最后一次长谈。此后,愈病不起。十二月韩愈卒时,张籍在韩愈身旁,协助其家料理后事(据籍《祭退之》诗)。

王建约 59 岁。在长安,官秘书丞。其《赠王枢密》诗当作于是年前后,王枢密,指权宦王守澄。

韩愈是年卒,年五十七岁。是年正月,穆宗病故,敬宗即位。韩愈仍为吏部侍郎。八月,因病告休,常与张籍、王建、贾岛游。十二月二日卒于长安靖安里。翌年三月,葬于河南河阳先人墓地。本年尚有《南溪始泛三首》、《与张十八同效阮步兵一日复一夕》、《玩月喜张十八员外以王六秘书至》等诗。愈著有《昌黎先生集》四十卷,《外集》十卷。

白居易53 岁。在杭州刺史任。修筑钱塘堤,蓄水,可灌田千顷。又浚城中李泌六井,以供饮用,三月十日作记。五月,除太子左庶子分司东都。月末离杭,过常州,宿淮口,经汴河路,秋至洛阳。买洛阳故杨凭旧履道里宅居之。冬,元稹为编《白氏长庆集》五十卷,并制序。是年,弟行简为司门员外郎。居易是年有《南亭对酒送春》、《玩新庭树因咏所怀》、《仲夏斋戒月》、《三年为刺史二首》、《自馀杭归宿淮口作》、《洛下卜居》、《移家入新宅》、《琴》、《鹤》、《自咏》、《晏起》、《池畔二首》、《内道场永谦上人就郡见访善说维摩经临别请诗因以此赠》、《自叹二首》、《湖上作醉中代诸妓寄严郎中》、《答微之见寄》、《春

题湖上》、《早春忆微之》、《醉戏诸妓》、《诗解》、《闻歌妓唱严
郎中诗因以绝句寄之》、《柘枝妓》、《除官赴阙留赠微之》、《留
题郡斋》、《别州民》、《西湖留别》、《重寄别微之》、《好听琴》、
《爱咏诗》、《求分司东都寄牛相公十韵》、《临池闲卧》、《吾
庐》、《题新居寄宣州崔相公》等诗及《祭浙江文》、《钱塘湖石
记》等文。

李绅53岁。二月,为李逢吉所陷害,贬端州司马。庞严、蒋防亦贬
　　为远州刺史,以二人皆绅之引用者。秋,绅抵端州。是年有
　　《朱槿花》、《至潭州闻猿》、《江亭》、《红蕉花》、《端州亭江得家
　　书二首》、《闻猿》等诗。

刘禹锡53岁。在夔州刺史任。夏,转和州刺史。八月,别夔州,沿
　　途游历,应宣歙观察使崔群之邀,至宣州宴游数日。十月,抵
　　和州。是年有《杨柳枝》、《酬宣州崔大夫见寄》、《送裴处士应
　　制举》、《和乐天柘枝》、《别夔州官吏》、《自江陵沿流道中》、
　　《秋江早发》、《秋江晚泊》、《望洞庭》、《赴和州于武昌县再遇
　　毛仙翁十八兄因成一绝》、《西塞山怀古》、《登清晖楼》、《九华
　　山》、《谢宣州崔相公赐马》、《晚泊牛渚》、《历阳书事七十韵》、
　　《和汴州令狐相公到镇改月偶书所怀二十二韵》、《送惟良上
　　人》等诗及《洗心亭记》、《和州谢上表》、《祭韩吏部文》等文。
　　按:禹锡在夔州时期所作,尚有《蜀先主庙》、《观八阵图》、《巫
　　山神女庙》、《鱼复江中》、《堤上行三首》、《踏歌词四首》、《畲
　　田作》、《浪淘沙词九首》、《杨柳枝词二首》、《纥那曲词二首》、
　　《送周使君罢渝州归郢州别墅》、《送鸿举师游江南》、《酬冯七
　　舍人宿卫赠别五韵》等诗及《唐故尚书礼部员外郎柳君集
　　纪》、《奏记丞相府论学事》等文,因无确年可考。并系于此。

元稹46岁。在浙东观察使任。五月,白居易、元稹、李谅《杭越寄

和诗集》一卷，元稹、白居易、崔玄亮《三州唱和集》一卷，结集
成书。元稹是年有《寄浙西李大夫四首》、《寄乐天》、《酬乐天
雪中见寄》、《和乐天早春见寄》、《酬复言长庆四年元日郡斋
感怀见寄》、《代杭人作使君一朝去二首》、《代郡斋神答乐
天》、《代杭民答乐天》、《酬乐天重寄别》、《和乐天重题别东
楼》、《长庆历》、《题长庆四年历日尾》、《上元》等诗及《白氏长
庆集序》等文。

贾岛46岁。居长安乐游原东之升道坊。主客郎中张籍过其居，岛
　　有《张郎中过原东居》诗。夏，有《黄子陂上韩吏部》诗。数与
　　韩愈、张籍泛南溪，有《和韩吏部泛南溪》诗。此外还有《送觉
　　义上人谒河中李司空》、《寄河中杨少尹》、《再投李益常侍》
　　等诗。

韩昶（韩愈之子）登进士第。

唐敬宗宝历元年乙巳（825）

张籍约60岁。在长安，官水部郎中。是年有《祭退之》、《寄苏州
　　白二十二使君》（按，居易是年三月除苏州刺史。正月到任
　　所）诗。

王建约60岁。在长安，仍官秘书丞。

白居易54岁。在洛阳，为太子左庶子分司东都。春葺新居，王起
　　为宅内造桥。三月四日，除苏州刺史。二十九日，发东都，过
　　汴州，与令狐楚相会。渡淮水，经常州，五月五日到苏州任。
　　秋，游太湖，采橘献上。与元稹、崔玄亮唱和，又与刘禹锡相
　　赠答。是年，弟行简迁主客郎中。是年有《春葺新居》、《一叶
　　落》、《九日宴集醉题郡楼兼呈周殷二判官》、《同微之赠别郭
　　虚舟炼师五十韵》、《霓裳羽衣歌》、《题故元少尹集后二首》、

《云和》、《春老》、《与皇甫庶子同游城东》、《晚春寄微之并崔湖州》、《奉和汴州令狐相公二十二韵》、《答刘和州》、《渡淮》、《赴苏州至常州答贾舍人》、《自咏》、《吟前篇因寄微之》、《代诸妓赠送周判官》、《秋寄微之十二韵》、《早发赴洞庭舟中作》、《拣贡橘书情》、《泛太湖书事寄微之》、《酬刘和州戏赠》、《岁暮寄微之三首》等诗及《吴郡诗石记》、《苏州刺史谢上表》等文。

李绅54 岁。在端州司马任。二月,绅携眷游高要县七星岩石室,有"石室题名"。四月大赦天下。李逢吉以李绅之故,于赦书节文内,不言"未量移者,宜与量移"。韦处厚上疏论之。敬宗命追赦书添改。五月,李绅量移江州长史。

刘禹锡54 岁。在和州刺史任。是年有《春日书怀寄东洛白二十二杨八二庶子》、《白舍人见酬拙诗因以寄谢》、《苏州白舍人新诗有叹早白无儿之句因以赠之》、《白舍人曹长寄新诗有游宴之盛因以戏赠》、《和浙西李大夫伊川卜居》等诗及《和州刺史厅壁记》、《上仆射李相公启》等文。

元稹47 岁。在浙东观察使任。是年有《霓裳羽衣舞歌》、《赠别郭虚舟炼师五十韵》、《奉和浙西李大夫霜夜听小童薛阳陶吹觱篥歌》等诗及《祭亡友(李景俭)文》。

贾岛47 岁。与朱庆馀、顾非熊、雍陶等俱在长安。春,于人文使回鹘册立,各有诗送之。有《送于中丞使回纥册立》诗。又其《寄顾非熊》、《酬李廓少府见寄》、《净业寺与前李廓少府同宿》、《怀博陵故人》、《逢博陵故人彭兵曹》、《重与彭兵曹》诸诗,当写于本年前后。

杜牧23 岁。是年有《阿房宫赋》、《上昭义刘司徒书》等文。

章孝标到越州投谒元稹,并作《上浙东元相》诗约在此年。

窦常卒(749～)，年七十七。大历进士。历任湖南判官、侍御史、水部员外等职。著有文集十八卷，又撰自韩翃至皎然三十八人诗三百五十篇，各系以赞，为《南薰集》三卷。今《全唐诗》录存其诗二十六首。

蒋防约于此年前后在世，生卒年不详。善诗能文，《霍小玉传》尤为著名。

宝历二年丙午(826)

张籍约 61 岁。在长安，官水部郎中。是年有《送朱庆馀及第归越》、《送李司空赴镇襄阳》、《寄和州刘使君》等诗。

王建约 61 岁。在长安，官秘书丞。本年有《寄汴州令狐相公》诗。

白居易55 岁。在苏州刺史任。二月末，落马伤足，卧三旬。五月末，又以眼病肺伤，请百日长假。九月初，假满，罢官。十月初，发苏州。与刘禹锡相遇于扬子津，结伴游扬州、楚州。是年冬，弟膳部郎中行简卒。居易是年有《题灵岩寺》、《自咏五首》、《和微之四月一日作》、《吴中好风景二首》、《答刘禹锡白太守行》、《除日答梦得同发楚州》、《郡中闲独寄微之及崔湖州》、《马坠强出赠同座》、《病中多雨逢寒食》、《重答刘和州》、《咏怀》、《重咏》、《百日假满》、《九日寄微之》、《留别微之》、《听琵琶妓弹略略》、《写新诗寄微之偶题卷后》、《与梦得同登楼灵塔》、《喜罢郡》、《答次休上人》、《忆洛中所居》、《醉赠刘二十八使君》等诗及《华严经社石记》文。

李绅55 岁。在江州长史任。

刘禹锡55 岁。在和州刺史任。秋，罢和州刺史。十月，与白居易相遇于扬子津，结伴游扬州、楚州。明年春，归洛阳。是年有《张郎中籍远寄长句开缄之日已及新秋因举目前仰酬高韵》、

《和乐天题真娘墓》、《湖州崔郎中曹长寄三癖诗自言癖在诗
与琴酒其词逸而高吟咏不足昔柳吴兴亭皋陇首之句王融书
之白团扇故为四韵以谢之》、《奉酬湖州崔郎中见寄五韵》、
《酬湖州崔郎中见寄》、《和令狐相公谢太原李侍中寄蒲桃》、
《罢和州游建康》、《台城怀古》、《经檀道济故垒》、《酬乐天扬
州初逢席上见赠》、《鹤叹三首》、《同乐天登栖灵寺塔》、《白太
守行》、《和乐天鹦鹉》、《楚州开元寺北院枸杞临井繁茂可观
群贤赋诗因以继和》、《罢郡归洛途次山阳留辞郭中丞使君》、
《韩信庙》、《岁杪将发楚州呈乐天》等诗。又其《金陵五题》、
《金陵怀古》、《望夫山》、《望夫石》、《和州送钱侍御自宣州幕
拜官便于华州觐省》、《客有话汴州新政书事寄令狐相公》、
《和浙西李大夫霜夜对月听小童吹觱篥歌依本韵》、《浙西李
大夫示述梦四十韵并浙东元相公酬和斐然继声》等诗,皆在
和州所作。以无确年可考,姑系于此。

元稹48岁。在浙东观察使任。稹辟周师范为判官,约在此时。元
稹是年有《四月一日作》、《拜禹庙》、《奉和浙西大夫李德裕述
梦四十韵》等诗及《越州寄乐天书》等文。

贾岛48岁。朱庆馀及弟归越,岛与张籍、姚合俱有诗送之。在长
安升道坊装治诗卷,当在本年前后。有《送朱可久归越中》
诗。又其《原居即事言怀赠孙员外》、《夏日寄高洗马》诗当写
于本年前后。

朱庆馀、刘蕡登进士第。贾岛、张籍、姚合俱有送朱庆馀归越诗。

唐文宗大和元年丁未(827)

李益80岁。正月,以左散骑常侍为礼部尚书致仕。

张籍约62岁。在长安,官水部郎中。有《庄陵挽歌词三首》诗。

白居易56岁。春,经荥阳,返洛阳。三月十七日,征为秘书监,赐金紫。复居长安新昌里第。与杨汝士、裴度、庾敬休等交游。十月十日,文宗诞日,诏居易与安国寺沙门义林、太清宫道士杨弘元于麟德殿论儒、释、道三教教义。岁暮,奉使洛阳。在洛阳与皇甫镛、苏弘、刘禹锡、姚合等交游。是年有《宿荥阳》、《经溱洧》、《过敷水》、《初到洛下闲游》、《闲咏》、《初授秘监并赐金紫闲吟小酌偶写所怀》、《新昌闲居招杨郎中兄弟》、《松下琴赠客》、《闲行》、《闲出》、《与僧智如夜话》、《忆庐山旧隐及洛下新居》、《晚寒》、《偶眠》、《奉使途中戏赠张常侍》、《酬皇甫宾客》、《答苏庶子》、《寄答周协律》等诗及《三教论衡》等文。

刘禹锡56岁。春,抵洛阳。六月,为主客郎中,分司东都。是年有《淮阴行五首》、《令狐相公俯赠篇章斐然仰谢》、《酬令狐相公赠别》、《酬令狐相公寄贺迁拜之什》、《罢郡归洛阳闲居》、《城中闲游》、《罢郡归洛阳寄友人》、《鹤叹二首》、《秘书崔少监见示坠马长句因而和之》、《分司东都蒙襄阳李司徒相公书问因以奉寄》、《为郎分司寄上都同舍》、《遥和韩睦州元相公二君子》、《酬杨八庶子喜韩吴兴与予同迁见赠》、《洛中逢韩七中丞之吴兴口号五首》、《和浙西李大夫晚下北固山喜松径成阴怅然怀古偶题临江亭并浙东元相公所和》、《洛下初冬拜表有怀上京故人》、《和苏郎中寻丰安里旧居寄主客张郎中》、《河南王少尹宅宴张常侍白舍人兼呈卢郎中李员外二副使》、《洛中谢福建陈判官见赠》、《有所嗟》等诗及《因论七篇》、《陋室铭》等文。

元稹49岁。是年九月,元稹在浙东观察使任,加检校礼部尚书。是年,《元白唱酬集》结集。元稹追和《白氏长庆集》中未对答

之诗五十七首,合一百一十四首,题为《因继集》卷之一。元
稹是年所作,尚有《寄梦得》、《和浙西李大夫(德裕)晚下北固
山喜径松成阴怅然怀古偶题临江亭》、《问龟儿》等诗。

贾岛49 岁。疑本年之前,贾岛游蒲绛(僧无可有《客中闻从兄岛游
蒲绛因寄》诗)。

杜牧25 岁。春,游同州澄城县。又游浐阳,路出荆州松滋县。是
年有《感怀诗》、《登澧州驿楼寄京兆韦尹》诗及《燕将录》、《窦
列女传》、《同州澄城县户工仓尉厅壁记》等文。

李商隐16 岁。是年义山徐氏姊卒。义山有《陈后宫》("玄武开新
苑")、《陈后宫》("茂苑城如画")、《览古》、《无题》("八岁偷照
镜")等诗。

大和二年戊申(828)

张籍约 63 岁。春,为主客郎中。有《赠主客刘郎中》诗致刘禹锡。
又迁国子司业。本年与白居易、裴度、姚合有唱和:张《同白
侍郎杏园赠刘郎中》(白《杏园花下赠刘郎中》)、《和裴司空以
诗请刑部白侍郎双鹤》(裴《白二十二侍郎有双鹤留在洛下予
西园多野水长松可以栖息遂以诗请之》)、《寒食夜寄姚侍御》
(姚《酬张司业见寄》)。与裴度、刘禹锡、崔群等人共赋《春池
泛舟联句》,与裴度、白居易、刘禹锡等人共赋《西池落泉联
句》、《蔷薇花联句》、《首夏犹清和联句》。《酬浙东元尚书见
寄绫素》、《赠王侍御任陕州司马》诗亦写于本年。又《过贾岛
新居》诗当写于本年或之前。

王建约 63 岁。是年以前已左迁为侍御史。是年出为陕州司马。
张籍、白居易、贾岛等有诗送之。

白居易57 岁。春,自洛阳使还,返长安。二月十九日,由秘书监除

刑部侍郎，封晋阳县男。继元稹所编《白氏长庆集》五十卷后，续编《后集》五卷，作《后序》。又续编与元稹唱和集《因继集》二卷成，有《因继集重序》。十二月，乞百日病假。又为弟行简编次文集二十卷，题为《白郎中集》。是年有《和微之诗二十三首》(之一至之十一、之二十)、《和刘郎中伤鄂姬》、《早春同刘郎中寄宣武令狐相公》、《寄太原李相公》、《姚侍御见过戏赠》、《答林泉》、《临都驿答梦得六言二首》、《送陕府王大夫》、《花前有感兼呈崔相公刘郎中》、《杏园花下赠刘郎中》、《微之就拜尚书居易续除刑部因书贺意兼咏离怀》、《答裴相公乞鹤》、《送陕州王司马建赴任》、《对琴待月》、《斋月静居》、《和刘郎中望终南山秋雪》、《送鹤与裴相临别赠诗》、《见殷尧藩侍御忆江南诗三十首诗中多叙苏杭胜事余尝典二郡因继和之》、《闻新蝉赠刘二十八》、《观幻》、《听曹刚琵琶兼示重莲》、《戊申岁暮咏怀三首》等诗。

李绅57岁。是年迁滁州刺史。

刘禹锡57岁。春，至长安，为主客郎中，集贤殿学士。是年有《洛中逢白监同话游梁之乐因寄宣武令狐相公》、《陕州河亭陪韦五大夫雪后眺望因以留别与韦有布衣之旧一别二纪经迁贬而归》、《途中早发》、《途次华州陪钱大夫登城北楼春望因睹李崔令狐三相国唱和之什翰林旧侣继踵华城山水清高鸾凤翔集皆忝夙眷遂题是诗》、《答乐天临都驿见赠》、《再赠乐天》、《初至长安》、《再游玄都观绝句》、《杏园花下酬乐天见赠》、《和严给事闻唐昌欢玉蕊花有游仙二绝》、《酬严给事贺加五品兼简同制水部李郎中》、《陪崔大尚书及诸阁老宴杏园》、《阙下待传点呈诸同舍》、《闻韩宾擢第归觐以诗美之兼贺韩十五曹长时韩牧永州》、《答东阳于令涵碧图诗》、《答白

刑部闻新蝉》、《早秋集贤院即事》、《秋日书怀寄河南王尹》、
《田顺郎歌》、《与歌童田顺郎》、《曹刚》、《大和戊申岁大有年
诏赐百寮出城观秋稼谨书盛事以俟采诗者》、《终南秋雪》、
《和乐天早寒》、《同乐天送河南尹冯学士》、《夏日寄宣武令狐
相公》、《和令狐相公入潼关》、《酬令狐相公雪中游玄都见
忆》、《送王司马之陕州》、《送陆侍御归淮南使府五韵》等诗及
《管城新驿记》等文。是年又与李绛、崔群、裴度、白居易、张
籍等人共赋联句多篇。

元稹50岁。在浙东观察使任。春,稹为僧白寂然于剡县沃洲山卜
筑禅院。寄越州缯纱给国子司业张籍。长女保子与韦绚结
婚,约在此年以前。是年有《听妻弹别鹤操》、《酬白乐天杏花
园》、《寄绫素与张司业》、《晨霞》、《送刘道士游天台》、《栉沐
寄道友》、《祝苍华》、《我年三首》、《三月三十日四十韵》、《寄
乐天》、《寄问刘白》、《除夜作》、《知非》、《晓望》、《李势女》、
《自劝二首》、《雨中花》、《晨兴》、《朝回与王炼师游南山下》、
《尝新酒》、《顺之琴者》、《春深二十首》等诗及《与刘郎中(禹
锡)书》等文。

贾岛50岁。在长安。《宿姚合宅寄张司业籍》、《王侍御南原庄》、
《送陕府王司马》等诗约写于本年。

杜牧26岁。春,在东都洛阳应进士举,以第五人及第,礼部侍郎崔
郾主试。三月,在长安应制举贤良方正能直言极谏科,以第
四等及第,授官为弘文馆校书郎、试左武卫兵曹参军。游城
南文公寺。为校书郎时曾诣董重质,问淮西四岁不破之由。
十月,尚书右丞沈传师为江西观察使,辟杜牧为江西团练巡
官、试大理评事,随沈赴洪州。是年有《及第后寄长安友人》、
《赠终南兰若僧》诗。

李商隐16 岁。作古文《才论》、《圣论》二篇（今佚），因而闻名，始与
　　士大夫游。

周贺约于此年前后在世，生卒年不详。初居庐山为浮屠，名清塞。
　　后客南徐，又去少室、终南间。工诗，与贾岛、无可齐名。宝
　　历中，杭州太守姚合见其《哭僧诗》，大爱之，加以冠巾，改名
　　贺。《全唐诗》录其一卷。

韦处厚卒(773～)，年五十六。元和初进士，又擢贤良方正异等。
　　累官至中书侍郎，同中书门下平章事。历事宪宗、穆宗、敬
　　宗、文宗四朝，一时推为贤相。著有文集七十卷。《全唐诗》
　　录其诗二十首。

费冠卿约于此年前后在世，生卒年不详。著诗集一卷，《全唐诗》
　　存其诗十一首。

大和三年己酉(829)

李益82 岁。以礼部尚书致仕，卒。今存《李益集》二卷。

张籍约 64 岁。在长安，为国子司业。是年有《送令狐尚书赴东都
　　留守》、《送白宾客分司东都》二首等诗。又与裴度、刘禹锡、
　　白居易共赋《宴兴化池亭送白二十二东归联句》，与裴度、刘
　　禹锡等人共赋《西池送白二十二东归兼寄令狐相公联句》。

王建约 64 岁。在陕州司马任上，白居易过之，有留别之诗。

白居易58 岁。春，和微之诗四十二首诗成。三月五日，编《刘白唱
　　和集》二卷成。月末，百日假满，罢刑部侍郎，以太子宾客分
　　司东都。裴度等于兴化里第置酒送行。四月初，发长安，经
　　陕州，至洛阳。居履道里第，与崔玄亮往来，以诗赠答。九
　　月，元稹会居易于洛阳。冬，居易生子阿崔，元稹亦生子道
　　保，共喜作诗。居易是年有《和微之诗二十三首》（之十二至

之十六、之十七之一、之十八之二、之十九、之二十二)、《授太子宾客归洛》、《秋池二首》、《知足吟》、《酬集贤刘郎中对月见寄兼怀元浙东》、《从陕至东京》、《送春》、《春词》、《和刘郎中曲江春望见示》、《南园试小乐》、《和微之春日投简阳明洞天五十韵》、《和春深二十首》、《赠梦得》、《陕府王大夫相迎偶赠》、《别陕州王司马》、《咏闲》、《同崔十八寄元浙东王陕州》、《池上即事》、《酬裴相公见寄二绝》、《答梦得闻蝉见寄》、《自题》、《秋游》、《不出门》、《分司初到洛中偶题六韵兼戏呈冯尹》、《予与微之老而无子发于言叹著在诗篇今年冬各有一子戏作二诗一以相贺一以自嘲》、《自问》等诗及《池上篇并序》、《刘白唱和集解》等文。

李绅58岁。在滁州刺史任。有《东园》诗(今佚)。又其《悲善才》诗当写于本年或稍前。

刘禹锡58岁。转礼部郎中,仍兼集贤殿学士。是年有《和令狐相公春日寻花有怀白侍郎阁老》、《曲江春望》、《和乐天南园试小乐》、《和乐天春词》、《答乐天戏赠》、《蒙恩转仪曹郎依前充集贤学士举韩湖州自代因寄七言》、《和令狐相公寻白阁老见留小饮因赠》、《同乐天送令狐相公赴东都留守》、《和令狐相公别牡丹》、《同乐天和微之春深二十首》、《刑部白侍郎谢病长告改宾客分司以诗赠别》、《叹水别白二十二》、《同白二十二赠王山人》、《遥和白宾客分司初到洛中戏呈冯尹》、《始闻蝉有怀白宾客去岁白有闻蝉见寄诗云只应催我老兼遣报君知之句》、《月夜忆乐天兼寄微之》、《浙东元相公书叹梅雨郁蒸之侯因寄七言》、《送李尚书镇滑州》、《乐天寄洛下新诗兼喜微之欲到因以抒怀也》、《吟乐天自问怆然有作》等诗。

元稹51岁。九月,自浙东观察使征为尚书左丞。返长安途中,经

苏州,游虎丘寺,有题名;经洛阳,与白居易相会。是年有《春
分投简阳明洞天作》、《醉题东武》、《过东都别乐天二首》、《感
逝》、《妻满月日相唁》、《酬周从事望海亭见寄》、《修龟山鱼池
示众僧》、《赠刘采春》、《春游》、《游云门寺》、《题法华山天衣
寺》等诗。

皇甫湜是年在汴州,为顾况诗集作《顾君诗集序》。

贾岛51岁。在长安。是年有《寄沧州李尚书》、《投庞少尹》、《送雍
陶入蜀》、《喜雍陶至》等诗。

杜牧27岁。在江西幕中。

李商隐18岁。从令狐楚天平幕辟,署巡官。有《随师东》诗。

鲍溶约于此年前后在世,生卒年不详。工诗。与李益、韩愈、李正
封、孟郊等人友善。有文集五卷。《全唐诗》录其诗为三卷。

本年,约于四月之前,《吴越唱和集》结集成书,集中收录李德裕、
白居易、元稹、刘禹锡在吴越一带任职时往来唱和之诗。

大和四年庚戌(830)

张籍约卒于此年,终国子司业。遗嘱归葬和州。有《张司业集》
八卷。

王建约卒于此年或稍后,终陕州司马。有《王司马集》八卷。

白居易59岁。在洛阳,为太子宾客分司。屡游龙门。与徐凝交
游。冬,病眼。十二月二十八日,代韦弘景为河南尹。是年
有《日长》、《三月三十日作》、《慵不能》、《朝课》、《嗟发落》、
《池上夜境》、《书客》、《何处春先到》、《洛阳春》、《恨去年》、
《池上赠韦山人》、《对小潭寄远上人》、《晚出寻人不遇》、《苦
热》、《销暑》、《行香归》、《舟中夜坐》、《闲忙》、《观游鱼》、《看
采莲》、《新雪二首》、《日高卧》、《思往喜今》、《和微之道保生

三日》、《哭皇甫七郎中》、《晚起》、《疑梦二首》、《夜宴惜别》、《早饮醉中除河南尹敕到》、《除夜》等诗。

李绅59岁。转寿州刺史。二月抵任。

刘禹锡59岁。在礼部郎中、集贤学士任。是年有《寄杨虢州与之旧姻》、《哭王仆射(播)相公》、《微之镇武昌中路见寄蓝桥怀旧之作凄然继和兼寄安平》、《裴祭酒尚书见示春归城南青松坞别墅寄王左丞高侍郎之什命同作》、《酬令狐相公春日言怀见寄》、《和郓州令狐相公春晚对花》、《寄湖州韩中丞》、《寓兴二首》、《酬滑州李尚书秋日见寄》、《庙庭偃松诗》、《吐绶鸟词》、《和令狐相公言怀寄河中杨少尹》、《和兵部郑侍郎省中四松诗十韵》、《与歌者米嘉荣》、《米嘉荣》等诗。

元稹52岁。正月,自尚书左丞检校户部尚书,兼鄂州刺史、御史大夫、武昌军节度使。临行,刘禹锡至浐桥送别。元稹至鄂州后,仍辟窦巩为副使,卢简求掌书记,崔元儒、周复等为从事。秋,元稹登黄鹤楼游览。是年有《赠柔之》、《蓝桥怀旧》、《鄂州寓馆严涧宅》、《戏赠副使中丞见示四韵》、《赠崔元儒》等诗。

贾岛52岁。在长安。是年有《贺庞少尹除太常少卿》诗。又《哭张籍》、《酬胡遇》、《寄胡遇》、《哭胡遇》等诗亦约写于此时。

杜牧28岁。在江西幕中。正月,牛僧孺自武昌节度使召还守兵部尚书、同平章事,杜牧有诗寄之。九月,沈传师迁宣歙观察使,杜牧从至宣州。是年有《寄牛相公》诗。

李商隐19岁。有《天平公座中呈令狐令公》诗及《代诸郎中祭大尉王相国文》。

大和五年辛亥(831)

白居易60岁。在河南尹任。子阿崔夭,年三岁。从弟敏中旅洛
　　阳,旋返幽宁幕。有《送敏中归幽宁幕》、《宴散》、《人定》、《池
　　上》、《池窗》、《花酒》、《柘枝词》、《代梦得吟》、《和令狐相公寄
　　刘郎中兼见示长句》、《小桥柳》、《哭微之二首》、《醉中重留梦
　　得》、《雪夜喜李郎中见访兼酬所赠》、《马上晚吟》、《病眼花》、
　　《府西池》、《天津桥》、《不准拟二首》、《哭崔儿》、《初丧崔儿报
　　微之晦叔》、《府斋感怀酬梦得》、《斋居》、《与诸道者同游二室
　　至九龙潭作》、《六十释河南尹》、《与诸公同出城观稼》、《岁暮
　　言怀》、《座中戏呈诸少年》、《雪后早过天津桥偶呈诸客》、《送
　　刘郎中赴任苏州》、《福先寺雪中饯刘苏州》等诗及《祭微之
　　文》等。

李绅60岁。在寿州刺史任。

刘禹锡60岁。在礼部郎中、集贤学士任。十月,出为苏州刺史。
　　赴任途经洛阳,留十五日,与白居易朝觞夕咏,极平生之欢。
　　是年有《遥和令狐相公座中思帝乡有感》、《酬郓州令狐相公
　　官舍言怀见寄兼呈乐天》、《送源中丞充新罗册立使》、《送李
　　中丞赴楚州》、《白侍郎大尹自河南寄示池北新葺水斋即事招
　　宾十四韵兼命同作》、《吟白乐天哭崔儿上篇怆然寄赠》、《答
　　乐天所寄咏怀且释其枯树之叹》、《西川李尚书知愚与元武昌
　　有旧远示二篇吟之泫然因以继和二首》、《和西川李尚书汉川
　　微月游房太尉西湖》、《和重题》、《和游房公旧亭闻琴绝句》、
　　《哭庞京兆》、《再伤庞尹》、《酬令狐相公见寄》、《送太常萧博
　　士弃官归养赴东都》、《冬夜宴河中李相公中堂命筝歌送酒》、
　　《赴苏州酬别乐天》、《福先寺雪中酬别乐天》、《醉答乐天》、

《和乐天耳顺吟兼寄敦诗》、《将赴苏州途出洛阳留守李相公累申宴饯宠行话旧形于篇章谨抒下情以申仰谢》、《途次大梁雪中奉天平令狐相公书问兼示新什因思曩岁从此拜辞形于短篇以申仰谢》等诗及《国学新修五经壁记》等文。

元稹于是年七月二十二日遇暴疾卒于武昌军节度使任,年五十三。有《元氏长庆集》六十卷,其中诗二十六卷,《全唐诗》编为二十八卷,约八百余首。

张祜50岁。行经江东丹阳,访旧友名诗人许浑,作《访许晦用》诗。

薛涛卒(768～),年六十四(此据傅润华《年谱》)。为乐妓,善诗章,多与名士游。段文昌为撰墓志。原有集,已佚,明人辑有《薛涛诗》,后人又将其诗与李冶诗合编为《薛涛李冶诗集》二卷。

李涉约于此年前后在世,生卒年不详。太和中,为太学博士。复流康州,自号清谿子。有诗集二卷。《全唐诗》编其诗为一卷。

章孝标约于此年前后在世,生卒年不详。尝游淮东节度使李绅幕,值天雪赋诗,大为绅所赏。曾任校书郎、山南道从事、秘书省正字等职。《全唐诗》录存其诗一卷。

杜牧29岁。在宣州幕中。十月,作《李贺集序》。

大和六年壬子(832)

白居易61岁。在洛阳,为河南尹。夏,大旱热,有诗。与舒元舆交游。七月,元稹葬于咸阳。为元稹撰墓志,其家馈润笔六七十万钱,居易悉布施修香山寺。八月,修香山寺成。崔群卒,有祭文。冬,与崔玄亮往还。十月二十五日,循州司户杜元颖卒,有诗。是年,《刘白唱和集》三卷编成。居易是年有《六年春赠分司东都诸公》、《忆旧游》、《赠韦处士六年夏大热旱》、《六年寒食洛下宴游赠冯李二少尹》、《苦热中寄舒员外》、《闲夕》、《寄情》、《济源上枉舒员外两篇因酬六韵》、《洛桥寒食日作十韵》、《快活》、《送令狐相公赴太原》、《不出》、《惜花落》、《老病》、《忆晦叔》、《送徐州高仆射赴镇》、《琴酒》、《听幽兰》、《六年秋重题白莲》、《元相公挽歌词三首》、《卧听法曲霓裳》、《寄刘苏州》、《秋思》、《酬梦得秋夕不寐见寄》、《忆梦得》、《赠同座》、《失婢》、《夜招晦叔》、《池边即事》、《任老》、《劝欢》、《宿龙潭寺》、《嵩阳观夜奏霓裳》、《过元家履信宅》、《赠僧五首》、《弹秋思》、《自咏》、《南龙兴寺残雪》、《天宫阁早春》、《和梦得冬日晨兴》、《赠晦叔忆梦得》、《睡觉》、《六年冬暮赠崔常侍晦叔》、《洛下送牛相公出镇淮南》、《重修香山寺毕题二十二韵以纪之》、《初入香山院对月》等诗及《沃州山禅院记》、《修香山寺记》、《河南元公墓志铭》、《祭崔相公文》、《与刘苏州书》等文。

李绅61岁。在寿州刺史任。绅在寿州，曾举荐郁浑应"百篇科"。是年有《寿阳罢郡日有诗十首与追怀不殊今编于后兼纪瑞物》诗及《寿州法华院石经堂记》文。

刘禹锡61岁。二月，至苏州。是年有《到郡未浃日登西楼见乐天题诗因即事以寄》、《令狐相公自天平移镇太原以诗申贺》、《重酬前寄》、《和白侍郎送令狐相公镇太原》、《寄赠小樊》、《乐天寄忆旧游因作报白君以答》、《酬令狐相公秋怀见寄》、《酬令狐相公六言见寄》、《秋夕不寐寄乐天》、《酬乐天见寄》、《答乐天见忆》、《和乐天消失婢榜者》、《和杨师皋给事伤小姬英英》、《令狐相公自太原累示新诗因以酬寄》、《冬日晨兴寄乐天》、《虎丘寺见元相公二年前题名怆然有咏》、《河南白尹

有喜崔宾客归洛兼见怀长句因而继和》《和西川李尚书伤韦
令孔雀及薛涛之什》等诗及《苏州谢上表》《澈上人文集纪》
等文。又,是年禹锡将其与李德裕唱和诗篇,编为《吴蜀集》
一卷,有《吴蜀集引》。

张祜51岁。是年曾客游徐州,在武宁节度使王智兴幕中作客。智
兴以武人而即席赋诗,监军使嘱祜赋诗称美。是年有《寓怀
寄苏州刘郎中》诗寄禹锡。

沈亚之卒(781～),年五十二。有《沈下贤集》。

杜牧30岁。在宣州幕中。弟颛举进士及第。六月,从兄杜悰兼御
史大夫。是年有《赠沈学士张歌人》《和宣州沈大夫登北楼
书怀》诗。

李商隐21岁。是岁应举,为贾餗所斥,旋从楚太原幕。是年有《赠
宇文中丞》《谢书》诗及《上令狐相公状》(一)文。

许浑、杜颛举进士及第。

贯休生(　　～912)。

大和七年癸丑(833)

白居易62岁。为河南尹。二月,以病乞五旬假。四月二十五日,
以头风病免河南尹,再授太子宾客分司东都。七月,崔玄亮
卒,有诗哭之。闰七月,太子宾客李绅除浙东观察使,将发洛
阳,有诗送行。冬,送舒元舆赴长安。是年正月,叔父白季康
妻敬氏卒于下络,从弟敏中服丧。有《咏兴五首》《再授宾客
分司》《首夏》《立秋夕有怀梦得》《哭崔常侍晦叔》《新秋
晓兴》《秋日与张宾客舒著作同游龙门醉中狂歌凡二百三十
八字》《秋池独泛》《冬日早起闲咏》《岁暮》《七年元日对
酒五首》《七年春题府厅》《早春醉吟寄太原令狐相公苏州

刘郎中》、《筝》、《洛中春游呈诸亲友》、《罢府归旧居》、《自喜》、《感旧诗卷》、《和梦得》、《赠草堂宗密上人》、《微之敦诗晦叔相次长逝岿然自伤因成二绝》、《凉风叹》、《闻歌者唱微之诗》、《醉送李二十常侍赴镇浙东》、《衰荷》、《答梦得秋日书怀见寄》、《答梦得八月十五日夜玩月见寄》、《初冬早起寄梦得》、《送舒著作重授省郎赴阙》、《同诸客嘲雪中马上妓》、《喜刘苏州恩赐金紫遥想贺宴以诗庆之》、《刘苏州以华亭一鹤远寄以诗谢之》、《送姚杭州（合）赴任思旧游二首》等诗。

李绅62岁。正月，授太子宾客，分司东都。二月，经濠州，游四望亭，有《四望亭记》文。闰七月，检校左散骑常侍，兼越州刺史，充浙东观察使。与白居易饯别。经扬州，与牛僧孺相会。经苏州，与刘禹锡相会。冬，抵任。是年尚有《墨诏持经大德神异碑铭》。

刘禹锡62岁。在苏州刺史任。二月，将其与令狐楚唱和诗编为《彭阳唱和集》。十一月，以政最，赐紫金鱼袋。是年有《和乐天洛下醉吟寄太原令狐相公兼见怀长句》、《送宗密上人归南山草堂寺因诣河南尹白侍郎》、《郡斋书怀寄河南白尹兼简分司崔宾客》、《寄毗陵杨给事三首》、《酬太原令狐相公见寄》、《乐天见示伤微之敦诗晦叔三君子皆有深分因成是诗以寄》、《秋日书怀寄白宾客》、《八月十五日夜半云开然后玩月因咏一时之景寄呈乐天》、《题丁家公主旧宅》、《酬乐天初冬早寒见寄》、《酬乐天见贻贺金紫之什》等诗及《彭阳唱和集引》、《唐故相国李公（绛）集纪》、《刘氏集略说》等文。

贾岛55岁。在长安。正月，右金吾卫将军王茂元出为岭南节度使，岛有《赠王将军》诗。冬，岛有《寄长武朱尚书》诗寄长武城使朱叔夜。

杜牧31岁。在宣州幕中。春,牧奉沈传师之命至扬州聘淮南节度使牛僧孺,往来于润州(江苏镇江市),闻杜秋娘流落事,作《杜秋娘诗》。四月,沈传师内召为吏部侍郎。杜牧应牛僧孺之辟,赴扬州,为淮南节度推官、监察御史里行,转掌书记。有《宣州留赠》诗。

李商隐22岁。离太原幕,归郑州,旋习业京师。有《为彭阳公上凤翔李司徒状》、《太仓箴》文。

姚合为杭州刺史约在此年,有《寄东都分司白宾客》诗。白居易亦有诗送之。

杨巨源约于此年前后在世,生卒年不详。历任秘书郎、太常博士、礼部员外郎、国子司业等职。善诗章,有集五卷,《全唐诗》编录其诗为一卷。

罗隐生(　～909)。

大和八年甲寅(834)

白居易63岁。为太子宾客分司。三月,裴度为东都留守兼侍中至洛阳,于集贤里第筑山穿池,居易频与往来。又时与皇甫曙往还。七月,编集在洛所诗而序之。十月,崔咸卒,有诗哭之。是年有《南池早春有怀》、《古意》、《山游示小妓》、《早夏游宴》、《咏所乐》、《池上清晨候皇甫郎中》、《咏怀》、《洛阳有愚叟》、《饱食闲坐》、《风雪中作》、《早春忆苏州寄梦得》、《春池上戏赠李郎中》、《早服云母散》、《读老子》、《读庄子》、《读禅经》、《问鹤》、《代鹤答》、《喜闲》、《诗酒琴人例多薄命予酷好三事雅当此科而所得已多为幸斯岂偶成狂咏聊与愧怀》、《哭崔二十四常侍》、《八月十五日夜同诸客玩月》、《夜宴醉后留献裴侍中》、《集贤池答侍中问》、《杨柳枝二十韵》、《老去》、

《除夜言怀兼赠张常侍》、《初冬即事忆皇甫十》等诗及《序洛诗》等文。

李绅63岁。在浙东观察使任。春,筑满桂楼。游法华寺,有《题法华寺五言二十韵》诗。十月,祭禹庙,有《登(一作祭)禹庙回降雪五言二十韵》诗。本年,浙东丰产,浙西歉收,绅运浙东米五万斛至浙西,以调剂民食。寄杨柳枝舞衫与白居易。

刘禹锡63岁。在苏州刺史任。七月,移汝州刺史、兼御史中丞,充本道防御史。是年有《酬令狐相公岁暮远怀见寄》、《酬令狐相公亲仁郭家花下即事见寄》、《酬令狐相公杏园下饮有怀见寄》、《酬浙东李侍郎越东春晚即事长句》、《酬乐天衫酒见寄》、《别苏州二首》、《发苏州后登武邱寺望海楼》、《罢郡姑苏北归渡扬子津》、《将赴汝州途出浚下留辞李相公》、《郡内书怀献裴侍中留守》、《奉和裴晋公凉风亭睡觉》、《奉送浙西李仆射相公赴镇》、《重送浙西李相公顷廉问江南已经七载后历滑台剑南两镇遂入相今复领旧地新加旌旄》、《送从弟郎中赴浙西》、《和浙西王尚书闻常州杨给事制新楼因寄之作》等诗及《汝州谢上表》等文。又其《西山兰若试茶歌》、《杨柳枝词九首》、《送霄韵上人游天台》、《送元简上人适越》、《早夏郡中书事》、《酬乐天七月一日夜即事见寄》、《松江送处州奚使君》、《题报恩寺》、《姑苏台》、《虎丘寺路宴》等诗,均在苏州任内作,以其无确年可考,姑系于此。

贾岛56岁。春,雍陶及第归成都,岛有《送雍陶及第归成都宁觐》诗送之。又《过雍秀才居》、《送姚杭州(合)》诗,当写于本年或稍前。

杜牧32岁。在淮南幕中。曾有事至越州。见韩乂。愤河北三镇之桀骜,而朝廷专事姑息,乃作《罪言》文,陈述削平河北三镇

之策略。扬州繁华,牧供职之余,颇好宴游。六月,从兄悰为
忠武军节度使。十一月,李德裕为镇海节度使,辟杜牧弟杜
颉为巡官,杜牧有《送杜颉赴润州幕》诗。是年尚有《扬州三
首》《牧陪昭应卢郎中在江西、宣州佐今吏部沈公幕,罢府周
岁,公宰昭应,牧在淮南,縻职叙旧,成二十韵,用以投寄》诗
及《原十六卫》《淮南监军使院厅壁记》《上知己文章启》等
文。

李商隐 23 岁。是年应举,为崔郸所不取,随崔戎自毕至兖,掌章
奏。有《春游》《牡丹》《初食笋呈座中》《赠赵协律晰》等诗
及《上令狐相公状》(二)、《上郑州萧给事状》等文。

皮日休 约生于此年(~883?)。

大和九年乙卯 (835)

白居易 64 岁。在洛阳,为太子宾客分司。春,自洛阳西游,过稠
桑、寿安、同州,至下络渭村小住,约三月末返洛阳。夏,旱
热,忆杨虞卿,有诗。九月,代杨汝士为同州刺史,辞疾不赴。
十月,改授太子少傅分司东都,进封冯翊县开国侯。十一月
二十一日,甘露变起,感而赋诗。冬,女阿罗嫁谈弘謩。是
年,自编《白氏文集》六十卷,计诗文二千九百六十四篇,藏于
庐山东林寺。有《晚归香山寺因咏所怀》《短歌行》《览镜喜
老》《对琴酒》《梦刘二十八因诗问之》《西行》《东归》《自
宾客还太子少傅分司》《自在》《咏史》《因梦有悟》《闲卧
有所思二首》《寄李相公》《过永宁》《和刘汝州酬侍中见寄
长句因书集贤坊胜事戏而问之》《种柳三咏》《诏授同州刺
史病不赴任因咏所怀》《寄杨六侍郎》《九年十一月二十一
日感事而作》《即事重题》《将归渭村先寄舍弟》《从同州刺

史改授太子少傅分司》、《喜见刘同州梦得》、《宿香山寺酬广陵牛相公见寄》、《醉中见微之旧卷有感》、《寿安歇马重吟》、《池畔闲坐兼呈侍中》、《狐泉店前作》、《赠卢绩》、《与裴华州同过敷水戏赠》、《闲游》等诗及《祭崔常侍文》、《东林寺白氏文集记》等文。（按：白居易卒于会昌六年八月，终年七十五岁。时在洛阳，刑部尚书致仕。）

李绅64岁。在浙东观察使任。四月，修龙宫寺，有碑记。绅在浙东，以才干见称。五月，为太子宾客，分司东都。由越州归洛阳，途经扬州，访牛僧孺。是年有《和晋公三首》诗。与裴度、白居易、刘禹锡共赋《喜遇刘二十八偶书两韵联句》、《刘二十八自汝赴左冯涂经洛中相见联句》，又有《龙宫寺碑》文。（按：李绅于会昌六年七月，卒于淮南节度使任所，终年七十五岁。）

刘禹锡64岁。在汝州刺史任。十月移同州刺史，兼御史中丞，充本州防御、长春宫等使。十二月，抵任。途经洛阳时，与白居易、裴度、李绅相会。是年有《送廖参谋东游二首》、《酬令狐相公首夏闲居书怀见寄》、《昼居池上亭独吟》、《和乐天困园独赏八韵前以蜂鹤拙句寄呈今辱蜗蚁妍词见答因成小巧以取大哈》、《答杨八敬之绝句》、《酬喜相遇同州与乐天替代》、《两何如诗谢裴令公赠别二首》、《将之官留辞裴令公留守》、《赠乐天》、《酬令狐相公季冬南郊宿斋见寄》、《酬郑州权舍人见寄二十韵》、《和陈许王尚书酬白少傅侍郎长句因通简汝洛旧游之什》、《和乐天重寄和晚达冬青一篇因成再答》等诗及《唐故尚书主客员外郎卢公（象）集纪》等文。（按：刘禹锡于会昌二年七月卒，时年七十一。官检校礼部尚书，兼太子宾客。）

贾岛57岁。秋,游杭州,行前有诗告毗陵僧清彻。时殷尧藩亦在杭,将取道湖南赴同州,岛与姚合俱有诗送之。有《寄毗陵彻公》、《送殷侍御赴同州》、《寻石瓮寺上方》等诗。(按:贾岛于会昌三年七月二十八日,卒于官舍。时年六十五。仕终普州司仓参军。未浃旬,转授普州司户参军,竟不及受。)

王涯卒于"甘露之变"。生年不详。著有文集十卷。《全唐诗》编录其诗一卷。

皇甫湜约卒于此年(777? ～),年约五十九。原有集三卷,已散佚,宋人编有《皇甫持正文集》六卷。《全唐诗》录存其诗三首。

无可约于此年前后在世,生卒年不详。与贾岛善,呼岛为从兄,诗名亦与岛齐。有诗集一卷。

张祜在长安,时年五十四。

姚合编《极玄集》。

温庭筠游江淮。

杜牧33岁。转真监察御史,赴长安供职。秋七月,侍御史李甘因反对郑注、李训,被贬为封州司马,杜牧即移疾,分司东都。与李戡相识。在洛阳东城遇江西歌妓张好好,感旧伤怀,作《张好好诗》。

李商隐24岁。为应举,往来于京、郑间。有《安平公诗》、《过故崔兖海故宅与崔明秀才话旧因寄旧僚杜赵李三掾》诗。

附录二 参考文献

《三国志》 〔晋〕陈寿撰 中华书局 1963 年点校本。

《南齐书》 〔梁〕萧子显撰 中华书局 1972 年点校本。

《隋书》 〔唐〕魏徵等撰 中华书局 1973 年点校本。

《通典》 〔唐〕杜佑撰 中华书局 1984 年影印本。

《开天传信记》 〔唐〕郑棨撰 《丛书集成初编》本。

《唐国史补》 〔唐〕李肇撰 上海古籍出版社 1979 年 1 月第 1 版。

《北里志》 〔唐〕孙棨撰 古典文学出版社 1957 年 2 月版。

《旧唐书》 〔五代〕刘昫等撰 中华书局 1975 年点校本。

《新唐书》 〔宋〕欧阳修等撰 中华书局 1975 年点校本。

《唐会要》 〔宋〕王溥撰 中华书局 1955 年 6 月第 1 版。

《资治通鉴》 〔宋〕司马光撰 中华书局 1956 年点校本。

《册府元龟》 〔宋〕王钦若等编 中华书局 1960 年 6 月第 1 版。

《太平广记》 〔宋〕李昉等编 中华书局 1961 年新 1 版。

《容斋随笔》 〔宋〕洪迈撰 上海古籍出版社 1978 年 7 月点
校本。

《少室山房笔丛》 〔明〕胡应麟撰 中华书局上海编辑所 1958 年
10 月据明万历刻本校点印行。

《十七史商榷》 〔清〕王鸣盛撰 商务印书馆 1959 年重印 1 版。

《中国通史》(四) 范文澜著 人民出版社 1978 年版。

《唐代政治史述论稿》 陈寅恪著 上海古籍出版社 1982 年版。

《唐代进士行卷与文学》 程千帆著 上海古籍出版社 1980
年版。

《唐代科举与文学》 傅璇琮著 陕西人民出版社 1986 年 10 月
第 1 版。

《唐代藩镇研究》 张国刚著 湖南教育出版社 1987 年 12 月第
1 版。

《唐代幕府与文学》 戴伟华著 现代出版社 1990 年 2 月第 1 版。

《唐代财政史新编》 陈明光著 中国财政经济出版社 1991 年 9
月第 1 版。

《文选》 ［梁］萧统编 中华书局 1977 年影印本。

《楚辞补注》 ［宋］洪兴祖注 中华书局 1983 年 3 月第 1 版。

《全上古三代秦汉三国六朝文》 ［清］严可均校辑 中华书局
1958 年 12 月第 1 版。

《全唐诗》 ［清］彭定求等编 中华书局 1960 年 4 月点校本。

《全唐文》 ［清］董诰等编 中华书局 1983 年影印本。

《箧中集》 ［唐］元结选 上海古籍出版社 1978 年 9 月新 1 版《唐
人选唐诗》(十种)本。

《河岳英灵集》 ［唐］殷璠选 同上。

《御览诗》 ［唐］令狐楚选 同上。

《中兴间气集》 ［唐］高仲武选 同上。

《极玄集》 ［唐］姚合选 同上。

《才调集》 ［唐］韦縠选 同上。

《文苑英华》 ［宋］李昉等编 中华书局 1966 年影印本。

《唐文粹》 ［宋］姚铉编 《四部丛刊》本。

《唐百家诗选》　〔宋〕王安石编　上海涵芬楼1934年印本。

《乐府诗集》　〔宋〕郭茂倩编　中华书局1979年11月点校本。

《陈伯玉文集》　〔唐〕陈子昂撰　《四部丛刊》影明本。

《孟浩然集》　〔唐〕孟浩然撰　文学古籍刊行社1954年10月版。

《王右丞集笺注》　〔唐〕王维撰　〔清〕赵殿成笺注　上海古籍出
　　版社1984年新1版。

《岑参集校注》　〔唐〕岑参撰　陈铁民、侯忠义校注　上海古籍出
　　版社1981年8月第1版。

《高适诗集编年笺注》　〔唐〕高适撰　刘开扬笺注　中华书局
　　1981年12月第1版。

《李太白全集》　〔唐〕李白撰　〔清〕王琦注　中华书局1977年9
　　月第1版。

《杜诗详注》　〔唐〕杜甫撰　〔清〕仇兆鳌注　中华书局1979年10
　　月第1版。

《戎昱诗注》　〔唐〕戎昱撰　臧维熙注　上海古籍出版社1982年
　　3月第1版。

《钱起诗集校注》　〔唐〕钱起撰　王定璋校注　浙江古籍出版社
　　1992年8月第1版。

《卢纶诗集校注》　〔唐〕卢纶撰　刘初棠校注　上海古籍出版社
　　1989年9月第1版。

《韦苏州集》　〔唐〕韦应物撰　《四部丛刊》影印明华云刻本。

《吴兴昼上人集》　〔唐〕释皎然撰　《四部丛刊》影宋本。

《顾况诗集》　〔唐〕顾况撰　赵昌平校编　江西人民出版社1983
　　年3月第1版。

《孟东野诗集》　〔唐〕孟郊撰　人民文学出版社1959年7月第

1版。

《韩昌黎诗系年集释》〔唐〕韩愈撰　钱仲联集释　上海古籍出版社1984年3月第1版。

《韩昌黎全集》〔唐〕韩愈撰　中国书店1991年6月据世界书局1935年本影印。

《柳宗元集》〔唐〕柳宗元撰　中华书局1979年10月第1版。

《柳河东全集》〔唐〕柳宗元撰　中国书店1991年8月据世界书局1935年本影印。

《王建诗集》〔唐〕王建撰　中华书局上海编辑所1959年7月版。

《张籍诗集》〔唐〕张籍撰　中华书局上海编辑所1959年1月版。

《刘禹锡集》〔唐〕刘禹锡撰　上海人民出版社1957年11月版。

《白氏长庆集》〔唐〕白居易撰　文学古籍刊行社1955年刊本。

《白居易集》〔唐〕白居易撰　顾学颉点校　中华书局1979年10月第1版。

《元氏长庆集》〔唐〕元稹撰　文学古籍刊行社1956年1月版。

《贾长江集新校》〔唐〕贾岛撰　李嘉言校　上海古籍出版社1983年11月第1版。

《李贺歌诗集注》〔唐〕李贺撰　〔清〕王琦等注　上海古籍出版社1978年4月新1版。

《樊川文集》〔唐〕杜牧撰　上海古籍出版社1978年9月第1版。

《皮子文薮》〔唐〕皮日休撰　上海古籍出版社1981年10月第1版。

《司空表圣集》〔唐〕司空图撰　1914年刊《嘉叶堂丛书》本。

《欧阳永叔集》〔宋〕欧阳修撰　上海商务印书馆1933年《国学

基本丛书》本。

《苏东坡全集》　〔宋〕苏轼撰　中国书店 1986 年 6 月据世界书局
　　1936 年版影印。

《文赋》　〔晋〕陆机撰　《四部丛刊》影宋本六臣注《文选》卷 17。

《文心雕龙校证》　〔梁〕刘勰撰　王利器校证　上海古籍出版社
　　1980 年 8 月第 1 版。

《诗品注》　〔梁〕钟嵘撰　陈延杰注　人民文学出版社 1961 年 10
　　月第 1 版。

《诗格》　署名　〔唐〕王昌龄撰　清乾隆敦本堂本《诗学指南》卷
　　三。

《诗式校注》　〔唐〕释皎然撰　李壮鹰校注　齐鲁书社 1986 年 3
　　月第 1 版。

《文镜秘府论校注》　〔日〕弘法大师原撰　王利器校注　中国社
　　会科学出版社 1983 年 7 月第 1 版。

《诗品集解》　〔唐〕司空图撰　郭绍虞集解　人民文学出版社
　　1963 年 10 月第 1 版。

《东坡题跋》　〔宋〕苏轼撰　《丛书集成初编》本。

《韵语阳秋》　〔宋〕葛立方撰　上海古籍出版社 1979 年 12 月据
　　上海图书馆藏宋刻本影印。

《苕溪渔隐丛话》　〔宋〕胡仔撰　人民文学出版社 1962 年 6 月第
　　1 版。

《沧浪诗话校释》　〔宋〕严羽撰　郭绍虞校释　人民文学出版社
　　1983 年 8 月第 2 版。

《对床夜语》　〔宋〕范晞文撰　〔近代〕丁福保辑《历代诗话续
　　编》本。

《碧鸡漫志》〔宋〕王灼撰　《中国古典戏曲论著集成》本　中国
　　戏曲研究院编校　中国戏剧出版社1959年7月第1版。

《词源》〔宋〕张炎撰　唐圭璋编《词话丛编》本　中华书局1986
　　年1月第1版。

《论诗绝句》〔金〕元好问撰　《四部丛刊》影明弘治本《遗山先生
　　文集》卷11。

《唐才子传》〔元〕辛文房撰　中华书局上海编辑所1956年9月
　　新1版。

《诗谱》〔元〕陈绎曾撰　〔近代〕丁福保辑《历代诗话续编》本。

《麓堂诗话》〔明〕李东阳撰　同上。

《四溟诗话》〔明〕谢榛撰　同上。

《艺苑卮言》〔明〕王世贞撰　同上。

《唐诗品汇》〔明〕高棅编　上海古籍出版社1982年8月第1版。

《艺圃撷馀》〔明〕王世懋撰　〔清〕何文焕辑《历代诗话》本。

《诗薮》〔明〕胡应麟撰　上海古籍出版社1979年11月新1版。

《唐音癸签》〔明〕胡震亨撰　上海古籍出版社1981年5月第
　　1版。

《诗源辩体》〔明〕许学夷撰　人民文学出版社1987年10月第
　　1版。

《诗镜总论》〔明〕陆时雍撰　丁福保辑《历代诗话续编》本。

《唐诗解》〔明〕唐汝询编　明万历刻本。

《唐诗评选》〔清〕王夫之评选　民国间《船山遗书》本。

《带经堂诗话》〔清〕王士祯撰　人民文学出版社1963年11月
　　第1版。

《围炉诗话》〔清〕吴乔撰　郭绍虞编选《清诗话续编》本。

《载酒园诗话又编》〔清〕贺裳撰　同上。

《声调谱》　〔清〕赵执信撰　〔近代〕丁福保辑《清诗话》本。

《历代诗话》　〔清〕何文焕辑　中华书局 1981 年 4 月第 1 版。

《原诗》　〔清〕叶燮撰　〔近代〕丁福保辑《清诗话》本。

《说诗晬语》　〔清〕沈德潜撰　同上。

《唐音审体》　〔清〕钱木庵撰　同上。

《贞一斋诗说》　〔清〕李重华撰　同上。

《诗比兴笺》　〔清〕陈沆撰　上海古籍出版社 1981 年 12 月新 1 版。

《岘佣说诗》　〔清〕施补华撰　〔近代〕丁福保辑《清诗话》本。

《剑溪说诗又编》　〔清〕乔亿撰　郭绍虞编选《清诗话续编》本。

《养一斋诗话》　〔清〕潘德舆撰　同上。

《四库全书总目提要》　〔清〕纪昀等撰　中华书局 1965 年版。

《艺概》　〔清〕刘熙载撰　上海古籍出版社 1978 年 12 月第 1 版。

《石遗室诗话》　〔近代〕陈衍撰　商务印书馆 1929 年铅印本。

《海日楼札丛》　〔近代〕沈曾植撰　中华书局 1962 年 7 月第 1 版。

《人间词话》　〔近代〕王国维撰　徐调孚注　王幼安校订　人民文学出版社 1960 年 4 月《蕙风词话·人间词话》合刊本。

《历代诗话续编》　〔近代〕丁福保辑　中华书局 1983 年 8 月第 1 版。

《清诗话》　〔近代〕丁福保辑　上海古籍出版社 1978 年 9 月新 1 版。

《清诗话续编》　郭绍虞编选　上海古籍出版社 1983 年 12 月第 1 版。

《唐代的战争文学》　胡云翼著　1927 年上海商务印书馆铅印本。

《唐诗研究》　胡云翼著　1930 年上海商务印书馆铅印本。

《唐诗概论》 苏雪林著 1934年上海商务印书馆铅印本。

《闻一多全集》 闻一多著 三联书店1982年8月第1版。

《金明馆丛稿初编》 陈寅恪著 上海古籍出版社1980年版。

《金明馆丛稿二编》 陈寅恪著 同上。

《元白诗笺证稿》 陈寅恪著 上海古籍出版社1978年版。

《诗言志辨》 朱自清著 江苏教育出版社1990年7月版《朱自清全集》第6卷。

《中国文学批评史》 罗根泽著 上海古籍出版社1984年版。

《中国文学理论批评史》 敏泽著 人民文学出版社1981年5月第1版。

《汉魏六朝唐代文学论丛》 王运熙著 上海古籍出版社1984年10月第1版。

《唐诗综论》 林庚著 人民文学出版社1978年4月第1版。

《中国文学简史》 林庚著 北京大学出版社1988年9月第1版。

《唐诗论丛》 陈贻焮著 湖南人民出版社1980年9月第1版。

《隋唐五代文学思想史》 罗宗强著 上海古籍出版社1986年8月第1版。

《唐诗小史》 罗宗强著 陕西人民出版社1987年9月第1版。

《中国诗歌艺术研究》 袁行霈著 北京大学出版社1987年6月第1版。

《唐代诗歌》 张步云著 安徽教育出版社1990年8月第1版。

《汉唐文学的嬗变》 葛晓音著 北京大学出版社1990年11月第1版。

《大历诗风》 蒋寅著 上海古籍出版社1992年8月第1版。

《唐诗通论》 邵祖平撰 载《学衡》第12期(1922年12月出版)。

《盛唐气象论》　赵克尧撰　载《复旦学报》1991 年第 4 期。

《论唐代的边塞诗》　贺昌群撰　载《文学》2 卷 6 号(1934 年 6 月
　　出版)。

《具备万物横绝太空——论盛唐边塞诗的雄浑美》　佘正松撰
　　载《四川师范学院学报》1991 年第 4 期。

《大历十才子诗歌的艺术特征》　丁放撰　载《安徽师范大学学
　　报》1985 年第 3 期。

《皎然论大历江南诗人辨析》　贾晋华撰　载《文学评论丛刊》总
　　第 28 辑(中国社会科学出版社 1984 年 11 月出版)。

《"吴中诗派"与中唐诗歌》　赵昌平撰　载《中国社会科学》1984
　　年第 4 期。

《中唐苦吟诗人综论》　马承五撰　载《文学遗产》1988 年第 2 期。

《论中唐边塞诗繁荣的原因》　戴伟华撰　载《扬州师院学报》
　　1989 年第 2 期。

《韦柳异同与元和诗变》　赵昌平撰　载《中国古典文学论丛》第 4
　　辑,人民文学出版社 1986 年 10 月第 1 版。

《论韦柳诗风》　马自力撰　载《中国社会科学》1989 年第 5 期。

《论贞元、元和时期的诗歌复古思潮》　高玉昆撰　载《国际关系
　　学院学报》[京]1991 年第 2 期。

《论韩愈诗的几个问题》　江辛眉撰　载《中华文史论丛》1980 年
　　第 1 辑。

《论韩愈诗》　舒芜撰　载《中国社会科学》1982 年第 5 期。

《论韩孟诗派的创新意识及其与中唐文化趋向的关系》　孟二冬
　　撰　载《中国社会科学》1989 年第 6 期。

《天地间自欠此体不得——论卢仝、马异、刘叉诗》　董乃斌撰
　　载《中国古典文学论丛》第 1 辑。

《李贺在文学史上的地位》　钟元凯撰　载《社会科学战线》1983
　　年第 3 期。

《论中唐诗人审美心态与诗歌意境的变化》　孟二冬撰　载《文史
　　哲》1991 年第 5 期。

《周易正义》　[唐]孔颖达正义　中华书局 1980 年影印本《十三
　　经注疏》。

《道德经》　[晋]王弼注　中华书局 1954 年影印本《诸子集成》。

《庄子集释》　[清]郭庆藩辑　同上。

《王弼集校释》　[晋]王弼撰　楼宇烈校释　中华书局 1980 年 8
　　月第 1 版。

《弘明集·广弘明集》　[梁]僧佑　[唐]道宣撰　上海古籍出版
　　社 1991 年 8 月版。

《世纪经·地狱品》　[日本]高楠顺次郎等辑　大正新修《大藏
　　经》第 1 册(NO.1)《长阿含经》　昭和九年(1934)7 月发行。

《摩诃止观》　[隋]智顗讲　大正新修《大藏经》第 46 册(NO.
　　1911)。

《大乘玄论》　[隋]吉藏撰　同上第 45 册(NO.1853)。

《坛经校释》　[唐]法海撰　郭朋注　中华书局 1983 年版。

《金刚经》　[唐]湛然撰　大正新修《大藏经》第 45 册(NO.1932)。

《华严发菩提心章》　[唐]法藏撰　同上(NO.1878)。

《十世章》　[唐]法藏撰　金陵刻经处本。

《华严法界玄镜》　[唐]澄观撰　大正新修《大藏经》第 45 册(NO.
　　1883)。

《大珠禅师语录》　[唐]慧海撰　长沙刻经处本。

《华严原人论》　[唐]宗密撰　金陵刻经处印同治十三年鸡园刻

经处本。

《大乘开心显性顿悟真宗论》　〔唐〕李慧光集释　大正新修《大藏经》第 85 册(N0.3835)。

《云门禅师语录》　〔宋〕守坚集　同上第 47 册(N0.1988)。

《马祖道一禅师广录》　日本藏经书院刊印《续藏编》第 2 编第 24 套第 5 册。

《寺塔记》　〔唐〕段成式撰　正统本、影正统本《道藏》洞玄部记传类。

《懒真子》　〔宋〕马永卿撰　《说郛》本第 5 册。

《中国思想通史》(第四卷)　侯外庐主编　人民出版社 1959 年第 1 版。

《中国哲学大纲》　张岱年著　中国社会科学出版社 1982 年 8 月第 1 版。

《唐代佛教》　范文澜著　人民出版社 1979 年 4 月第 1 版。

《隋唐佛教》　郭朋著　齐鲁书社 1980 年 8 月第 1 版。

《隋唐佛教史稿》　汤用彤著　中华书局 1982 年版。

《中国佛教思想资料选编》(第 2 卷,1－4 册)　石峻、楼宇烈、方立天、许抗生、乐寿明编　中华书局 1983 年版。

《唐代文化史研究》　罗香林著　商务印书馆 1946 年版。

《唐代文学与佛教》　孙昌武著　陕西人民出版社 1985 年 8 月第 1 版。

《唐代士大夫与佛教》　郭绍林著　河南大学出版社 1987 年 8 月第 1 版。

《佛教与中国文化》　张曼涛主编　上海书局影印出版 1987 年 10 月第 1 版。

《佛教与中国文学》　孙昌武著　上海人民出版社 1988 年 8 月第 1 版。

《唐音佛教辨思录》　陈允吉著　上海古籍出版社 1988 年 9 月第 1 版。

《儒道佛美学思想探索》　张文勋著　中国社会科学出版社 1988 年 9 月第 1 版。

《想象力的世界道教与唐代文学》　葛兆光著　现代出版社 1990 年 2 月第 1 版。

《唐朝名画录》　〔唐〕朱景玄撰　温肇桐注　四川美术出版社 1985 年 3 月第 1 版。

《历代名画记》　〔唐〕张彦远撰　人民美术出版社 1963 年 5 月第 1 版。

《续书谱》　〔宋〕姜夔撰　上海书画出版社 1979 年 10 月版《历代书法论文选》本。

《续书断》　〔宋〕朱长文撰　同上。

《宣和书谱》　撰人未详　中华书局 1985 年据《丛书集成初编》本影印。

《宣和画谱》　撰人未详　同上。

《书史会要》　〔元〕陶宗仪撰　武进陶氏逸园景刊本(1929)。

《广艺舟双楫》　〔近代〕康有为撰　《历代书法论文选》本。

《中国绘画史》　俞剑华著　商务印书馆 1937 年版。

《唐宋绘画史》　滕固著　中国古典艺术出版社 1958 年 3 月第 1 版。

《颜真卿的书法》　金开诚撰　载《文物》1977 年第 10 期。

《敦煌莫高窟内容总录》　文物出版社 1982 年 11 月第 1 版。

《中国小说史略》　鲁迅著　《鲁迅全集》第 9 卷　人民文学出版社 1981 年版。

《敦煌变文论文录》　周绍良、白化文编　上海古籍出版社 1982 年 4 月第 1 版。

《唐代诗人丛考》　傅璇琮著　中华书局 1980 年 1 月第 1 版。

《唐诗丛考》　王达津著　上海古籍出版社 1986 年 2 月第 1 版。

《唐诗人行年考》　谭优学著　四川人民出版社 1981 年 7 月第 1 版。

《唐诗人行年考（续编）》　谭优学著　巴蜀书社 1987 年 8 月第 1 版。

《唐才子传校笺》（一）　傅璇琮主编　中华书局 1987 年 5 月第 1 版。

《唐才子传校笺》（二）　傅璇琮主编　中华书局 1989 年 3 月第 1 版。

《唐才子传校笺》（三）　傅璇琮主编　中华书局 1990 年 5 月第 1 版。

《中国文学史大事年表》（上）　吴文治著　黄山书社 1987 年 12 月第 1 版。

《颜鲁公年谱》　[宋]留元刚编　收入王云五主编《新编中国名人年谱集成》第 16 辑，更名《唐颜鲁公真卿年谱》，台湾商务印书馆 1982 年出版发行。

《元次山年谱》　孙望著　古典文学出版社 1957 年 2 月第 1 版。

《郎士元考》　刘初棠撰　载《上海师范大学学报》1987 年第 1 期。

《秦系考》　赵昌平撰　载《中华文史论》1984 年第 4 辑。

《关于顾况生平的几个问题——与傅璇琮先生商榷》　赵昌平撰

载《苏州大学学报》1984 年第 1 期。

《有关〈韦应物系年考证〉的几件事》 廖仲安撰 载《文史》第 11
　　辑(1981 年 3 月)。

《唐孟郊年谱》 华忱之著 北京大学图书馆 1940 年铅印本。

《韩愈年谱》 〔宋〕吕大防等撰 徐敏霞校辑 中华书局 1991 年
　　5 月第 1 版。

《柳先生年谱》 〔宋〕文安礼撰 中华书局 1979 年版《柳宗元集》
　　附录。

《柳宗元年谱》 施子愉著 湖北人民出版社 1958 年 7 月第 1 版。

《刘禹锡年谱》 卞孝萱著 中华书局 1963 年 11 月印行。

《刘禹锡诗文系年》 高志忠著 广西人民出版社 1988 年 9 月第
　　1 版。

《白居易年谱》 朱金诚编著 上海古籍出版社 1982 年 6 月第
　　1 版。

《李绅年谱》 卞孝萱撰 载《安徽史学》1960 年第 3 期。

《元稹年谱》 卞孝萱著 齐鲁书社 1980 年 6 月第 1 版。

《贾岛年谱》 李嘉言著 上海古籍出版社 1983 年 11 月版《长江
　　集新校》附录。

《李贺年谱会笺》 钱仲联著 中国社会科学出版社 1984 年 4 月
　　版《梦苕庵专著二种》。

《李德裕年谱》 傅璇琮著 齐鲁书社 1984 年 10 月第 1 版。

《杜牧年谱》 缪钺著 人民文学出版社 1980 年 9 月第 1 版。

《玉溪生年谱会笺》 张采田著 上海古籍出版社 1983 年 9 月第
　　1 版。